재미있고 알기 쉽게 풀이한
주역 원전

소설 주역 ②

金禾洙 著

도서출판 선영사

차 례

무왕(武王)시대 개막 · 7
천택리괘(天澤履卦) · 13
천화동인괘(天火同人卦) · 56
홍범구주(洪範九疇)의 출현 · 87
중지곤괘(重地坤卦) · 110
수뢰둔괘(水雷屯卦) · 141
산수몽괘(山水蒙卦) · 165
수천수괘(水天需卦) · 208
천수송괘(天水訟卦) · 259
수지비괘(水地比卦) · 320
풍천소축괘(風天小畜卦) · 381

무왕(武王) 시대 개막

 그로부터 몇 년이란 세월이 더 흘렀다. 주나라는 국세가 날로 신장하여 기원전 1111년의 어느 따뜻한 봄날에 도읍을 풍 땅에서 호경(鎬京 ; 지금의 서안)으로 옮겼다. 이제 문왕 시대는 역사의 뒤로 물러나고 아들 발이 왕권을 물려받아 무왕(武王)으로 자리를 잇게 되었다. 이때 국호도 정식으로 주국(周國)이라 칭하였다.
 발이 무왕으로 등극하는 기념경축행사가 화려하게 펼쳐졌다. 화사한 봄날, 호경의 새로 지은 궁전에는 오색찬란한 각종 깃발들이 펄럭이고 전아한 궁중연회악이 은은하게 울려퍼졌다. 뜰에는 팔일무(八佾舞) 춤이 율동을 더하고 있는 가운데 용상에는 문왕과 무왕이 앉아 있고 좌우에는 삼공과 삼보, 그리고 육경과 문무백관들이 서열별로 자리하고 있었다. 제후국들의 제후나 특사, 사절단이 앉아 있는 자리도 별도로 마련되어 있어서 그곳에 만방의 대표자들이 임석해 무왕의 등극을 축하해 주고 있었다.

순서에 따라 문왕의 간단한 하야 인사말이 있었다.

"오늘 우리 주나라를 새로 이어 갈 발에게 정식으로 왕위를 승계시키는 행사를 개최하게 됨에 대하여 일희일비(一喜一悲)의 정을 이길 수 없소이다. 그러나 사람에게는 대를 이어 가며 사는 천리가 있는 법입니다. 따라서 자식이 아비의 뒤를 이어 감은 지극히 아름다운 일이 아닐 수 없소이다. 춘하추동이 바뀌고 일월이 교체하듯이 사람도 때가 되면 물러나고 새로운 사람이 떠오르는 법은 바로 이러한 천운의 순환적 원리에 따르는 것이지요.

이제 우리 주국은 한결 더 국세가 신장될 것이오. 이 짐보다 무왕이 훨씬 더 활기차고 덕망을 갖추고 있기에 이 짐은 그 점을 확실히 믿는 바이오. 멀지않아 썩어 있는 이웃 은나라도 곧 정벌하여 새로운 천명을 입혀 줄 것이오. 그러니 모든 신(臣)들은 일치단결하여 국력을 취합토록 해야 할 것이오. 천하란 일인의 천하가 아니고 천하의 천하요 만인의 천하이므로 오로지 지공무사(至公無私 ; 지극히 공평하고 사사로움이 없음)만 있을 뿐이오.

오늘 용상에 오르는 이 무왕은 태왕으로부터는 4대 왕이지만 정식 국호를 주국이라 칭한 오늘부터는 제1대의 왕이 되는 것이오. 따라서 이는 새로운 주나라 창업의 개조(開祖)가 되는만큼 그 의미가 무엇보다 크다고 생각하는 바이오."

장내에서 하객들이 보내는 박수 소리가 봄볕을 받으며 빛나게 쪼개져 궁 안에 울려퍼지고 있었다.

다음엔 주국의 제1대 왕으로 등극하는 무왕의 취임사가 있었다. 화려한 금관에 아홉 마리의 용들이 각양각색으로 수놓아진 곤룡포를 입은 무왕이 용상에 앉은 채로 취임사를 시작하였다. 계속 연회악이 깔려지는 가운데 화사한 봄날의 햇살이 곤룡포의 용들을 찬연히 비추어 무왕의 위풍이 더욱 화려하고 근엄하게 보였다.

"오늘 화창한 봄날, 아바마마의 뜻에 따라 짐이 우리 주국의 제1대 왕위에 오르게 됨에 대해서 기쁘고 즐거움에 앞서 막중한 책임감으로 인해 두 어깨가 무거워짐을 느끼오. 이 자리를 경축해 주기 위해 임석해 주신 삼공의 여상노사, 태부, 태보를 위시하여 그 이하 모든 경대부들, 그리고 원근 각방에서 천 리를 멀다 여기지 않고 이렇게 찾아와 주신 제후와 사절단들께 진심으로 감사를 드리는 바이오.

마침 새로 도읍을 정한 호경 땅의 새로 지은 궁중에서 새로운 주국의 제1대 왕으로 등극하는 이 무왕의 경축연은 참으로 그 뜻이 크다 하지 않을 수 없소. 이날을 함께 즐겨 주시면 고맙겠소이다."

잠시 숙연한 박수가 터져 나왔다. 임석한 하객들은 서로 옆사람과 고개를 가까이 하고 주국의 밝아 올 미래에 대해서 간단히 소곤거리는 모습도 보였다.

무왕이 계속 말을 이었다.

"임금이 나라를 다스림에 있어서 천명을 두려워할 줄 아는 외천명(畏天命)의 정신도 중요하지만, 천명을 즐거워하는 낙천명(樂天命) 또한 이에 못지않게 중요하다고 짐은 생각하는 바이오. 따라서 이 짐은 우리 주국의 발전을 위하여 세 가지의 정책을 발표하여 이를 지킬 것을 하늘에 맹세하겠소.

첫째, 전통을 중요시하여 그 문화를 잘 계승 발전시켜 나갈 것이오.

둘째, 새로운 문화창달을 위해서 태학(太學)이라는 최고학문 연구기관을 두어 학문 연구를 더욱 확대시킬 것이며, 더불어 저 시골에 이르기까지 서숙(書塾)을 두어 누구든지 교육의 혜택을 받을 수 있도록 해 줄 것이며, 동시에 육례(六藝) 즉 예(禮)·악(樂)·사(射)·어(御)·서(書)·수(數)를 창달시켜 나라를 보석처럼 빛나게 할 것이오.

셋째는 옛날 상(商)나라처럼 상공업을 발전시켜 국가 경제를 비옥지게 하여 백성들의 생활을 윤택케 해 줄 것이오.

이 짐은 이러한 세 가지 정책을 만천하의 백성 앞에 선포하는 바이오."

무왕의 취임사가 끝나자 임석한 하객들로부터 우뢰와 같은 박수갈채가 쏟아져 나왔다.

무왕이 내세운 정책을 세 가지로 압축하면 문화창달, 교육확대, 상공업 육성이었다.

마당에서 팔일무 무용단원 64명이 펼치는 그 춤사위로 인해 경축의 분위기는 더욱 고조되고 있었다. 이와 함께 한쪽에서는 주연이 베풀어졌다. 모두가 흥겨운 감흥을 억누르지 못하는 듯 희희낙락의 극치를 이루고 있었다.

이때 누군가가 자리에서 일어나 흥치에 젖은 목소리로 노래를 불렀다.

    화기자생군자택(和氣自生君子宅)
    춘광선도길인가(春光先到吉人家)
    당상학발천년수(堂上鶴髮千年壽)
    슬하아손만세영(膝下兒孫萬世榮)
    (화기는 스스로 군자의 집에서 나오고
    봄기운은 먼저 길인의 집에 왔도다
    당상의 학발은 천 년 수명의 상징이요

슬하의 아손들은 만세의 영화를 누릴 걸세.)

 이 단가의 가사처럼 화기와 춘광이 정말 주국의 궁중에 먼저 찾아와 경축해 주는 것 같았다. 군데군데에는 꽃들이 만개하여 있어서 흐르는 바람살을 따라 꽃잎들이 흩뿌려지고 있었다. 그야말로 춘풍낙화 바로 그것이었다.

　　목목청풍(穆穆淸風)
　　비비낙화(飛飛落花)
　　화기만정(和氣滿庭)
　　대덕기라(大德綺羅)
　　(목목한 청풍이 일어
　　낙화가 흩날리도다
　　화기가 뜰에 가득하고
　　대덕들이 기라성처럼 모였다.

　　목목무왕(穆穆武王)
　　천명종지(天命從之)
　　국풍순화(國風純化)
　　만민득리(萬民得利)
　　(목목하신 무왕께서
　　천명을 따르심에
　　국풍이 순화되고
　　만백성이 이익을 얻었도다!)

 이러한 시가가 자연스레 입에서 터져 나올 정도로 경축장의 분위기는 멋있고 우아하고 화려했다.

이제 주왕조는 이원화되어졌다. 일선에는 무왕, 이선에는 문왕으로 각기 나뉘어 서로의 업무를 보게 되었다.

옆에서 무왕을 적극 보필하는 셋째동생인 주공, 삼공의 수장인 여상 태공망 노사, 그리고 그 바로 밑의 이공과 이를 보좌하는 삼고(三孤)들, 이들은 모두 무왕의 직속 협조 부서이자 현신들이었다.

문왕은 역학을 연구하며 만년의 여생을 조용히 보내기 위해 자신의 측근 인사들을 대폭 축소시켰다. 이제 그의 측근이라고는 사편관 청일공과 죽향밖에 없었다. 그러나 하시라도 역리 문제라든지 중대한 국가사가 있는 경우엔 무왕의 측근들과 서로 유기적인 관계를 지속함은 재론의 여지가 없었다. 다만, 이제 대권을 아들에게 물려주었으니 그를 믿고 국가사에 대해 더 이상 간섭하지 않을 것임을 전제하고 있었다.

천택리괘 (天澤履卦)

―― 예를 실천하는 뜻을 담은 조직

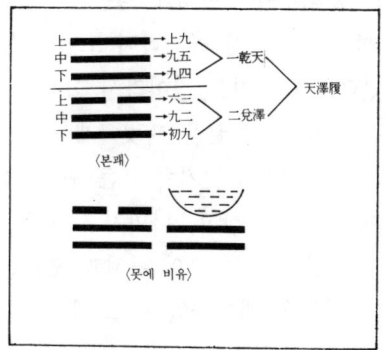

아버지 문왕으로부터 대권을 이양받고 난 무왕은 비장한 각오와 이념을 가지고 은나라를 쳐 없애기로 생각을 굳혔다. 그런 의미에서 그는 아버지 문왕을 찾아가 점괘가 어떻게 나올 것인지에 대해 물어보지 않을 수 없었다.

그는 공손한 자세로 아버지가 계시는 명덕전으로 갔다. 문왕은 조용히 서궤에 기대앉아 한가롭게 독서를 즐기고 있었다.

"아바마마, 불초소자 발이옵니다."

"오냐, 들어오너라. 무슨 일인고?"

"다름이 아니오라 이번 기회에 은국을 칠까 하옵니다. 내외적으로 분위기가 무르익은 것 같사옵니다. 종기도 완전히 곪아 있을 적에 따야 하지 않겠사옵니까?"

"그래서 괘를 하나 얻어 보자는 거로구나."

"그렇사옵니다, 아바마마!"

"그래, 알았느니라."

아들 무왕으로부터 이러한 청탁을 받은 문왕은 점을 치기 위해 분위기를 연출하기 시작했다.

호경 땅의 새 궁전에 옮겨진 명덕전에는 그가 평소 좋아하던 문화 품목들이 고아하게 정돈되어 있었다. 죽향이도 아직 그대로 예전의 자리를 유지하며 노년의 문왕에게 말벗이 되어 주고 있었다. 새로 지은 집이라서 아직도 채 가시지 않은 소나무의 송진 냄새가 코 끝을 찌릿하게 치고 있었다.

문왕은 50개의 줏가락이 든 주머니를 내놓았다. 한 개를 들어내어 태극수로 삼고, 나머지 49개를 두 손으로 나누어 쥐고 음양으로 삼았다. 왼손의 천책과 오른손의 지책 가운데 오른손에 있는 지책을 내려놓았다. 그리고 나서 거기에서 다시 하나를 집어다 왼손의 새끼손가락에 끼우고 그것으로써 인책(人策)을 삼았다. 왼손의 천책과 오른손의 지책을 사상핵으로 네 개씩 들어내어 계산되는 18변의 그 주책(籌策)을 그대로 부렸다. 여기에서 '주책부린다'란 말이 생겨난 것이다.

아들 무왕은 괘가 나오기까지 꼼짝하지 않고 정좌한 채 앉아 있었다.

문왕이 부리는 주책 솜씨는 능수능란하여 쉽게 괘가 건져졌다. 세 번의 변화마다 한 효가 찍혀지고 있었다. 세 번의 작은 변화가 모여 한 번의 큰 변화로 묶어진 것이 한 효이므로 결국 여섯 번만 큰 변화를 가져오면 육효가 모두 나오게 되는 것이었다.

밭의 눈빛은 한 효 한 효가 더해지는 서궤 오른쪽 위에 놓여진 견사 쪽으로 응집되고 있었다. 무슨 괘가 나올지 비상한 관심사가 아닐 수 없었기 때문이었다.

채 한 시간이 소비되지 않았는데 소상괘를 넘어서 대상괘가

천택리괘(天澤履卦) 15

나왔다. 본괘가 중천건괘였는데, 구삼(九三)이 변효되어 음이 되면서 중천건지(重天乾之) 천택리괘가 되었다. 내괘가 이태택(二兌澤)이고 외괘가 일건천(一乾天)이었다.

괘가 완성되자 문왕이 입을 열었다.

"우선 이 괘에 대한 개념부터 설명해 가도록 하겠다. 이(履)라는 것은 예(禮)이다. 예라는 것은 인간이 밟고 실천하는 것이지. 괘를 보면 위는 하늘이며 아래는 못[池]이다. 하늘은 위에 있고 못은 아래에 있는 것이지. 따라서 상하가 나누어지고 존비가 생기는 것이니 이는 이치의 당연함이며 예의 근본이다. 그리고 항상 밟고 실천해야 하는 도(道)이다. 때문에 이 괘를 천택리괘라 한 것이다.

이는 밟는 것이며 덮어 주는 것이다. 사물을 밟는 것은 천(踐)이 되고, 사물에게 밟히는 것은 자(藉)가 된다. 부드러운 것이 강한 것을 덮는고로 이가 된다. 강한 것이 부드러운 것을 덮는다고 말하지 않고 부드러운 것이 강한 것을 덮는다고 하였다.

강한 자가 부드러움을 덮어 주는 것은 상리(常理)이긴 하지만 넉넉한 도는 되지 못한다. 이것은 개념적인 얘기이고 본론으로 들어가면 다음과 같다.

'이호미 부질인 형(履虎尾 不咥人 亨 ; 호랑이의 꼬리를 밟았는데도 호랑이가 물지 않으니 고로 형통할 것이다.)'

이(履)라는 것은 사람이 밟는 도이다. 하늘은 위에 못은 아래에 있다. 부드러운 것이, 즉 육삼(六三)효의 음이 아래에 있는

〈괘상 1〉 →음과 유 ⇒강과 양

초구(初九)효와 구이(九二)효를 덮고 있다. 상하가 각기 그 뜻을 얻었으므로 일이 지순(至順)하고 이(理)가 지당(至當)한 것이다 (事之至順 理之至當). 사람이 행동을 실천함이 이와 같기에, 비록 위태로운 지경에 처해 있을지라도 해가 되는 바 없느니라. 따라서 호랑이의 꼬리를 밟아도 물리지 않으니 능히 형통할 것이다."

"아바마마, 그러하오면 은을 정벌해도 물리거나 다침이 없이 전쟁을 승리로 이끌 수 있다는 뜻이옵니까?"

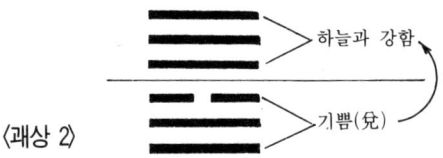

〈괘상 2〉

"그렇다. 이 괘상이 말해 주고 있는 것이 바로 그것이다. 아래에 있는 태괘가 화열(和說)의 자세로 위에 있는 건괘의 강함을 상대하면서 쳐들어 가고 있지 않느냐? 지금 은나라 국민들은 우리 주나라가 자기 나라를 쳐 주길 기대하고 있다. 때문에 호랑이에 비유되는 은을 쳐도 우리에게는 아무런 손상이 없다란 뜻이니라."

"예, 알겠사옵니다, 아바마마! 은의 백성들은 정말 자국의 상류층과 썩은 탐관오리들을 우리가 쳐 주길 학수고대하고 있는 실정이옵니다. 이것이 바로 기쁨의 상징인 아래의 태가 위에 있는 강사인 건, 즉 은의 조정을 쳐들어간다는 뜻이옵군요. 그리고 또 멀리 보면 천명이 아래로 손을 뻗치는 것이니——이 원리가 또 수순을 밟는 것이므로——정벌의 당위성과 대의명분이 선다고 보옵니다."

"그렇다. 그러나 전쟁이건 정벌이건간에 신중이 제일이니라.

때문에 경적필패(輕敵必敗)라는 말이 있지 않느냐? 적을 가볍게 여기면 반드시 패하고 마는 법이지. 언젠가 내가 여상 태공 선생에게서 들은 말이 생각나는구나. '지피지기면 백전백승이라(知彼知己 百戰百勝).' 상대를 알고 나를 안 연후에 싸움에 임하면 백 번 싸워도 백 번 완승한다는 뜻이지. 모든 전략을 치밀하게 세운 뒤에 휘하 장졸들에게 지시토록 하여라."
　발은 이런저런 얘기를 백전노장 격인 아버지 문왕으로부터 얻어 듣고 명덕전을 물러 나왔다. 그는 새로 마련한 자신의 처소 임정전(臨政殿)으로 돌아와 차를 마셔 가며 아버지 문왕과 나눈 대화를 다시 한 번 다각도로 분석해 보았다.
　무왕은 휘하 대장군으로서 단공(丹公)을 세웠다. 이 장군은 무왕이 장군으로서 현직에 몸 담고 있을 적에 자신의 수족과도 같았던 참모였다. 그는 지모가 뛰어나고 충성심 또한 강하여서 그와 같은 큰 일을 맡는 데 조금도 부족함이 없는 인물이었다. 또 그는 덕장(德將)으로서 휘하의 군사들이 그의 말을 잘 따라 주었다. 따라서 군사들의 사기를 북돋아 주는 데도 대단한 용병술을 겸비하고 있는 장수였다.

　무왕이 즉위한 지도 어느덧 일 년이란 세월이 지났다. 싱그러움으로 젖어 가는 어느 봄날, 무왕은 맹진(孟津) 땅에 군사들을 불러 모아 놓고 전쟁을 치루어야만 되는 대의명분을 밝혔다.
　"아―아, 우리 우방(友邦)인 대군과 짐에게 충성을 다하는 모든 장졸들이여! 짐의 맹세를 분명히 들을지이다. 하늘과 땅은 만물의 부모이며, 사람은 만물의 영장이니라. 진실로 총명하여 천자가 된 자는 백성의 부모가 되느니라.
　이제 은왕 수(受=紂)는 위로 하늘을 공경치 않아 아래의 백성들에게 재난을 내리게 했도다. 그는 지금 주지육림에 빠지고 여색(女色)에 파묻혀 포악한 짓을 거침없이 해 대고 있다. 그가 죄인을 벌함에 있어서도 그 죄가 가족에까지 미치게 하고, 공이 있는 자에게 벼슬을 주는 데는 대대로 해 먹게 한다. 그는 호화로운 궁실, 누대(樓臺), 연못, 옷 등으로 사치하며 백성들을 잔학하게 해쳤도다. 충신과 어린아이를 무참히 불태워 죽였는가 하면 아이 밴 부인의 배를 가르고 육포를 떠서 죽이는, 그야말로 천인공노할 짓을 서슴없이 해 댔느니라.

 마침내 하늘이 대로하여 짐의 조상들로 하여금 그에게 천벌을 내리게 명하셨었도다. 그러나 오늘에 이르기까지 그다지 큰 공훈을 세우시지 못하셨도다. 때문에 이번 기회에 그 못다 이룬 공을 이 짐이 이룩하고자 하느니라. 자, 모두들 그 일당들을 향해 총진군하도록 하라!"

 무왕의 진군 명령이 내려지자 천하는 곧 대란으로 치달았다.

 이처럼 무왕이 삼군통수권자로서 정벌 대업에 여념이 없는 동안에도 아버지 문왕은 그의 처소인 명덕전에서 역의 육효를 풀기 위해 향불을 켜고 있었다.

 '지금쯤 정벌 대업은 잘 진행되고 있겠지? 좋은 괘상을 얻어 그 징후에 따라 치루어지는 거사이니만큼 파죽지세로 몰고 갈 것임에 틀림없어.'

 이러한 심려 속에 괘풀이가 또다시 시작되었다. 그의 아들 가운데서 가장 학덕이 뛰어난 단(旦)을 부르고 사편관도 불렀다. 이 역시 다양한 견해를 취합하기 위함이었다.

 아들 단이 먼저 당도하고 사편관이 그를 뒤따라 입궁했다.
 "폐하, 그 동안 존체무강하셨사옵니까?"
 사편이 국궁삼배를 하며 문안인사를 하였다.

"아바마마, 그간 큰 괘를 얻으시느라 노고가 크셨사옵니다."
단의 인사도 아울러 이어졌다.
두 사람이 공손히 단좌를 하고 앉자 죽향이가 차를 내왔다. 그러고는 난분들을 들어다 문왕의 서궤 옆 난대 위에 올려놓았다.
"자네는 역시 감각이 있는 여자야."
문왕은 이제 자신의 후궁이 된 죽향이를 한번 넌지시 칭찬하고 나서 괘상을 풀어내기 위해 눈빛을 깔았다.
"자, 그럼 먼저 단이 이 천택리괘의 괘상을 자세히 보고 판단을 내려 보려무나."
"예! 천견과문(淺見寡聞 ; 견문이나 생각이 얕고, 보고 들은 것이 적음)이옵니다마는 감히 말씀드리겠사옵니다. 이(履)의 뜻은 부드러운 것이 강한 것을 밟고 있으면서 화열(和說)의 자세로 위에 있는 하늘에 순응하고 있사옵니다. 그러므로 사람이 호랑이의 꼬리를 밟아도 물리지 않고 형통할 것이옵니다. 또 구오(九五)가 강한 기질로 중정(中正)을 얻어서 존위의 자리를 실천하고 있사옵니다. 그 자리에서 큰 탈이 없으면 광명을 발할 것이옵니다.
요약해서 정리하옵자면, 기쁨을 주면서 강자와 상대하므로 상해를 입지 않는다는 뜻이 되옵니다. 아바마마, 세상 이치가 그렇지 않사옵니까? 강자에겐 부드럽게 대하고, 또 사나운 짐승에게도 먹을 것을 주면서 접근하면 화를 안 입는 법이지 않사옵니까? 이 괘의 뜻이 그러하옵니다."
"그렇다. 사나운 사냥개에게도 먹이를 주면서 접근하면 괜찮은 법이지."
이렇게 부자지간의 고담준론이 끝나자 문왕이 사편에게로 눈을 돌리며 말했다.

"그럼 사편공이 한 마디 보태 보시지요. 그 동안 역을 논하고 싶어서 입이 꼴려 어떻게 지냈는지 모르겠소."

"폐하, 정말 그랬사옵니다. 그 동안 정말 입이 꼴려서 혼났사옵니다. 그럴 때마다 혼자서 연구를 많이 했사옵니다."

"그러면 그 동안 갈고 닦은 입씨를 가지고 어서 진행해 보도록 하시오."

그러자 사편은 음식을 먹고 난 사람처럼 계속 입맛을 다시면서 괘상을 다시 한 번 살피고 있었다.

"사편공께서 그 동안 아바마마를 도와 역리를 푸시느라 고생이 많으셨다고 들었습니다. 앞으로도 계속 노력해 주십시오."

사편이 괘상을 살피는 동안 주공이 그에게 간단한 찬사를 건네었다.

사편과 주공은 어려운 학문적 문제가 있을 때마다 서로 종종 만나고 있는 사이였다. 그러나 아버지 앞에서 이렇게 한 마디 거들어 주면 사편의 체면과 생색이 더 빛이 날 것 같아 덧붙인 말이었다.

"사편, 빨리 해 봐요. 입이 근질거렸다면서 뭘 그렇게 오랫동안 괘상만 바라보고 있소이까?"

문왕이 재촉하자 사편이 입을 열었다.

"예, 폐하! 그럼 시작하겠사옵니다. 이 천택리괘를 이렇게 도상학적으로 그려 놓고 볼 때, 위는 하늘이고 아래는 연못으로 되어 있사옵니다. 그러니 군자는 이 점을 본받아 상하를 분별하고 백성의 뜻을 정해야 한다고 감히 말씀드릴 수 있사옵

〈괘상 3〉

니다. 다시 말씀드리오면, 위에 있는 강성한 하늘이 기후를 따뜻하게 조절해 주면 아래에 있는 백성들은 기쁜 마음으로 살아가게 된다는 뜻이옵니다."
 "그렇게 도상을 그려 놓고 설명하니 훨씬 이해가 잘 되는구려, 사편. 후세 사람들이 보아도 납득이 잘 될 것으로 확신하오. 그리고 단은 이제 그만 돌아가서 소관 업무를 보도록 하여라. 네 형이 국외에서 큰 전쟁을 치루고 있으니 신경을 써서 그를 돕도록 하여라."
 "예, 알겠사옵니다. 그렇잖아도 아바마마 앞에 앉아 있는 동안 소자의 마음은 줄곧 그곳에 가 있었사옵니다."
 "그래, 그래야지."
 주공이 문왕의 명을 듣고 일어나 퇴궁하자 문왕이 말했다.
 "사편."
 "예, 폐하!"
 "저 사람이 있으면 우리가 괘를 풀어 가는 데 있어서 좀 거북스러울 것 같아서 먼저 자리를 뜨라고 한 것이오."
 "소신도 그렇게 눈치를 채고 있었사옵니다. 잘 되었사옵니다. 또 지금 시기가 얼마나 중차대하옵니까? 은의 정벌도 그리 쉽지는 않을 것이옵니다. 그래도 한때는 대국이 아니었사옵니까? '부자는 망해도 삼 년 먹을 것이 있다'고 하지 않사옵니까?"
 "그렇소. 항시 상대는 버겁다는 생각을 가지고 달려들어야지 우습게 보면 곤란을 당하게 되기 십상이지요."
 문왕은 현직에서 물러나 있었지만 노심초사 나라 걱정이 머리속에서 떠나지 않았다.
 "자, 그럼 사편! 앞서 우리가 풀어 왔던 방식을 되살리면서 이 괘도 그렇게 한번 풀어 봅시다."

"예, 폐하!"
"그러면 이 짐이 먼저 원칙론을 풀어 보겠소.
초(初)의 구(九)효는 '평소대로 실천해 가면 허물이 없을 것이다'라고 보는 바이오."

〈괘상 4〉 →初九

 여기서 '평소대로 실천해 간다'라고 짐이 보는 것은 '홀로 원하는 바를 실행하는 것'이라 하겠어요. 다시 말해, 초구(初九)로서 양강의 재질을 가지고 있으면서도 맨 밑자리에 처해 있음을 불편스럽게 여기지 않고 점진적으로 실천해 가기에 허물이 없다는 뜻이에요. 현자들은 그 평소대로 실행함을 편히 여기기 때문에 그 처함이 즐겁고 그 나아감이 제대로 되어 가는 것이에요. 따라서 그 제대로 나아감을 얻은즉 일이 잘 되어 선(善)의 경지에 도달하고 그 평소대로의 실천을 지키게 된다는 뜻이에요."
"그러니까 폐하! 어린 것이 처음부터 건방지게 까불거나 설치지 말고 차근차근 커 가라는 뜻이옵지요?"
"그렇소, 바로 그 말이오."
 괘를 풀기 시작하자 마자 두 사람은 서로가 궁합이 척척 맞아 가고 있었다.
"그럼 폐하! 이번에는 이 소신이 말씀드리겠사옵니다."
"그렇게 해요."
"초구(初九)는 아직 머리에 쇠똥도 안 벗겨진 어린 녀석이옵니다. 다시 말씀드리옵자면, 아직은 까지지 않았다는 뜻이옵지요."

 "아니 사편, 까지지 않았다니요? 그런 표현은 듣기가 좀 거북하니 다른 표현을 빌어 쓰도록 해 보시오."

 "예, 폐하! 황공하옵니다."

 문왕의 주의를 받자 사편은 몸이 약간 경색되는 듯했다. 문왕으로서는 죽향이가 이미 자기 이불 속으로 들어온 지가 몇 해 되었던 터라, 그녀가 이러한 말을 저쪽에서 듣고 있을 것을 생각하여 좀 민망한 생각이 들어 그러한 주의를 준 것이었다. 그전 같았으면 그런 소리 정도야 아무것도 아닌 것이었다.

 문왕이 저쪽에 앉아 있는 죽향이를 의식하면서 목소리를 낮춰 사편의 마음을 풀어 주었다.

 "사편, 짐이 한 말은 농담이니까 관계치 말고 재미있게 한번 풀어 보시오. 평소에 왜 잘 하는 것 있지 않소?"

 문왕의 말뜻은, 말을 할 때 자신의 입장이 난처하게 직설적으로 표현하지 말고 은유법을 잘 사용하여 듣고 나면 절로 웃음이 피어날 수 있도록 그런 노련한 해학을 요구하는 것이었다.

 "황공하옵니다, 폐하! 그럼 말을 계속 잇겠사옵니다. 아직까진 것이 아니라 벗겨지지 않았사옵니다. 그래서 순수하다고 하겠사옵니다. 이 순수함이란 십대가 넘으면 영원히 보상받을 수 없는 그런 소중한 인생의 첫 자산이옵지요. 사람이 살아가다 보면 자꾸만 세상의 때로 채색되어지게 마련이옵지요. 그러다가 드디어는 철면피 내지 뻔뻔이가 되옵니다. 그러나 이 초구는 아직 그런 정도까지에는 미치지 않았으므로 순수하다고 표현한 것이옵니다. 이럴 때에는 자신이 좋아하는 이성이 눈앞에 나타나기라도 하면 가슴이 두근거리며 소변이 자주 나오는 등 체내의 이색반응이 민감하게 나타나옵니다."

"그럴 테지. 사편도 십대 때에 그러했었소?"

"저뿐이겠사옵니까? 이때에 그런 경우를 당하게 되면 누구나를 막론하고 두근거리고 설레인다고 봐야겠사옵니다. '어린애들은 병치레하면서 커 간다'란 속담이 있듯이 말씀이옵니다."

"그러면 다음엔 다른 각도에서 한번 해부해 보시오."

"예, 폐하! 이 괘가 천택리괘가 아니옵니까? 초구로서 자기의 첫 인생 행로를 개척해 가려고 하는 시발점에 서 있사옵니다. '등고자비(登高自卑)요 행원자이(行遠自邇)라'고 하는 말이 있사옵니다. 높은 곳을 정복하기 위해 낮은 데서부터 출발하고, 먼 곳을 가기 위해 가까운 데서부터 시작한다는 뜻이 아니겠사옵니까? 밟고 실천해 가는 첫 시발지에 서 있는 이 초구는 살얼음을 밟듯이 조심스럽게 한 발 한 발 움직여 감을 신조로 삼아야 하는 입장이옵니다. 앞에 함정이나 덫이 있는지도 모르고 발을 덥석덥석 떼어 놓으면 안 되는 것입지요. 그렇게 했을 때 비로소 호랑이의 꼬리를 밟아도 물리지 않는다고 보는 것이옵니다."

"그래서 천택리괘의 출발이 그렇다 이 말이지요?"

"그렇사옵니다, 폐하!"

이렇게 초구에 대한 군신지간의 일장준론이 모두 끝이 났다.

문왕은 난분을 들어다 그 꽃을 코끝에 대고 향기를 진하게 들이마시고 있었다.

"사편, 이 난향 한번 맡아 보시구려! 참 영물이에요. 사람의 마음을 사로잡지 않소?"

난분을 들어 사편 앞에 들이대며 문왕이 말했다.

"예, 폐하! 그러하옵니다. 멀리서 맡는 것과 이렇게 가까이서 맡는 것과는 많은 차이가 있사옵니다. 아주 다른 느낌이 드옵니다."

난향을 함께 감상하며 즐기는 정경이 화기애애하여 마치 두 마리의 학이 하늘에서 내려와 앉아 정답게 노니는 모습과도 같아 보였다.

죽향은 저쪽 악실에 앉아서 무료한 탓인지 날씨 탓인지 꾸벅꾸벅 졸음을 참지 못하고 있었다. 그러나 아무래도 그런 탓만은 아닐 것이리라. 간밤에 폐하를 즐겁게 해 드리는 데 충성을 다해 몸을 바치다 보니 수면이 모자랐던 탓도 있으리라. 아무리 음이 밤에는 세다고 할지라도 그것은 밤의 이야기일 따름이지 낮이 되면 자연적으로 음기가 소멸되어 버리므로 낮에 졸음이 오는 것은 당연한 생태계의 현상이 아니겠는가.

"다음은 구(九)의 이(二)효를 풀어 보겠소, 사편."

〈괘상 5〉

"예, 폐하!"

"이 구이(九二)효는 '밟고 가는 길이 탄탄(坦坦)하니 유인(幽人)이라야 바르고 정길(貞吉)할 것이다' 하겠소.

무슨 뜻이냐 하면, 구이(九二)는 강자가 음의 부드러운 이(二) 자리와 동시에 상중하 가운데 중간에 와 있으므로 그 나아가는 길이 평탄할 것이라 이 말이오. 그러나 하나의 결점은, 자기의 짝인 구오가 양으로서 자기와 같은 입장에 있소. 그러므로 뭐가 딱딱 맞아떨어지지 않아서 고민이 있다고 보겠어요. 때문에 유정안념(幽靜安恬 ; 쓸쓸하고 외롭게 동정을 지킴)의 사람이라야 정길(貞吉)을 가져온다고 보는 것이오. 이 유정의 사람이란 유독수정(幽獨守貞)의 사람이기에 매사를 신중히 처리해 가는 그런 무게있는 사람이라 하겠어요."
"폐하, 설명이 아주 적절하시옵니다."
"그렇소. 이 괘에 있어서 이 효는 해석을 내리기가 좀 까다롭다고 봐야겠어요. 그건 그렇고, 우리가 이 괘를 풀어 가는 데 좀더 구체적인 설명을 찾아 보기 위해 여상 태공선생을 모시도록 합시다."
"아이구! 참으로 좋으신 의중이시옵니다, 폐하!"
"그러면 죽향이!"
"예, 폐하!"
"여상선생을 들으시라 이르게."
"곧 시행하겠사옵니다."
잠시 후 여상선생이 노구를 굽히며 입궁했다. 아무리 나이가 많고 국사라 해도 임금의 앞에서 경의를 표하는 것은 군신지간의 도리이자 예의인 것이다.
"폐하, 문안 올리옵니다."
"선생께서는 어떠하시오?"
"폐하께옵서 익히 아시다시피 국외에서는 지금 전쟁이 치열하지 않사옵니까? 그래서 그 동안 수시로 무왕폐하께 병법 강의를 드리느라 몸과 마음이 바빴사옵니다."
"그럴 터이지요. 그래 지금은 전세가 어떻다고 합디까?"
"계속 승전보가 날아오고 있사옵니다. 게다가 이웃의 강대국인 밀수국(密須國)에서도 우리에게 가세히여 함께 쳐들어가고 있다는 소식도 들어와 있사옵니다."
"바로 그게 천심이며 민심이 아니겠소? 은의 수(受;紂의 이름)는 지금 불알에 손톱도 안 들어갈 정도로 긴장이 되어 있겠구려."

"그러할 것이옵니다. 지금쯤 그는 아마 그토록 잘 지은 녹대와 좋아하는 달기와 그 외의 여인들, 그리고 금은보화를 바라보며 '저것들을 아까워서 어쩌나' 하고 좌불안석(座不安席)일 것이옵니다."

"망하는 판국에 그러한 것들이 무슨 소용이 있으리요. 부귀공명은 다 뜬구름과 같다 하지 않았소?"

이런저런 대화가 문왕과 태공 사이에 오가고 있었다.

"여상노사님, '쥐도 막다른 골목에서는 고양이를 문다' 하지 않사옵니까? 그 은의 수가 막다른 골목에서 무슨 짓을 어떻게 감행할지 모르니 신중히 대처해야 하지 않겠사옵니까?"

사편이 걱정을 보탰다.

"물론이지요. 그렇지만 야전군 사령관인 대장군 단공(丹公)이 어디 보통 장군인가요?"

여상선생의 답변이었다.

물론이다. 일단 적진에 내보낸 장수를 믿는 것은 당연한 병법의 원리인 것이다.

"그 이야기는 그 정도로 해 두고……. 여상노사는 이 천택리괘의 효를 도상학적으로 한번 설명해 주시지요. 앞으로는 여상노사를 우리의 이 역리 해석 모임에 끼워 드리도록 하겠소, 허허허."

분위기를 바꾸기 위해 문왕이 농담을 섞으며 허허대고 웃었다.

"폐하, 소신을 끼워 주시겠다니 성은이 망극하옵니다! 이 신은 그렇잖아도 폐하께옵서 그 동안 신을 끼워 주시지 않아 조금은 섭섭히 생각해 오던 터였사옵니다."

여상도 농담을 받아 동안의 표정을 지으며 싱긋이 웃었다.

"그러면, 폐하께옵서 말씀해 두신 그 원리를 좇아 말씀드리겠사옵니다. 유인정길(幽人貞吉)에 담긴 뜻은 심중으로 내란이 일어나지 않는 그런 인격자이옵니다. 도를 실천하는 것은 안정(安靜)에 있으므로 그 중심이 염정(恬正)한즉 실행해 가는 바가 안유(安裕)하옵니다. 만약 중심이 조급하게 움직이면 어찌 그 실행하는 바가 편안하겠사옵니까? 대체로 중심에 내란이 일어나는 것은 순전히 이욕(利慾) 때문이옵지요. 그러나 중심이 안정되면 그런 이욕 따위로 인해 내란은 일지 않사옵니다. 어떻사옵니까, 설명이?"

"잘 되었소. 역시 노대가이십니다."

그렇다. 아무래도 노대가의 해석인지라 얕아 보이면서도 그 뜻은 깊었다.

"여상노사님, 제 밥통 떨어지겠습니다, 하하하."

"웬, 별말씀을 다 하십니다."

"선생께서 역리 해석을 너무 잘 하시니 그 말씀이지요, 뭐."

사편의 농담이 분위기를 잠시 환기시켰다.

"그럼, 이번에는 사편관이 한번 재미있게 풀어 보시오."

문왕이 사편을 빙긋이 웃는 얼굴로 바라보며 말했다.

"사편관께서는 그렇게 농담을 잘 하신다면서요? 그 입씨가 너무 좋다고 소문이 호경 땅에 자자합디다, 하하하……."

"아이구 노사님, 부끄럽습니다. 제가 무슨……. 그럴 정도로까지 잘 하지는 못합니다."

"괜히 한번 농담으로 해 본 소리요."

또 한번 잠시 동안 농담이 꽃을 피웠다. 농담이란 정신건강을 위해서도 좋고 또 분위기 쇄신을 위해서도 때론 필요한 것이다.

사편이 표정을 가다듬으며 입을 열었다.

"폐하, 그럼 소신이 책임량을 다하겠사옵니다. 이 구이(九二)

는 본디 이(二)의 음이 살고 있는 곳에 양이 박혀서 음을 양으로 바꿔 놓았사옵니다. 이는 마치 처녀가 남자에게 시집와서 살다 보니 자기도 모르는 사이에 저절로 남자가 되어 가는 경우와 같다 하겠사옵니다. 또 내외간이란 부부의 입장에서 보면 아내가 음이지만, 엄마와 아들과의 수직 관계에서 보면 양의

〈괘상 6〉 →九의 二

입장이 되는 것과 같은 원리이옵니다. 이런 경우를 구이(九二)라고 하는 것이옵니다."
"아니, 아까 뭘 박는다고 했어요? 하하하……."
여상선생이 한 마디 내뱉으며 넌지시 웃기고 있었다.
"그거야 뻔할 뻔 자 아니겠습니까? 여자가 시집가면 서방님한테 박혀야지 그렇지 않는다고 한번 생각해 보십시오. 이 천하에 누가 자기 마누라 데리고 살겠습니까? 하하하……."
"그런데 사편, 처음에는 여자들이 뭘 몰라서 박히기를 싫어하다가 세월이 지날수록 오히려 박아 주지 않는가 싶어서 자꾸 잠자는 서방의 옆구리를 꾹꾹 찔러 댄다 합니다. 그런데도 서방이 박아 주지 않으면 여자가 보따리를 싸는 경우도 있답디다."
"그럴 수도 있지요. 그래서 음양의 이치란 참으로 미묘한 것이에요."
잠시 여상과 사편간에 진한 농담이 오고 갔다. 농담이란 기실은 진할수록 재미있지만 폐하 앞에서는 이러한 계기가 그리 쉽지 않은 것이다. 뭐든지 때와 장소를 가려 하는 것이 세상의

규범이고 보면 이 또한 무시할 수 없는 관행인 것이다.
 문왕은 자기들끼리 서로 씨부렁거리는 농담을 기도 안 차다는 듯이 듣고 있다가 입을 열었다.
 "으흠, 그런데 고양이란 놈은 교미할 때에는 동네방네 시끄럽게 하면서도 새끼 낳을 때만큼은 은밀한 곳에서 조용히 낳는다고 하던데 사람은 그와 반대인 것 같아요. 은밀한 곳에서 그 짓을 해놓고 새끼를 낳을 때는 동네방네가 시끄럽도록 울고불고 하니 참 우습고 묘하지 않소? 하하하……."
 "그렇사옵니다, 폐하!"
 사편의 응대였다.
 저쪽에서 졸고 있던 죽향이도 언뜻언뜻 귀에 우스운 얘기들이 들려올 때마다 웃음을 참느라 애쓰는 표정이 역력했다.
 "그럼 육(六)의 삼(三)효로 넘어 갑시다.

〈괘상 7〉

 이 육삼은 '봉사가 능히 보려고 하고 앉은뱅이가 능히 걸으려고 하는지라, 호랑이의 꼬리를 밟으면 물리게 되니 흉하도다. 무인(武人)이 대군(大君)으로 변했다'라고 보는 것입니다."
 "그게 무슨 뜻이옵니까, 폐하?"
 사편이 질문하였다. 겉으로 들어서는 그 이야기가 무엇을 뜻하는지 좀처럼 알아들을 수가 없었기 때문이었다.
 "그러면 좀더 자세히 해설하겠소. 이 육삼은 육의 음이 삼의 양 자리에 뛰어들어서 뜻은 강하지만 체질적으로 음유할 수밖에 없어요. 때문에 그 실행하려는 바가 어찌 견고할 수 있겠소? 비유하자면, 눈 먼 봉사가 보려고 하지만 앞을 볼 수 없고, 앉은뱅이가 걸으려고 하지만 그 보폭이 멀리 떼어지지 않는 것과 같아요. 재질도 부족할뿐더러 중정(中正)도 얻지 못했으니 행실이 바르지 못해요. 또 음유한 힘으로 강성해지려고 힘쓴즉 그 발걸음이 위험한 터를 밟는 것과 같지요. 따라서 호랑이 꼬리를 밟은 것과 같다고 비유한 것이오. 밟아서는 안 될 곳을 밟았으니 화환(禍患)이 미쳐 온다고 보는 것이지요.

그리고 '무인이 대군으로 변했다'란 말은 순서를 밟지 않고 혁명을 일으켜 임금의 자리에 올랐으니 매사에 있어서 방만하고 조솔(躁率;조급하고 경솔함)할 수밖에 없지요. 따라서 순리를 따라 가려고 해도 그럴 수 없으니 권좌를 오래 지탱할 수 없다 이거요. 그러니 결국에는 흉함이 올 수밖에요."

"시원하게 헤쳐 놓으셨사옵니다, 폐하! 실은 신 또한 얼른 감을 잡지 못했었사옵니다."

여상노사가 솔직하게 아뢰었다.

"다음은 여상선생께서 도상학적으로 설명해 보시지요."

"예, 폐하! 봉사가 능히 보려고 하지만 전혀 앞을 볼 수 없고, 절름발이가 능히 걸으려고 하지만 정상인에 미치지 못하니 그저 답답할 따름이옵지요. 그리고 호랑이에게 물려 흉하게 된 것은 밟지 않아야 할 곳을 밟아서 그렇게 된 것이옵고, 무인이 대군이 된 것은 뜻이 너무 강해서 그렇게 된 것이옵니다."

"좀 쉽게 설명해 보십시오, 여상노사."

"예, 폐하! 음유한 사람이란 본래 그 재질이 부족하므로 사물을 보려고 해도 볼 수 없고 걸으려고 해도 능히 멀리 가지 못하니 그저 애만 쓰는 그런 입장이옵지요. 걸어가는 인생 행로가 이와 같으니 뭔가 제대로 풀리지 않사옵니다. 음유한 육이 강성한 위치의 삼에 온 것이 바로 그러한 입장이옵니다. 때문에 호랑이에게 물려 화를 입게 되니 흉하옵니다.

'무인이 대군이 되었다' 함은 재질이 약한 음이 양의 자리에서 뜻을 강하게 쓰려고 하는 것을 비유한 말이옵니다. 뜻이 지나치게 강하면 자신의 분수에 맞지 않게 망동(妄動)을 저지르게 되므로 '무인이 대군으로 변했다'고 한 것으로 여겨지옵니다."

"설명이 좋소, 여상노사. 역시 잘 보시는군요."

"다음은 사편관의 차례요."

이번에는 여상이 사편을 바라보며 말했다.

"예, 제 몫을 찾겠습니다. 남자이긴 한데 기능이 약해서 여자를 감질나게 하는 그런 경우라 하겠사옵니다. 또 여자인데도

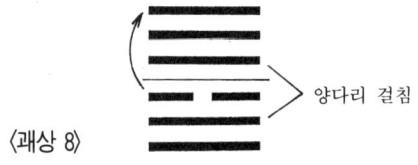

〈괘상 8〉 양다리 걸침

불감증벽이 있어서 지진이 잘 일어나지 않는 그런 상황과 같다고 보겠사옵니다. 이런 경우는 쌍방과실이 아닐 수 없사옵니다.

그리고 자기의 짝은 상구(上九)이지만 이미 끝나는 자리에 있으므로 그와 관계를 맺는다는 것은 우스운 일이 되옵지요. 그래서 육삼은 자신을 중심으로 한 이화괘(離火卦)를 만들어 두 남자에게 양다리 걸치려는 속셈을 가지고 있사옵니다. 이런 여자가 세상에는 많사옵니다.

이런 경우를 동가식서가숙(東家食西家宿)이라고 하옵지요. 밥은 동쪽에 있는 부자에게 가서 얻어 먹고 잠은 서쪽에 있는 미남 집에 가서 누워자는 그런 여자이옵니다. 그러다가 결국에는

이들 중 어느 질투 심한 남자로부터 칼침 맞는 경우도 더러 있사옵니다. 대부분 되지못한 여자들이 이러한 짓을 해 대옵지요."

"동가식서가숙이라! 그 말 참 표현이 재미있소, 사편. 그러니까 몸을 바치는 서방과 밥을 먹여 주는 서방을 따로 이원화시켜 놓고 사는 그야말로 '끼'있는 여자라 할 수 있겠구려."

천하의 대인이자 달인인 여상선생도 사편의 말을 듣고 고개를 갸우뚱거리며 세상에 별난 여자도 다 있다는 듯한 표정을 짓고 있었다.

"폐하, 그런 여자를 데리고 사는 남자는 골치깨나 아프겠사옵니다. 만약 제가 그런 입장에 처하게 된다면 그녀를 그냥 닭모가지 비틀 듯이 잡아 비틀어 놓고 말 것 같사옵니다."

여상이 약간 상기된 목소리로 말했다.

"누가 알게 한답디까? 귀신도 모르게 하지요. 끼있는 여자들이란 본래 그 짓을 남 모르게 하는 데 아주 대가랍디다. 귀문둔갑술을 가지고 있는 것이지요. 그리고 그런 잘나고 끼있는 여자는 어느 누구도 못 말린다고 들었어요. 못난 여자들도 그 짓을 귀신도 모르게 한다던데 하물며 끼와 미색을 갖춘 여자는 오죽하겠소이까."

문왕의 해설이었다.

그렇다. 끼를 부리는 여자는 반드시 미색에 재능을 겸비하고 있어서 누가 그런 그녀를 통제한다는 것은 거의 불가능에 가까운 것이다. 끼 따로 미색 따로 노는 것이 아니고 항상 같이 붙어 다니는 것이다. 이런 여자를 두고 흔히 '백여우'라고 하던가.

"이 육삼은 그 정도로 해 둡시다. 이젠 구(九)의 사(四)효로 가 봅시다."

문왕의 사회였다. 문왕은 적절한 시기에 말이 길어지지 않도록 끊어 가며 명사회자로서의 역할을 하고 있었다.

"그럼 먼저 이 짐이 원칙론을 말하겠소.

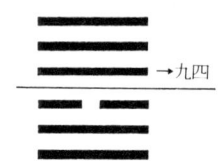

〈괘상 9〉

'구(九)의 사(四)효는 호랑이가 꼬리를 밟혔으니 두려워하면 마침내 길할 것이로다.'

이 얘기는 이런 뜻이에요. 구는 강성한 양이고 사는 부드러운 음이면서 구오의 존위에 가까이 밀착되어 있는 입장이지요. 때문에 구오에게 구사 자신의 꼬리가 밟혀 있는 중이지요. 이러한 상황에서는 구오에게 달려들지 말고 외경(畏敬)하고 공구(恐懼)하면 괜찮다는 뜻이에요."

"폐하, 구사가 비록 무서운 호랑이일지라도 위에 있는 구오가 워낙 대단한 자리이므로 달려들어서는 안 된다고 생각해도 되겠사옵니까?"

여상의 질문이었다.

"그렇소. 구오는 막강한 임금의 자리에 있어요. 그러니 그에게는 엄청난 화기와 무력이 있지요. 때문에 호랑이 한 마리쯤 잡는 거야 간단하지요."

문왕의 해설이었다.

"그러면 다음 도상학적 얘기는 여상노사께서 해 보십시오."

사편이 제의하였다.

"알겠소. '두려워하므로 마침내 길할 것이라' 함은 구사의 위치에서 자만하거나 안주하지 않고 더 큰 세계를 얻기 위해 묵묵히 참고 걸어가는 그런 상황이라 하겠사옵니다."
"잘 보시는구려. 바로 그것입니다. 정승에 오르면 누구든지 존위의 자리인 용상에 한번 앉아 보고 싶은 것이 인지상정 아니겠소? 때문에 그 큰 야망을 밖으로 표출하지 않고 자기 심중으로만 생각하며 기회가 올 때까지 묵묵히 걸어가는 것이라 하겠어요."
문왕의 보충설명이었다.
"폐하, 설명이 다 끝나셨사옵니까?"
"그렇소. 이제는 사편공이 할 차례요."
"예, 폐하! 그럼 말씀올리겠사옵니다. 이 구사는 육삼의 입장과는 정반대이옵니다. 좀전에 풀었던 육삼은 하괘의 상(上)에 와 있었지만 이 구사는 상괘의 하에 위치하고 있사옵니다. 그리고 육삼은 음이 양의 집에 왔었는데 이번 구사는 양이 음의 집에 왔사옵니다. 그래서 정반대라고 말씀올리는 것이옵니다."
"잘 보시는군요. 사편공께서는 상당히 감각이 높소."
여상이 사편의 말을 끊으며 찬사하였다.
"다음을 이어 보시오, 아직 본론으로 들어가지 않은 것 같은데."
문왕이 말을 재촉했다.
"예, 폐하! 이 소신은 꼭 우스운 말을 한번 해야 속이 시원하옵지요. 구(九)의 사내가 사(四)의 여자를 얻어서 양기 하나로 그만 여자의 재산을 꿀꺽 삼켜 버렸사옵니다. 그러고는 여자가 살던 집앞 대문에 자신의 이름이 새겨진 문패를 걸어 놓고 주인 행세를 하는 판이옵니다. 세상에는 이런 경우가 더러 있사옵니다. 남자에 굶주린 여자가 돈도 있고 집도 있는데 단지 남자가 없어서 곤란을 당하던 중 양기 센 남자 하나를 만나서 자신의 문패를 떼어내고 남자의 문패로 바꾸어 걸어 둔 셈이옵니다.

 이렇게 서로 이용하고 이용당하며 필요에 의한 가장 현실적인 삶을 일구어 가는 그런 입장이라 하겠사옵니다. 남자는 여자에게 자신의 풀주머니를 털어 넣어 주고 여자는 그걸 받아 먹는 대가로 자기 집 대문에 남자의 문패를 걸어 주는 '누이 좋고 매부 좋은' 그런 삶이라 하겠사옵니다."

 "하하하, 그러면 이불 속 궁합은 좋겠소, 사편?"

 여상이 짓궂은 말씨로 질문하였다.

 "좋다마다요. 구(九)에게 있어서 양기는 자기의 밑천이자 총재산이라 하겠습니다. 게다가 사(四)는 여성다운 내용물을 모두 갖춘 완숙된 사십대 여자가 아닙니까? 그러니 궁합에 대한 것은 더 이상 물을 바 없이 훌륭하옵지요. 그렇지 않다면 어떤 골빈 여자가 애써 모아 장만한 자기 집 대문에다 남의 사내 문패를 걸어 주겠습니까?"

 사편의 설명이자 대답이었다.

 "두 사람이 아주 잘 만났구려. 서로 차(車) 치고 포(包) 치고 잘 맞아 갑니다, 하하하."

 문왕은 두 사람이 서로 주고 받는 농담을 재미있어 하며 한 마디 거들고 웃어 댔다.

 "그건 그 정도 해 두고 이젠 사업적인 측면에서 잠시 언급해 보시지요."

 문왕이 화제를 돌렸다.

 "예, 폐하! 사업이 안 되면 이불 속의 궁합도 기대할 수 없겠지요. 때문에 돈을 잘 버는 사람이 이불 속의 궁합도 잘 들어 맞는다고 할 수 있겠사옵니다."

 "그러니까 우리가 역을 풀어 가는 데 있어서 그 사업 얘기를 빼 버리면 역을 푸는 아무런 의미가 없는 것이지요. 사람에게 있어서 쾌락이란 것은 순간적인 것에 지나지 않으므로 항시 산업과 사업, 그리고 기업의 경영에 중점을 두어야 하는 법이지요."
"물론이옵니다, 폐하!"
"그런데 우리가 앞서 풀었던 몇 효는 사업에 관한 해설이 조금 소홀했던 것 같아요. 그러니 앞으로는 그 문제에 대해서 충분히 짚고 넘어 가도록 합시다."
"그러하겠사옵니다, 폐하! 그럼 사업적인 얘기를 올리겠사옵니다. 이 구사는 사업을 성취시킬 수 있는 나이도, 또 위치도 되었사옵니다. 단 한 가지 부족한 것이 있다면 자기 짝인 초구(初九)가 미숙한 입장에 있다는 점이옵니다. 이런 경우는 그를 데려다가 참모를 시키든지 적절한 위치에 두면 좋겠사옵니다. 주위의 여건은 참으로 좋사옵니다. 실세 아래에 있으면서 아래로는 육삼의 부드러운 음들이 받쳐 주고 있사옵니다. 이 음들은 여자일 수도, 또 남자일 수도 있사옵니다. 좌우지간 말을 잘 듣고 따라 주는 그런 아랫사람들이라 보면 되겠사옵니다.
이런 분위기에서 사업의 성공이란 땅 짚고 헤엄치기 격이옵니다. 실세 밑에 있으니 엄청난 이권이 왔다갔다 하게 되옵니다. 결국 조정의 관리란 인허가권(認許可權)이 대권 아니겠사옵니까? 관리들에게 있어서 그 인허가권이란 것이 없다면 발톱 없는 호랑이나 다를 바 없사옵지요. 때문에 벼슬아치들이 죽기 아니면 살기로 대민 관계의 창구로 가려고 기를 쓰는 것 아니겠사옵니까?"
"사편의 말대로라면 앞으로 우리 주나라도 기틀이 제대로 잡히게 되면 떡고물 시비가 더러 일겠구려."
"물론이옵니다, 폐하! 조정의 거의 모든 부서가 이권 부서 아니옵니까?"

"허어, 그러고 보니 과연 그렇구려. 무왕에게 단단히 일러야겠소. 떡고물 시비가 일지 않도록 말이오."

"폐하, 그것은 거의 불가능하옵니다. 무왕폐하께옵서 그것들을 어찌 다 감시감독하실 수 있겠사옵니까? 또 설령 그러한 사실을 폐하께옵서 아신다 하더라도 사사건건 주의를 주노라면 잔 임금이라고 비알량대며 말이 많은 것이 밑에 있는 관리들의 주특기이옵니다."

"그러면 어찌해야 되겠소? 여상선생께서 간단히 한번 해답을 내려 보시지요."

"제가 기회를 봐서 무왕폐하께 그에 관해 대책을 숙의할 것이오니 크게 염려치 마옵소서."

"알겠소. 후우—."

문왕은 다소 안심이 되는 듯 짧게 한숨을 내쉬었다.

"또다시 구(九)의 오(五)효를 찾아가 봅시다.

'구오(九五)는 통쾌하게 밟아 가니 마음을 곧게 가져도 위험이 따르리라.'

〈괘상 10〉

무슨 얘기냐 하면, 이 구오가 중정의 덕과 존위의 자리를 얻었다고 해서 너무 강하게 몰아붙이면 위험이 따르게 된다는 뜻이지요. 옛적 성인들은 천하의 존위에 있으면서 다음으로써 오로지하였소.

명족이조(明足以照)하고
강족이결(剛足以決)하고
세족이전(勢足以專)으로 말이오.
(밝음으로써 비추고
강으로써 결단내고
힘으로써 오로지하다)

 그러나 천하의 중의(衆議)를 의논하지 않음이 없었소. 아무리 보잘것없는 자의 말이라도 반드시 취하여 이에 가치를 부여했으므로 성인이 되었던 것이지요. 스스로의 강명(剛明)만 믿고 자신의 잘못된 행실에 대해 돌아보지 않는다면 비록 정도를 얻었다 할지라도 그것은 위도(危道)가 되어 버리지요."
 "폐하, 그러니까 한 마디로 요약하면 힘깨나 있다고 해서 너무 까불지 말고 겸손과 겸덕으로써 모든 일에 임하라는 뜻이옵지요?"
 사편의 질문이었다.
 "그렇소. 대체로 역대 군주들을 보면, 구오와 같은 입장에서 권력을 전행(專行)함으로써 후회를 한 군주들이 많아요."
 "그렇사옵니다, 폐하! 그런 설명을 하시오니 폐하의 만덕(晩德)이 더욱 높아만 보이옵니다."
 여상 태공이 문왕에게 찬사를 올리자 문왕은 짙은 수염 속에 감추어졌던 백옥 같은 치아를 드러내며 웃어 보였다.
 "폐하, 그럼 이 신이 형상학(形象學)적으로 설명을 올리겠사옵니다."
 여상 태공이 나서며 말했다.
 "그렇게 하시오. 항시 여상노사는 형상학적으로 일을 잘 풀지 않소?"

"황공하옵니다, 폐하!"
"간단하게 풀어 보세요."
"그러하겠사옵니다. '너무 통쾌하게 밟아 가면 마음을 곧게 가져도 위험이 따른다'고 한 것은 위치가 정당해서 그런 것이옵지요. '믿는 도끼에 발등 찍힌다'는 옛 속담이 있듯이 자신의 힘을 믿고 너무 자만에 빠지게 되면 바로 그런 일이 닥치게 되옵니다. 대체로 믿는 것에서 상함을 입게 된다는 뜻이옵지요. 그리고 또 의세화상수(依勢禍相隨)라고도 하지 않사옵니까? 너무 힘에 의존하다 보면 재앙이 따르게 되는 법이옵지요."
"그렇지요. 힘이란 일시에 모두 써 버리면 곤란하지요. 항시 육 부 내지 칠 부만 사용하면 족한 게 아니겠소? 그러다가 일단 유사시가 되면 온 힘을 쏟아내는 것이 상식일 겁니다."
"바로 그 뜻이옵니다, 폐하!"
"다음에는 사편공의 재담과 익살을 한번 들어 보십시다."
"그렇게 하는 것이 좋을 것 같사옵니다."
여상도 사편의 익살스러운 말에 재미를 붙였는지 기다렸다는 듯이 반갑게 대답했다.
사실 그렇다. 인생에 있어서 매사가 재미있고 유익하면 그것으로 족한 것이다. 유익만 있고 재미가 없다든지 재미만 있고 유익이 없다고 한다면 실로 세상 살아갈 맛이 없어지고 말 것이다. 이런 차원에서 볼 때 사편의 강담은 일찍이 주나라에서 찾아 볼 수 없었던 그런 것이었다.
"그럼 폐하, 이 소신이 한 말씀 올리겠사옵니다. 구오는 중양(重陽)과 전양(全陽)으로서 너무 강한 양기를 가지고 있사옵니다. 옛 속담에 '집구석이 망하려면 연장 큰 놈이 나온다'라고 하였사옵니다. 저 구오도 바로 연장이 크고 정력이 남아 돌아가서 집구석을 망쳐 먹기 십상이옵니다. 그 커다란 연장을 무기로써 동네방네 싸돌아다니며 계집들에게 내둘러 대다가 결국에는 여란(女亂)에 휩싸여 신세 망치고 마는 것이옵지요."
"연장 큰 것도 화가 되는군요, 하하하……."
늘 점잖은 도인 여상이었지만 사편공의 말에 그만 너무 우스워서 지존하신 폐하 앞에서 입이 벌어지고 말았다.
"물론입니다. 여자들이 저런 연장 맛을 한번 보고 나면 집구석을 뛰쳐나오지 않고는 못배기지요."
"그럴 것 같군요. 충분히 이해가 됩니다. 그러니 결국엔 양가가 다 망하게 되는군요."
"그래서 집구석이 망하려면 그런 놈이 나온다고 한 것이옵니다, 하하하……."
사편 자신도 웃음을 참으려고 애쓰다가 그만 폐하 앞에서 웃음을 터뜨리는 결례를 범하고 말았다.
"여상노사, 사편공! 두 양반 다 웃음이 터지려고 하면 참지 말고 마음껏 통쾌하게 웃어 버리세요. 내 모두 이해할 것이니 짐을 의식치 말고 말이오. 웃음을 참으면 속병 생기는 겁니다."
문왕도 이런 말을 해 주면서 소리내어 웃지는 않았지만 입가에 미소가 일고 있었다.
그렇다. 웃음도 일종의 배설이다. 때문에 위아래를 막론하고 배설이 잘 되어야 건강이 좋아진다. 인생이란 게 뭐 별건가. 많이 웃고 많이 싸면 기분이 좋아진다. 세상 살아가는 데 있어서 이 두 가지가 없으면 인생은 비극의 늪으로 매몰되고 만다.
그래서 출세한 사람일수록 위로도 많이 싸 대고 아래로도 많이 싸 댄다. 그러나 출세를 못한 사람일수록 위아래로 쌀 것이 없다. 그도 그럴 것이 위로 마음껏 먹어 대지를 못하니 아래로도 변변히 쌀 것이 없다. 그래서 가는 똥을 싸게 되고, 항상 먹는 게 부족하니 늘 위로는 찡그릴 수밖에 없게 된다. 옛 속담에

'없는 놈은 적게 먹고 가는 똥 싼다'고 한 말이 예사로 생긴 것이 아니리라!

"이번에는 내용을 좀 바꾸어서 사업의 성공담과 실패담 같은 쪽으로 들어가 봅시다, 사편."

문왕의 제의였다.

"지금 저 괘상처럼 조직을 재편해 놓고 보면 오손풍(五巽風)이 되옵니다. 본괘상으로 볼 때에는 구오이지만 손괘의 소상괘로 보면 상(上)에 와 있사옵니다. 따라서 상황논리가 바뀌게 되

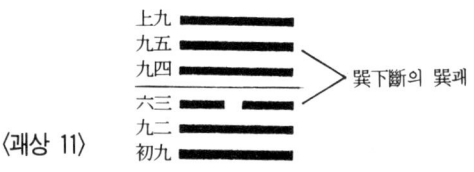

〈괘상 11〉

옵니다. 겸손과 바람을 동시에 가진 소상의 손괘에서 특히 맨 위에 위치해 있기 때문에 하는 일이 잘 될 수밖에 없사옵니다. 작가가 작품을 만들어 가는 데 있어서 이렇게도 저렇게도 할 수 있는 것 아니겠사옵니까? 이 소신도 그렇게 한번 연출해 본 것이옵니다."

"아주 좋아요, 그렇게 지어 놓고 보니까 말이오. 역시 우리 사편공은 연출감각이 뛰어나요."

문왕의 칭찬이었다.

그렇다. 연출이 좋지 않으면 아무리 좋은 것이라 할지라도 빛이 덜 나는 법이다.

"겸손과 바람을 가진 오손풍의 맨 상좌에 있는 이 인격체는 사업상 남과 대할 때에는 겸덕을 보여 주고, 또 수하의 사람을 대할 적에는 바람처럼 시원하게 해 주옵니다. 그래서 성공할 수밖에 없다고 확언한 것이옵니다."

"잘 되었어요, 설명이. 그러면 다음은 상(上)의 구(九)효로 넘어가 봅시다."

이 상구(上九)효는 '실천해 감을 보고서 자세히 상고하는데 그 주선을 잘하면 원길(元吉)을 얻게 되리라'는 뜻이 들어 있어요.

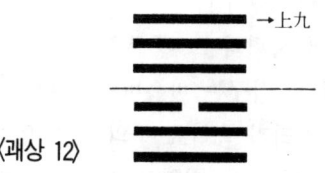

〈괘상 12〉

무슨 말이냐 하면, 이 상구는 맨 윗자리에 와 있으면서 시작부터 끝나는 결과까지를 보아 왔지요. 이를 자세히 보면 그 속에는 선악과 화복(禍福)이 들어 있어요. 그 사이에 일어난 일들에 대해 주선을 잘 해 주면 선길(善吉)을 만나게 된다는 겁니다. 다시 요약하면, 지나온 과거 즉 괘의 전(前) 효를 회고해 보면 시작에서 결과까지에 있어서 별 탈이 없었어요. 때문에 마무리 과정에서 잘만 매김질을 한다면 원길은 보장받는다는 뜻이에요."

"폐하, 역시 실천하는 이 괘의 마지막 효라서 그런지 말씀이 좀 어렵사옵니다."

"그런가요? 그러면 여상선생께서 이에 대해서 형상학적으로 쉽게 설명해 주시지요."

문왕이 여상에게 말을 넘기자, 사편이 태공을 바라보며 말을 건네었다.

"그럼 여상 태공선생께서 한 말씀 해 보십시오."

"그러지요, 사편공. 이 상구의 형상을 그려 보면 맨 위에 와서 원길을 얻게 되었는데, 그 원길이 그냥 원길이 아닌 보다 좋은 대유경(大有慶)으로 변했습니다. 이 괘가 한 생애를 마무리하면서 돌아보건대 별탈 없이 잘 지내 왔습니다. 때문에 노년에는 윈길을 더욱 화려하게 장식하는 대유복경(大有福慶)을 누리게 될 것이란 말입니다."
"여상선생의 설명이 충분한가요, 사편?"
"예, 그러하옵니다, 폐하!"
"그러면 계속해서 사편의 그 풍류청담을 들려 주시지요."
"예, 황공하옵니다. 상구는 반음반양으로서 양면체를 가지고 있사옵니다. 육의 자리가 음이요 구의 효가 양이기에 그렇사옵니다. 이런 경우의 남자는, 외형은 시들어 가지만 내용으로는 육의 음이기에 아직은 풀주머니에 풀이 많이 남아 있는 그런 상황이옵니다. 그러니까 여자만 젊으면 일주일에 서너 차례쯤은 끄떡없이 수은(水恩)을 입혀 줄 수 있는 그런 체질이옵니다."
"그렇게 말씀하시는 사편공께서는 지금 어느 정도이십니까?"
여상의 짓궂은 질문이었다. 그러나 사편이 그런 말쯤에 얼굴 붉힐 사람이 아니었다.
"그 언젠가 폐하께옵서 한번 물어 주시더니 이번엔 여상노사께서 물어 주시는군요."
"그랬던가요? 미안합니다."
"괜찮습니다. 아마도 제가 건강해서 정력깨나 있어 보인다는 뜻으로 알겠습니다."
"정말 그런 뜻이었소. 다른 의미가 아니니 오해는 마시오."
"속담에 '새벽에 차일을 치지 않는 사내에게는 돈도 빌려 주지 말라'고 했지 않습니까? 그래도 저는 청춘입니다, 내용 면으로는. 하하하……."

사편이 진농반농으로 대답하였다.
"그런데 여상노사께서는 이제 너무 고령이신데 연세와 무관하십니까? 하하하……."
사편 또한 태공선생에게 짓궂은 농을 건네었다.
"이 몸도 아직은 괜찮다오. 지존하신 폐하 앞에서 죄송한 말씀입니다만……."
"아이구, 허허허……. 그게 무슨 말씀이시오? 다 이제 한물가는 남자들 아니오? 역리로 말하자면 우리는 이제 노양에 해당하지 않소이까? 그런데 지금 이 나이에 우리가 그런 걸 가지고 격을 따진다면 역리를 어떻게 풀어 갈 수 있겠소이까."
"그렇게 봐 주시니 황공할 따름이옵니다, 폐하!"
여상이 머리를 조아리며 예를 표하고 나서 다시 말을 이었다.
"실은 이 신의 마누라가 일찍 도망가 버리는 바람에 그 동안 여자에 많이 굶주렸사옵지요."
"허허허, 그래서요?"
문왕이 흥미로운 표정을 지어 보이며 물었다.
"그후 형편이 안 돼서 여자란 구경도 못 했사옵니다. 또 자식들이 다 크고 보니 할망구 하나 얻어 보려 해도 어디 눈치 보여서 그럴 수 있어야지요. 괜히 그 동안 도인입네 하고 내숭만 떨면서 지내 왔사옵지요. 그런데 그 여자란 건 정말 묘하기 이를 데 없었사옵니다. 곁에 있을 적에는 귀찮은 생각이 없지 않아 있었는데 막상 곁에 없고 보니 말할 수 없이 허전했사옵니다. 어디 소양(消陽)시킬 데가 있어야지요."
"그 심정 충분히 이해가 되고도 남습니다, 여상노사."
사편이 목소리를 차분히 가라앉히고 따뜻하게 응대해 주었다.

사편은 폐하 곁에서 시중 들고 있는 죽향이가 항시 마음 한 구석에 자리잡고 있어서 때로는 은근히 마음이 동하기도 하였다. 그러나 당치도 않은 큰일 날 생각이기에 마음을 독하게 먹고 있는 것이었다.

사편은 내심으로 이런 공상도 해 보았다. '문왕이 죽고 나면 저것은 내것이다.' 그러나 어쩌면 그것이 멀지않아 현실로 다가올지도 모를 일이었다. 문왕이 주나라를 50여 년(기원전 1171－1122년) 동안이나 통치하며 모든 걸 챙겨 먹고 이제는 멀지않아 가야 할 입장에 놓여 있기에 그런 공상도 해 본 것이었다. 그러나 '미인과 예술품은 돈과 권세를 따라다닌다'는 속담이 있듯이 사편에게 있어서 그것은 하염없는 공상에 불과할 뿐이었다.

죽향이가 문왕의 품 속에서 성은을 입은 지 삼사 년이 지나고 보니 이젠 예전처럼 그렇게 음악을 연주하고 묵화 치는 그런 애교가 사라지고 없었다. 그런 걸 보면 자고로 여자란 요물임에 틀림없었다. 그 동안 문왕에게 잡아먹히기 위해 얼마나 애썼는가를 알 수 있었다.

훗날, 이 죽향이가 낳은 다섯 명의 아들은 모두 제후로 책봉되어졌다. 주나라에는 희(姬)씨 성을 가진 오십세 개의 제후국이 있었다. 그 가운데 열여섯 나라는 문왕의 아들이 차지하였고, 네 나라는 무왕의 아들이, 또 여섯 나라는 주공의 아들이 차지하였다.

"사편, 이젠 사업적 차원에서 한 마디 하고 끝내도록 합시다. 그러면 천택리괘가 모두 끝나는 셈이에요. 그러니 유종의 미를 거두는 의미해서 열심히 노력해 봅시다. 우리가 이렇게 강담한 내용들이 천추만세에 길이 전해질 테니 말이오. 후인들이 읽어 보고 나서 '아따 그 양반들 말장난만 실컷 쳤구먼' 하는 소리를 듣지 않도록 말이오."

"좋으신 말씀이옵니다, 폐하!"

여상노사가 옆에서 한 마디 거들었다.

"그럼 이어 가겠사옵니다, 폐하! 초구로부터 출발하여 상구에 올 때까지 줄기차게 실천과 실행으로 일관해 왔사옵니다. 심지어는 호랑이의 꼬리를 밟아 가면서까지 아슬아슬하게 지내 왔사옵니다. 그야말로 산전수전 다 겪고 만고풍상을 받으면서 기구한 역정을 지내 온 인생의 노장이옵니다. 비록 높은 벼슬은 못해 먹었지만 돈만큼은 많이 벌어 성공한 자수성가형의 대표 격이옵니다. 그가 이 시점에서 상구로 되어 있기에 그렇사옵니다. 과거야 어찌 됐건 현재는 속이 음이므로 유순하고 겸허하여 지금도 남에게 거부감을 주고 있지 않사옵니다. 그러면서도 외형은 근엄한 초년생의 노인이옵니다."

"잘 되었소, 사편! 사편공은 항시 결론을 잘 내리는 주특기를 가지고 있어요."

문왕의 마지막 사회였다.

여상노사도 덩달아서 사편을 칭찬했다.

"사편공, 그간 애쓰셨소. 진짜 같이 역을 논할 만한 귀재이자 기인(奇人)이십니다. 또 다음 괘를 풀어 갈 때에도 계속 즐거운 시간이 이어지길 학수고대해 보겠습니다. 지존하신 폐하께옵서도 너무 노고 많으셨사옵니다."

여상노사가 마무리를 지으며 천택리괘의 풀이를 모두 마치었다.

한편, 은나라 정벌에 나섰던 주나라 군대는 먼저 동쪽의 우(虞) 땅과 예(芮) 땅을 멸하고 계속 승승장구하여 서쪽의 서융(西戎)과 혼이(混夷) 땅도 무너뜨렸다. 그 다음으로 강대국인 밀수국(密須國)과 군사 동맹을 맺어 앞서 정벌했던 여(黎) 땅을 거쳐 한(邘) 땅까지 먹어들어 갔다. 또 숭(崇) 땅은 이미 주나라의 손에 들어 왔던 곳이었기에 한때 그들의 도읍지였던 풍(豊) 땅을 점령한 뒤에 곧바로 숭(崇) 땅 이남인 여강(汝江)과 한수강(漢水江), 또 장강(長江) 유역을 모두 손에 넣었다.

수(受)에게 억만의 신하가 있었으나 억만 갈래로 찢어져 있었다. 반면에 무왕에게는 불과 정병(精兵) 삼천이 있었으나 모두 일심단결하였다. '천시(天時)가 불여지리(不如地理)요, 지리가 불여인화(不如人和)라'는 말은 이런 경우를 두고 하는 말이라 하겠다. 신하들이 제각기 흩어진 것은 상왕 수의 죄가 천하에 가득 차 있던 터에 무왕을 시켜 그를 주살(誅殺)케 하기 위함이었다.

무왕은 하늘의 상제(上帝 ; 하느님)와 땅의 지신에게 기도를 드리며 전쟁에 임했다. 무왕의 기도와 정성이 하늘과 땅을 감동시켜 천지가 완전히 무왕 편에 서게 되었다.

초여름으로 들어서는 입하(立夏)절이 있고 난 후 무오(戊午)날에 무왕은 투항해 온 군사들과 동참하는 군사들에게 훈시를 하였다.

"아, 서쪽 땅에서 온 사람들이여! 모두 이 짐의 말을 들을지어다. 길(吉)한 일을 하려는 사람에게는 언제나 시간이 부족한 법이다. 반대로 흉한 짓을 하려는 자에게도 시간이 부족함인저!

지금 저 은의 수는 심히도 법도에 벗어나는 짓을 서슴없이 자행하고 있도다. 부황병에 걸려서 얼굴이 누렇게 뜬 노인네들을 구덩이에 처박아 버리는가 하면, 죄인을 벗 삼아 음탕, 주정, 방자포학한 짓을 일삼고 있다. 그를 추종하는 신하들까지도 그에게 동화되고 감염되어 서로 작당을 하여 무죄한 사람을 죽이길 파리 잡듯이 하고 있다고 한다. 이를 본 백성들은 그 억울함을 견딜 수 없어 하늘에 고발하고 있다. 이같이 수의 추악한 짓은 이미 세상에 드러나 만천하가 주지하고 있는 터이다."

이렇게 무왕은 은의 수를 주나라가 칠 수밖에 없는 당위성을 군사들에게 설명하였다. 여기서 군사들은 무왕의 백성을 위하는 정신이 얼마나 투철한가를 읽을 수 있었으며, 조금이라도 명분없는 짓은 하지 않으려는 그 기상을 엿볼 수 있었다.

"하늘이 백성을 어여삐 여기시고 은혜를 베푸시므로 임금은 응당 하늘을 받들어 모셔야 할 것이다. 그러함에도 불구하고 하(夏)나라의 걸(桀)왕이 천의(天意)를 거역하여 나라에 해독을 끼치더니 급기야는 그 독이 온 세상에 가득 차게 되었느니라. 그리하여 하늘은 상나라(은나라)의 탕왕(하의 13대이며 은의 1대 왕)인 천을(天乙)을 시켜 백성을 잘 돌보도록 명하시고 그로 하여금 하의 걸왕을 내쫓게 하였도다. 그리하여 하의 국명(國命)을 끊어 버리셨도다.

그러나 지금의 저 상나라 수를 보라. 옛날의 하나라 걸왕보다도 더 못된 짓을 골라서 하고 있지 않은가. 자신의 그릇됨을 간(諫)하며 그를 보필해 주는 중신(重臣)들의 살가죽을 벗겨내 죽이는 등의 잔학한 행동을 서슴없이 자행하고 있도다. 그러면서도 그는 천명(天命)이 자신에게로 내려져 있다고 말한다. 그런가 하면, 하늘에 제사지내는 것은 무익한 짓이며, 자신이 신하들을 잔혹하게 다루는 것은 결코 누구를 해치기 위해 그러는 것이 아니라고 변명하고 있다.

이제 이 짐이 천명을 받들어 그를 치고 백성들을 구하고자 하느니라. 짐의 꿈도 점을 친 결과도 아울러 좋은 징조를 보여주고 있으니 은과 싸워 반드시 이길 것을 확신한다.

하의 걸왕을 보라! 그처럼 극악무도한 짓을 해 대더니 결국 상나라의 탕에게 추방되지 않았는가? 이 엄연한 역사적 사실이 이 짐을 뒷받침해 주고 있음을 말해 두는 바이다."

무왕은 일절을 마치고 잠시 쉬었다가 다시 훈시하였다.

"상왕인 수에게는 억조의 이인(夷人)이 있으나 이미 그에게서 마음의 덕이 떨어져 나갔도다. 그리고 이 짐이 거느린 신하는 비록 열 사람에 불과하나 동심동덕(同心同德)으로 단결되어 있다. 옛적, 하의 걸왕에게도 많은 친척들이 있었으나 짐의 이 몇 안 되는 어진 사람만 못하다고 볼 수 있다.

하늘은 우리 백성들의 보는 바를 통하여 보고 계시며(天視自我民視), 하늘은 우리 백성들의 듣는 바를 통하여 듣고 계시다(天聽自我民聽). 이것이 천시민시(天視民視)요 천청민청(天聽民聽)이다.

백성에게 과실이 있음은 나의 한몸에 있으므로 그 책임 또한 나에게 있느니라. 때문에 반드시 정벌하여야 한다. 무덕(武德)을 드날리며 그의 강토로 쳐들어가 흉악한 놈들을 모두 잡아 버리도록 하라. 우리의 토벌작전이 성공하게 된다면 탕왕보다도 그 빛이 더 찬연할 것이다. 용기를 내어 힘껏 싸우라! 그대들이여, 두려워할 것이 없느니라! 대적하지 못한다는 생각일랑 아예 갖지 말라. 그 나라 백성들로부터 버림받은 수의 포학은 이제 뿔이 부러져 날뛰는 짐승에 불과하느니라. 아, 그대들의 일덕일심(一德一心)을 굳게 하여 공훈을 세우라. 그리하면 그대들의 이름이 영원히 역사에 빛날 것이니라."

무왕은 싸움에 동참하기 위해 온 각국의 군사들에게 혼신의 힘을 다해 열심히 훈시하였다. 무왕의 훈시는, 저쪽과 이쪽의 형세를 일러주며 군사의 사기를 드높이기 위한 일종의 정신교육이었다.

무왕이 어진 사람으로 추앙받을 수 있었던 것은 바로 자기 아버지인 문왕의 가르침을 받아 신하들을 예로써 대했기 때문이었다. 문왕이 주나라 왕조의 기틀을 닦았던 것도 어디까지나 예로써 대인들을 모셨기 때문이지 다른 이유는 없었다.

한창때의 문왕은 평소 밥 먹을 시간조차 없을 정도로 어진 이들을 접대하는 데 몰두했었다. 이렇게 해서 백이(伯夷)와 숙제(叔齊) 두 형제, 대전(大顚), 굉천(閎天), 산의생(散宜生), 육자(鬻子), 신갑(辛甲) 등의 현자들이 상나라를 버리고 주나라를 찾아왔던 것이다. 그 중에서 특히 괄목할 만한 인재는 사편의 점에 의해서 위수강가에서 모셔온 태공 여상선생이라 하겠다. 이 여상선생이야말로 권모기계(權謀奇計)에 뛰어난 인물이기도 하거니와 높은 덕도 지녔었다. 그는 주나라가 상나라를 공격하는 데 있어서 뒤에서 많은 자료를 제공하여 싸움을 승리로 이끌게 한 공로자이기도 하였다.

백이와 숙제는 무왕이 자기 고국인 은을 쳐들어가려 했을 때 이를 말리다가 뜻대로 되지 않자 드디어 수양산에 입산하여 고사리를 뜯어 먹고 살았다.

다음날이었다. 무왕은 아침 일찍 일어나서 또 다른 나라에서 싸움에 지원 나온 군사들과 이미 합류해 있던 전 군사들을 둘러보며 또 한 차례의 훈시를 가졌다.

"아, 서쪽에서 온 군사들이여! 하늘에 밝은 도가 있으며 그 종류가 밝게 나타나 있도다. 반면, 상나라의 왕인 수는 지켜야 할 오륜(五倫)과 오상(五常 ; 仁, 義, 禮, 智, 信)을 무시하고 불경스러운 짓만 골라 하고 있다. 때문에 하늘의 뜻을 저버리고 백성들과 원한을 맺어 왔도다.

겨울날 아침에 냇물을 건너는 자들의 다리를 잘랐는가 하면 현자의 심장을 도려내어 구경하곤 하였다.

잔학하고 포학한 방법으로 사람을 살생함으로써 세상에 해독을 끼쳤도다. 간교한 자들의 말을 잘 듣고 그들에겐 벼슬도 후히 주는 반면에 자신에게 충언해 주는 자들은 내쫓았도다.

자신의 마음에 들지 않으면——법을 무시하고——충신들을 함부로 가두었도다.

천제와 지제를 지내지 않음은 물론이고 종묘의 조상제사까지도 지내지 않았도다. 오직 요사스러운 달기라는 계집만을 위하여 온갖 기이한 재주를 다 피우고 있도다.

때문에 하늘은 저 같은 상의 수를 처단하기 위해 우리에게 대명을 부여했느니라. 그러니 그대들은 하늘의 뜻을 따라 이 짐과 함께 그들을 쳐부숴야만 한다. 일진(一陣)은 이미 그곳에 쳐들어가 많은 전과를 올리고 있는 중이다.

그러나 상나라도 그리 쉽게 무너지지는 않을 것이다. 그들에게는 오랜 역사가 있고 그를 에워싸고 도는 막강한 군대가 있기 때문이다. 그렇지만 하늘은 이미 우리 편이 되어 주셨도다.

오늘 여기 모인 여러 장졸들이 가세해서 양공(兩攻)작전을 편다면 생각보다 일이 쉽게 끝날 것이다. 그들은 지금 군수 물자가 부족하여 전의를 상실하여 있기 때문이다.”

그러나 전쟁이란 무엇보다도 신중을 기해야 하는 것이기에 시기상조임을 파악하고 그 전열을 그대로 유지한 채 몇 년을 흘려 보냈다.

드디어 때가 왔다. 기원전 1111년 갑자(甲子)일이었다. 무왕은 섬서성, 강숙성, 사천성, 호북성, 하남성 일대에 걸쳐 있는 여러 부족을 이끌고 상왕 수를 토벌하기 위해 상의 수도 조가(朝歌) 땅에서 남쪽으로 칠십여 리 떨어진 목야(牧野)에 군사들을 모아 놓고 일장 훈시를 시작했다.
　아침해가 목야의 광야를 향해 찬란히 빛을 터뜨리며 떠오르고 있었다. 무수한 깃발과 창, 그리고 방패에 햇살이 부딛쳐 눈이 부시었다. 천군만마는 적진을 향해 가자고 소리높여 울어댔다. 천하는 그야말로 흥분의 도가니였다. 그러나 무왕의 훈시에 기를 기울이느라 조용하면서 긴장감이 흐르고 있었다. 무왕은 왼손에는 황금빛 도끼를, 오른손에는 황룡이 수놓아진 흰 깃발을 잡고 흔들어 댔다. 바람살과 햇살이 섞이어 황룡 깃발에 부딛치니 황룡은 더욱 생동감을 더하는 듯했다.
　"예까지 먼 길을 오느라 참으로 고달팠을 것이다. 서쪽 사람들이여! 아, 나의 우방의 총군(冢君)과 어사(御事)를 하는 사도(司徒), 사마(司馬), 사공(司空), 아려(亞旅), 사씨(師氏), 천부장(千夫長), 백부장(百夫長), 그리고 또 용(庸), 촉(蜀), 강(姜), 무(髳), 미(微), 노(盧), 팽(彭), 박(濮)나라 사람들이여! 그대들은 창을 높이 들고 방패를 나란히 쳐들라.
　옛 사람이 이르길 '새벽에 암탉이 울면 집안 망친다'고 했도다. 그렇다. 장닭은 새벽에 울어서 시간을 알리고 암탉은 낮에 울어 자기가 알을 낳았음을 알리는 법이다. 그런데 상왕 수는 유소(有蘇)의 딸인 요사스런 달기의 말만을 듣고 있도다. 그 계집으로 인해 전통의 풍습이고 예절이고 아예 폐해졌도다. 때문에 경국경성(傾國傾城 ; 나라가 기울고 성이 무너져 내림)이 되어 가고 있다."
　이렇게 무왕은 조가의 근처 목야에서 정벌의 합법성에 대해 말하고 있었다.

　한편, 이런 줄도 모르고 은나라 왕 수는 태평성대처럼 장난 짓거리나 하고 있었다. 그의 계집 달기의 웃는 모습을 보기 위해 온갖 방법을 동원하고 있었다.

어느 날, 수는 나라에 위급한 일이 있을 때만 사용하도록 되어 있는 봉화대에 불을 질렀다. 봉화대에 첫 점화가 일자 이에 따라 전국의 봉화대에서도 일제히 불길이 솟아올랐다.

이를 본 은의 제후들은 본국에 큰 변고가 있음에 틀림없다 생각하고 후방에 있던 방위부대까지 서울인 조가로 집결시켰다. 그런데 군사들이 성루 앞에 다다랐을 때 성루 위에서 수가 껄껄 웃어 대며 소리치는 것이었다.

"하하하, 내가 이 봉화대에 불을 지펴 장난친 것이니 모두들 원위치로 돌아가도록 하라."

이 말을 들은 제후들의 군대는 기가 차고 어이가 없어 모두들 맥풀린 자세로 되돌아갔다.

수의 옆에서 이 광경을 지켜보고 있던 달기는 재미있다는 듯이 깔깔거리고 웃어 대며 말했다.

"하하하, 저 골빈 놈들 좀 보시옵소서."

수는 달기의 이 웃는 모습을 잠시 보기 위해 그 같은 엄청난 장난질을 쳤던 것이다. 여기에 재미를 붙인 수는 그와 유사한 장난질을 수없이 쳐 댔다.

이러한 정보를 입수한 주나라의 무왕은 그러한 기회를 틈타 허를 찔러 공격해 들어갔다. 이에 당황한 수는 봉화를 피워 제후국의 군사들을 모이게 했다. 그러나 몇 번이나 속았던 경험이 있는 제후들은 또 수의 장난질이라 생각하여 그에 응해 주지 않았다. 드디어 은의 서울 조가가 주나라 군사에 의해 함락되자 다급해진 수는 불 속에 뛰어들어 자살을 했다.

한편, 요망스러운 달기는 무왕의 군사들에게 잡혀 사지가 찢기는 죽임을 당했다. 그야말로 인과응보의 참혹한 최후를 맞이했던 것이다.

이로써 천여 년이라는 긴 세월을 내려오면서 화려하게 빛났던 문화의 사적이 천명을 잃음으로써 결국 패망을 맞고야 말았다.

천화동인괘(天火同人卦)

──── 서로 동질성끼리 만나서 조직을 이룸

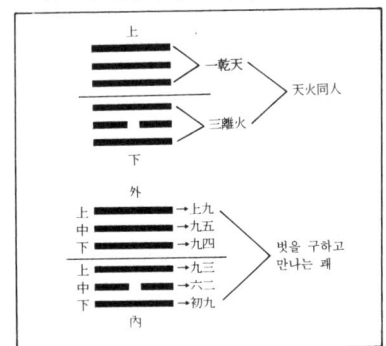

    은나라를 쳐서 이긴 지도 어언 일 년이 지났다. 새해를 맞은 정월 첫 임진(壬辰)날은 달빛이라곤 거의 없어 천지는 온통 깜깜하기만 했다. 그러나 천지의 역수는 일허일영(一虛一盈)의 반복원칙에 따라 달도 밝아지고 세상의 어둠과 어지러움도 점점 걷히기 시작했다.

    세월이 유수와 같이 흘러 어느덧 사월이 되었다. 천지와 산하는 혜풍화창(惠風和暢;화창하게 부는 봄바람)에 천자만홍(千紫萬紅;울긋불긋하게 여러 가지 꽃이 어우러져 있는 모양)이었다. 사월의 열닷샛날이 되자 달이 꽉 차면서 천하의 밤은 황홀경의 극치를 연출하고 있었다.

    무왕은 상나라 땅에서 모든 전쟁을 끝내고 그날 밤 자기 땅인 풍 땅으로 돌아왔다. ˙이제 문덕(文德)을 닦기로 결심한 그는 전쟁에 사용했던 무기들을 거두어들이고 군마(軍馬)들을 화산(華山) 기슭의 도림(挑林)이란 광야에 보내 자유로움과 평화를 만끽하도록 방목(放牧)시켜 버렸다. 이는 전쟁을 위해 군마들을 다시는 사용하지 않겠다는 무왕의 의지에서였다. 대단한 중대결단이었다. 다시 대란이 일어날지도 모르는 상황에서 병기와 군마의 불사용(不使用) 원칙을 선언했던 것이다.

"모든 장졸들은 듣거라. 이번 은과의 대전에서 우리가 대승을 거둘 수 있었던 것은 순전히 여러분들의 충천하는 사기와 용맹이 있었기 때문이었다. 역시 하늘은 우리 편에 서 계셨도다. 때문에 천하강적을 만나 우리가 완승을 거둘 수 있었던 것이다.

이제 여러분들은 각자 자기 고향으로 돌아가 부모에게 효도하고 형제간에 우애를 나누며 농사일에 힘쓰도록 하라. 그리고 군마들은 모두 도림 광야에 풀어 주도록 하라. 그 말들 또한 여러분과 함께 승리를 얻는 데 큰 공을 세웠으니 그들에게도 자유를 주도록 하라. 모든 병기는 녹여서 농기구나 공업기구를 만들 것이다. 그 동안 정말 고생이 많았도다. 그럼 전원 해산하라!"

무왕의 우렁찬 소리와 함께 도열해 있던 군사들이 함성을 내지르며 해산을 하였다.

정미(丁未)날에는 주나라 종묘에서 조상들에게 제사를 지냈다. 경기(京畿) 땅과 전복(甸服), 후복(侯服), 위복(衛服) 땅의 제후들도 찾아와서 제사에 쓰일 제기를 닦고 나르는 등 분주히 이를 도왔다.

삼일 후 경술(庚戌)날에는 시제(柴際;하늘에 드리는 제사)와 망제(望際;산천에 지내는 제사)를 지내면서 무훈(武勳)의 성취를 빌었다.

"영령하신 천지신명이시여! 권선징악(勸善懲惡)을 행하는 우리 주나라의 대역사(大役事)에 그 높으신 뜻으로 함께 해 주심에 대해 심사(深謝)를 드리는 바이옵니다. 이제 우리 주나라는 명실공히 통일된 천하의 대국으로 그 모든 것을 갖추게 되었사옵니다."

무왕은 머리를 계수재배(稽首再拜 ; 머리를 조아려 두 번 절함)하고 기도문을 외웠다. 분위기는 엄숙하다 못해 삼엄할 정도였다.

제단 앞쪽에 좌우로 도열하여 국궁하고 있는 모든 주왕실 관리들의 표정도 자못 진지함이 절정에 이르고 있었다. 그 자리에는 삼공으로 있는 원로들인 태사 강태공, 태부 청일공, 태보 편연공, 그리고 그를 보좌하는 삼고(三孤)들인 소사 상장군, 소부 단장군, 소보 문칙(文則)공, 그리고 공(公)·후(侯)·백(伯)·자(子)·남(男) 등 다섯 등급의 벼슬아치들, 또 팔백이 넘는 제후들, 이렇게 모두가 한자리에 모여 있었다.

무왕은 제단에서 몸을 일으켜 돌아서서 신하들에게 명하였다.

"지금 은나라의 녹대(鹿臺)에 방치해 둔 곡식들을 모두 꺼내다가 굶주리고 있는 백성들에게 골고루 나누어 주도록 하시오. 또 거교(鉅橋)라는 창고에도 곡물이 가득 차 있으니 그것도 아울러 백성들에게 나누어 주도록 하시오."

무왕의 명이 떨어지자 신하들은 모두가 밝게 웃음을 나누었다.

또다시 무왕의 명령이 이어졌다.

"그리고 지금 감옥에 갇혀 있는 기자(箕子)선생을 풀어 주고, 억울하게 죽은 비간(比干)선생의 무덤은 제대로 모양을 갖추어 드리도록 하시오."

이 말을 듣는 순간 신하들은 그의 성덕에 대해 눈빛과 웃음으로 감탄해 마지않았다. 훌륭한 기자공을 사면시키는 일도 그러하려니와, 억울하게 심장을 난도질당해 죽어 간 비간공의 초라하기 그지없는 무덤까지도 세세하게 신경써 주는 무왕의 인간미야말로 세상에서 찾아 보기 힘든 일이 아닐 수 없었기 때문이었다.

넓은 호경 땅에 자리잡은 주왕실 명덕전의 단청은 짙어 가는 녹음빛을 받아 더욱 찬란히 빛나고 있었다. 평화가 주나라 왕실에서부터 무르익어 가고 있었다.

문왕은 명덕전에서 죽향과 더불어 한가롭게 소일하고 있었다. 가끔씩 여상선생을 불러 국익에 관한 도움말을 얻어들으며 노년의 여유를 누리고 있었다.

죽향도 그 동안 다섯 명이나 되는 아들을 낳느라 처녀 때처럼 귀엽고 야리야리한 모습은 찾아 볼 수 없었다. 그러나 워낙 미색을 겸비한 예인이라서 아직도 귀티만은 묻어 있었다.

문왕은 늦게 얻은 아들들의 재롱에 세월 가는 줄을 모르고 있었다. 무릎에 기어올라 하얀 수염을 잡아당겨 보기도 하고, 손가락으로 콧구멍을 쑤셔 보기도 하는 등 갖가지 재롱을 다 부려 대니 그 어떤 천자라도 이를 외면할 수 있으리요. 마치 사자가 제 새끼를 귀여워하듯이 문왕 또한 짓궂은 그들을 귀여워해 주며 동물 본능의 면목을 그대로 보여 주었다. 지존한 문왕이었지만 자기 새끼들을 귀여워해 주는 데는 여느 사람들과 다를 바 없었다. 만약에 자기 새끼가 아닌 남이 그렇게 함부로 용안에다 손을 댄다면 어찌되겠는가. 이는 상상할 수도 없는 일이리라!

"이보게, 죽향이. 이제 그만 아이들을 데리고 저 뒷방 와룡전(臥龍殿)의 큰어미한테로 가도록 하게나. 괘를 하나 건져내야겠네."
 그러자 죽향이는 수를 놓다 말고 다가와 문왕의 무릎 위에서 짓이겨 대며 놀고 있는 새끼들을 하나씩 떼어 가지고 태사비에게 데려다 주었다. 큰아이 차숙(且叔)과 둘째아이 을숙(乙叔)은 밖에 나가 노느라 그곳에 없었다. 셋째아이 헌숙(憲叔)과 넷째아이 안숙(安叔), 그리고 막내아이 상숙(相叔)이 주로 문왕의 주위를 맴돌며 재롱을 피워 대곤 했던 것이다. 제일 밑의 어린 녀석 둘은 문왕에게서 떨어지지 않으려고 울어 댔다. 그러나 큰일을 할 때에는 그런 인간적 부정(父情)은 잠시 접어두어야 하는 것이 성군의 위치이며 덕목이 아니겠는가.
 잠시 후 명덕전 실내는 다시 조용해졌다. 문왕은 줏가락 주머니를 서궤 위에 올려놓고 향불을 지폈다. 잠시 묵상을 하고 난 문왕은 주머니에서 줏가락을 꺼내어 한 개를 들어내고 그 나머지를 양손에 둘로 나누어 쥐었다. 그리하여 여느 때와 다름없이 십팔변을 조용하고 침착하게 또 근엄하게 나누어 댔다.

 문왕이 십팔변 주책을 부리는 동안 조용하던 와룡전에서는 갑자기 일대 광란이 벌어졌다. 서로 치고 받고 던지고 하는 통에 태사비는 정신이 없을 정도였다. 밖에서 놀던 두 녀석들까지 들어와 이에 가세하니 더욱 소란스러웠다.
 이러한 모습을 물끄러미 바라보고 있던 태사비는 아이들에게 흐뭇한 미소를 띄워 보내고 있었다. 비록 정신을 잃을 정도로 소란스러웠지만 저렇게 자라면서 터를 울려 주는 것이 싫지 않았기 때문이었다. 일반 사람들이 사는 여염집이나 왕궁이나 할 것 없이 마당에 풀이 나면 안 되는 것이다. 새끼들이 뛰어놀면서 터를 울리고 또 밟아 주어서 마당에 풀이 나지 못하게 해야만 사람 사는 맛이 나는 것이다.

자고로 사람 사는 집이 제대로 되어 가려면 세 가지 소리가 끊겨서는 아니 된다고 했다. 첫째는 새끼들의 울음 소리요, 둘째는 자식들의 독서 소리요, 셋째는 다듬이 방망이 소리다.
 이러한 것들을 생각하니 태사비는 내심 즐거웠다. 그리고 뭐니뭐니 해도 군사가 많은 쪽이 이기는 '절대 숫자가 절대 강자'라는 원리를 적용시키며 또다시 입가에 흐뭇한 웃음을 띠었다.

 한편, 명덕전에서 십팔변 주책을 부리던 문왕은 드디어 대상괘 하나를 건졌다. 천화동인괘였다. 하얀 견사 위에 찍어 놓은 육효가 단정히 빛나고 있었다. 대상괘가 나왔으니 이제 이를 어떻게 요리하느냐만 남아 있었다.
 잠시 괘를 살펴보고 있던 문왕은 저쪽에서 난을 치고 있는 죽향이를 불렀다.
 "이보게, 죽향이!"
 "예, 부르셨사옵니까? 폐하!"
 "그래. 괘를 건지느라 애를 썼더니 입이 말라 오네그려. 그냥 간단하게 용정차나 한 잔 내오게나."
 "예, 폐하!"
 죽향이 차를 담아 가지고 엉덩이를 좌우로 요동하며 걸어 왔다. 처녀 때보다는 훨씬 엉덩이가 율동적으로 움직이고 있었다. 그것은 그 동안 문왕에게 몸을 바치고 다섯 명의 아이를 생산하느라 체질에 많은 변화가 왔음을 알리는 몸짓이었다.
 "차 맛이 상큼하구먼. 일시에 갈증과 피로가 물러가는 것 같구나."
 "폐하, 아직도 저에 대한 사랑이 남아 계신 모양이옵니다."
 "그럼, 이 사람아! '정은 옛정이요 물건은 새 물건이 좋다'라 하지 않던가."

"호호호……."

죽향이 호들갑스럽게 어깨를 치켜 세우고 가슴에 턱을 묻으며 웃어 댔다. 여자란 아이 열둘을 낳아도 현재 자기의 위치를 망각할 때가 많다더니 과연 지금의 죽향이가 그러했다.

문왕이 괘를 풀려고 하니 단(旦)과 여상선생, 그리고 사편공이 머리속에 떠올랐지만 일단은 자신이 먼저 괘상의 대의를 풀어 보고 나서 나중에 부르는 것이 좋겠다 싶어서 혼자 괘를 들여다보며 중얼거리기 시작했다.

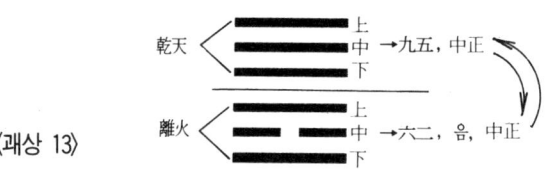

〈괘상 13〉

'괘 됨됨이가 위에는 건(乾)이요 아래는 이(離)로구나. 두 개의 세계를 두고 볼 것 같으면, 하늘은 위에 있고 아래에는 불이 있구나! 본디 불은 타면서 위로 올라가게 되어 있으니 이처럼 하늘과 함께한다는 뜻에서 동인(同人)괘가 되는구나.

어디 한번 상하괘의 주장인 구오와 육이를 분석해 보자꾸나. 구(九)의 오(五)효가 건괘에서 중정을 얻었고 동시에 자기 짝인 육(六)의 이(二)효도 이괘에서 중정의 지위를 얻었구나! 상하 두 효가 중정의 덕으로 서로 응하고, 또 서로 그 덕이 같으므로 동인괘가 된 것이로다.

또 전체적으로 보면, 육의 이효인 음 하나를 두고 많은 양들이 함께하려고 하니 동인도 되는구나. 불의 성질이란 본래 자기 위로 타올라 가는 것이렷다? 그런데도 하늘은 그 성질을 잘 받아주므로 천화동인이로다. 참으로 신기하구나.'

문왕은 혼자서 깊은 이치를 입 안으로 우물거리고 있었다.

"폐하, 차 한 잔 더 올릴까요?"
"그러게. 오늘 따라 차가 더 당기는구먼. 아마 새로 수확한 차라서 맛이 좋아 그렇겠지?"
"아니옵니다, 폐하! 이 죽향이가 사랑스러워 보여서 자꾸 당기시는 것이옵니다."
"허허…… 그런가? 어찌 그리 정곡을 찌르는고?"
"어찌 제가 그걸 모르겠사옵니까? 저도 어느 새 폐하를 모신 지 십수 년이 지났사옵니다."
"허허허……."
이렇게 두 사람은 서로 오래간만에 화기애애한 분위기를 즐기고 있었다.
"자 그럼, 이제 괘를 풀어야겠으니 여상과 주공, 그리고 사편공을 부르도록 하게나."
죽향은 각방으로 연결된 노끈을 잡아당겨 그들에게 문왕의 부름을 알렸다.
잠시 후 세 사람이 문왕 앞으로 와서 머리를 조아리며 문안 인사를 올렸다.
"오늘 이렇게 이 짐이 여상, 주공, 사편공을 오라고 한 것은 또 괘 하나를 잡아 헤쳐 보기 위함이오."
"예, 폐하! 잘 알겠사옵니다."
두 공이 동시에 대답하고 나서 주공은 잠시 후에 대답하였다.
"그럼, 내가 먼저 원론을 풀어 갈 터이니 들어들 보시오."
"그러하겠사옵니다, 폐하!"
문왕은 손을 말아 입에다 갖다 대고 헛기침을 하였다. 그리고 팔꿈치를 서궤 위에 세우고 턱의 긴 수염을 쓸어만지며 입을 열기 시작했다.

"'동인끼리 들녘에서 상의하면 형통할 것이고 대천(大川)을 건넘으로써 이롭도다. 또 군자의 주관이 뚜렷함으로써 이로우니라.'

이를 다시 한 번 쉽게 풀어 보도록 하겠소이다. 들녘이란 광야를 뜻하는 것이니 먼 것을 취하려면 바깥세상과 더불어 행해야 한다는 뜻이지요. 동인이란 천하의 대동지도(大同之道)로써 이를 함께한즉 곧 성현의 대공지심(大公之心)이 되지만 그러나 보통사람들의 동질성이란 사사로운 뜻으로 하기에 일비(暱比 ; 친한 사람)끼리만 상대하게 되지요.

그러나 군자는 달라요. 가깝고 친한 사람끼리만 상대하지 않고 넓은 들녘에서 폭넓게 상대하지요. 지공대동(至公大同)하여 먼 곳 사람까지도 함께하니 천하와 대동하여 그 형통함을 가히 짐작할 수 있지요. 대동단결하고 대동야합하면 큰 냇물을 건너는 데도 어려움이 없지요. 따라서 이로운 것이지요. 또 군자의 주관이란 지공대동하기 때문에 천리간에 떨어져 살고 천 년 뒤에 다시 태어나도 그 뜻이 부절(符節)처럼 딱 들어맞게 되는 겁니다."

"잘 알겠사옵니다, 폐하!"

사편은 수긍이 되었다는 듯이 조용히 고개를 끄덕였다.

"그럼, 다음은 여상노사가 한번 상황을 설명해 주시지요."

"그러겠사옵니다, 폐하!"

여상은 목을 쭉 빼고 학처럼 앉아 있다가 문왕의 질문에 목을 바로세우며 대답했다.

"이 신이 보기엔 이렇사옵니다. 이 동인괘는 부드러운 육이가 중정의 자리를 얻어서 위의 구오와 좋은 관계를 유지하고 있사옵니다. 따라서 대동단결되는 동인이 되었사옵니다.

'동인(同人)은 유(柔)가 득위(得位)하며 득중이응호건(得中而應

乎乾)할새 왈동인(曰同人)이라.'

  그러니까 동질성끼리란 서로 잘 어울리게 되어 있으므로 동인괘가 성립된 것이옵니다, 폐하!"

  "정확하게 보시는군요. 그 이상도 그 이하도 아닌 그대로이지요. 계속 이어 가도록 해 보세요, 여상노사."

  "그럼, 이어서 말씀드리겠사옵니다. '동인끼리 들녘에서 야합하여 대천을 건너가므로 이롭다'는 뜻은 건(乾)의 행함이옵니다. 건의 추진력이란 지성무사(至誠無私)하여 험난함을 극복하옵니다. 그리고 무사(無私)는 천덕(天德)이옵니다.

  또 '문명으로써 세우고 중정으로써 대응함이 군자의 바름이오니 오직 군자라야 능히 천하의 뜻을 한 곳으로 모아 통하게 할 수 있사옵니다(文明以建하고 中正而應이 君子正也니 唯君子아 爲能通天下之志이니라).'

  다시 말씀드리옵자면, 천하의 뜻이 만 가지로 나누어지나 이치인즉 하나로 통하옵니다. 따라서 군자는 이치에 밝은고로 능히 천하의 뜻이 다 통하옵니다. 성인이 억조창생의 마음을 꿰뚫어 보니 일심(一心)으로 통할 뿐이고 그것은 다시 이치로 통하고 있음을 알아 내셨사옵니다. 그 뜻은 바로 이렇사옵니다.

  '문명즉능촉이고 능명대동지의(文明則能燭理故 能明大同之義)하고
  강건즉능극기고 능진대동지도(剛健則能克己故 能盡大同之道라.
  (문명한즉 능히 이치에 밝은고로 능히 대동지의를 밝히고
  강건한즉 능히 극기하는고로 능히 대동지도를 다한다.)'

  저는 이렇게 말씀드리겠사옵니다."

"애썼습니다, 여상노사. 훌륭한 정의를 내리셨습니다."

문왕은 수고한 여상노사에게 찬사를 보냈다.

"이번에는 단이가 한번 입을 떼어 보아라."

주공은 곁에서 여상이 분석하는 과정을 열심히 경청하고 있다가 아버지 문왕이 자신에게 권하는 소리를 듣고 정신을 가다듬으려는 듯 몸을 곧게 세우고 입을 열었다.

"소자는 도상학적으로 말씀드리겠사옵니다. 하늘과 불은 본래 동질성이 있기에 동인이라 이름 붙인 것 같사옵니다. 불은 타면서 하늘로 올라가고 하늘은 그것을 다 받아주게 되옵니다. 때문에 군자는 이 점을 법 삼아서 같은 종류끼리 만나게 되므로 거기에서 사물을 분별하게 되옵니다."

"그림을 들여다보는 듯 소상히 설명이 되었구나! 애썼다. 그리고 네 형 무왕은 일이 바쁘지 않더냐?"

"예, 아바마마. 이제 정벌도 끝나고 좋은 치국을 구상하고 있사옵니다."

문왕은 아들 단에게 그간 있었던 일들을 물어본 후 다시 말머리를 돌렸다.

"그러면 이 짐이 먼저 초(初)의 구(九)효를 설명하겠소.
'동인끼리 문 밖에서 의논하고 있으니 허물이 없을 것이로다.'

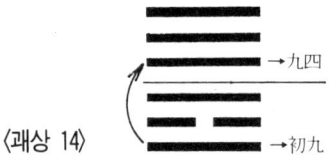

〈괘상 14〉

무슨 뜻인고 하면, 초구로서 위로 자기의 지기지인인 구사가 양이기에 의논 상대가 되지 않고 있어요. 그래서 문 밖에 있다

고 한 것이지요. 그러므로 아직은 사사로운 일들을 벌이지 않
고 있어요. 때문에 동인들의 뜻이 넓고 공(公)적이어서 허물이
없다고 보는 겁니다. 그러니까 아직 허물을 지을 만한 그런 상
황이 형성되지 않았다는 뜻이지요."
 "그러니까 문 밖에서 야합만 하고 있을 뿐이지 허물이 되고
안 되고는 시기상조다 이 말씀이옵지요, 폐하?"
 곁에 앉아 있던 여상이 한 마디 운을 떼었다.
 "그렇소이다, 여상노사."
 문왕도 수염 속으로 웃음을 지어 보이며 응대하였다.
 "사편공도 한 마디 해야지요."
 문왕이 사편을 바라보며 말했다.
 "예, 폐하! 어느 하나의 조직체인 동인이 형성되려면 처음
에는 주비(籌備)위원이 있고 그 다음에 발기총회가 있게 되옵
니다. 뿐더러 먼 곳에서, 아니면 낮은 곳에서 세력을 키우기 위
하여 차츰차츰 권력이 형성되며 조직이 강화되는 곳으로 모여
들게 되는 것이 동인의 생리라 하겠사옵니다. 같은 맥락에서
본다면 이 초구는 동인의 필요성을 현실적으로 느끼고는 있지
만 지금 이 시점에서는 오직 구상일 뿐 가속화되지는 못한 실
정이옵니다."
 "설명이 상당한 설득력이 있군요. 다음은 음양관계와 사업적
얘기로 이어서 해 보시오."
 문왕은 환한 표정을 지어 보이며 또다시 권하였다.
 "동인괘인 이 본괘의 입장에서 보면, 아직 어린 십대의 사내
가 마음속으로 이성을 그리고 있사옵니다. 그러나 정작 자기
짝인 구사는 남자라서 틀렸고, 따라서 바로 곁에 있는 육이의
음에게 눈짓을 던져 보는 중이옵니다. 그런데 이 육이는 저 위
의 자기 짝인 구오가 내려다보고 있기 때문에 몸조심을 하고

있는 중이옵니다. 그러나 정이란 먼 데서 나는 것이 아니고 가까운 데서 나는 특성을 가지고 있기 때문에 내심으로는 정이 이 초구에게 쏠려 있다고 보여지옵니다."

여상노사도 입가에 미소를 떠올리며 고개를 연신 끄덕거리고 있었다. 그것은 인생사에 있어서 흔히 볼 수 있는 일들이기 때문이었다.

"'보지도 않고 정들었다는 사람 봤느냐'는 속담도 있지요."

사편의 말을 듣고 있던 여상노사도 거기에 맞는 속담 하나를 떠올리며 동조해 주었다.

"그럼 다시 사업적 차원에서 얘기를 이어 가겠사옵니다."

사편은 다소 다른 방향으로 흐르는 듯한 여상의 말을 중지케 하려는 듯 얼른 말머리를 돌렸다.

"그렇게 하시오, 사편공."

"예, 폐하! 사람이 세상을 살아가기 위해서는 많은 조직을 필요로 하옵니다. 가까이에는 부자 형제간의 피로 맺어진 천륜적 조직이 있사옵고, 좀더 나아가면 벗·선후배 등의 의리로 맺어진 조직이 있사옵니다. 조직은 여기에 그치지 아니하옵니다. 조정에서 녹을 먹는 것도 조직에 끼어드는 것이오며, 또 서로 좋아하거나 취미가 같은 사람끼리 모이는 것도 다 조직이 필요해서가 아니겠사옵니까? 이러한 조직과 동인을 잘 활용할 때 사업을 성공으로 이끌 수 있다고 보옵니다."

그렇다. 사람이란 결국 촌수가 가깝고 친하고 잘 아는 사람끼리 서로 뜯어먹고 사는 것이다. 가장 뜯어먹기가 편한 사이가 부자지간이며 또 형제지간인 것이다. 아는 사람이나 동인, 그리고 조직이 많다는 것은 뜯어먹을 거리가 그만큼 많다는 뜻도 된다. 그래서 '꼬시래기 제 살 뜯어먹는다'는 속담이 생겼는지도 모른다.

천화동인괘(天火同人卦) 69

"단아, 너는 형상학적으로 한번 얘기해 보려무나."
"예, 아바마마! 저 먼 변방에서 백성들이 갖는 동인들끼리의 취미 모임 등은 국익에 도움이 될 것이옵니다. 백성들의 단합을 위해서도 이런저런 동호인들의 모임이야말로 많이 있을수록 좋은 것이라 보옵니다."
"그렇다. 건전하고 아름다운 모임은 백성들의 정신건강을 위해서도 좋은 게지!"
문왕은 아들 주공의 말에 고개를 끄덕이며 수긍하였다.
"자 그럼 육(六)의 이(二)효를 한번 쪼개어 봅시다, 뭐가 들어있는지. 이 효는 육의 음에다가 이의 음이 겹쳐서 겹음이며 순음인 인격체이지요. 그래서 저 위의 구오와 자꾸 가까워지려고 하니 거기에는 사(私)가 발생하게 되지요. 음과 양 사이엔 사정(私情)이 생겨나는 것이 이치이기에 항시 문제를 안고 있어요. 그래서 '가까운 음과 동인을 하니 허물이 있다(同人于宗이니 吝토다)'고 보는 거예요. 만약 육이가 양의 입장인 구이로 되어 있다면 사(私)됨이 일어날 확률이 적은 거지요."

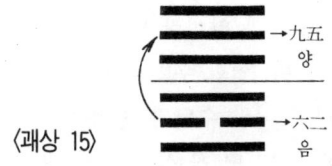

〈괘상 15〉

문왕은 이렇게 육이의 만남 관계에 대해 훌륭하게 설명하고 있었다.
"여상노사도 한 마디 거들어 보시지요."
문왕은 여상선생을 예우해 주고자 늘 그에 대한 배려를 잊지 않았다.
"이 신도 폐하와 동감이옵니다. 그런데 음과 양 사이엔 무엇 때문에 그렇게 사정(私情)이 일어나서 허물이 생겨나게 되는지 참으로 묘하기만 하옵니다. 그것은 아마 영원히 해결 못 할 인간만사의 숙제로 남게 될 것이 아닌가 사료되옵니다. 녹을 먹는 조정의 관리나 사회 지도자들을 보면 꼭 그 음 때문에 목이 달아나거나 엄청난 화를 당하게 되지 않사옵니까? 음을 비유하자면 늪도 되고 함정도 되며, 또 알 수 없는 미지의 세계라고도 할 수 있사옵니다. 때문에 거기에 한번 빠지거나 걸려들게 되면 낭패를 보게 되어 있는 것이 세상의 이치이며 역의 원리라 하겠사옵니다."

"그렇소. 그래서 음이 아니겠소? 허허허······."

문왕은 여상노사의 얘기를 듣고 자신이 그런 경험을 해 보기나 한 것처럼 크게 고개를 끄덕거리며 동감의 표정을 지어 보였다.

"자, 다음은 단이가 형상으로 느껴 보도록 한 마디 해 보아라."

"예, 아바마마! 가진 자인 양이나 못 가진 자의 음의 경우가 동인이 되면 꼭 주머니를 채우려고 국고를 축내거나 국가에 손해를 끼치게 되옵니다. 음과 양이란 남녀간의 경우만이 아니옵지요. 허(虛)와 실(實), 빈(貧)과 부(富), 이런 관계가 모두 음양의 관계이옵니다. 필부들이란 수단과 방법을 가리지 않고 빈주머니를 채우려 들지요. 그러면 꼭 상자(上者)와 하자(下者)가 눈을 맞추어 일을 저지르게 되옵니다. 재수나 관운이 좋으면 그것이 넘어가는데 그렇지 않으면 들통이 나서 형벌을 받게 되는 것 아니옵니까?"

"그렇다. 세상사란 재수에 음이 오르면 되던 일도 안 되고, 재수가 좋으면 '썩은 새끼줄을 당겼더니 소가 끌려오더라'는 속담처럼 되게 마련이지! 이번엔 사편이 두 마디만 하세요.

하나는 음양관계로, 그리고 다음 하나는 사업 애기로 말이오."
"그러하겠사옵니다, 폐하! 동인괘에 있어서 육이는 순음인 자신에다가 순양인 구오와의 만남이 너무 지나칠 정도로 합일 (合一)되어 있어서 일을 저지르게 되옵니다. 순음 대 순양이므로 서로가 교감을 하면 감전의 회수가 부지기수로 일어나는 그런 관계이옵니다. 그 이유는 동질성끼리 모이면 동인인데 아주

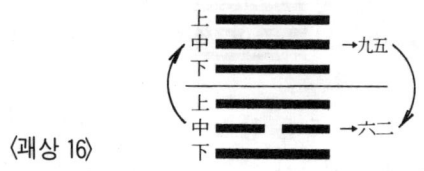
〈괘상 16〉

부드러운 순음과 아주 강한 순양인 세 가지 조건이 모두 잘 맞기 때문이옵지요. 대체로 보통의 부부간이란 저 세 가지 조건 중 한 가지만 맞지 않아도 티격태격 싸워 대고 반목하며 지내 옵니다."
"그렇다고 봐요. 남녀 열 쌍 중에서 한두 쌍이 제대로 맞고 또 서너 쌍은 보통이고 나머지는 아주 안 맞는 그런 관계들이라 하더구려. 그래서 이혼이나 별거들을 하는 것이 아니겠소?"
문왕은 사편의 음양학을 많이 들어 왔던 터이므로 세상 남녀간의 조화에 대해 한 마디 거들었다.
"그렇사옵니다, 폐하! 다시 이어서 사업상의 애기를 하겠사옵니다. 동인끼리 사업상 만나 거래를 하게 되면 뜻이 서로 잘 맞으므로 어찌 보면 땅 짚고 헤엄치기 식이옵니다. 다른 사람도 아닌 동인끼리 만나 서로 거래를 하면 그 도움이 훨씬 가속화되는 것은 기정사실이 아니겠사옵니까?"
"수고했소, 사편공. 다음은 구(九)의 삼(三)효를 만나러 떠납

시다.

이 구삼은 '군사를 풀밭에 매복시켜 놓고 높은 언덕에 올라가서 보니 매복한 지 삼 년이 되어도 일어나지 못하도다!(伏戎于莽하고 升其高陵하야 三歲不興이로다).'

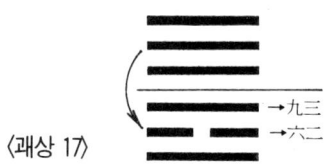
〈괘상 17〉

무슨 뜻인고 하면, 삼(三)은 양으로서 강한 자리인 하괘의 상에 자리잡고 있으므로 강폭한 행위를 하고 있어요. 전체 대상괘로 볼 때 육이(六二)의 음인 한 효를 두고 다섯 개의 양들이 서로 차지하려고 은근히 시샘하고 있는 입장이지요. 그러나 사실은 이 육이를 실세자인 구오가 이미 점찍어 놓고 있는 중이에요. 그런데도 이 구삼이 바로 곁에 있는 육이를 자기 손에 넣으려고 강폭하게 신경질을 내고 있다고 봅니다. 따라서 이 구삼은 실세자인 구오를 혼내주기 위해 자기 군사들을 풀 속에 잠복시켜 놓고 언덕에 올라가 망을 보며 호시탐탐 공격할 기회를 노리고 있는 중입니다. 그러나 그런 행위는 정도가 아니므로 그렇게 하지 못하고 있어요. 때문에 행동 개시를 못 하고 있는 형편이라 하겠어요."

"폐하, 그러니까 강폭한 구삼이 예쁜 육이를 소유하려고 작선을 짜고 있으나 그것이 여의치 않게 되어 가고 있다 이 말씀이옵지요?"

여상노사가 요약해서 문왕이 내려야 할 결론을 대신 내려 주었다. 그렇다. 해석이 그럴싸하고 또 멋있다. 인생살이에 있어서 있을 수 있는 일이기 때문이다. 사나이에게 있어서 그런 야심과 도전적인 기질이 순간적으로는 있을 수 있다. 그러나 그런 기질을 오래 가지고 있거나 또 실행에 옮기게 되면 감옥에 가는 등의 불행을 초래하게 되어 있다.
 "그러면 다음은 단이가 말해 보아라."
 "예, 아바마마! 제가 보는 경우는 이렇사옵니다. 군사를 풀밭에 매복시켜 두고 눈치만 보는 것은 워낙 구오가 강자이기 때문으로 여겨지옵니다. 또 삼 년이 지나도록 구삼이 야심의 뜻을 이루지 못하고 있는 것은 거의 포기한 상태나 마찬가지이옵니다. 그리고 구삼도 상당히 현명한 자이옵니다. 그렇기 때문에 삼 년이란 기간 동안이나 심사숙고하며 기다려 왔던 것이옵니다. 그렇지 않고 덥석 쉽게 작전개시를 했다면 그는 죽음을 면치 못했을 것이옵니다. 겁없이 호랑이 앞에 웃통 벗고 달려드는 격이 될 터이니 말씀이옵니다. 그러니 어찌 무모하게 실행할 수 있겠사옵니까?"
 "주공의 말씀이 아주 설득력이 있사옵니다, 폐하!"
 "그렇소, 사편. 사내들이란 모두 소영웅심이 조금씩은 들어 있어요. 그까짓 계집이 뭐길래 쓸데없는 일에 시간과 정열을 다 소비시키려 드는지……."
 사편이 주공의 얘기에 동조의 뜻을 문왕에게 표하자 문왕이 빙긋이 미소를 머금으며 말했다. 그러자 주공도 자기 아버지인 문왕의 말에 차마 소리내어 웃지는 못하고 치아만 드러날 정도로 웃고 있었다.
 "여상노사도 한 마디 하셔야지요."
 "예, 폐하! 그럼 이 신도 빠지면 섭섭하오니 동참하는 뜻에서 한 소절 읊겠나이다, 하하하……."
 "하하하……."
 모두가 소리내어 한바탕 웃어 댔다.

"에—, 저 구삼이란 자는 고약하고 맹랑하기 이를 데 없는 자이옵니다. 힘과 용기, 그리고 정력까지 겸비한 사내이옵지요. 그래서 세상살이를 그 세 가지만으로 모두 해결하려고 날뛰고 있사옵니다. 그러나 세상일이 어디 그렇게 되옵니까? 힘보다는 덕이요, 용기보다는 지모요, 정력보다는 인품이옵지요. 힘과 용기, 그리고 정력이란 일시적으로 써 먹는 데는 통쾌한 효과가 있사옵지요. 하오나 세상이란 무궁한 흐름을 안고 돌아가는 것인데 일시적인 효과를 노린다는 것은 무모한 도전이라 하겠사옵니다, 폐하!"

"그래요, 여상노사의 말씀이 옳아요. 세상을 살아 보면 볼수록 그런 생각이 들지요."

문왕은 여상의 얘기를 듣고 가슴에 영인되는 듯 고개를 끄덕이며 답을 내렸다.

"기다리던 사편공의 얘기 시간이 돌아왔구려. 꺼져 가는 등잔불에 기름을 붓듯이 활력소가 되도록 재미있게 한번 엮어 보시오."

문왕이 권고적으로 제의하였다.

어떤 장소, 어떤 모임이든 재미가 없으면 의미가 없는 것이다. 아무리 좋은 진리니 이치니 하더라도 그 속에 재미가 담겨 있지 않으면 존재가치가 없는 것이다. 진리 자체가 재미이고 이치 자체가 재미이기 때문이다.

"폐하, 저 구삼이 그 중에서도 가장 소영웅심리를 발휘하려고 애쓰는 자이옵니다. 그러나 실은 넘치는 용기, 정기, 패기를 써먹을 데가 없지 않사옵니까? 그러니 곁에 있는 육이의 계집이나 슬슬 건드리면서 지내는 입장이라 하겠사옵니다. 처녀는 하나밖에 없는데 총각들은 여러 명이 있는 저 어느 시골의 한 마을에서 일어나는 일과 똑같은 처지가 아니옵니까? 그 중에

천화동인괘(天火同人卦) 75

서도 나이 차고 힘깨나 있는 사내가 농담 반 진담 반으로 '그것은 내것이니 아무도 건드리지 마라' 하기도 하고, 또 그 처녀의 엄마가 지나가기라도 하면 '아이구 장모님……' 하고 싱겁을 떤다든지, 아니면 그 처녀의 사내 동생을 보면 '어이 처남' 한다든지, 또 여동생을 보고는 '처제' 하고 불러 준다든지 하는 그런 경우도 있지 않사옵니까? 꼭 그런 경우로 보면 되겠사옵니다."

"그렇소. 그런 재미라도 없다면 시골 총각들이 무슨 낙으로 살 수 있겠소? 특히 노총각의 경우에 말이오."

문왕은 사편의 얘기에 재미있어 하는 표정을 지었다. 그리고 여상과 주공의 입가에도 연신 미소가 피어나고 있었다.

"다음은 인생을 꾸려 가는 법을 말씀드리겠사옵니다, 폐하! 대체로 구삼이 가는 길엔 항시 위험과 즐거움이 동시에 있사옵니다마는 이 동인괘의 구삼은 경우가 조금 다르옵니다. 서로가 뜻이 맞는 자들끼리 모인 사회단체이므로 위험은 없고 즐거운 일만 있다고 보겠사옵니다. 따라서 삼십대가 되면 사업도 성공할 수 있을 것이옵니다. 사업도 용기가 없으면 안 되지 않사옵니까? 사업에는 용기있는 자가 주도권을 쥐게 마련이옵지요. 이 구삼의 자신에 넘치는 용기에다가 주위가 모두 동인들이라 일은 잘 될 것이옵니다."

"애썼소. 그러면 구(九)의 사(四)효로 넘어갑시다.

이 구사는 '치기 위해 높은 곳에 올라갔는데 능히 공격하지 않았으니 길(吉)할 것이로다(乘其墉하되 不克攻이니 吉하도다).'

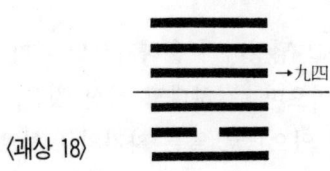

〈괘상 18〉

그 무슨 뜻인고 하면 이런 것이오. 이 구사가 육이의 계집을 손에 넣으려고 구삼과 똑같은 생각을 가지고 있어요. 그러니 그 계집을 차지하기 위해 별의별 연구를 다 해 보고 있어요. 육이와의 짝인 구오를 공격하려고 구오가 사는 집 담장에까지 올라가서는 구오를 쳐 버릴까 말까 망설이다가 차마 그러지 못하고 씁쓸한 표정을 지으며 다시 돌아오는 입장입니다.

이미 내 손을 벗어나 남의 것이라고 판단이 서면 얼른 생각을 바꾸어야 되는 것 아닐까요? 그래서 저 현명한 구사가 담장에서 내려와 아쉽지만 그냥 돌아왔어요. 그러니 흉이 없고 길이 있다 이겁니다. 그러니까 이 동인괘에 있어서 구오를 제외한 네 개의 양들은 한결같이 여자복이 없습니다. 이런 경우에는 얼른 그녀를 포기하고 멀리 타지역에 가서 다른 여자를 찾아 보는 것이 현명한 일이지요."

"그렇사옵니다. 시골에는 더러 여자가 귀한 동네가 있사옵니다. 그래서 장가들려는 총각들이 부득이 외지에서 여자를 수입해 오는 그런 방법을 많이 쓰고 있사옵지요. 반대로 어떤 동네에서는 총각이 귀하고 처녀가 남아돌아가 처녀들이 총각 찾느라고 난리굿을 떠는 경우도 있사옵니다."

"허허허……."

여상의 말에 문왕이 웃음을 터뜨리며 수염을 만지작거렸다.

곁에 있는 사편도 자기의 수염을 마치 뱀장사가 뱀을 훑듯이 쓸어내리며 시종 미소를 떠올리고 있었다.

"단아, 네가 좀더 자세히 도상학적으로 한번 설명해 보려무나."

"예, 아바마마! 그 담장까지 올라가서도 차마 치지 못한 것은 의리상 그런 것이오며, 길하다고 하신 것은, 잘못하다가는 곤궁에 빠질 우려가 있으므로 얼른 자기의 위치로 돌아왔기 때문에 그런 것이 아니겠사옵니까?"
 "바로 그런 것이다. 남의 것을 강점하기 위해서 용기와 패기로 소유하려고 한다면 법이 그냥 두지 않을 것이다. 그래서 파렴치범은 아주 강하게 다스리는 것이 원칙으로 되어 있어!"
 문왕은 주공의 형상학적 설명이 자기의 뜻과 잘 부합되어지고 있음을 흐뭇해 하였다.
 "다음은 여상노사의 얘기를 한번 들어 보도록 합시다."
 "그러하겠사옵니다. 구사의 저 사내는 구삼보다는 많이 정리된 삶을 살아가고 있는 편이옵니다. 남의 것을 손에 넣으려고 구삼처럼 집단행동이 아닌 단순행동으로 계획을 세웠던 것이옵지요. 그러나 남에게 고삐가 넘어갔다는 사실을 간파하고 빨리 생각과 행동을 거두어들이는 그런 민첩성을 보이고 있사옵니다. 군자란 이처럼 행동이 민첩해야 하옵지요."
 "다음은 사편공이 이어서 하시지요."
 "예, 이 신이 말씀드리겠사옵니다. 여상노사님의 말씀을 듣고 있노라면 마음이 착 가라앉는 것 같습니다. 평범 속에 진리가 있음을 언뜻언뜻 느끼게 합니다."
 "사편공이 또 칭찬을 해 주니 언제 기회 봐서 한 턱 내야겠소."
 "기회 보지 마시고 오늘 퇴출 후에 한잔 사십시오, 하하하."
 "그럽시다. 그까짓것 한잔 낸다 해서 인생이 흔들리겠소?"
 "말을 듣고 보니 재미있는데 이 짐도 그 자리에 좀 끼워 줄 수 없겠소?"
 "그러하신다면 더없이 영광이겠사옵니다마는 감히 지존하신 폐하를 어떻게 소홀히 모시겠사옵니까?"
 "그냥 해 본 소리요. 하도 말들이 재미있어서 그래 본 거요. 요새 이 짐에겐 감기 기운이 좀 있어서 실은 약간 고통이 있소이다. 두 양반이 재미있게 놀으시오."
"황공하옵니다, 폐하! 그럼 소신이 말씀올리겠사옵니다. 이 구사 같은 사람을 흔히 '얌체'라고 하옵지요. 왜냐하면, 성격이나 행동이 확실하지 않기 때문이옵니다. 반음 반양이라서 상대방이 그를 이해하기가 어렵사옵니다. 남자면 남자, 여자면 여자, 그래야 되는 것 아니겠사옵니까? 그런데 이 구사는 그렇지 않고 양다리를 걸쳐 놓고 경우와 필요에 따라서 이리저리 변태를 부리옵니다."
"사편공의 말도 일리가 있소이다마는 사람들에겐 대체로 '얌체'끼가 조금씩은 있는 것 아니겠소? 다만 많으냐 적으냐 하는 정도의 차이이지 완전히 없는 자는 드물 거요."
"물론 그렇사옵니다. 그러나 이를 적절히 써먹으면 허물되지 않사옵니다."
"아이구, 세상에 괜찮은 사람 만나 보기 쉽지 않습니다, 사편공."
여상이 한 마디 덧붙여 대화의 분위기에 양념을 쳤다.
"계속 말씀을 잇겠사옵니다. 구(九)의 양이 사(四)의 음 속에 매몰된 입장이옵니다. 그래서 독자적인 이름을 갖지 못하고 양과 음의 이름을 나누어 갖고 있사옵니다. 그래서 음중양(陰中陽)이라고나 할까요? 비유하옵자면, 밤이라는 음 속에서 광채를 발하는 달과 같다고 할 수 있겠사옵니다. 달이 해와의 대칭에서 보면 음이지만 빛을 발산하는 원리에서 보면 양이라 하겠사옵니다.
그러나 햇빛은 열기가 있는 반면 달빛은 열기가 없사옵지요. 그런 차이는 있사옵지만 빛을 내는 입장에서는 해와 달이 똑같다고 보겠사옵니다. 이런 차원에서 달을 구사(九四)라고 불러주고 싶사옵니다. 그러니까 이 경우가 반양 반음이 되겠사옵니다. 이 달은 캄캄한 밤을 밝혀 주며 또 세상을 황홀하게 해 주는 그런 위력을 가지고 있사옵니다. 때문에 낭만파 사람들은 오히려 해보다는 달을 좋아하는 경우가 많사옵니다. 그래서 애인을 만나러 가는 것을 비유하여 완월(玩月)이니 농월(弄月)이니 하면서 멋을 부리기도 하옵지요."

"설명이 멋있소, 사편. 역시 사편은 '끼'가 있는 사람이오. 좋아요."

문왕은 흡족한 웃음을 머금고 찬사를 아끼지 않았다.

"자아, 또 구(九)의 오(五)효를 찾아 갑시다.

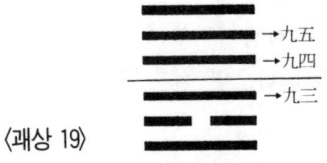

〈괘상 19〉

'동인이 먼저 고함을 지르고 그후에 너털웃음을 웃어 대니 큰 군사를 이겨야만이 서로 만날 수 있을 것이로다(同人이 先號 咷而後笑니 大師克이라아 相遇로다).'

무슨 뜻인고 하면, 구오는 육이를 소유하려고 애를 쓰고 있는 중이에요. 중간에 끼여 있는 구삼과 구사가 자꾸만 육이를 건드리고 있어서 아주 신경이 쓰이는 입장입니다. 때문에 먼저 '야 이 개자식들아, 꺼져라.' 하고 큰 소리를 치면서 위협을 가한 다음에는 다시 과시용 웃음을 한번 호탕하게 웃어 대지요. 그래도 저 두 사내들이 겁을 먹지 않자 막강한 군사를 사용하여 쳐 버리고 서로 만나는 그런 극적인 장면이 벌어지고 있는 중이지요.

다시 결론을 짓자면, 구오는 존위의 자리인 실세자로서 육이의 미인을 소유하고 싶은 마음에 때(時)만 기다리고 있는 중입니다. 그런데 저 두 놈들이 그 사이에 자꾸 끼어들며 구오의 신경을 긁어 대고 있어요. 그러니 저 실세자가 그냥 둘 리가 만무하지요. 힘 두었다가 어디 쓰겠나 하고 무력으로 두 놈을 죽여 버리다시피 하고 육이의 여자를 낚아채 오는 그런 소영웅적 대결이 벌어진 한마당이지요."

"아니, 그 여자 하나를 소유하기 위해 무서운 군사까지 동원하다니……. 좌우지간 계집이란 요물인 것임에 틀림없사옵니다."

여상선생이 문왕의 설명을 듣고 한 마디 거들었다.

"그래서 미인과 골동품은 돈과 권세를 따라다닌다는 말이 예로부터 있어 오지 않았겠습니까? 하하하……."

사편 역시 계집 말만 나오면 절로 흥이 나는 성격이므로 그냥 있을 리 없었다.

그렇다. 진짜 괜찮은 계집들은 돈과 권력 주변에 붙어 기생하는 벌레들인 것이다. 그래서 관기(官妓)나 권력자의 여편네들은 대부분 낯짝이 제대로 정비되어 있다. 돈 없고 출세 못 한 놈은 반듯한 계집 하나 가질 수 없는 것이 예나 지금의 현실인 것이다.

그러다 보니 여자란 세 가지의 이용가치로서 소유화되어지고 있다. 첫째 조건은 가사노동의 노예로서이며, 둘째는 가복(假服)으로 배를 빌려 아기를 출산하는 씨받이용으로서, 셋째는 움직이는 꽃으로서이다.

이 가운데 여자를 움직이는 꽃으로 보는 사내는 일종의 과시용 내지 자랑용으로 그 의미를 갖는다. 여기에다 소영웅주의가 발동되어, 남보다 계집을 한 명이라도 더 많이 소유하는 것을 능력으로, 사나이 기상으로 여기고 있는 것은 예나 지금이나 동서를 막론하고 호리불차인 것으로 되어 있다.

"단아, 네 차례이다. 그림을 들여다보듯 한번 설명을 해 봐라."

"예, 아바마마! 구오가 고함을 친 것은 무지막지하게 냅다 상대를 칠 수가 없기 때문에 먼저 경고성 엄포를 보여 주었던 것이옵니다. 그래도 상대가 겁을 내지 않으니 무력으로 쳐 버릴 수밖에 없는 것이옵지요. 무력으로써 소유하는 것은 힘의 우월성이 그 무엇보다도 우선한다는 것을 보여 준 것이라 보옵니다."

바로 그것이다. 구오는 어디까지나 중성이직(中誠理直)의 자세로 무력을 자제하고 있었다. 그러나 세상에는 힘도 통치 수단의 일종이므로 이런 경우에 부득이 적을 쳐 버리지 않을 수 없는 것이다.

"다음은 사편공이 우리들에게 웃음을 선사해 주시오. 부탁하겠소."

"예, 폐하! 이 구오야말로 힘의 논리와 힘의 당연성을 보여 준 실세자라고 보옵니다. 반듯한 계집이란 힘 없이는 소유할 수 없는 것이 동서고금의 불문율이옵지요.

이러한 차원에서 이 구오(九五)는 잘난 계집을 쟁취하기 위해 큰 칼을 뽑아들었사옵니다. 그리고 군사동원령을 내려 무력을 행동으로 옮겼사옵니다. 인간으로서 엄연히 저지를 수 있는 일이긴 하지만, 그러나 색공(色空)을 무(無)의 개념에서 볼 때 지극히 졸군(拙君)인 셈이옵니다. 아이구 그놈의 미인이 뭐길래, 계집이 뭐길래 모두들 계집이니 미인이니 하면 사족을 못 쓰고 덤벼드는지 우자(愚者)는 우자일 수밖에 없는가 보옵니다."

"못난 사내일수록 계집 소유욕이 굉장한 법이지요. 그 소유가 잘 되지 않는 것이 또 세상의 이치이며 역의 이치이기에 '여자는 골치 아픈 동산물'이라는 속어가 생겨난 것이라 봐요."

"하하하······."

 모두가 문왕의 '계집은 골치 아픈 동산물'이라는 말에 큰 소리로 웃어 댔다.

"이 짐이 사편공의 이야기를 가로막아 미안해요."

"아니옵니다. 오히려 이 소신보다도 폐하께옵서 더 우스운 말씀을 잘 하시옵니다."

"그냥 오랜만에 한번 해 본 소리요. 그럼 이어서 계속하시오."

"그렇게 하세요, 사편."

 여상노사도 사편의 뒷얘기가 궁금한 듯 뒷말을 재촉하였다.

"또 계집들도 그렇사옵니다. 계집들이 사내를 따르는 이유는 간단하옵니다. 힘과 권력, 이 두 가지만 있으면 이것저것 가리지 않고 그냥 따르옵니다. 그것이 없다면 그 같은 졸군을 세상에 어느 계집이 따르겠사옵니까? 하하하······."

"그래요. 여자란 지극히 속물 중의 속물이니 그 두 가지에 걸려드는 것이지요. 마치 고기가 미끼에 걸리듯이 말이에요."

"옳으신 비유이옵니다, 폐하!"

 여상노사의 동조발언이었다.

"그럼 기업경영적 차원에서 간단히 설명 올리겠사옵니다. 동인에서의 구오는 좋은 환경, 막강한 능력, 궁합이 잘 맞는 짝, 이런 세 가지의 양호한 조건을 가지고 시작하게 되었으므로 그 성공의 여부는 명약관화한 일이라 하겠사옵니다. 대체로 세상에서 사업을 성공으로 이끈 자들은 이런 세 가지 조건을 갖추었기 때문이옵니다.

 좋은 환경이란 동인 가운데 중심이 되어 도와주려고 하는 자들이 많다는 뜻이옵고, 막강한 능력이란 존위의 자리에 있다는 뜻이오며, 또 궁합이 잘 맞는 짝이라 함은 하괘의 육이가 중정

천화동인괘(天火同人卦) 83

의 도와 덕을 가지고 보필해 주고 있기 때문이옵니다. 이런 기업가는 좋은 여자만을 골라 가면서 먹는 그런 미식가이자 식도락가이기도 하옵니다. 자신이 먹고 싶은 것만 젓가락으로 콕콕 찍어서 먹는 그런 식성을 소유하고 있사옵니다.

돈과 권력있는 자들은 여자 식사를 까다롭게 하옵지요. 그래도 여자들은 이런 사내들을 좋아하옵니다. 왜냐하면, 속담에 '뺨을 맞으려거든 금가락지 낀 손에 맞으라'는 말이 있듯이 이왕이면 금과 권을 가진 자의 주변에서 머물러있고 싶어하는 것이 여자들의 마음이기 때문이옵니다."

"하하하……. 사편공의 해설이 잘 되어졌소. 돈과 권력에 미인이 따라붙는 것은 물체에 그림자가 따라다니는 것과 같은 이치라 할 수 있지요. 그럼 짐이 상(上)의 구(九)효를 먼저 해석해 보겠소.

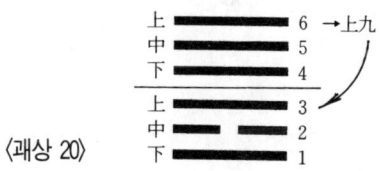

〈괘상 20〉

'상구(上九)는 교외에서 동인의 모임을 가지니 후회할 일이 없도다(同人于郊니 無悔니라).'

이 뜻은 이런 것이에요. 현재 상구(上九)의 입장에서는 자기의 짝인 구삼이 양이므로 조화가 이루어지지 않고 있어요. 그래서 저 교외에 나가 다른 사람들과 동인의 조직을 맺고 있는 중이지요. 그러므로 후회할 일이 없다는 것이에요.

사람이 어떤 조직을 만들려고 함에 있어서 가까운 주변에서 이루어지지 않으면 밖에 나가서 찾아 보면 되는 수가 많아요. 바로 곁에 있는 식구나 집안간에는 오히려 조직이 잘 이루어지지 않는데, 객지에 나가서 조직을 만들어 보면 좋은 호응을 가져오는 경우가 허다해요. 그래서 사람들은 출세를 하려거든 객지로 나가야만 된다고 보는 것입니다. 또 출세를 하고 난 연후에 고향으로 돌아가지 않으면 비단옷 입고 밤길을 거니는 것과 같다고 하는 속담도 있지요. 그러니까 출세는 타향에서 하고 그 빛은 고향에서 발하라는 뜻이 아닌가 싶소이다."

"폐하, 그런데 사람을 알아봄에 있어서 가까운 자들은 몰라주는데 꼭 멀리 있는 자들이 알아주고 찾아 주는 것을 보면 정말 묘한 이치인 듯하옵니다."

사편의 말이었다.

그렇다. 등하불명(燈下不明)이라는 말이 있듯이 이상하게도 근자(近者)는 몰라주고 원자(遠者)가 알아주는 그런 묘리가 있는 것이다.

"그럼 다음은 단이가 도상학적으로 한번 설명해 보도록 해라."

"예, 아바마마!

'동인들이 교외에서 모임을 갖는 것은 아직 뜻을 얻지 못해서 그런 것이라(同人于郊는 志未得也라)'고 보옵니다.

다시 말씀드리옵자면, 모든 조직이 뜻을 얻으려면 권력의 핵심 주위에 모여들게 되옵지요. 그러나 그렇지 못한 경우는 꼭 장외 아니면 저 멀리 외곽지대에서 조직활동을 하게 되옵니다. 그러다가 큰 힘으로 규합되어 실세화되면 반드시 권력의 핵심으로 이동해 오는 것이 동인이나 조직의 생태계라 하겠사옵니다."

"그렇사옵니다. 재야(在野) 단체 등이 그러한 경우에 속하지 않겠사옵니까? 재야 조직, 이것은 참으로 무서운 조직이옵지요. 싸움에서도 야전군(野戰軍)의 위력이 대단한 것처럼 말씀이옵니다, 폐하!"
 여상이 묵묵히 공수(拱手)를 한 채로 듣고 있다가 한 마디 거들었다.
 "그렇소이다, 여상선생. 재야란 항상 투쟁성과 공격성을 갖추고 있는 조직이지요."
 "그렇사옵니다, 폐하! 풀도 들풀은 생명력이 강하며 동시에 번식력도 강하지 않사옵니까? 크게 말씀드리옵자면, 천하에 흩어져 있는 모든 백성이 재야 세력 아니겠사옵니까? 그 재야가 가만히 있을 적에는 힘이 없지만 동인이 되고 단결이 되는 날에는 역성혁명(易姓革命 ; 왕조가 바뀌는 일)도 가능한 것 아니겠사옵니까? 그래서 예부터 천자(天子)의 천자는 바로 민(民)이라 하였사옵지요."
 "좋은 말씀이시군요, 여상노사. 그러면 다음은 사편공의 철학을 한번 들어 봅시다."
 "예, 폐하! 이 상구(上九)의 입장은 이렇사옵니다. 구(九)의 양이 육(六)의 음 자리에 쳐들어와서 문패를 바꾸어 걸고 자신의 것인 양 행세하고 있사옵니다. 그러니까 양이 음을 제압해 버리고 자기것화한 셈이옵니다. 양기가 세어서 음기를 짓이기고 있으니 본연의 음 자신도 그런 본능적 행위를 쾌락으로 여기며 수용하고 있으며, 더 나아가서는 적극화하고 있다고 보옵니다. 본능의 발동이란 그 본능적 충동을 소멸시키기 위해서 그 본능적 행위를 하는 것이므로 사람이건 동물이건 그 본능의 충동을 해소하며 살아가는 것이옵니다."
 "설명이 잘 됐소. 다음은 사업적인 면에서 한 마디 보태어 보시오."
 "예, 폐하! 순서가 그렇게 돌아가는 것 아니옵니까? 뜻이 있는 몇몇 투자가들이 저 교외에서 어떤 상품 하나를 개발했사옵니다. 그러나 아직 그 상품이 시장성이 있는지 없는지를 잘 알지 못하여 교외 변두리에서 맴돌고 있는 입장이옵니다. 만약에 시대에 맞고 시장성이 있다면 큰 돈을 벌 수 있는 그런 야심(野心)이 들었사옵지요. 이 원리는, 동인괘의 최상 자리인 교외에 위치해 있으면서 자기 짝인 구삼도 아직 힘이 없으며, 또 상화(相和)가 잘 이루어지지 않아서 그런 논리가 적용되옵니다."

"애썼소, 사편공. 그럼 이 천화동인괘의 설명은 이쯤에서 모두 마치도록 합시다. 차나 한 잔씩 들고 각자 자기 처소로 돌아가도록 하시오."

문왕이 일어나서 창 밖을 내다보며 뜰에서 어린 자식들과 놀고 있는 죽향을 불렀다. 죽향은 이제 궁녀라기보다는 다섯 명의 왕자를 둔 어엿한 어머니였다. 문왕은 이제 실세자가 아니었으므로 전에처럼 죽향이 꼭 문왕 곁에서 시중을 들어야만 되는 그런 입장이 아니었다. 그래서 시간이 나면 왕자들과 놀아주며 어미 노릇해 주는 것이 더 현실적 급선무였던 것이다.

"이보게나, 그 맛있는 대홍포나 한 잔씩 내어오도록 하지."

"예, 폐하!"

잠시 후 죽향은 소담한 옥소반에 짙은 청옥 찻잔을 받쳐들고 나왔다. 차 향기와 함께 김이 묻어서 피어나오고 있었다.

"자, 모두 한 잔씩 마십시다."

문왕이 먼저 찻잔을 기울이자 나머지 세 사람도 따라서 기울여 댔다. 죽향도 이에 맞추어 참으로 오랜만에 금과 슬을 번갈아 가며 한 곡씩 연주를 해 주어 그간의 정신적 노고를 풀어 주었다. 그 동안 다섯 아이를 낳고 기르느라 정신이 없었을 터인데도 그 연주의 솜씨는 전과 변함이 없었다.

주나라 왕실의 명덕전에는 또 이렇게 철학과 해학, 그리고 깊은 인간애와 음악의 조화가 이루어지고 있었다.

홍범구주(洪範九疇)의 출현

　홍범이란 '넓은 법', 즉 '대법(大法)'이라는 뜻이다. 다시 설명하자면, '홍'은 크고 넓으며 깊다는 것이고, '범'은 법이며 질서이며 원칙이라는 것이다. 그리고 '구주'는 아홉 가지의 범주라는 뜻이다.
　이 홍범과 구주가 출현하게 된 동기는 이러하다.
　무왕이 상나라를 쳐서 멸한 후 상나라의 큰 학자이자 대신(大臣)이었던 기자(箕子)를 주나라의 도읍 호경으로 데리고 왔다. 그리하여 무왕은 그에게 하늘의 도, 즉 천도(天道)에 대하여 질문하였다. 그때 기자가 답한 내용이 바로 이 홍범인 것이다.
　"기자선생, 평소에 선생의 소문을 듣자 하건대 도가 높고 깊다고 들었소."
　"황공하옵니다, 폐하! 도명무실(徒名無實)이오며 허명(虛名)일 뿐이옵니다."

"겸손의 말씀이오. 이 짐이 아바마마 문왕께로부터 왕위를 계승한 후 이제 천하도 평정되었고 해서 큰 선생들로부터 치도(治道)를 배우는 데 게을리 하지 않으려고 생각합니다."
"목목하신 의중(意中)이시옵니다, 폐하!"
"그래서 기자선생에게 치천하지도(治天下之道)를 얻어 듣고자 하니 이에 관해 자세히 설명해 주십시오."
"황공하옵니다, 폐하! 그러하옵시다면 감히 말씀올리겠사옵니다."
"고맙소이다, 기자선생!"
이리하여 무왕과 기자는 드디어 인간적 관계를 맺게 되었다. 한 수 배우려는 무왕의 그 정성 어린 눈빛과 또 해박한 지식을 가지고 있는 기자의 그 지향(知香)이 주나라 왕실에서 어우러졌다.

세상에는 아름다움이 수없이 많고 많지만 그 중에서도 배움보다 더 큰 아름다움이 어디에 있으리요! 배움이란 인간으로서 최고의 자리에 있는 천자(天子)로부터 일반 서민에 이르기까지 누구에게나 소중한 인간적 덕목인 것이다. 배움으로부터 탈무식(脫無識)과 애지적(愛知的)인 고급 인격이 형성되기 때문이다. 배우기를 게을리하지 않은 사람 치고 일찍이 성공 못 한 사람이 없었다. 배움 속에는 주관적 자아가 형성되고 통치적 덕목이 확립되는 것이다. 이러한 차원에서 무왕은 불치하문(不恥下問; 아랫사람에게 묻는 것을 부끄러워하지 아니함)의 자세가 적루(積累)되어지고 있었다.

"폐하, 그럼 이 소신이 먼저 홍범에 대한 조복들을 감히 말씀올리겠사옵니다."
"좋소, 기자여!"
"이 홍범 속에는 아홉 가지의 큰 규범이 들어 있사옵니다.

첫째는 사람이 살아가는 데 필요한 물질인 오행(五行)이 있고
둘째는 사람들이 꼭 지켜야 할 오사(五事)가 있고
셋째는 여덟 가지의 정사인 팔정사(八政事)가 있고
넷째는 다섯 가지의 기율인 오기(五紀)가 있고
다섯째는 임금이 지켜야 할 법칙인 황극(皇極)이 있고
여섯째는 세 가지의 덕인 삼덕(三德)이 있고
일곱째는 점을 쳐서 신중을 기하는 계의(稽疑)가 있고
여덟째는 여러 가지의 징험인 서징(庶徵)이 있고
아홉째는 다섯 가지의 복인 오복(五福)과 여섯 가지의 곤궁함을 벌하는 육극(六極)이 있사옵니다.

"그러하군요. 너무 거창하며 깊은 경세철학이 들어 있는 것 같군요, 기자선생!"

"그러면 이 신이 하나하나를 열거해 가며 풀어 드리겠사옵니다."

"기자선생, 본 논강(論講)에 들어가기 전에 차라도 한 잔 접구(接口)를 하고 합시다."

"성은이 망극하옵니다."

무왕은 자기의 궁실 여비서 격인 궁녀 문청(文淸)을 불렀다.

"여봐라, 문청아!"

"예, 폐하!"

"그 천하의 명차 대홍포를 내어오도록 하여라."

문청 역시 문왕의 궁녀인 죽향처럼 미색에다 예적(藝的) 기능을 고루 갖춘 절세가인이었다.

차를 들고 나오는 문청은 마치 시골 아낙네가 머리 위에 이고 가는 물동이 위의 조롱바가지처럼 알랑알랑거리며 휘장을 걷고 빠져 나왔다. 아름다운 궁녀복 속에 생동하는 색신 덩어리의 흐름이 마치 물 속에서 노니는 비단잉어의 율동과도 같

앉다.
 기자는 마음속으로 '주나라 왕실에도 저런 미색이 있었구나' 하고 잠시 의식이 중지되고 있었다.
 "자아, 기자선생! 차를 들어 보세요. 맛이 어떨는지……."
 "예, 폐하! 참으로 맛이 지순하옵니다."
 기자는 피어나는 차향을 맡으며 왕실의 내부 장식품에 대해 잠시 눈길을 주시해 보았다. 귀중하고 좋은 진보들은 아버지 문왕의 방에 많이 있고 무왕에게 있는 것은 그렇게 탄복할 만한 것들은 아니었으나 그래도 천하의 명품들임에는 손색이 없는 것들이었다. 만방의 제후들로부터 조공받은 옥석(玉石)과 기석(奇石), 또 청동문화의 절정이라 할 수 있는 종정(鍾鼎)들로 주종을 이루고 있었다.
 문청은 군신간에 음다를 하는 동안 살며시 비파가 놓인 자리 앞으로 다가섰다.
 비파가 빚어내는 음향(音香)과 대홍포가 피어내는 다향(茶香), 그리고 두 군신간이 지피고 있는 인향(人香)이 어우러져 인간이 연출하는 최고의 묘용에 젖어 있었다.
 "폐하의 심기가 매우 좋으신 듯싶사옵니다. 이렇게 폐하를 모시고 훌륭한 음악을 들으며 또 차도 마셔 가면서 논강할 기회까지 얻었으니 이는 신에게 있어 최고의 영광이옵니다."
 "그거야 기자선생께서 대현인(大賢人)이시기에 그런 것 아니겠소?"
 "황공하옵니다, 폐하!"
 "그러면 그 아홉 가지의 조목들을 천천히 풀어 주시지요."
 "이 조목들을 풀기 전에 먼저 약간의 기조적 설명이 있어야겠사옵니다."
 "그렇게 하십시오. 모든 큰 일에는 반드시 그러한 순서가 있는 법이지요."
 "옛적에 곤(鯀)이라는 이가 홍수를 막으려다가 오행을 어지럽혔다 하옵니다. 그리하여 천제(天帝)께서 진노하시어 그에게 아홉 가지의 홍범을 가르쳐 주시지 않았다 하옵니다. 그로 인해 무지한 곤은 인류를 망쳐 순임금으로부터 죽임을 당하였다 하옵니다. 그후 곤의 아들 우(禹)가 나타나니 천제는 그 대법을 그에게 가르쳐 주었다 하옵니다."
 "그렇군요. 이 짐은 그런 역사적 사실에 밝지 못해서……."
 "그럼 첫째 조목인 오행에 대해서 펴 올리겠사옵니다. 오행이란 첫째가 물[水], 둘째가 불[火], 셋째가 나무[木], 넷째가 쇠붙이[金], 다섯째가 흙[土]이옵니다."
 "거기에 대한 기능과 성질에 대해서 말씀해 주시지요."
 "예, 폐하! 물은 아래로 내려가며, 더러움을 씻어 주고, 또 빈 곳을 허용하지 않고 다 채우며 내려가거나 담겨지옵지요.
 그리고 불의 성질은 사물을 태우며 위로 향하는 힘을 가지고 있사옵니다.
 나무는 굽어지거나 바르게 되는 성질을 가지고 있으며 또 불을 발생시키는 힘이 있으며, 그리고 불이 붙게끔 해 주옵니다.
 쇠붙이는 뜻대로 모양을 바꿀 수 있고 또 농기구나 생활기구로 만들어 쓰기도 하옵니다.

---

  * 공자는「서경서설」에서 말하였다.
 '무왕이 상나라를 쳐서 이기고 주(紂)를 죽였다. 그후 그의 아들 무경(武庚)을 패(邶) 땅의 제후로 책봉해 주고 은의 옛 경기 지역을 다스리게 하고 동시에 은왕조의 제사도 지내게 했다. 그리고 기자를 주나라로 데리고 와서 천도를 물었으니 이에 대한 답을 홍범이라고 한다.'
 또「사기」에는 '기자가 주나라의 녹 먹길 거부하고 조선으로 건너와 왕이 되었다'고 기록되어 있기도 하다.

흙은 오곡을 심고 거두어 먹고 사는 원천이 되옵니다.
 더러움을 씻어 주며 아래로 내려가는 것은 짠맛이고, 위로 오르며 타는 것은 쓴맛이며, 굽거나 바르게 할 수 있는 것은 신맛이고, 뜻대로 꼴을 바꿀 수 있는 것은 매운맛이며, 심어 거둔 것은 단맛이옵니다."
 "그렇군요. 그 오행이 다시 오미(五味)에 적용되는군요."
 "그렇사옵니다, 폐하! 두번째 조목의 다섯 가지 일에 있어서, 첫째는 태도, 둘째는 말씀, 셋째는 보는 것, 넷째는 청각(聽覺)이고, 다섯째는 사려(思慮)이옵니다.
 이것들을 다시 풀면, 태도는 공손해야 하고, 말씀은 옳음을 따라야 하고, 보는 것은 밝아야 하고, 청각은 똑똑하여야 하고, 사려는 치밀해야 하옵니다. 공손하면 엄숙해지고, 옳음을 따르면 잘 다스려지고, 밝게 보면 명철(明哲)해지고, 똑똑히 들을 수 있으면 지모(智謀)가 있게 되고, 사려가 치밀하면 환히 통달하게 되는 것이옵니다."
 "논리의 전개가 복합적이어서 반복되어질수록 깊어지면서 정답이 대두되어지는군요. 그 논법이 참으로 짐의 마음에 듭니다, 기자선생."
 "황공하옵니다, 칭찬해 주셔서. 그럼 세 번째로 여덟 가지의 정사에 대해 말씀드리겠사옵니다.
 그 첫째는 백성이 먹고 사는 식량이요
 둘째는 국가의 혈맥이라 할 수 있는 경제요
 셋째는 돌아가신 이를 잊지 않는 제사요
 넷째는 국가를 건설하는 토목공사요
 다섯째는 백성의 눈을 뜨게 하는 교육이요
 여섯째는 백성의 생명과 재산을 보호해 주는 치안(治安)이요
 일곱째는 국가간의 교류인 외교요

여덟째는 국가의 힘인 군사 문제이옵니다."

"아주 중요한 치세(治世)의 조목들이군요. 그 여덟 가지의 조목만 완전하면 천하를 다스리는 것은 손바닥을 보는 것과 같겠습니다."

"물론이옵니다, 폐하! 큰 일이건 작은 일이건 먼저 구상을 하고 그 다음 구도를 잡아야 되옵지요. 마치 화공이 회사(繪事)에 임하듯이 말씀이옵니다."

"훌륭하신 치천하의 구도입니다. 다음 네 번째의 조건들을 제시해 주시지요."

"예, 폐하! 그럼 네 번째 항목인 오기(五紀)에 대해 다섯 가지로 분류해 설명드리겠사옵니다.

첫째가 일 년을 열두 달로 정한 해〔年〕이며

둘째가 매년의 달 수〔月數〕이며

셋째는 매달의 일수(日數)이며

넷째가 하늘의 성진(星辰)을 관찰하는 것이며

다섯째가 역법(曆法)과 산수(算數)의 추산(推算)이옵니다.

그러니까 이 다섯 가지의 조목들은 일 년을 이렇게 세분화한 것이옵니다. 그해 그달 그날 그때에 맞도록 백성들에게 농사·건설·교육·부역 등을 시켜야 된다는 뜻이옵니다."

"쉽게 얘기하면 이거군요, 기자선생. 일 년 열두 달을 황당무계하게 쓰지 말고 계절에 할 일, 그달과 그날에 할 일을 미리 구상해서 빈틈없이 쓰라는 뜻이군요."

"그렇사옵니다, 폐하! 거기에다 언제 비가 내릴 것이며 바람이 불 것인지 등을 예견하기 위해 별들의 움직임을 잘 관찰해서, 즉 기상을 연구해 정책에 차질이 없도록 해야 하는 것이옵니다."

"그렇지요. 저 미미한 곤충이나 금수들도 천기와 기상을 미리 알아서 자기의 삶을 보호한다지 않습니까? 가령, 개미가 비가 오려는 징조가 있으면 출입구를 막는다든지, 또 까치가 태풍이 많이 불 해에는 집을 낮게 짓는다든지 하는 등 말입니다."

"좋은 비유시옵니다, 폐하! 바로 그와 같사옵니다. 곤충과 금수도 천기를 볼진대 항차 인간이 그것을 등한시하여 모른다면 큰 일날 일이옵지요.

다섯 번째로 황극에 관해서 말씀드리겠사옵니다. 천자께옵서는 법칙〔極〕을 세우셔서 오복(五福)을 거두어 그것을 서민들에게 가르치셔야 하옵니다. 그렇게 할 때 서민들은 폐하의 법칙을 따르고 지킬 것이옵니다. 무릇, 그러한 서민들은 사악한 무리를 짓지 않을 것이옵니다. 따라서 부화뇌동(附和雷同)하는 버릇도 없어질 것이옵니다.

민중 가운데 덕이 있고 능력이 있으며 설조가 있는 자가 있으면 폐하께옵서 그를 기억하셨다가 등용하셔야 하옵니다.

백성들이 비록 중용을 지키지 못할지라도 죄에 저촉되지 않으면 크게 허물하지 말고 용납하시고 안색을 부드럽게 하시옵소서. 혹자 중에 '나는 덕을 좋아합니다'라고 말하는 자가 있으면 그에게 작위(爵位)와 녹을 주시옵소서. 그렇게 하면 그 사람은 중용의 도를 좇을 것이옵니다.

외롭고 의지할 곳 없는 사람을 학대하지 마시고 덕이 높고 밝은 이를 중하게 여기시옵소서. 능력있는 자가 뜻있는 행동을 하려 할 때 폐하께옵서 그 행동을 순조롭게 하여 주시면 그는 폐하의 나라를 번창시켜 드릴 것이옵니다.

무릇, 바른 사람에게는 항상 풍족한 녹을 내리실 것임은 물론 보다 나은 처우를 해 주셔야 하옵니다. 폐하께옵서 그들로 하여금 나라에 공헌을 하지 못하게 하면 그들은 일부러 허물을 짓고 물러갈 것이옵니다. 만약 그들에게 훌륭한 덕행이 없는데도 폐하께옵서 그들에게 복을 내리신다면 그들은 도리어 폐하께 재앙을 가져다 줄 것이옵니다."
"기자선생, 참으로 옳으신 법도이군요. 그렇게만 한다면 천하를 움직이는 것이 마치 손바닥을 뒤집는 것과 다를 바 없겠군요."
"그렇사옵니다, 폐하!"
"그것뿐입니까, 아니면 좀더 설명이 남았습니까?"
"예, 폐하! 이 황극은 워낙 중요한 것이라서 좀더 설명이 있어야겠사옵니다."
"그렇다면 계속 들려 주시길 바라겠소이다."
"그럼 시작하겠사옵니다. 백성들은 비뚤어지거나 그릇됨이 없이 임금이 정하고 인도하는 법을 받들고 따라야 하며, 자신이 좋아하는 일에만 치우치지 말고 임금이 정한 도리를 받들고 지켜야 하옵니다. 자기 자신이 싫어한다고 하여 멀리할 것이 아니라, 임금님이 이끌어 주는 길을 따라서 나아가야 할 것이옵니다.
따라서 임금도 사사로운 정에 치우치거나 사사로운 관계가 있는 사람들을 돕거나 두둔하지 말아야 그 길이 평탄하여질 것이옵니다.
이랬다 저랬다 함이 없이 일관성이 있어야 하고 비뚤어짐이 없이 올바른 길을 가야 임금의 길이 바르고 곧을 것이옵니다.
임금이 제후와 백성들을 모으고 거느리는 데도 법칙이 있어야 하오며, 반대로 제후들과 백성들도 임금을 받드는 데 있어서 역시 법칙이 있어야 하옵니다.
이와 같이 임금의 법칙에 관해 두루 드린 말씀을 널리 펴시어 상도(常道 ; 떳떳한 도리)를 잃지 않으시오면 모든 사람이 다

따를 것이옵니다. 그리하면 하늘까지도 이를 좇을 것이옵니다. 비록 백성의 말이라도 법에 맞으면 거기에 따르고 그것을 실행하시옵소서. 그러하옵시면 폐하의 빛은 더욱 커질 것이옵니다."

그렇다. 왕이란 오로지 백성들을 위한 법칙을 세워야 하며, 일단 법이 정해졌으면 백성들은 개인의 이해득실을 가리지 말고 그 법을 따라야 하는 것이다.

이들의 대화에서 뚜렷이 부각되는 것은 어느 시대 어느 지도자라도 응당 이 기자의 얘기를 명심해야 한다는 점이다.

이처럼 두 군신간에는 사리사욕에 눈이 어두워 돌이킬 수 없는 후회를 남기지 말아야 한다는 훌륭한 대화가 계속해서 진행되고 있었다.

"너무 열강을 하시느라 노고가 많으신데, 목이나 축여 가며 합시다."

"예, 폐하! 실은 입에서 약간 단내가 나옵니다."

"그러시겠지요. 목이 마른 데는 뭐니뭐니 해도 차가 최고 아니겠소이까?"

"문청아! 차를 두 잔만 속히 내오도록 하여라."

"무슨 차를 낼까요?"

"잠시 전에 초탕 우려낸 것을 재탕으로 뽑아 오너라."

"차는 재탕이 맛있다고 하옵지요."

"그렇소. 기자공도 차 맛을 제대로 알고 있군요."

"그 정도는 문화인으로서 상식적이며 지엽적인 일이 아니겠사옵니까?"

대화가 오가는 동안 문청은 차실에서 분주히 차를 달이고 있었다.

잠시 후 은한(銀漢)이 흐르는 듯 문채되어 있는 미색 휘장을 걸으며 문청이 마치 꾀꼬리가 숲에서 목을 내밀며 날아나오듯 걸어나왔다. 간들거리며 걸어나오는 그녀의 분위기는 '끼'를 한껏 발산하고 있었다. 하기야 미인치고 끼가 없으면 그게 어디 미인이랴!
"자아, 드십시오, 기자선생."
"예, 폐하!"
"갈증과 피로가 동시에 소멸되는 듯하옵니다."
"다리도 펴실 겸 잠시 우리 왕실에 있는 문물들이나 한번 구경해 보시지요."
"감사하옵니다, 폐하!"
기자는 일어서서 공수를 하고 조용히 주위를 돌아가며 둘러보았다.
문화유산의 정수들이 회랑(回廊)을 따라 길게 진열되어 있었다. 그것은 곧 주나라의 오랜 역사를 말해 주는 것이며 더불어 찬란하고 전아한 살림살이의 단면이기도 하였다.
"여기에 있는 품목들은 일부에 불과합니다. 부왕께서 계시는 저쪽 명덕전에 붙은 회랑에는 더 좋은 진보가 많이 있지요. 언제 기회를 만들어 한번 보여 드리지요."
"황공하옵니다, 폐하! 저어기 있는 저 갑골문들은 저희 은나라의 진보관이었던 녹대(鹿臺) 속의 그 갑골문들과 서로 비슷하옵니다."
"그렇지요. 은이나 주나 다 이웃나라이지 않소이까? 또 사람이 생각하는 문화란 시대에 따라 비슷하게 형성되는 것이 아니겠소?"
기자는 역시 대학자답게 그 무엇보다도 문자가 각인되어 있는 문물에 대해 유독 관심을 보였다.
"폐하, 저희 은의 녹대 속에는 참으로 무진장한 진보가 있었는데 모두 어찌 되었는지 알 수 없사옵니다."

　기자는 자기 고국의 진보가 떠올랐다. 순간, 얼굴에는 허전한 객수(客愁)가 지고 있었다. 나라 잃은 실국인으로서의 아픔이었다. 좋건 싫건간에 자기 부모, 자기 고향, 자기 나라에 대해서 애착이 가는 것이 인간의 본능이 아니던가!
　"언제 한번 살펴봐야지요. 병화(兵禍)로 많은 피해가 있었을 것이지만 그래도 상당량은 그 어느 창고엔가 들어 있을 것입니다. 그 녹대가 워낙 큰 데다가 또 옥으로 축조된 건물이 아닙니까? 불에 탄 것도 일부 있겠지만 그래도 성한 것이 많을 것입니다. 중요한 것은 전쟁이 끝나자 마자 우리가 그 녹대 속을 뒤졌다고 쳐 보세요. 주나라가 은나라를 정벌한 것은 진보가 탐이 나서 그런 것이라고 하지 않겠어요? 그렇게 되면 대의명분을 잃을 것은 뻔하지요. 또 우리 주나라를 은나라 백성들이 얼마나 원망하겠습니까?"
　"그렇사옵니다, 폐하!"
　"그리고 그곳에 있던 물건은 정리하여 그곳에 그대로 두는 것이 정도(正道)가 아니겠소?"
　"그렇사옵니다. 정치에는 뭐니뭐니 해도 대의명분이 중요하옵지요, 폐하!"
　"바로 그겁니다, 기자선생!"
　두 대인은 한담이자 여담을 나누다가 다시 반점이 있는 본위치로 돌아왔다.
　"기자선생, 다음은 여섯 번째의 그 세 가지 덕인 삼덕(三德)을 말씀해 주세요."
　"그러하겠사옵니다, 폐하! 그 첫째가 정직이요, 둘째가 지나치게 굳셈이요, 셋째가 지나치게 부드러운 것이옵니다. 다시 설명드리옵자면, 바르고 온화함이 곧 정직인바, 강하면서 온화하지 못하면 굳셈이 지나치고, 온화하고 순함은 부드러움이 지나친 것이옵니다. 유약하기만 한 사람은 굳건함으로써 그 유약하기만 한 성격을 고쳐야 하고, 굳건하기만 한 사람은 부드러움으로써 그 꿋꿋하기만 한 성격을 누그러지게 해야 하는 것이옵니다."

"인생에 귀감이 될 말씀이시군요. 대체로 사람들은 성격상 한쪽으로 편착되어 있지요. 강하기만 하거나 아니면 약하기만 하거나 말입니다."

"그래서 이 신이 말씀드리는 것 아니겠사옵니까?"

"그렇지요. 천고에 귀감이 되리라 확신합니다, 기자선생!"

"다음은 임금으로서의 권위에 대해 말씀드리겠사옵니다. 오로지 임금된 사람만이 백성들에게 복을 내릴 수 있사오며, 오로지 임금된 사람만이 백성들에게 벌을 내려 백성들을 바로잡을 수 있사옵니다. 그리고 임금만이 가장 맛있고 귀한 음식을 드실 수 있사옵니다. 신하된 자는 백성들에게 복을 내릴 수도, 또 좋은 음식만 먹을 수도 없사옵니다. 신하된 자가 백성들에게 복과 벌을 내리고 또 맛있는 음식을 독식하게 되면 나라에 해를 끼쳐 국난을 초래하게 될 것이옵니다. 만일 신하들이 이와 같다면, 곧 올바르지 못하고 비뚤어진 관리로 보아야 하옵니다. 이를 방치할 경우, 백성들까지도 자기의 분수를 지키지 못하고 윗자리를 넘보는 죄악을 저지르게 될 것이옵니다."

"다른 말씀은 다 좋으신데 그 '임금만이 맛있는 음식을 먹을 수 있다'는 말이 좀 귀에 거슬리는군요, 기자선생!"

"물론 그렇게 느껴지실 것이옵니다. 그러나 최고의 진미를 백성들만 먹고 임금님께 진상하지 않는다면 그로 인해 임금님의 권위를 우습게 여기는 풍조가 필연적으로 따르게 될 것이옵니다."

"그래도 이 짐의 마음 같아서는 나야 맛있는 것을 못 먹어도 백성들만큼은 좋은 음식을 많이 먹고 나라의 주역이 되어 주었으면 좋겠소."

"좋으신 생각이시옵니다. 참으로 성군다운 말씀이시옵니다, 폐하! 하오나 천하를 통치하시는 데는 그런 독선적인 것도 방편상 필요하옵니다."

기자는 아무래도 어떤 의미에서든 아첨 발언을 한 것 같았고, 무왕은 또 그 말이 귀에 걸려서 다소의 불편한 심기가 일었다. 무왕의 얼굴엔 자신도 모르게 씁쓸한 미소가 지어지고 있었다. 그러나 절대권력이 집중된 왕치(王治) 천하에서 그 정도의 권위는 필요한 것이리라.

"기자선생, 그러면 이제 화제를 바꾸어 일곱 번째로 넘어가 보십시다."

"그러하겠사옵니다. 일곱 번째는 거북점을 치는 관리와 시초점을 치는 관리를 임명하여 그들로 하여금 각각 거북점과 시초점을 치게 하는 것이옵니다."

"현재 우리 왕가에 점을 담당하는 사편관 청일선생이 있기는 합니다."

"물론 그렇죠. 그러나 이제 주나라 왕가도 과거와는 많이 달라졌사옵니다. 모든 규모가 커졌으니 사편관도 더 늘려야 할 것이옵니다."

"삼공을 돕는 삼고(三孤)들이 있습니다."

"그렇다면 그 점에 대해서는 일단 해결이 되었다고 보여지옵니다."

기자는 주나라 왕가의 기존 조직에 대해 아직은 확실히 파악하지 못한 상태였다. 남의 국가 조직을 일시에 안다는 것은 무리인 것이다.

기자는 다시 말을 이어 갔다.

"거북점으로 살필 수 있는 일기는 비오는 모양(雨), 개인 모양(霽), 안개 모양(蒙), 엷은 구름 모양(驛), 서로 범할 듯 보이는 흉칙한 모양(克) 등이 있사옵고, 시초점에는 내괘인 정(貞)과 외괘인 회(悔)가 있사옵니다. 이와 같이 거북점의 조짐과 점괘의 괘상에는 모두 일곱 가지가 있사옵니다. 이 중 거북점에 속

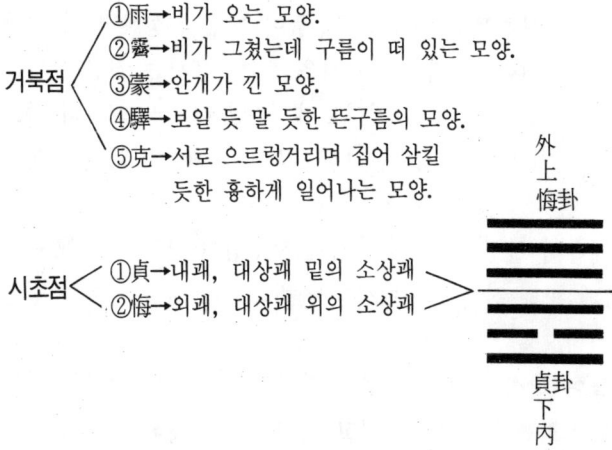

하는 것이 우(雨)에서부터 극(克)까지 다섯 가지이며, 시초점에는 나머지 정(貞)과 회(悔) 두 가지가 있사옵니다. 이렇게 일곱 가지 중에서 거북점으로 타당한 것과 시초점으로 타당한 것을 먼저 선택해서 하셔야 하옵니다. 이들의 괘상을 추리(推理)하고 변화시켜 점치는 관리로 하여금 판단케 하는 것이옵니다. 점치는 관리들을 세워 점을 맡기되 세 사람으로 하여금 판단케 하며, 세 사람 가운데 두 사람의 판단이 일치되고 한 사람의 판단이 이와 같지 않을 시에는 두 사람의 일치된 쪽을 따르도록 하십시오."

"다수결의 원칙을 따르라 이 말씀이시군요."

"그렇사옵니다, 폐하!"

다수결의 원칙이 절대적으로 좋은 것은 아니다. 그러나 여타의 방법 중에서 그래도 괜찮은 방법이므로 기자는 이를 택한 것이었다.

기자는 잠시 침묵하다가 다시 말을 이어 가기 시작했다.

"만약 폐하께옵서 커다란 의문점이 있으실 때에는 신하들과 상의하시고 백성들에게 그 의견을 묻도록 하십시오. 그래서 폐하, 거북점, 시초점, 신하들, 백성들이 모두 찬성하면 이는 바로 의견의 일치이옵니다. 이런 경우 폐하께옵서는 건강과 마음의 평안을 누리실 수 있을 것이오며, 뿐만 아니라 폐하의 자손들까지도 크게 번창할 것이옵니다. 곧 모든 게 길(吉)할 것이옵니다.

폐하께옵서 찬성하시고 거북점과 시초점이 모두 찬성의 뜻을 나타낸 데 반해 신하들과 백성들이 반대한다 하여도 이는 길한 것이옵니다.

신하들이 찬성을 표하고 점의 결과가 모두 찬의를 나타내는데 반해 폐하께옵서 반대하시고 백성들이 반대하여도 이는 길한 것이옵니다.

백성들이 찬성하고 점의 결과가 찬성을 나타내는데 폐하께옵서 반대하시고 신하들이 반대하여도 이 또한 길한 것이옵니다.

그러나 만일 폐하께옵서 찬성하시고 거북점의 조짐이 찬성을 표하나 시초점이 반대의 괘상을 보이고 신하들이 반대하며 백성들이 반대할 때에는 폐하의 집안일은 길하겠으나 나라의 일에 있어서는 흉할 것이옵니다.

거북점과 시초점이 모두 사람들의 의견과 달리할 때에는 아무 일도 하시지 않는 것이 좋사옵니다. 만일 이때 어떤 일을 하시게 되오면 좋지 않은 결과를 초래하시게 될 것이옵니다."

홍범구주(洪範九疇)의 출현   103

"수고했습니다, 기자선생! 복잡한 논리를 조금도 흐트러짐 없이 펼치시느라 말이오."

"황공하옵니다, 폐하!"

기자는 무왕의 찬사를 듣는 순간 약간 상기된 표정을 지으며 흐뭇함을 감추지 못하였다.

"기자선생! 계속해서 여덟 번째의 서징, 뭇 징조에 대해서 강론해 주십시오."

"그렇게 하겠사옵니다, 폐하! 이 서징은 비가 오는 것, 날이 들어 청명한 것, 더위, 추위, 바람, 이 다섯 가지가 맞아드는 것에 대해 말씀드리겠사옵니다. 비로부터 바람까지 이르는 다섯 징조는 고루고루 갖추어져야 하옵니다. 이들은 각기 절후에 맞도록 적절히 있어야 초목이 무성하여지옵니다. 이 가운데 한 가지라도 지나치게 많거나 지나치게 적으면 흉한 징조가 되옵니다.

좋은 징조를 말씀드리오면 다음과 같사옵니다.

임금이 엄숙하면 때맞추어 비가 내리고

임금이 나라를 잘 다스리면 때맞추어 날씨가 청명하게 되고

임금이 밝고 어질면 때맞추어 더위가 찾아 오고

임금이 계획을 세울 수 있는 지략을 가지고 있으면 추위가 때맞추어 찾아들고

임금이 사리에 통달하면 때맞추어 바람이 부는 징조가 있게 되옵니다."

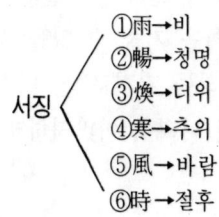

서징 ─┬─ ①雨→비
      ├─ ②暘→청명
      ├─ ③燠→더위
      ├─ ④寒→추위
      ├─ ⑤風→바람
      └─ ⑥時→절후

"그러니까 모든 것이 임금의 능력 여부에 따라 저 다섯 가지의 징후들이 각기 다르게 나타난다 이것이지요?"

"그렇사옵니다, 폐하!"

"참으로 임금된 자의 책임이 막중하군요."

"그렇사옵니다. 그렇지 않고 어떻게 한 나라의 임금님이 될 수 있겠사옵니까?"

"좋습니다. 다음을 이어 갑시다."

"예, 폐하! 그럼 이번엔 나쁜 징조에 대해 말씀드리겠사옵니다.

임금이 오만하면 오랫동안 비가 그치지 않으며

임금이 법도에 어긋나는 일을 행했을 때에는 오랫동안 가뭄이 계속되어 비가 오지 않으며

임금이 놀이와 안일만 일삼으면 무더위만 계속되고

임금이 과격해서 매사를 서두르면 춥기만 하고

임금이 우매하면 항상 바람이 부는 것이옵니다."

"역시 임금의 책임이란 무거운 것이로군요. 옛 말에 임금 노릇하기 어렵다고 느끼는 임금은 바로 임금 노릇 잘 하는 것이라 하더니 과연 그 말이 맞는 것 같군요."

"그렇사옵니다, 폐하! 그래서 임금의 잘잘못은 일 년의 일기를 관찰하면 알 수 있고, 중신(重臣)들의 잘잘못은 한 달의 일기를 관찰하면 알 수 있으며, 하급관리들의 잘잘못은 하루의 일기를 관찰하면 알 수 있는 것이옵니다.

한 해와 한 달 그리고 하루의 일기가 사철의 절후에 어긋나지 않게 찾아들면 풍성한 수확을 거둘 수 있을 것이옵니다. 그렇게 되면 백성이 배불러 나라는 저절로 잘 다스려지고, 뛰어난 백성들이 뚜렷이 부각되어 나라에 이바지하게 되고, 나라는 태평성대를 누리게 되옵니다.

만약 하루와 한 달과 한 해의 운행이 어긋날 때에는 모든 곡식이 영글지 못해 흉년이 들게 될 것이옵니다. 그렇게 된다면 나라의 정사는 자연히 어두워지게 되고, 아무리 덕과 재주가 뛰어난 백성이 있다 하여도 그 빛을 발휘하지 못하고 초야에 파묻혀 썩게 될 것이니 나라는 어렵게 되옵니다.
 백성은 하늘의 별로써 살필 수 있사온데, 별에는 바람을 부르는 별이 있는가 하면 비를 즐겨 부르는 별도 있사옵니다. 해와 달이 제대로 운행하여서 이 인간 세상에 사계절이 찾아들듯이 임금과 중신들이 화합하여야 나라의 큰 일을 도모할 수 있는 것이옵니다. 달이 별을 스치면 바람이 일고 비가 내리듯이 미천한 백성들도 나라 일에 큰 영향을 끼치는 것이옵니다."
 기자의 강론 요지는 여러 가지의 징조를 살펴보고 훌륭하고 어진 임금이 되라는 건의의 표현이었다.
 무왕은 눈을 지긋이 감고 서징의 열거 사항 항목들을 들으면서 뭔가 깊은 사색에 잠기는 듯했다.
 "다음엔 마지막 아홉 번째 조목인 오복과 육극에 대해서 설명해 주십시오. 좀 지루한 생각도 없지 않았으나 끝나는 조목이라 생각하니 기분이 명쾌해집니다."
 "그러하셨을 것이옵니다, 폐하! 속담에 '말이 많으면 쓸 말이 적어진다' 했는데 그 말이 빈말이 아니온 것 같사옵니다."
 "그런 뜻은 아닙니다. 단지 약간 지루함이 올 듯 말 듯해서 그런 것이오."
 "이번 마지막 조목들은 좀 신나게 해 드리겠사옵니다."
 "좋습니다, 기자선생. 호가창창불락(好歌唱唱不樂; 좋은 노래도 여러 번 들으면 싫증이 난다)이라 했듯이 아무리 좋고 깊은 얘기라 할지라도 자주 들으면 싫증이 나는 것은 어찌할 수 없는 인간적 본능이라 할 수 있지요."

"바로 시작하겠사옵니다, 폐하! 아홉 번째는 다섯 가지의 복과 여섯 가지의 곤액이 있사옵니다. 다섯 가지 복이라 함은, 첫째가 장수를 누리는 것, 둘째가 부유한 삶을 누리는 것, 셋째가 건강하고 편안한 삶을 누리는 것, 넷째가 훌륭한 덕을 닦아 마음의 안정을 누리는 것, 다섯째가 천수를 누리다가 죽는 것이옵니다."

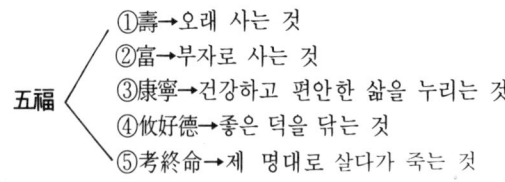

"참으로 좋은 설정이시군요. 그 설정대로만 살다 간다면 훌륭한 생애를 살았노라고 말할 수 있겠지요."
"그렇사옵니다. 그러나 다섯 가지를 모두 갖추기가 어렵사옵지요. 그래서 속담에 '오복을 모두 갖추고 태어난 자는 세상에 없다'라고 하지 않사옵니까? 그리고 흔히들 팔자 좋은 사람을 오복을 타고난 사람이라고도 하옵지요. 그럼 계속해서 육극에 대해 설명을 올리겠사옵니다."
"아이구, 기자선생! 속담에 먹기 싫은 개똥만큼 남았다고 한 말이 있지요. 실은 지루한데 얼른 그 남은 것을 마치십시오."
"그래도 폐하! 표현이 조금 과하신 것 같사옵니다."
"이를테면 그렇다 이 말이지요, 꼭 그런 것은 아니구요. 하하하……."

무왕은 자기가 생각해도 말이 좀 과했다고 생각되는지 약간 쑥스러운 웃음을 흘렸다.

"그럼 본론으로 들어가겠사옵니다. 여섯 가지 곤액이라 함은, 그 첫째가 횡사와 요절을 하는 것이고, 둘째가 질병의 고통을 겪는 것이고, 셋째가 근심걱정에 빠지는 것이고, 넷째가 가난한 삶에서 헤어나지 못하는 것이고, 다섯째가 과오를 저질러 남으로부터 비난을 받는 것이고, 여섯째가 몸이 약하여 할 바를 다하지 못하는 것이옵니다, 폐하!"

"그러니까 육극이 바로 육고(六苦)인 셈이군요. 여섯 가지 고통 말입니다."

"예, 그렇사옵니다, 폐하! 가장 사람이 싫어하거나 경계하는 것들이옵지요. 저러한 육극이 없어지면 바로 신선계가 되는 것이옵니다. 인간의 삶에 있어서 공통된 소망은 고통으로부터 해방되어 영원한 안락의 세계로 가는 것이옵지요."

"이렇게 되면 홍범구주의 전 조목이 완강(完講)된 셈이지요?"

"그렇사옵니다, 폐하!"

"그 동안 열강하시느라 노고가 대단했습니다."

"아, 아니옵니다, 폐하!"

"반드시 이 홍범구주를 정사를 펴는 데 반영하여 현실을 중시하는 주나라, 과거를 거울 삼는 주나라, 미래를 지향하는 주나라, 현실과 이상이 멋있게 조화를 이루는 주나라를 건설하여 명실상부하고 실사구시(實事求是)가 되는 주나라를 완성할 것입니다, 기자선생."

"황공하옵니다, 폐하!"

장시간에 걸쳐 천하의 현인 기자를 초빙하여 놓고 무왕은 심도있는 특강을 들었다. 수신제가치국평천하라는 것이 먼 곳이나 딴 데 있는 것이 아니고 바로 저 홍범구주 속에 들어 있는 것이다. 치자라면, 지도자라면, 현자라면 누구든지 이 홍범구주를 모르고서는 안 되게 되어 있다. 이러한 치천하의 철학이 있음으로써 정치가 민심 속으로 흡입되고 침하(沈下) 되어 가 뿌리가 박히며, 고른 영양 섭취로 나라가 튼튼하고 건전해지며, 도덕적이고 합리적인 현실이 펼쳐지는 것이다.

주나라가 천하를 통일하고 그 기반을 번영으로 승화시킨 데는 그만한 마음가짐과 노력, 그리고 인재의 등용 내지 예우가 있었기 때문이었다. 문왕은 태공 여상을 국사로 삼았고, 아들 무왕도 아버지처럼 큰 스승인 기자를 모셔 왔기에 국가 발전이 일취월장, 승승장구로 치닫게 되었던 것이다.

이러한 중흥과 부흥의 근저는 뭐니뭐니 해도 두 부자간의 겸허한 마음가짐에서 비롯되었다 해야 하리라! 만약에 두 왕이 오만불손하여 자기가 최고라고 여겨 스승인 지도자를 모시지 않았더라면 천의와 천명을 얻지 못함은 물론 민심과 인덕 또한 멀어졌을 것이다.

때문에 겸허위덕(謙虛爲德)이니 덕생비퇴(德生卑退)니 하는 인간 덕목의 최고적 언어가 탄생된 것이다. 겸손, 겸양, 겸허, 비퇴, 이러한 말들은 아무리 씹어도 싫증나지 않으며 아무리 행해도 손해되지 않는 천고와 만고의 금언(金言)이다.

위 네 가지의 금언은 그대로도 좋지만 더 적극적인 개념으로 이를 행하면 승화(昇華)로 이전(移轉)되어지며, 그 이전은 다시 명실(名實)로 상부되어 인간살이에 유익으로 환원되어진다. 이러한 철저한 원리가 그 속에 내재되어 있는 것이다. 마음을 비우면 좋은 사람이 찾아오고 오만하면 현인이 자리를 뜨게 되는 것, 이 원리는 간단하면서도 행하기 어려운 인간살이로 언제나 남아 있다. 좋은 말 한 마디, 좋은 사람 한 사람, 이 '하나'가 바로 무진장한 불가설(不可說)적 세계로 전이승화(轉移昇華)시켜 주는 것이다.

이러한 차원에서 볼 때 이 역의 원리 앞에 겸허해지지 않을 수 없으며 외경(畏敬)하지 않을 수 없다. 일생이법(一生二法), 즉 하나가 둘을 낳아서 종극에는 육십사괘로 완성되어 모든 이치가 그 속에 있기 때문이다. 하나인 태극이 둘인 음양을 함유하고 있고, 그 음양은 수시로 변역을 하며 상황을 전개하고, 그 전개는 다시 자기의 위치를 찾아 이합집산하며 이전승화와 명실상부의 세계가 연출되고 출현되어지기에 그렇다.
　문왕과 무왕은 일(一), 즉 하나의 위대성을 잘 알고 있었다. 그 증명이 태공과 기자를 초빙함이다. 졸박한 원목은 대목수를 만나야 하고, 쇳덩어리는 풀무장이를 만나야 하고, 보석은 옥공(玉工)을 만나야 하고, 천리마도 큰 장수를 만나야 하고, 나라도 큰 인재를 얻음으로써 그 국운(國運)이 바뀌는 것이다. 주나라는 바로 득일인(得一人)으로 말미암아 득천하(得天下)한 것이기에 앞날은 유구히 역사를 타고 흐르며 빛날 것임을 확신하지 않을 수 없다.

중지곤괘(重地坤卦)

── 음들이 행하고 지켜야 할 뜻이 들어 있는 조직

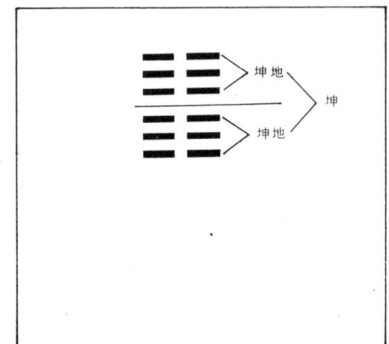

　궁중 담장 밖 저 멀리서 첫닭이 홰를 치며 우는 소리가 아스라이 들려 왔다. 천지가 밝아 오고 있는 조짐이었다. 문왕은 이 때가 되면 일어나는 습관이 몸에 배어 있는지라, 몸을 뒤척이다가 첫닭의 울음 소리와 함께 기침했다.
　새벽바람 소리가 나뭇잎을 핥으며 청량하게 스쳐갔다. 그러나 문왕의 품에서 성은을 만끽한 죽향은 그 여운으로 아직도 단잠에 취해 있었다.
　사실 문왕이 일어나면 죽향도 따라 일어나 세숫물과 양치하는 '죽염'도 대령해야 했지만 사저에 있을 때까지 꼭 그렇게만 할 수 없는 것이 부부지간의 삶이 아니겠는가.
　문왕은 위숫가 언덕에서 자생하는 대나무를 베어 만든 죽염으로 양치와 세수를 하고 서궤 앞에 단좌했다. 그리고 나서 먼저 향을 피우고 주낭(籌囊)을 꺼내어 줏가락들을 쏟았다. 주루

중지곤괘(重地坤卦) 111

루하고 쏟아지는 줏가락들 부딪치는 소리가 청량하게 새벽의 정적을 깨웠다. 하나의 괘상을 출현시키기 위해 문왕은 정성껏 줏가락들을 십팔변으로 분열하였다. 분열되어지는 줏가락들, 따라서 찍혀지는 효상들이 사이좋게 줄지어졌다. 문왕의 노안에 밝은 미소가 떠오름과 함께 새벽의 여명도 창호문에서부터 걷혀 가고 있었다. 드디어 하나의 괘상이 탄생되어지기까지 족히 두 시간은 되었으리라.

문왕은 혼자 중얼거렸다.

'순음으로 조직된 중지곤괘로구나. 지난번엔 순양으로 되어진 중천건괘가 나오더니만 오늘은 기이하게도 그와 대칭되는 중지곤괘라! 어떻게 보면 인위적인 것처럼 너무도 우연의 일치로다. 세상에는 일 년 내내 볕 한 조각 받지 못하는 음지도 있는 반면 그늘 한 자락 허용하지 않는 그런 양지도 있듯이 괘상 역시 그런 것이렷다?'

혼자 중얼거리는 소리를 저쪽 방에서 듣고 있던 죽향이 일어나 이불 속에서 나와 침구를 개고 방을 쓸며 실내 분위기를 정돈하기 시작했다. 찻물을 끓이기 위해 석정에 담아 둔 석간수를 다관에 옮겨 부어서 청동화로의 삼발 위에 올려놓았다. 재를 걷으니 포근히 묻혀 있던 불씨들이 영롱하게 되살아났다. 서서히 다관이 과열되면서 송풍 소리가 회음으로 살아나 아침 기운을 평단지기(平旦之氣)로 고조시키고 있었다.

"폐하! 아침 수라상이 준비되었다 하옵니다. 어떻게 하올까요?"

죽향이 궁녀들의 문안을 받고 아뢰었다.

"그러면 들이도록 하게나. 먼저 아침부터 들고 나서 괘상들을 풀어야겠네. 그리고 자네는 찻물을 올려놓게나."

"예, 찻물은 진즉 올려놓았사옵니다."

"빈 속에 차를 마시면 안 좋으니 아침을 들고 나서 마시도록 준비하라는 뜻이네."

"예, 익히 알고 있사옵니다, 폐하!"

문왕은 아침을 간단히 들었다. 때로는 거창하게 차려 먹는 경우도 있지만 보통 아침은 간단히 드는 게 그의 습성이었다.

수라상을 물리고 난 문왕은 새벽에 찍어 둔 괘상을 가지고 서궤가 있는 명덕전으로 출근하였다. 아침햇살이 날아와 황금 기왓골에 부어지면서 궁중은 금새 휘황찬란의 극치를 이루고 있었다. 성하(盛夏)의 숲들인지라 나뭇잎들까지도 황금빛에 반사되어 찬란하게 빛을 발하고 있었다. 벌써 아침매미 소리가 숲 속에서 울려퍼지고 있었다. 기와에 부딪히며 찬란히 부서지는 황금빛 햇살, 잎새가 반조하는 청록의 극치, 대자연을 예찬하는 매미 소리, 이런 자연의 조화를 받으며 아침산책을 하는 문왕의 모습은 더욱 멋있고 근엄하기만 하였다. 문왕의 이 아침산책은 도보를 통한 다리운동과 또 간밤의 궁중 사정을 살펴보기 위함이었다.

서궤로 돌아와 앉은 문왕은, 아침햇살을 가리기 위해 간밤에 올려놓았던 대나무 주렴을 다시 드리우고 새벽에 찍어 놓은 대상괘를 마주하였다.

'〈곤(坤)은 원(元)이고 형(亨)이고 이(利)이고 빈마(牝馬)의 정(貞)이로다.〉

곤, 즉 음이 갖는 네 가지의 덕목이 중천건괘와 정(貞)에 있어서 차이가 난다. 중천건에서는 그냥 정이라고 했는데, 이 중지곤에서는 빈마의 정으로 나타내고 있으니 이 점이 특이한 차이렷다?

빈마란 암말이 아닌가. 암말이란 숫말과는 달라서 유순하고 강건하지. 그리고 잘 달리며 주인에게 순응한다. 곤(坤)에겐 바로 이 빈마와 같은 덕목을 가지고 있으므로 건과는 달리 표현해야 되겠구나.

〈군자의 발전적 지향성이 있기도 하다.〉

군자가 가는 바란 유순하고 이롭고 또 정조를 가지고 있으므로 곤덕(坤德)과 부합됨이 있지.

〈음이란 양보다 먼저 서두르면 미(迷)해지고 따라서 하면 얻어짐이 있나니 그것은 이로움을 위주하기 때문이다.〉

이 말은 무엇을 뜻하느냐 하면, 음이란 본디 양을 따르게 되어 있지. 스스로 하기보다는 양의 부름을 기다렸다가 화답하게 되어 있지. 때문에 음이 양을 앞질러서 행하면 일이 어지럽게 되니 뒤따라 해야 이에 그 떳떳함을 얻게 되는 것이지. 주리(主利)란 만물을 이롭게 함인즉, 그것이 곤이 위주가 되어서 생성케 됨은 다 땅의 공이다. 군신지간에 있어서 신하의 도 또한 그러하니 일에 있어서 애쓰는 게 신하의 직분이지.

〈서남(西南)으로 가면 벗을 얻고 동북(東北)으로 가면 벗을 잃게 되나니 안정(安貞)을 지켜서 길하게 해야 하리라.〉

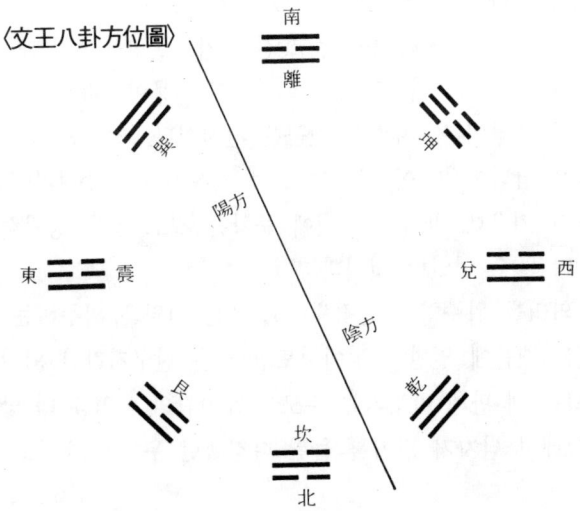

무슨 뜻인고 하면, 방위상으로 서남은 음지요 동북은 양지다. 음이란 반드시 양을 좇아가며 그 붕우들과는 거리를 두어야 한다. 그래야만 화육(化育)의 공이 이루어지고 안정(安貞)의 길함도 있지. 떳떳함을 얻은즉 편안하고 떳떳함을 편히 한즉 주체성이 확립되니 이것이 바로 길(吉)이다.

묘한 이치이자 지극히 일반적인 철학이지. 음이 언제나 음과 함께 하면 발전이 없다. 때문에 음은 자기를 구해 줄 수 있는 실력자 곧 양을 따라가거나 찾아나서야 한다. 이것은 남녀간에도 적용이 되지. 과년한 처녀는 남자를 만나 시집가서 아들 딸 낳고 살아야 길하다. 언제까지나 처녀로 있으면 길보다는 흉이 많은 법이지.

비슷한 원리로, 출세하기 전의 음의 입장에 있는 자들은 늘 그 또래의 동류들과 어울려 놀면 곤란하지. 반드시 출세한 양을 만나서 자신의 진로 문제를 부탁하고 의논해야 길을 얻게 되는 법, 이것이 음이 해야 할 절대적 원칙이며 철학이지. 출세란 간단한 것, 음의 입장에 있는 자가 양의 실세자만 만나면 금방 판도가 달라지는 것이지.'

문왕은 이렇듯 중지곤괘를 두고 길게 기조설명을 하였다. 그것은 곤이 갖는 비중이 그만큼 크고 깊기 때문이었다. 건은 하늘이며 곤은 땅이다. 따라서 건곤은 천지이다. 천지는 음양이며 음양은 남녀이다. 이 남녀는 천하 지상지간의 주재자이다. 이 주재자 가운데 반이 음이기에 문왕은 깊고 넓은 장광설을 펼치지 않을 수 없었던 것이다.

양은 의리를 위주하는 인격체이고 음은 이익을 위주하는 인격체이다. 때문에 일반 가정에서도 남편은 친구지간의 의리를 중요시하는 데 반해 마누라는 부모 형제지간의 이익을 더 앞세운다. 그래서 남자가 장가를 들면 다정했던 우애가 깨지고 벌어지게 되는 것도 모두 음인 아내가 이익을 앞세우기 때문에 그런 것이다.
 문왕은 다시 입을 열어 이 중지곤의 대의를 요약 정리하였다.
 '〈지극하도다, 곤(坤)의 큼이여! 만물이 생성함에 밑천으로 삼나니 이것은 곧 하늘의 이치를 이어받음이니라.〉
 이 뜻을 쉽게 풀면 이렇게 되지. 하늘과 대칭되는 땅의 위대하고 지극함이란 말할 수 없을 정도이다. 천지만물이 다 땅에서 나고 자라며 또 그곳으로 돌아간다. 그러나 땅은 아파하거나 싫어하지 않고 만물을 복되게 해 준다. 그러면서도 하늘의 영향을 무시하지 않고 받아들여 만물이 자라도록 영양과 수분을 공급해 준다. 땅 속에 물기를 머금고 있다가 비가 오지 않을 때 생명의 원천인 물기를 적당히 안배해 가며 제공한다.
 〈땅이란 두터워서 만물을 싣고 있으므로 그 덕은 무궁함과 부합되도다.〉
 또 광대(光大)하여 품물(品物)들이 다 형통을 누리느니라. 빈마(牝馬)의 성격은 땅과 비슷하다. 땅은 가도가도 끝이 없으며 유순(柔順)하고 이정(利貞)하다. 따라서 빈마는 군자의 나아가는 길과 같다.
 음이 양보다 먼저 설치면 어지러워진다. 반대로 양을 뒤따라가면 순리대로 되어서 떳떳함을 얻게 된다. 서남으로 가면 벗을 얻는다 함은 같은 유끼리 더불어 한다는 뜻이요, 동북으로 가면 벗을 잃는 대신 마침내 경사스러운 일이 있다 함은 가정을 얻고 아들 딸을 낳아 기른다는 것을 뜻한다. 때문에 그 안정(安貞)의 길(吉)이 땅과 대응되어 끝이 없도다.'
 음이란 참으로 위대하고 거룩하여 필설로 다 형용하기가 어렵다.

무왕에게 홍범구주의 대경대법을 가르쳐 준 기자(箕子)는 노자를 타 가지고 자기의 고국인 은의 옛 궁전터가 보고 싶어서 수천 리 먼 길의 소둔(小屯) 땅으로 왔다. 그러나 화려했던 옛 궁궐은 온데간데 없고 주춧돌만 군데군데 남아 있을 뿐 허무하기가 이루 말할 수 없을 지경이었다. 옛 궁전터엔 벼와 기장이 심어져 있었다. 그걸 바라보고 있노라니 가슴이 통렬히 아파왔다. 울고 싶은 심정이었지만 대장부로서 차마 울 수는 없었다. 농사일을 하던 한 아낙이 이마의 땀을 훔치며 가슴 아파하는 기자의 모습을 물끄러미 바라보았다. 그리고 나서 그 여인은 다시 김을 매며 연신 고개를 갸우뚱거렸다. 아마 그녀의 눈에도 기자가 범상치 않은 인물로 보인 모양이었다.
  기자는 잠시 마음을 진정시키고 나서 아낙에게 다가가 말을 걸었다.
  "부인, 이곳은 옛 은나라의 궁터가 아니오? 그곳에다 농사를 지으니 무슨 생각이 듭니까?"
  "선비는 뉘신데 그렇게 물어 오시오?"
  "이 사람은 과거 은나라의 왕족이오. 해서 나라 잃은 슬픔을 견디다 못해 이렇게 한번 찾아온 것이오."
  "그러시다면 그쪽의 감회는 어떠신지요?"
  "패도무상, 권력무상, 인생무상, 천하가 무상할 뿐이오."
  "무상이라니 그게 무슨 뜻인가요? 쇤네야 워낙 배운 게 없는 필부의 아낙인지라 그런 고급스러운 말은 알아들을 수 없습니다."
  "무상이란 모든 것이 언제까지나 그대로 있지 못하고 종극에는 변하고 만다는 뜻이지요."
  "그러니까 여기에 있던 그 대단했던 은의 왕가가 없어져서 가슴이 아프시다는 뜻이로군요."

"예, 바로 그 애깁니다."
"그렇지요. 천하만사는 흥망이 교체되고 음양이 바뀌는 것 아닙니까? 인생도 늙으면 그만인데 그까짓 왕궁쯤이 별것이겠습니까?"
그녀는 잠시 폈던 허리를 다시 굽히며 밭고랑을 헤쳤다.
그렇다. 이 세상을 주재하는 인간도 생로병사의 원칙을 벗어나지 못하고 노쇠되어 없어지는데 그 여타의 것인들 별수가 있겠는가? 기자는 망연자실한 자세로 노을이 물들어 오는 옛 궁터를 하염없이 바라보았다.
"부인, 내가 노래 한 곡 불러 드릴 터이니 들어 보시겠소?"
"좋습니다. 허리 아픈 것이 싹 달아나도록 시원하고 좋은 곡을 한번 뽑아 주시구려."
"그런 노래는 못될 것이오, 가슴이 메어지는 것 같아서 부르는 노래이니. 좀 들어 보시구려.

　　맥수점점혜(麥秀漸漸兮)
　　화서유유혜(禾黍油油兮)
　　피교동혜(彼絞童兮)
　　불여아호혜(不與我好兮)
　　(보리가 패어나고
　　벼와 기장도 심어졌네
　　저 주왕이여
　　우리는 그대를 좋아할 수 없으리.)"

말없이 노래를 듣고 있던 아낙도 뭔가 감회가 느껴 오는지 고개를 떨구고 잠시 회한에 젖는 듯하였다. 그도 그럴 것이, 아무리 농사나 짓는 무지랭이 아낙이라 할지라도 자기 나라의 폐허된 왕궁 터에 곡식을 심어 농사를 짓는 심정이 오죽하겠는가.
한 줄기 저녁바람이 노을을 거두어 가는 듯 시원하게 불어왔다. 바람은 아낙의 머리카락을 흩날리며 이마에 맺힌 땀을 말려 주었다. 다시 몸을 굽히며 피를 뽑는 아낙은 집으로 돌아갈 생각도 잊었는지 마냥 일손이 바쁘기만 하였다.
기자도 석양을 등지고 주나라의 궁실 쪽으로 터벅터벅 발길을 옮기기 시작했다. 그림자가 길게 누워 그를 앞장서는데 먼 산에서 울고 있는 두견이마저 목이 매여 피를 토하는 듯했다.
기자는 돌아오는 길에 금석지감과 만감이 교차하여 엄습해 오는 고독을 이길 수 없었다. 이제 막 불이 켜지는 주막 앞으로 그는 발걸음을 옮겼다. 초저녁이었지만 몇몇의 나그네와 동네 사람들이 그곳에 모여 술을 마셔 대고 있었다. 모두가 은나라의 백성으로 보였다. 불빛에 비친 그들의 형색들은 구지레해 보이고 초라한 기색이 역력한 게 나라 잃은 실국민들임을 한눈에 알아볼 수 있었다.
나방들이 날아와서 등불을 파고들려다 곤두박질치며 떨어지곤 하였다. 어떤 이는 아예 술자리인 것을 잊은 듯 모기를 때려 잡느라 바빴다.
"주모, 왜 이리 오늘 따라 모기마저 극성이오? 나라 잃은 슬픔이 가슴을 쳐서 술이나 한 잔 먹고 취하려고 하는데 모기떼마저 이렇게 괴롭히고 있으니 이거 어디 술 맛이 나겠소?"
"죄송합니다. 모깃불 지펴서 쫓아 드릴 테니 어서 술이나 열심히 드세요."
주모는 전날 저녁에 타다 남은 풀찌꺼기 무더기를 헤집어 놓더니 부엌으로 들어가 삽으로 아궁이를 푹 쑤셔서 불을 한 삽 떠다가 그곳에 넣고 다시 풀찌꺼기로 덮었다. 잠시 후 연기가 진동하기 시작하였다. 모기떼들은 연기 냄새를 피해 금새 저만치 달아난 성싶었다.
 기자 역시 그들과 똑같은 심정으로 주안상을 마주했다. 술상과 함께 따라 나온 계집이 전(前)손님이 먹고 간 술잔들을 치웠다. 불빛을 받은 눈매에는 싱싱함이 묻어 있었고 뭔가 알 수 없는 영롱한 매력이 감전을 느끼게 하였다. 기자는 오랜만에 맛보는 짜릿한 감전에 심장이 떨려 왔지만 애써 흥분을 감추었다.
 건너편 술상에 둘러앉은 사람들은 취기가 돌기 시작하자 욕을 토하며 말이 거칠어지기 시작하였다.
 "에이 씨불알, 은나라는 온데간데없이 없어지고 이젠 주나라 종놈 신세가 되었으니 이게 무슨 꼴인람? 천 년을 찬란히 이어 온 나라가 이처럼 하루아침에 망하게 되다니 참으로 분통 터질 일이오. 그놈의 달기인지 뭔지 하는 그 계집에 빠져 나라가 이 꼴이 된 것 아니겠소!"
 "나라가 망하려면 언제나 그런 요망스러운 계집이 나타나는 것 아니겠소?"
 "아아니, 그 계집이 무슨 죄가 있소? 임금이 계집에 빠진 게 문제지요."
 "남자 치고 요사스러운 계집에게 안 빠질 사람 몇이나 있겠소?"
 "하긴 그렇지요. 사내란 본디 예쁜 계집에겐 사족을 못 쓰는 법이지."
 "자아, 다 지나간 얘기요. 술이나 한 잔씩 더 마십시다."
 이른 저녁부터 너댓 사람들이 모여 앉아 거나하게 취해 패국의 회한을 풀어 대고 있었다. 그렇지만 그들은 기자만큼 가슴이 아플 리 없었다. 기자는 직접 왕족인지라 민초들의 비애에

찬 소리를 듣고 있으려니 더욱 마음이 아려 오기 시작하였다. 이때 계집이 기자 옆으로 술병을 들고 다가와 앉으며 말했다.

"선비님! 약주 한 잔 올리겠습니다."

"어흠, 미색이 아주 수려하군."

"별로 예쁘지도 않은 저에게 그런 말씀을 다 해 주시는 걸 보니 이 난세에 선비님께선 여자눈이 고프신 것 같습니다."

역시 주막에서 닳고 닳은 계집이었다.

"물론 여자눈이 고프지."

"그러신 줄 알았어요."

기자는 계집을 향해 젖은 눈빛을 보내며 슬그머니 엉덩이를 만져 보았다. 왕족으로서의 체신 따위는 잠시 접어 보따리 속에 집어 넣어 두기로 하였다. 그럴 때마다 계집은 다른 사람들의 이목을 의식해서인지 얼른 기자의 손을 떼어다 술상 위에 올려놓곤 하였다.

기자는 만사를 잊고 마음껏 술에 취하였다. 술과 여자의 체취에 취하다 보니 어느덧 밤도 으슥해 갔다. 희미하게 가물거리는 불빛이 색정을 일으키기에 충분하였다. 기자는 계집의 손을 잡다가 전대에 들어 있는 돈을 만져 보게 하였다. 무왕에게 홍범구주를 강의해 주고 두둑히 받은 노자였다. 사내란 모두 한결같아서 기자 역시도 술에 취하니 꾼들이 하는 것과 다를 바 없었다.

계집은 돈을 감지하는 순간 흠칫 가벼운 경련을 일으켰다. 이토록 많은 돈을 만져 본 경험이 없었기 때문이었다.

"우리 오늘밤 장성을 쌓으면 어떨까?"

"그러시오면 저쪽 매월당(梅月堂) 별실로 가시옵지요."

돈을 만져 본 계집은 금새 어투부터가 달라지며 흡족한 눈빛을 보내며 그를 자기의 별실로 안내했다. 여름밤의 별빛이 찬란히 지상에 쏟아져 내리고 있었다. 별실의 불이 꺼지면서 두 사람의 옷 푸는 소리가 가쁜 숨소리와 함께 밤공기를 쓸어 갔다. 오랜만에 푸는 회포인지라 기자는 흡족한 기분으로 하룻 밤을 그곳에서 묵었다.
 넉넉히 화대를 받아 쥔 계집은 내내 벌어졌던 입을 다물지 못하고 탄력있는 엉덩이를 흔들며 따라나와 꼬리를 쳤다.
 "언제 또 뵈올 수 있을까요, 선비님?"
 "언제 또 인연이 닿으면 만날 수 있겠지."
 패국의 시름을 주막에서 하룻밤 묵은 것으로 달랜 기자는 다시 호경 땅의 주왕가 쪽으로 발길을 돌렸다.

 휴가를 마치고 돌아온 기자는 문왕의 부름을 받고 명덕전으로 찾아갔다.
 "폐하, 찾으셨사옵니까?"
 "그렇소. 휴가는 잘 다녀왔는지요?"
 "예, 성은에 힘입어 잘 쉬었다 왔사옵니다."
 "어디를 다녀왔소?"
 "소둔의 옛 궁터를 둘러보고 왔사옵니다."
 "그래, 그곳은 어떻던가요?"
 "예, 그곳은 이미 전답으로 변해 보리가 심어지고 두렁에는 쑥대가 빼옥히 자라나 있었사옵니다."
 "왕족으로서 가슴 아팠겠습니다."
 "그래서 그곳에 서서「맥수지가」를 부르며 마음을 달래 보았습지요."
 "궁터가 보리밭으로 변해서 패고 있다는 뜻이지요?"
 "그렇사옵니다, 폐하!"
 "그 생각일랑 이제 흘러가는 구름 속에 띄워 보냅시다."

"어쩔 수 없는 일이 아니겠사옵니까?"
"오늘 이렇게 들라 한 까닭은 이 짐과 함께 괘의 효사나 한번 풀어 보고자 해서입니다."
"역의 이치를 통철치 못한 소신이 제대로 해낼지 염려스럽사옵니다."
"그 홍범구주를 그렇게 여실히 분열하신 선생께서 그까짓 역리쯤이 문제일까요."
"과찬의 말씀이시옵니다. 그럼 열심히 해 보겠사옵니다."
"이 짐이 먼저 효사를 풀고 나면 선생께서 거기에 대한 배경 설명을 해 주시면 되겠습니다."
"그렇게 하겠사옵니다."
"이 괘는 중지곤괘입니다. 이 효상을 자세히 한번 보시고 난 후에 구상을 해 보십시오."

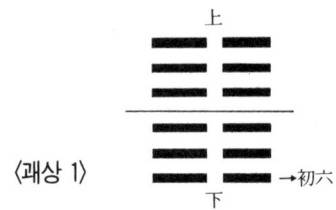

〈괘상 1〉

"중지곤은 순음효로 구성되어 있군요."
"그래서 중지곤괘가 아니겠소? 맨 밑에 있는 초(初)의 육(六)효는 '서리를 밟으면 견고한 얼음으로 변하게 된다'는 뜻이 함재돼 있습니다."
"폐하, 그게 무슨 뜻이옵니까?"
"초는 맨 밑에 있으면서 처음 시작한다는 뜻이고 육은 노음이며 팔은 소음인데 이 육의 노음은 음의 극성적인 성격을 가지고 있지요. 더불어 극(極)하면 변해야 하는 원리도 있지요. 때문에 음효를 육으로 부르면서 초육이라고 지칭하는 것입니다. 때문에 초육은 시작부터 노음으로서 극성적 성격을 가졌습니다. 그것을 밟으면 바로 굳은 얼음으로 변해 버린다는 뜻이지요.
 이 얘기를 쉽게 풀자면 이래요. 양이란 본래 소생시키는 원리를 가지고 있고, 음이란 소멸시키는 것을 위주하고 있지 않습니까? 그래서 음의 성질을 가장 많이 가지고 있는 차가운 서리는 조금만 건드려도 더 강한 음인 얼음으로 된다는 뜻이지요."

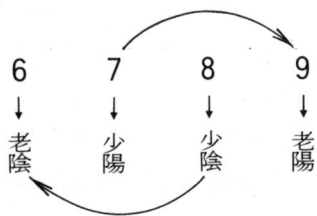

 "폐하, 그러니까 가장 음기가 절정에 이른 여자를 양기 강한 남자가 건드려 주면 더욱 음기가 센 여자로 변한다는 뜻이옵군요."
 "그렇소. 사실은 이 짐이 그 얘기를 하려고 하다가 입에 올리기가 민망해서 머뭇거리던 참인데 기자공이 입장을 헤아려 먼저 말씀해 주시니 시원합니다."
 "죄송하옵니다, 폐하!"
 "죄송하긴요. 인생이란 게 다 그 속에 있는 것 아닐까요? 그래서 예로부터 '이십대 과부는 혼자 살 수 있어도 삼십대 과부는 혼자 살기 힘들다'는 속담이 있지요."
 "그렇사옵니다. 음기가 가장 극성한 때가 삼십대 여자이고 보면 이때 양기 강한 남자가 이런 여자를 다져 주면 더욱 좋은 여자가 되옵지요.

"기자공, 이 초육을 다른 각도에서 풀면 어떻게 될까요?"
"예, 폐하! 이렇게도 말씀드릴 수 있겠사옵니다. 예컨대, 어떤 제품업자가 상품을 만들 적에 그에 대한 보안 유지를 잘 하면서 철저하고 완벽한 제품을 만들어 시중에 내다 팔면 상품의 인기가 높아지는 것과 같다 하겠사옵니다."
"비유가 좋습니다. 그러니까 세상빛을 보기 전에 우선 상품을 잘 만들라는 뜻이지요?"
"그렇사옵니다, 폐하!"
"그렇다면 이렇게 생각해도 되겠군요. 딸이 장차 좋은 아내감이 되기를 바란다면 어릴 적부터 부모가 잘 다듬어서 교육시켜야 한다는 것과도 같겠지요?"
"좋은 비유시옵니다. 자고로 딸이란 부모 품에 있을 적에 잘 키워야 사위 품에 갔을 때에도 좋은 마누라가 되는 것이옵지요."
"좋습니다. 그러면 다음 육의 이효로 넘어 갑시다.
'이 육(六)의 이(二)효는 곧고 방정하고 위대한지라 굳이 연습하지 않아도 이롭지 않음이 없도다!'
이를 이렇게 설명할 수도 있습니다.

  유순정고곤지직야(柔順正固坤之直也)
  부형유정곤지방야(賦形有定坤之方也)
  덕합무강곤지대야(德合無彊坤之大也)
  (유순하고 바르고 곧음은 곤의 도요
  모양새가 안정됨은 곤의 방정함이요
  덕이 무강함과 부합됨은 곤의 위대함이라.)

다시 말해, 육이는 성격이 유순한 데다 자리까지 중정을 찾아와서 곤의 순일함을 얻었습니다. 그 덕에 안으로는 정직하고 밖으로는 방정하며 더불어 그 세계가 성대하지요. 때문에 학습을 아니 해도 이로움이 따른다는 뜻이지요."

"훌륭한 해석이옵니다, 폐하! 아주 귀에 쏙 들어와 박히옵니다. 그러니까 육이 음인데 이의 음 자리에 찾아와 안정을 누리고 있으며, 게다가 상중하(上中下) 중의 가장 좋은 위치인 중앙에 와 있기 때문에 그렇다 이것이옵지요?"

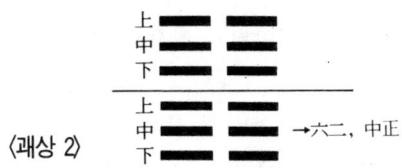

〈괘상 2〉 →六二, 中正

"바로 그겁니다, 기자공!"
"폐하! 그런데 늘 옆에서 폐하를 모시고 역을 풀던 그 사편관은 어디에 갔사옵니까?"
"아, 그 사편관은 나라의 업무가 방대해지다 보니 무왕을 도와 민정시찰 겸 향가와 시(詩)를 수집하기 위해 천하를 돌고 있어요. 그런 정보로써 민심이 어디로 흐르고 있는지를 파악하여 국책에 반영하려 하기 위함이지요."
"그러고 보면 사편관의 책무가 막중하옵군요."
"그렇습니다. 지금쯤은 아마 저 동해 산동성에 가 있을 겁니다."
"책임이 큰만큼 힘들겠군요."
"그거야 어쩔 수 없는 일 아니겠소?"
"불초한 제가 사편관을 대신하여 폐하를 모시고 이렇게 인생철학을 논하게 된 점 하해와 같은 성은으로 생각하옵니다."
"큰 인물이란 적소에 맞게 써야 하는 것 아니겠소?"

"성은이 망극하옵니다."

기자는 자신이 문왕을 모시고 역을 풀게 됨을 영광 중 영광이라 생각했다.

"폐하, 다시 이어서 본론을 말씀드리겠사옵니다. 육이같이 세 가지의 복을 한꺼번에 갖춘 사람은 이 세상에 흔치 않을 것이옵니다."

"그럴 터이지요. 있다면 이 집안의 내자 같은 사람이라 하겠지요."

"그렇사옵니다. 그분이야말로 참으로 훌륭하신 안어른이십지요."

"이 짐이 생각해 봐도 그런 것 같아요. 예부터 마누라 자랑하면 팔불출이라 했는데 어쩌다 보니 이 짐도 그렇게 되었소이다, 하하하."

문왕은 본의아니게 자기 마누라 자랑한 데 대해 멋쩍어서인지 겸연쩍은 웃음을 흘렸다.

"폐하, 자랑을 하실 만도 하지 않으시옵니까?"

"자, 이제 그 얘기는 그만하고 육(六)의 삼(三)효로 넘어갑시다."

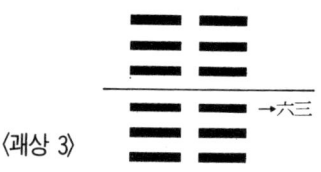

〈괘상 3〉

'이 육삼은 빛남을 머금고 가히 정조를 시키고 있으니 혹 왕사(王事)를 좇아가면 성공은 없어도 유종의 미는 거둘 것이로다.'

이 뜻은 이런 것이오. 육의 음이 양의 자리인 삼에 와 있지 않소? 그리고 아랫괘의 윗자리에 와 있기도 하구요. 빛을 머금었다고 한 것은 음이 양을 포용하고 있기 때문에 그런 것이고 아랫괘의 윗자리가 바로 신하의 직분 자리가 아니겠소? 그러니 당장은 이렇다 할 성공은 없으나 유종의 미는 거둘 것이라고 한 것입니다."

"그러니까 이렇게도 비유할 수 있겠사옵니다. 어떤 여자가 괜찮은 남자를 치마폭에 싸서 가지고 노는 것이 육이 삼을 안은 것과 같다 하겠사옵니다. 그러나 이때 남자는 왕사를 따르기 위해 그 여자의 치마폭에서 과감히 뛰쳐나와 좋은 벼슬을 하는 것으로도 비유해 볼 수 있겠사옵니다. 그렇다고 해서 꼭 성공했다고는 볼 수 없겠사오나 전에보다 더 좋은 결과를 가져올 것만은 확실하지 않겠사옵니까?"

"비유가 아주 적절합니다, 기자선생!"

"황공하옵니다, 폐하! 폐하의 칭찬을 듣고 보니 약간 우쭐해지는 것 같사옵니다."

"그게 인지상정 아니겠습니까? 옛날 우(禹)임금은 좋은 말을 들었을 적에는 그 얘기를 들려 준 사람에게 큰절을 했다고 하지 않습니까?"

"저도 그럼 폐하전에 큰절을 올리겠사옵니다."

"아니, 그럴 것 없어요. 말이 그렇다는 것이오, 하하하."

군신지간이면서 스승과 제자 사이이기도 하고, 또 한편으로는 괘를 함께 풀어 가는 동지이기도 한 문왕과 기자는 한 시대의 왕과 왕족으로서의 체통보다는 인간적으로 끈끈하고 화기애애한 분위기가 피어나고 있었다.

"이번엔 기자선생께서 이 육삼효를 형상학적으로 한번 설명해 보시면 좋겠습니다."

"잘은 못하지만 한번 해 보겠사옵니다. 아까 폐하께옵서 말씀하신 이치를 따라 하옵자면, '함장가정(含章可貞)의 신분에 있지만 수시로 충성심을 나타낼 것이며, 또 혹종왕사(或從王事) 는 지광대(知光大 ; 아는 것이 광대함)이옵니다."

"구체적으로 한번 더 설명해 보시지요."

"재능과 지도력을 겸비한 현신(賢臣)이 임금 밑에 있사온데, 그가 이를 불편하게 여기지 않고 수시로 위국지심(爲國之心 ; 나라를 위하는 마음)을 나타내는 그런 입장이옵니다. '아는 것이 광대하다'고 한 것은 빛을 품고 정조를 지키면서 신하의 직분을 다하고 있으니 그 아는 바가 빛나고 크다는 뜻이옵니다. 더 쉽게 말씀드리오면, 실력자는 본래 남의 밑에 있기를 싫어하는 특성을 가지고 있는데 반해 이 육삼의 인간 됨됨이는 그렇지 않사옵니다. 그러니 대단한 사람이랄 수밖에 없사옵지요."

"알면서도 굽혀 주고 이기면서도 물러서거나 신분을 낮추어 주는 그런 비퇴(卑退)의 덕이 있는 자라 할 수 있겠군요."

"그렇다고 하겠사옵니다, 폐하!"

"바로 기자공 같은 분이 그런 인격자가 아니겠소?"

"부끄럽사옵니다, 폐하! 어찌 이 신이 그런 경지에까지 이르렀겠사옵니까? 불감당(不敢當)이옵니다."

기자는 다소 부끄럽고 겸연쩍어서 잠시 주춤거리다가 자세를 바로 잡았다.

"그럼 다음에는 육(六)의 사(四)효로 넘어가 봅시다.

'괄양무구(括囊無咎)며 무예(無譽)하리라.'

이 뜻은 좀 난해합니다. 다시 풀어 설명하자면, '주머니의 주

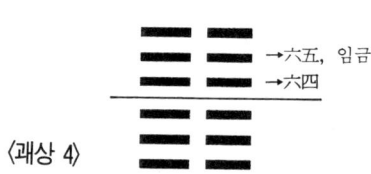

〈괘상 4〉

둥이를 묶어 두면 허물이 없으며 동시에 명예로운 일도 없다'
라는 뜻이지요."
"왜 그렇사온지요, 폐하?"
"왜냐하면, 이 육사는 직분이 바로 육오라는 임금 밑에 있기
때문에 가능한 한 자기의 아는 바나 주장을 함부로 내세우지
말고 입을 다물고 있어야 되지요. 그래야만 자신에게 있어서
허물됨도 없고, 따라서 명예로울 것도 없다는 것이지요. 명예
란 게 그렇지 않은가요? 아무래도 실제보다 과대포장되어 나
는 경우가 많지요. 그래서 명예란 것이 때로는 참으로 허무할
때가 많습니다."
"폐하, 그런 경우를 두고 이렇게 말하옵지요. '반짝거리는
것을 보고 보석인가싶어 찾아갔더니 사금파리 조각이더라'고
말입니다."
"아주 적절한 말이에요. 목단이나 목련같이 꽃이 화려한 것
은 그 열매가 시원찮듯이 명예란 대체로 허명(虛名)이기 십상이
지요. 또 '빈 깡통이 요란하다'는 말과도 상통하지요."
"그러고 보니 저 육사는 참으로 자기 직분을 잘 지키는 훌륭
한 신하이옵니다. 남의 밑에 있는 자가 아는 척하고 입을 놀려
대며 다변해 대는 것이야말로 참으로 꼴불견이옵지요."
"그럼 이번에는 기자공께서 도상학적으로 한번 설명해 보시
지요."
"예, 폐하! 주머니의 주둥이를 묶어 두면 허물됨이 없다 함
은, 이 육사가 워낙 자기의 분수를 신중하게 잘 지키고 있어서
자신에게 있어 해되는 일이 없다라고 달리 말할 수 있겠사옵
니다. 이런 경우를 수분지명 자기처사(守分知命 自己處事)라고
하옵지요. 분수를 지켜서 천명을 알고 자기를 알고 일을 처리
한다는 뜻이옵지요.

"사람이 자신을 알고 또 분수를 지킨다는 것만큼 어려운 일도 세상에는 없을 겁니다."

"그렇사옵니다, 폐하! 그래서 사람들은 노력을 하며 극기복례(克己復禮 ; 자기의 욕심을 버리고 예의범절을 따름)를 닦아 나가는 것 아니겠사옵니까?"

말을 마치고 기자는 잠시, 문왕이야말로 참으로 복과 덕을 고루 갖춘 성군이라고 생각했다. 문왕의 주위에는 언제나 훌륭한 인재가 끊임없이 찾아와 포진하고 있었기 때문이었다. 그들과 함께 역리를 푸는 데도 상호 조화가 잘 맞아 서로간에 좀처럼 피곤을 느끼지 않았다. 경쾌하며 은근히 신나는 관계이기 때문이었다.

"자, 그럼 육사는 이 정도로 하고 육(六)의 오(五)효를 분해해 봅시다.

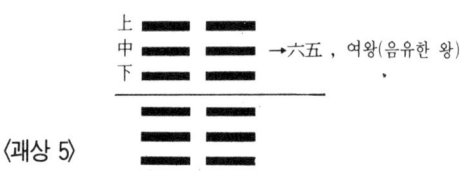

이 효는 '황상(黃裳), 원길(元吉)이지요.'

무슨 뜻이냐 하면, '황금빛 치마를 입고 있으면 원길할 것이다'라는 말인데, 황색은 빨강과 노랑의 중간색이니 모나지 않는다는 뜻이며, 치마는 아래에 걸치는 옷이므로 자신을 낮춘다라는 뜻이지요. 이렇게 모나지 않고 자신을 낮추어 행동하면 원길을 보장받을 수 있다 이 말입니다."

"폐하, 그러니까 이런 뜻인 것 같군요. 이 중지곤괘는 음이며 이 효 역시 음에 양이 찾아온 자리지만 위치는 임금이 계신 존위의 자리가 아니옵니까? 해서 여왕이 되어서 황색처럼 중도를 지키며 아랫사람들과 숙의를 나누며 국사를 이끌어 가면 좋을 것이라는 뜻이겠사옵니다."
 "그렇습니다, 기자공! 보충설명이 아주 좋았어요. 이런 경우는 국가의 축소판인 가정에서도 마찬가지겠지요. 과부가 자기 고집대로 집안 일을 처리해 나가지 않고 장성한 아들들과 상의해서 할 때 그 가정이 잘 되어 가는 것과 같은 맥락이라 하겠소."
 "그렇사옵니다, 폐하! 일가(一家)가 곧 일국(一國)이 아니겠사옵니까? 그럼 소신이 이에 곁들여 노래 한 곡조 불러 올리겠사옵니다.

  외강내온(外强內溫)이 충(忠)이요
  화이솔정(和以率貞)이 신(信)이라
  중불충(中不忠)이면
  부득기색(不得其色)이요
  하불공(下不共)이면
  부득기식(不得其飾)이요
  사불선(事不善)이면
  부득기극(不得其極)이라
  (밖이 강하고 마음이 따뜻함이 충성이요
  화기로써 주관을 끌어 가는 것이 신이라.
  중심이 충실치 못하면
  그 얼굴빛이 좋지 않고
  아래와 함께 하지 않으면
  그 꾸밈을 얻지 못하고
  일이 좋지 못하면
  그 궁극적인 것을 얻지 못한다.)

어떻사옵니까? 이 계송이 말씀이옵니다."
"훌륭한 계송입니다. 그 압축된 가사 속에 천하의 이치가 모두 함장되어 있는 것 같습니다."
"죄송하옵니다, 폐하! 아는 척해서 말씀이옵니다."
"아, 아니오. 짐이 그런 멋진 계송을 들을 수 있는 것도 짐에게는 덤으로 얻어지는 벌이가 아니겠소? 하하하."
문왕은 기자의 계송이 흡족한지 칭찬을 아끼지 않았다.
"그러면 기자공께서 형상적인 관점에서 보충설명해 보시지요."
"예, 폐하!
'황상원길(黃裳元吉)은 문재중(文在中)이라' 하겠사옵니다.
다시 말해, 황색은 중간색이오며 치마는 아래옷이옵니다. 그리고 가운데 있다 함은 넘쳐나지 않고 그 속에 있음을 뜻하옵니다. 이는 지극히 아름다움을 안에다 간직하고 낮추어 사는고로 크게 길할 것이다라고 말씀드리겠사옵니다.
'화려한 비단옷을 입고도 그 문채와 빛깔이 밖으로 노출되는 게 싫어서 그 위에 홑옷을 걸쳐 입는다'란 말이 있사옵니다. 이를 군자의 도에 비유시키기도 하옵지요. '군자의 도는 가리워져 있지만 날이 갈수록 그 빛이 더하는 반면에 소인의 도는 밖으로 드러나 잠시 반짝 하다가 날이 갈수록 소멸되어 간다'고 말씀이옵니다."
"그러니까 자신의 아름다움을 있는 그대로 밖으로 드러내 자랑할 것이 아니라 내면으로 간직하고 자기의 분수에 맞는 생활을 함이 좋다는 뜻으로 받아들여도 되겠습니까?"
"그렇사옵니다, 폐하!"
"그런 생활이란 인간에게 있어 참으로 어려운 것 아니겠소? 대체로 사람들은 과시욕을 가지고 있어서 없어도 있는 체하고 못나도 잘난 척하며 모르면서도 아는 척하고 싶어서 발광을 내지 않소? 있는 것을 없는 척하며 숨기기란 도인의 경지에 가지 않고서는 안 될 그런 어려운 일일 것이오."

"그렇사옵니다, 폐하! 그래서 잘 살기는 쉬워도 훌륭한 삶을 살기란 어려운 것이 아니겠는지요?"

"그럼 다음엔 상육(上六)효로 넘어가 보십시다. 중지곤의 마지막인 이 효엔 과연 무슨 뜻이 함재되어 있는지 궁금하구려.

〈괘상 6〉

'용들이 들판에서 서로 혈투를 벌이고 있습니다. 그 용들은 모두 검고 누런 빛을 띠고 있어요.'"

"왜 그렇게들 싸우지요?"

"음이 극성스러워서 그렇지요. 본디 음이란 양을 따르는 것이 원칙인데 극성스럽게 되면 자기의 신분을 망각하게 되지요. 때문에 싸우고 터지는 그런 난장판을 이루게 됩니다."

"그런데 폐하! 용이란 본래 양물(陽物)로 비유되는 것이 아니옵니까? 그런데 어찌하여 여기서는 음물(陰物)로 비유되옵는지요?"

"그래요, 대부분 용은 양물로 비유되지요. 그러나 경우에 따라서는 음물로 상징되어지기도 합니다. 이렇게 변화하는 것이 역의 이치가 아니겠소? 여염집에서도 음인 어머니가 권한을 잡고 휘두르면 그 어머니가 양인 용으로 상징되는 것이지요."

"예, 그러하옵군요. 극성을 부린다 함은 음이 맨 위의 상(上)자리까지 와서 더 나아갈 데가 없으므로 서로 싸우게 된 것으로 판단해도 되겠사옵는지요?"

"그래요. 음이 양을 제치고 극에까지 가는 행동을 하면 결과는 뻔한 게 아니겠습니까?"

"그러면 이 신이 형상학적으로 다시 한 번 설명해 올릴까 하옵니다."

"좋습니다. 그렇잖아도 순서를 그쪽으로 넘기려던 참입니다."

"예, 폐하! 용이 들녘에서 서로 싸우고 있는 것은 역시 음이 지켜야 할 도가 다 되어 그렇다고 보겠사옵니다. 다시 말씀드리옵자면, 뚜렷한 정신적 지도자가 없고 비슷한 또래의 음들만 득실거리니 자연적으로 싸움이 나지 않겠사옵니까? 이 세상도 난세가 될 적에는 반드시 천자나 성군의 덕화를 거부하고 음들인 제후들끼리 서로 싸우고 볶고 하여 소요를 일으키지 않사옵니까? 때문에 세상에는 덕망과 힘을 갖춘 천자가 필요하며 가정에도 엄한 아버지가 있어야 하옵지요."

"설명이 유려하고 부드럽군요. 기자공도 이 짐과 더불어 죽이 잘 맞아들어 가는 것 같소이다. 기자공의 말솜씨가 아주 대단해요."

"폐하, 송구스럽사옵니다."

문왕의 칭찬을 듣자 기자는 희색이 만안하여 입이 오므라질 줄을 모르고 있었다. 문왕 역시도 기자와 함께 역을 풀어 가는 것을 상당히 만족스럽게 느끼던 터였다. 다시 말해서 역을 논해 볼 만한 실력자임을 인정하고 있었던 것이다.

별당에서 아이들을 돌보고 있던 죽향이 차 낼 시간이 되었음을 감지하고 두 대인이 있는 명덕전으로 들어섰다.

"폐하, 목이 타지 않으시온지요?"

"왜 타지 않겠나. 대홍포가 한 잔 생각나는구나."

그러자 죽향은 휘장 안 다실로 들어가서 차를 달이느라 분주히 움직이고 있었다. 완숙한 아름다움으로 익은 여자로서의 절정기를 온몸으로 내뿜으며 우아한 자태를 유감없이 발휘하고 있었다.

잠시 후 죽향이가 차를 담아 내왔다. 아직도 죽향의 자태는 다섯 아들을 기르는 어미 같지가 않고 처음 입궁했을 때나 별다른 게 없었다. 다만 달라진 게 있다면 엉덩이가 약간 더 벌어지고 유방이 약간 처져 보이는 듯싶을 정도에 불과했다. 반면 훨씬 성숙한 여인으로서의 관능이 완숙해 보였다.

기자는 그런 죽향에게 망연한 눈빛을 보냈다. 은나라 궁실에서도 보지 못했던 미모였기 때문이었다.

"자, 기자공! 오늘 역을 분석하시느라 노고가 많았소이다. 우선 이 차로써 갈증이나 풉시다."

"성은이 망극하옵니다."

기자가 찻잔을 두 손으로 받쳐들어 한 모금 들이킨 뒤 다시 찻잔을 다소곳이 내려놓으며 말했다.

"폐하, 차 맛이 참으로 일품이옵니다."

"기자공도 차의 지미가(知味家)이시지요?"

"지미가까지는 못 되지만 맛을 볼 줄은 아옵니다."

"저 문갑 위에 얹혀 있는 문화 품목들을 감상하며 차를 들어 보면 그 맛이 또한 별미일 것이오."

"그렇잖아도 시선이 자연 그쪽으로 쏠리고 있사옵니다."

"우리 궁실엔 썩 좋은 것이 없고 그저 그만그만한 것들입니다. 천구(天球), 선기옥횡, 보도(寶刀), 저런 것들은 대대로 내려오는 전세품들이지요. 그 외의 것들은 모두 나이를 얼마 먹지 않은 것들이에요."

"그런데 저희 은나라의 녹대에 있던 보물들은 여기에 없는 것 같사옵니다."

"그래요. 거기에 있던 것들은 모두 그곳에 그대로 있습니다. 그런 보장품들을 이곳으로 옮길 수는 없지요. 만약 그런 짓을 한다면 백성들이 뭐라고 하겠습니까? 피폐한 백성들을 구제해 주기 위해 은나라를 정벌한 것이 아니라 은나라의 진보들이 탐나서 그런 것이라고 생각하지 않겠어요? 그러면 정벌의 명분을 잃음과 동시에 또 역사의 심판을 면치 못하게 될 겁니다."

"참으로 성군다우신 훌륭한 생각이시옵니다."

기자는 그래도 은나라의 녹대에 들어 있던 진보 가운데서 괜찮은 것 몇 개쯤은 이곳에 갖다 놓았으려니 생각했었는데 전혀 그렇지 않음에 그저 놀라울 따름이었다.

그러나 전혀 손을 안 댄 것은 아니었다. 몇 가지 주나라로 가져온 것이 있는데 청동기류 등의 일부가 그것이었다. 주물 공장에 갖다 놓고 그 기술을 습득하기 위해 필요했던 것이다.

잠시 차를 마시며 휴식을 취하고 나니 한결 머리가 가뿐해지는 것 같았다.

"기자공, 그럼 다음을 계속해서 이어 갑시다. 곤의 역할이 워낙 크기 때문에 좀더 심층분석해 보고 연구해야겠습니다."

"예, 폐하! 그렇게 하시지요."

"이 곤괘에서 육(六)을 사용함은 다름이 아니라 '길이길이 주관을 지키면 이롭기 때문'입니다. 음이란 부드러워서 주관이 오래 가기 힘들지요. 그래서 영정(永貞)함이 이롭다 하겠어요. 기지공께서는 형상학적으로 한번 설명을 가해 보십시오."

"예, 폐하! 육을 사용하고 영정하면 이롭다 함은 크게 유종의 미를 거둘 것이란 뜻으로 말할 수 있사옵니다. 쉽게 풀자면 이렇사옵니다. 이 중지곤괘는 순음으로 되어 있고, 따라서 그 대명사도 육으로 표기했사옵니다. 그러나 순음이란 그대로 지속되는 것이 아니오라 반드시 나중에는 양으로 바뀌게 되어 있사옵지요. 때문에 육의 음이 종극에 가서는 양이 되어 대종(大終)을 가져오는 것이 삶의 이치며 역의 이치인 줄 아옵니다(初陰後陽故로 大終이라)."
"그렇지요. '쥐구멍에도 볕 들 날이 있다'고 하는 속담도 있지 않소? 또 '상전(桑田 ; 뽕나무밭)이 벽해(碧海 ; 짙푸른 바다)된다'는 말과도 상통하는 것이지요."
그렇다. 모든 것은 바뀌고 변하며 또 흘러간다. 음지가 양지되고 양지가 음지되며, 또 머슴이 주인되고 주인이 머슴되는 것이 음양적 변수이다. 그렇지 아니한 것은 오히려 하늘의 뜻이 아니다. 하늘의 뜻이란 집약되면 바뀌는 것이다. 사계절이 바뀌고, 일월이 차면 반드시 기우는 것이다. 때문에 음은 양이 되고 양은 음이 되면서 서로 존속되어 가는 것이다.
"기자공, 수고가 많았습니다. 장시간을 이 짐과 함께 강론하시느라 너무나 애 많이 쓰셨소이다. 오늘은 이만 물러가셔서 편히 사저에서 연거(宴居)토록 하십시오. 또 다른 괘를 건져내면 다시 부르겠습니다."
이리하여 아침 일찍부터 괘를 풀기 시작한 것이 한나절이 다되어서야 모두 끝이 났다.
햇볕이 따갑게 내려 작열하는 가운데 낭랑한 매미 소리가 더욱 성하(盛夏)를 고조시키고 있었다. 나뭇잎들은 햇볕을 받아내느라 열심히 태양에 자기 몸매를 내맡기고 있었다. 그러나 그 잎사귀들이 땅 위에 깔아 놓은 두터운 그늘은 지기(地氣)가 젖어 있는 듯 보여 한결 시원함마저 느끼게 해 주었다.
각 부서에서 근무하는 궁중부중(宮中府中)의 신하들이 점심시간을 이용해 그늘 속으로 모여들었다. 미리 나온 사람들은 장기와 바둑을 두며 성하의 염열을 잊고 있었다. 바둑 두는 소리와 장기 놓는 소리가 한가로움을 더해 주었다. 어떤 악관은 비파를 들고 나와 뜯어 대는가 하면 어떤 신하는 그 음율에 맞추어 흥얼거려 보기도 하였다. 엄숙하고 웅장하지만 한편으로는 평화가 깃든 주나라 궁전, 호젓한 한쪽 그늘 속은 풍류와 멋이 섞여 흐르고 있었다. 궁 안에서 생활하는 신하들로 하여금 세상 사는 맛을 느끼게 하기에 족하였다.

시정(市井) 잡배들의 소리만이 삶의 현장이 아니라 바로 이런 분위기도 삶의 한 단면임을 문왕은 잊지 않았다. 이는 문왕의 인생철학이기도 하였다. 문왕도 점심을 들고 나서 회랑을 따라 산책을 하였다. 회랑은 영소를 감돌고 있으며 동산도 끼고 돌게 되어 있었다. 길고 긴 회랑에는 화려한 단청에 갖가지의 그림들이 그려져 있어서 인공미의 극치를 이루고 있었다.

문왕의 화려한 황금빛 곤룡포가 회랑으로 불어 가는 바람결에 흩날렸다. 마치 용들이 비등하는 것과도 같았다. 시녀들이 우선(羽扇)을 들고 문왕을 따라가고 있었다. 긴 수염이 바람살에 휘어져 날렸다. 영소에서는 큰 비단잉어들이 문왕 일행을 따라왔다. 한 시녀가 그들에게 먹이를 던져 주자 서로 경쟁이라도 하듯 펄떡펄떡 솟구쳐오르며 모여들었다.

"어―허, 저 녀석들 봐라. 먹이를 주니 서로 먹으려고 아우성들이구나!"

문왕은 고기들이 먹이를 먹기 위해 모여드는 모습을 회랑의 난간에 서서 물 속을 굽어보았다. 연꽃들이 우아하게 피어 있었다. 그 향기가 코를 치고 들어왔다. 물 속에서 잉어떼가 헤엄쳐 다니며 연대를 부딪쳐 흔들어 댔다. 그때마다 연향이 더욱 짙게 묻어나왔다.

검은 물잠자리 한 마리가 날다가 지쳐서 연밥 위에 정지되어 졸고 있었다. 바람 한 점이 불어 가다가 잠자리 날개 위에 입맞

춤을 하였다.
 개구리들도 연잎 위에 올라 앉아 젖은 몸을 말리고 있었다.
 완월정(玩月亭)과 관연정(觀蓮亭), 그리고 관어대(觀魚臺)에 나와 있던 신하들이 문왕의 행차를 보자 얼른 자세를 가다듬으며 정중히 머리를 조아렸다.
 "여봐라! 편히들 즐기도록 하라. 이 짐이 그대들의 여락(餘樂)을 방해하는 것 같구나."
 늘 신하들에 대한 배려를 잊지 않았던 문왕은 오늘도 그 자상함을 보이며 서둘러 그곳을 지나갔다. 실은 그 정대(亭臺)에서 잠시 쉬어가려던 참이었는데, 집무에 시달리다가 점심 시간을 이용해 쉬는 신하들의 귀중한 여가를 방해하고 싶지 않았기 때문이었다.
 문왕은 바쁜 걸음으로 짐승들이 노니는 영유로 향하였다. 꽃사슴들이 쪼르르 따라왔다. 문왕은 칡잎새를 몇 잎 떼어 사슴들의 입에다 갖다 대었다. 그러자 꽃사슴들은 이를 서로 뜯어 먹으려고 주둥이를 내밀며 혀를 날름거렸다. 기린도 걸어와서 긴 목을 드리우고 칡잎을 받아 먹었다. 순치(馴致)가 잘 된 각각의 짐승들의 어울림은 참으로 멋있는 광경이었다.
 "어허, 요놈들 보게나. 겁도 내지 않고 따라붙는구나."
 동산을 지키는 동산지기가 저만치 앞에서 지켜보고 있었다. 혹시나 짐승들이 야성을 부려 문왕에게 달려들지나 않을까 염려되었기 때문이었다.
 문왕은 다시 각종 새들이 모여 있는 군조원(群鳥苑)으로 발길을 돌렸다. 백조들이 물 위에서 유유히 떠다니고 있었다. 물 속에 잠긴 발들의 움직임이 투시되어 보였다. 물을 헤치는 물갈퀴의 놀림이 묘한 율동을 이루고 있었다. 물 위에 뜬 몸뚱이는 한가롭건만 물 속에 잠긴 발은 분주하기만 하였다.

"저것이 바로 세상 사는 이치야. 사람도 몸은 한가롭지만 마음은 언제나 바쁘지. 눈으로 보이지 않는 그 마음속은 언제나 쫓기고 있단 말이야. 뭔가를 찾아 얻기 위해 그렇게 열심히 생각하고 있단 말이야."

물 속에서 움직이는 백조들의 발놀림을 보며 문왕은 인생철학을 다시금 되뇌여 보았다.

"자, 이제 돌아가자. 이 정도면 다리운동도 어지간히 된 것 같구나."

문왕은 시녀들의 우선이 일으키는 인공적인 바람과 자연풍을 섞어 쏘이며 명덕전으로 향하였다. 마치 용안에 늘어진 백옥 같은 땀방울들이 문왕의 이마에 송알송알 맺혀 있었다. 한 시녀가 미리 준비했던 물수건을 대령하자 문왕은 이슬을 쓸어내듯 땀방울을 닦아내었다.

시녀들은 적당한 간격을 유지하며 문왕에게 우선을 부치며 따랐다. 어느덧 긴 회랑을 지나쳐 명덕전 큰마루에 이르렀다.

"자, 수고가 많았도다! 이제 그만 모두들 돌아가서 쉬도록 하여라."

문왕의 명에 따라 시녀들이 뒷걸음질로 스르르 물러나며 흩어졌다. 여전히 명덕전 숲 속에는 매미들이 다투어 울어 대고 있었다.

수뢰둔괘(水雷屯卦)

―― 주둔하여서 때를 기다리는 뜻을 담고 있음

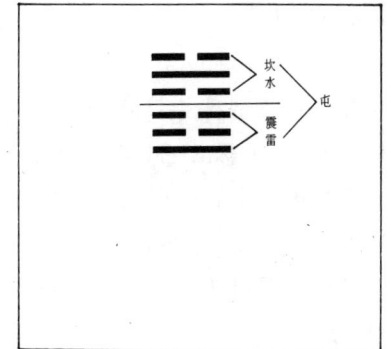

　중지곤괘를 풀고 나서 이틀이 지났다. 문왕은 다시 한 괘를 만나기 위해 이른 새벽부터 잠자리에서 일어나 제명성복(齊明盛服 ; 깨끗하고 단정하게 잘 차려 입은 복장)을 하고 서궤 앞에 단좌했다. 문왕은 주통에 꽂아 두었던 줏가락을 꺼내 양손에 나누어 쥐고 분열을 시작하였다. 성과 열을 다하여 본서법인 십팔변을 하기 위해 신중하고 정중하게 손놀림을 하였다. 방충망에 부딪히는 나방들의 소리가 신경을 거슬렸다. 촛불의 촉광을 찾아 나방들은 끊임없이 열심히들 날아들고 있었다. 그러나 문왕은 육효를 만나기 위한 삼매에 빠져 있었다.
　성벽 밖에서는 야경꾼의 목탁 치는 소리가 닭울음 소리에 섞여 들려 왔다. 새벽공기가 그 소리에 힘입어 상쾌하게 스며들었다. 바람살에 서걱이는 나뭇잎들의 소리가 싱그러웠다. 원유(苑囿)에 있는 애완용 짐승들의 울음 소리가 간간이 들려 왔다.

이 모두는 천지가 밝아 온다는 징후였다. 휘황한 불빛 아래 떠오르는 육효들이 화룡점정(畫龍點睛)처럼 선명히 빛났다. 문왕의 얼굴에 웃음이 일자 촉광을 받은 하얀 수염이 백금빛처럼 찬란하였다. 문왕의 얼굴에 웃음이 일면 한 괘가 완성됨을 알리는 것이었다.

' 수뢰둔괘로구나! 윗괘는 육감수(六坎水)요 아랫괘는 사진뢰(四震雷)라. 합해서 수뢰둔이로다. 둔(屯)이란 어떤 식물의 씨앗이 구덩이에서 뚫고 올라오는 떡잎을 의미하는 것이지. 그래서 아직은 머뭇거리고 있으므로 둔으로 정하는 것이지. 하늘과 땅이 있은 연후에 만물이 살아가게 마련이지. 천지간에 꽉차 있는 것이 만물인고로, 둔이란 만물이 비로소 탄생하는 것을 의미하지.

만물이 처음 탄생할 적에는 맺혀서 통하지 못하는고로 천지간에 영새(盈塞)되어 있다. 그러다가 통창무성(通暢茂盛 ; 조리가 밝고 분명함이 가득함)함에 이른즉 영새되었던 기운이 일시에 소멸된다. 두 개의 형상으로 말한즉 구름과 우뢰가 일어나서 음양이 교감하는 것이고, 두 개의 체(體)로 말한즉 아랫괘 진(震)의 초구가 위의 수(水)괘 육사와 교감하고 위의 수(水)괘 구오는 아래에 있는 뇌(雷)의 육이와 교감하여 음양이 서로 화합하고 있으므로 운뢰(雲雷)가 이루어진다.

구름이 끼면 비가 오는고로 운(雲)은 바로 수(水)를 의미하는 것이지. 구름과 우뢰가 서로 응하고는 있지만 아직 못〔澤〕을 이루지는 못하므로 둔이라고도 말할 수 있다. 만일 못으로 이루어진즉 풀리게 된다.

윗괘를 보면, 중간에 있는 양 한 마리가 상하 두 마리의 음 속에 묻혀서 험(險) 중에서 움직이므로 둔이 된다.

아랫괘를 관찰해 보면, 밑에 있는 한 마리의 양이 위에 있는 두 마리의 음 밑에 깔려 있으므로 역시 나아가지 못하고 둔이 된다.

음과 양이 교감되지 않으면 막히게 되고, 비로소 교감이 되었다고 해도 창달되지 못한즉 역시 둔이다. 천하가 둔란(屯難)함은 형태(亨泰)의 때가 아니다.'

문왕은 이 둔괘를 건져 놓고 혼자서 흥얼거리며 날이 밝는 줄도 모르고 역리 삼매에 몰입되어 있었다. 문왕은 어제 마시다가 둔 차를 따라 마시며 공복의 허전함을 메꾸었다. 식전의 차가 안 좋은 줄은 익히 알고 있는 터였지만 한 잔 마시고 나니 기분이 한결 가벼웠다.

'나머지 효사들은 아침을 먹고 난 후에 시작해야겠다. 자, 그럼 다리나 좀 펼 겸 일어서서 행보나 해 볼까나.'

또다시 한 괘를 건져 올린 벅찬 기분에 취해 명덕전 앞뜰을 거니는 문왕의 용안은 아침햇살을 받아 건강미가 돋보였다.

행보를 마치고 돌아온 문왕은 아침 수라상을 받았다. 새벽부터 괘를 건져 올리고 또 아침산책도 하고 나니 입맛이 절로 살아나 식욕을 돋구어 주었다. 치아에 수저 부딪히는 소리가 조용히 들리면서 음식을 씹는 소리도 한결 경쾌롭게만 들렸다. 죽향이 차를 내어오기 위해 다로(茶爐)에 올려놓은 다관에서 물 끓는 송풍회우 소리가 살아나 아침의 정적을 파적(破寂)하고 있었다.

"이보게, 죽향이."

"예, 폐하!"
"조반을 마치고 나서 기자공을 들라 이르게."
아침 조반중에도 문왕의 머리속엔 괘풀이에 대한 구상으로 여념이 없었다.
수라상을 물리기도 전에 명덕전 문 밖에선 기자공이 예복을 갖추어 입고 읍을 한 채 대기하고 있었다.
조반상을 물리자 죽향이 차를 내왔다. 찻잔에서 피어오르는 다향이 창 밖에서 침입해 온 초향(草香)과 더불어 실내를 감돌았다.
"폐하, 기자공께서 문 밖에 대령하고 있사옵니다."
"그렇다면 안으로 들라 이르게."
기자는 단정하게 예복을 입고서 약간 읍을 한 자세로 입실했다.
"폐하, 작야(昨夜)에 편안하셨사온지요?"
"그렇소. 기자공께서도 별고 없으셨겠지요?"
"그러하옵니다."
"이리 가까이 오셔서 앉으십시오."
기자가 발을 끌 듯이 조심조심 걸어서 서궤 앞으로 다가와 앉았다.
"이 짐이 오늘 새벽에 괘 하나를 건졌더니 '수뢰둔괘'가 나왔지요. 해서 이 괘를 공과 함께 풀어 볼까 합니다."
"성은이 망극하옵니다."
"공께서 이 괘상을 한번 살펴보도록 하시오."
기자는 엉덩이걸음으로 바짝 서궤에 붙어 앉았다. 그리고 신중히 괘상을 짚어 보았다.
"그러면 이 짐이 먼저 효사를 풀겠소.
'초(初)의 구(九)효는 반환(盤桓;머뭇거림)하고 있으니 정(貞

; 주관)을 뚜렷이 해야 이로우며 훌륭한 제후를 세움이 이롭다'
고 하겠소이다."
 "폐하, 왜 초구가 반환하고 있사옵니까?"
 "초의 양효가 맨 밑자리에 깔려 있으면서 그 강명(剛明)한 재
능을 발휘하지 못하고 있지 않습니까? 때문에 문득 어려운 처
지를 넘어나지 못하고 있어요. 만약에 갑자기 벗어나려 하면

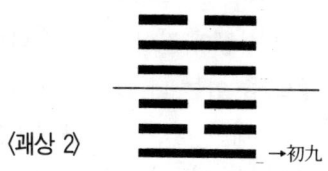

〈괘상 2〉 →初九

곤란함에 처하게 됩니다. 이러한 사정과 여건 때문에 정신적
지도자인 제후를 세워서 힘을 얻어 써야 하는 입장입니다."
 "그러니까 큰 사업체를 운영하는 기업가가 회사의 사정이 어
려워지자 사세를 확장하고 신장시키기 위해 조정에 있던 높은
관리 출신을 데려다가 대리사장을 앉히는 거나 같은 뜻이라 하
겠사옵니다."
 "바로 그 뜻입니다. 자고로 인생이란 '천하의 일을 경륜하여
어려움을 건너가는 것이라(經綸天下之事하여 以濟於屯難이라)' 하
겠어요. 그래서 경륜이 높은 인재가 필요한 것이지요."
 "폐하, 그런데 괘 전체의 상황과 분위기로 볼 때 위로 음효들
이 포진하고 있으므로 무모한 진전은 삼가야겠사옵니다."
 "그렇지요. 음이란 위험함도 되며 미지의 세계도 됩니다. 이
러한 상황을 건너기 위해서는 반드시 방편과 수단이 될 수 있
는 힘있는 제후를 세우는 것이 또 하나의 경륜을 쌓는 것이라
하겠어요."
 "폐하, 도상학적으로 한번 그려 보겠사옵니다. 이 효가 지금

반환하고 있는 것은 바름을 행하기 위한 충전이라 할 수 있겠사옵니다. 더욱이 좋은 점은 '귀한 자가 낮추어 아래에 있는 것은 크게 민중의 뜻을 얻기 위함이라(以貴下賤하니 大得民世라)' 하겠사옵니다."

"잘 보시는군요. 그렇습니다. 낮은 자가 귀한 척하기는 쉬워도 귀한 자가 낮은 척하기는 어려운 것이지요. 세상 사람들 중에 이 도리를 체달(體達)하여 실천한 자는 모두 성공하였지요."

그렇다. 인생에 있어서 성공의 길이란 별 게 아니다. 바로 자신의 신분을 낮추고 굽힐 줄 아는 데 있는 것이다. 해서 예부터 '덕이란 낮추고 물러서는 데서 생긴다(德生卑退)'고 했다.

"자, 그럼 다음은 육(六)의 이(二)효로 넘어가 봅시다.

'머물고 있다가 나아가려고 하며, 또 말을 타고 가려다가 그만두는 입장이로다. 도적놈이 아니면 혼인을 청하러 왔으니 여자가 주관을 지키며 시집을 가지 않고 있다가 십 년쯤 지난 뒤에 시집을 가야 할 것이로다.'"

"폐하, 효사풀이가 묘하고 신비롭사옵니다, 하하하……."

"역풀이는 바로 이런 맛으로 하지 않겠소? 이 육이의 입장을 살펴보면 음유한 육의 음이 상중하 중의 중에 와 있으며, 또 저 윗괘의 구오효가 역시 중정의 자리에 앉아서 환대하고 있습니다."

"그래서 어찌되는 것이옵니까, 폐하?"

"당장에라도 결혼을 하면 좋겠습니다만 그러질 못하는 사정이 있어요. 바로 밑에 있는 초구라는 녀석이 강점하기 위해 치근대고 있어요. 그러니 이 육이는 멀리 있는 구오를 염두에 두고 있지만 워낙 초구가 강하게 도전하니 엉거주춤할 수밖에 없는 입장이지요."

"과년한 예쁜 딸을 둔 집에는 더러 이런 경우를 당할 만도 하겠사옵니다."
 "그럼요. 미리 혼약한 괜찮은 총각이 공부를 하고 있는 중이
거나 징병에 간 사이에 옆집 총각이 자꾸 넘겨다 보면서 달려
드는 그런 경우라 하겠어요."
 "남녀간의 일이란 게 꼭 미리 정해 둔 자와 결혼해야 한다는
원칙은 없지 않겠사옵니까? 그러니 옆집 총각의 입장도 충분
히 이해할 수 있다고 보옵니다."
 그래서 예로부터 '사랑은 쟁취'라 하지 않았겠소? 용기있는
자가 미인을 차지하는 법이지요. 요즈음엔 남편이 있는 여자도
강자가 빼앗아 버린다고 들었어요."
 "소신 역시 그러한 말을 들은 적이 있사옵니다. 때문에 물고
물리고 뺏고 빼앗기는 그런 비윤리관이 판친다고 보옵니다."
 "그렇지만 이 육이의 여자는 이를 용케도 잘 극복하며 기다
리고 있어요. 그러는 사이에 옆집에 사는 초구의 총각도 마음
이 누그러져서 다른 여자와 관계를 갖게 되었어요."
 "십여 년을 두고 공부하는 총각인지 징병에 간 총각인지를
기다렸다가 드디어 그에게 시집을 가게 된다는 그런 얘기가 되
겠사옵니다."
 "그렇소, 기자공! 그런 여자가 있다면 가히 기자공도 며느
리감으로 삼을 만하지 않겠어요?"
 문왕은 이렇게 넌지시 기자공을 떠보면서 웃음을 머금었다.
기자 역시도 입가엔 벌써 미소가 돌고 있었다.
 여자란 본래 자신의 마음을 먼저 주었던 곳에서 변화하기를
싫어한다. 그러나 마음이란 항시 가변성이 있고 상황의 변화가
일어날 수 있기 때문에 '정조'를 강조하고, 또 그것마저도 믿기
어려워 '혼인'을 하여 '자식'을 낳고 살아가는지도 모른다. 만
약에 '정조, 혼인, 자식', 이런 세 가지의 조건이 없다면 분리

되거나 변절하는 남녀가 너무도 많을 것은 뻔한 일이 아닐 수 없다.
"폐하, 폐하께옵서 이 육이의 입장을 형상학적으로 한번 먼저 설명해 주시옵소서."
"그렇게 하지요. 이렇게 한 번씩 번갈아 가면서 설명하는 것이 바로 수시변역하는 역의 원리가 아닐까요?"
"죄송하옵니다, 폐하!"
약간은 겸연쩍은 듯한 표정으로 기자가 아뢰었다.
"괜찮소. 조금도 죄송할 게 없소이다. 그러면 그렇게 해 보리다. 육이가 시집을 가지 못하고 곤란을 겪고 있는 것은 초구의 강성한 사내가 곁에 있기 때문에 그런 것이지요. 그러나 이 처녀는 십여 년 동안을 두고 치근대는 옆집 총각에게 넘어가지 않았어요. 이쯤 되면 아무리 끈질긴 사내녀석이라 할지라도 지치게 마련이지요. 그래서 그 초구의 총각이 마음을 돌려먹고 저 위의 구오와 결혼한 것입니다."

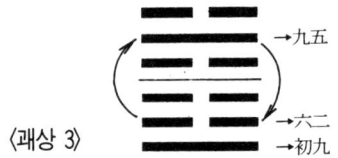

〈괘상 3〉

"아무리 지독한 사람이라도 십여 년의 세월이 지나가면 독기가 거의 소멸되옵지요. 이때 과거의 독기를 살린다 하더라도 별 효과를 거둘 수 없을 것이옵니다."
"그래서 '세월이 약이다'라는 말도 있지 않소?"
"그렇사옵니다, 폐하!"
인생이란 게 그런 것이다. 치유책에는 세월만큼 좋고 위대한 특효약도 없다. 그 어떤 원한도 사랑도 흐르는 세월 앞에서는 풍화(風化)되고 마모되지 않을 수 없는 것이다.
"폐하, 육의 삼효를 한번 풀어 보옵소서."
"그러하리다. 아주 손발이 잘 맞는 것 같습니다."
 문왕은 기자와 역을 푸는 것이 그전의 사편공, 태부, 태보, 여상 태공선생과 했던 것보다 어쩐지 편하게 느껴지는 것 같다고 여기던 터였다. 그 이유는 달라진 상대에 따른 다른 분위기를 느낄 수 있었고, 또 그가 은나라의 왕족인 데다 학문이 깊고 나이도 문왕과 비슷하여 함께 효를 이해해 나가는 데 있어 같은 흐름을 느낄 수 있었기 때문이었다.
 "이 육(六)의 삼(三)효는 '사냥을 갔는데 몰이꾼이 없구나. 그런데도 계속해서 숲 속으로 빨려들어 가고 있으니 군자는 얼른 그 낌새를 살펴서 사냥을 포기하는 것이 옳으리라. 계속 숲 속으로 빠져들면 곤란을 당할 것이라' 하겠어요.
 왜 이런 문제가 발생했느냐 하면, 음의 육이 삼의 양강한 자리에 와서 순일치 못하고 또 부중부정(不中不正)해서 그렇다고 하겠어요. 이런 경우는 대체로 움직이면 망동(妄動)이 되지요. 사냥을 갈 적에는 반드시 몰이꾼을 대동해야 하는데도 그렇게 하지 않고 혼자 깊은 산 속으로 빠져드는 것은 굉장히 위험한 일이 아닐까요?"
 "그렇사옵니다, 폐하! 그래서 그 육삼의 사냥꾼이 곤란을 당할 뻔했사옵지요. 지자(智者)라면 상황 판단에 감각이 뛰어나고 또 직관력도 확연하지 않사옵니까?"
 "그렇소이다. 그러면 이번에 이 짐이 먼저 형상을 그려 가며 설명해 보겠소.
 '노루잡이 사냥을 하고 싶었으나 몰이꾼도 없이 갔기에 새만 잡으려 했던 것이고, 그러다가 그것마저 포기한 것은 계속 홀로 산 속에 빠져들면 더욱 곤란을 당하게 될까봐 그런 것이라'

"그렇사옵니다, 폐하! 예사롭게 생각했다가 곤란을 당하는 경우가 더러 있지 않사옵니까? 그래서 큰 일이건 작은 일이건 항상 유비무환의 정신과 자세가 필요하다 하겠사옵니다. 사람들이 사업을 함에 있어서도 때로는 저런 경우를 당하기도 하옵

〈괘상 4〉

지요. 승부를 걸 만한 사업이라 생각되어 투자를 했다가 별로라고 생각되어 그만두려 하지만 왠지 미련이 남고, 계속하려 하니 본전만 까먹는 그런 경우 말씀이옵니다. 군자라면 또한 지자라면 낌새를 빨리 알아차리고 용단을 내리게 되옵지요."
"설명이 유순하고 푸근합니다, 기자공!"
"감사하옵니다, 폐하!"
"그럼 이제 다시 육(六)의 사(四)효나 알아봅시다."

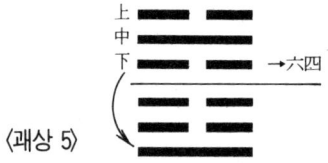

〈괘상 5〉

'말을 타고 가다가 내려 버리니 결혼 상대자를 구하기 위해서 찾아가면 길(吉)하고 이롭지 아니함이 없을 것이로다.'
  왜 이런 식으로 푸느냐 하면, 육의 음이 사의 음 자리에 찾아왔으므로 순음이 되어 힘이 부족합니다. 게다가 윗괘의 맨 밑에 있고 또 위에 있는 구오의 존위와 가까운 반면 해결할 수 없

는 일이 있지요. 때문에 아랫괘 맨 밑에 있는 자신의 정응(正應)인 초구와 밀월을 속삭이게 되었어요. 그 결과 혼인을 해서 한 가정의 아내로 육사의 위치에 있으면 어려운 둔난(屯難)을 건너갈 수 있다고 봅니다."

"폐하! 말을 타고 가다가 내림은 구오의 임금 곁으로 더 가까이 다가가려다가 순음인 자신의 위치를 알아차리고 도중하차를 한 것이옵지요. 이왕 내린 김에 서둘러 결혼이나 하고 보자며 결혼을 하고 났더니 이로움이 많아졌다는 얘기가 되겠사옵니다."

"바로 그것입니다. 입장을 이렇게도 생각해 볼 수 있어요. 육사는 임금 밑에 있는 유순한 신하인데, 이젠 출세도 했으니 여자 하나 먹여 살리는 데는 조금도 손색이 없다고 본 것이지요. 그러다 보니 초구 같은 힘있는 처가가 나타난 거예요. 처가 또한 경대부를 사위로 맞게 되니 기분이 썩 좋아요."

"폐하의 해석이 참으로 좋사옵니다, 폐하!"

"형상학적으로 얘기를 해 보면 '짝을 구하기 위해 찾아나서는 것은 밝은 처신'이라 하겠어요."

"그렇사옵니다, 폐하! 나비가 아름다운 꽃을 찾아나서는 것은 순리가 아니겠사옵니까?"

"그렇소. 목마른 자가 샘을 파고, 아쉬운 자가 찾아가는 것이 당연하지요."

"옳으신 말씀이옵니다, 폐하!"

인생이란 게 그런 것이리라. 나아가고 물러갈 바를 알아야 하며, 답답하면 찾아가야 하는 것이다. 힘이 될 만하면 찾아가서 그 힘을 빌려 쓰는 것이 삶의 한 기술이다. 힘이 없는데도 그 힘을 빌릴 줄 모르는 것도 답답한 일이려니와 또 힘이 있는데도 아무도 빌려 쓰러 오지 않는 것도 답답한 일이 아닐 수 없다. 장가를 가는 것도 출세를 하고 나서 가려면 좋은 혼처가 많이 나타난다. 시집가는 것도 마찬가지다. 양가집의 좋은 규수에겐 좋은 총각들이 서로 장가들려고 기웃거린다. 이 역시 삶의 현실이며 단면인 것이다.

괘를 푸느라 문왕은 약간 피로한 기색이었다. 눈을 지그시 감고 정기를 모으려 하는 듯 호흡을 정화(精和)시키고 있었다.

피곤하기는 기자 역시 마찬가지였다. 그러나 기자의 입장에서 그런 기색을 문왕 앞에서 표현할 수는 없었다.

"폐하! 피곤하시오면 남은 효들은 내일쯤 푸는 것이 어떠하겠사옵니까?"

"괜찮습니다. 쇠뿔은 단 김에 빼라고 하지 않았소? 아직은 이 짐의 정기가 많이 남아 있습니다."

"혹시 너무 무리가 따르지 않으실까 심히 저어(恐)되어 그렇사옵니다."

"염려해 주시니 고맙습니다. 우리 차나 한 잔씩 하고 나서 다음 구(九)의 오(五)효를 풀어 보도록 합시다."

죽향은 차를 낼 시간이 다 된 줄 알고 미리 와서 차 준비를 하고 있었다. 얼른 눈치를 챈 죽향이 차를 정성스레 담아 내왔다. 죽향의 완숙으로 익은 체취가 노인네들의 침침한 분위기를 일시에 바꿔 놓았다.

"자, 연달아서 이 짐이 구의 오효를 쪼개어 보겠소, 뭐가 들어 있는지.

'기름이 있지만 관이 막혀서 흘러가지 못하고 있으니 주관을

〈괘상 6〉

작게 가지면 이롭고 크게 가지면 흉할 것이라'고 하겠소."
 "폐하! 그게 무슨 뜻이옵니까? 얼른 납득이 가질 않사옵니다."
 "이 뜻은 이렇소. 구오가 막강한 권좌에 와 있지만 상하 두 개의 험한 음 속에 싸여 있어서 맥을 추지 못하고 있습니다. 또 아래에는 정응인 자기 짝 육이가 있지만 음유하여서 믿을 수가 없어요. 때문에 감윤한 기름도 퍼져나가지 못하고 막혀 있는 형편이에요.
 이런 형편이므로 자기 고집을 작게 부리면 좋지만 큰 고집을 부리면 흉할 수밖에 없다 이 말이오."
 "이렇게도 말씀드릴 수 있겠사옵니다, 폐하! 사방팔방 둘러 봐도 도와줄 사람이 없군요. 이런 경우를 진퇴양난(進退兩難)이라 하옵지요. 때문에 참고 기다려야 하옵지요.
 이런 시가 생각나옵니다.

  산중수복의무로(山重水復疑無路)
  유암화명우일촌(柳暗花明又一村)
  (산이 중복되고 물이 또 중복되어
  길이 없는가 의심했더니
  버드나무가 있고 꽃도 있어서
  거기에는 한 마을이 있구려!)

 이 시가 말해 주듯이 인생에 있어서 절대적 절망이란 없사옵니다. 잠시 머뭇거리고 있을 뿐이옵지요."
 "좋은 싯구를 외우고 있군요. 그 시가 갖는 의미가 참으로 좋습니다. 다음은 기자공께서 형상을 그리면서 얘기해 보시구려!"

"예, 폐하! 이 신이 폐하의 해설에 힘입어 잘 해 보겠사옵니다. '기름이 흘러가지 못하고 막혀 있음은 덕의 베풀음이 광대하지 못해서' 그런 것 같사옵니다. 아무리 존위의 자리인 임금이 되어도 그 뜻을 다 발휘하지 못하고 그만둔 임금들이 많사옵니다. 직분만큼이나 능력도 펴고 뜻도 얻기란 쉬운 일이 아니옵지요."

"그래서 성군이 되기란 쉬운 일이 아니지요. 역사를 통해 봐도 임금답게 뜻을 폈다가 가신 분들은 불과 기인에 속할 따름이지요."

기름과 은택, 즉 고택(膏澤)을 세상에 입혀 보지 못하고 그냥 왔다가 그냥 간다는 것은 참으로 아쉬운 일이 아닐 수 없다. 그것도 권력, 돈, 능력 등을 고루 갖추고서도 뜻을 펴지 못해서 고택이 고여 있는 것은 불행 중의 불행인 것이다. 사람이 한번 이 세상에 온 이상 자기의 능력을 마음껏 펼쳐 보고 나서 세상을 떠날 사명과 의무가 있는 것이다. 그렇지 못한 자는 불우한 자이다.

"자아, 다음엔 이 짐이 이 괘의 마지막 효인 상(上)의 육(六)효를 설명하겠습니다."

"폐하! 금새 한 괘의 풀이가 거의 다 되었사옵니다. 폐하를 모시고 괘를 풀다 보니 시간 가는 줄을 모르겠사옵니다."

"그렇군요. 벌써 점심 때가 다 되어 가는군요. 따라서 배가 약간 고파지기도 하구요. 오늘 점심식사는 특별히 맛이 있을 것 같소이다. 말을 많이 하다 보면 정기(精氣)가 누출(漏出)되어 입맛이 돋아나는 법이지요."

"그럴 것 같사옵니다, 폐하!"

"그럼 시작하겠소.

상의 육효는 '말 위에 올라 앞으로 나아가지 못하고 머뭇거

수뢰둔괘(水雷屯卦) 155

리며 피눈물을 줄줄 흘리고 있도다.'
 어허, 참 비극이로소이다. 왜 이런 형국이 벌어지느냐 하면, 음유한 육의 음이 다시 육의 자리인 상에 와서 겹음인 데다가

〈괘상 7〉

자기를 도와줄 사람이 없어서 그렇게 된 것이지요. 자기의 정응인 육삼 역시 나약한 음이니 무슨 도움을 청하겠소? 그러니 눈물이 앞을 가릴 수밖에……, 쯧쯧."
 "폐하, 인생을 살다 보면 그런 경우가 참으로 많지 않사옵니까? 승승장구로 잘되는 자가 있는가 하면, 반면에 저런 상육 같은 자도 많이 있게 마련이옵지요. 인생이란 누군가에게 도움을 받아야 하고 또 누군가에게 도움을 주게 되어 있사옵지요. 그것이 서로 교감이 잘 이루어지고 해우가 잘 되면 멋있는 한 편의 극을 연출할 수 있사옵지요."
 "기자공! 이렇게 번창해 가는 우리 주나라 궁전에서 반대로 잘 펴지지 않는 이 수뢰둔괘를 풀면서 삶의 묘리를 역(逆)으로 느껴 보고 만나 보는 것도 또 다른 맛이 있소이다그려!"
 "그렇사옵니다, 폐하! 충분히 벌어질 수 있는 일이기에, 또 언제가는 누구든지 당할 수 있는 일이기에 이를 반역(反逆)해서 미리 느껴 보는 것도 삶의 멋이요 여운이라 하겠사옵니다."
 "그래요. 다음엔 '마지막으로 기자공께서 이 효의 형상을 그리며 설명해 보십시오."
 "감사하옵니다, 마지막으로 저에게 기회를 주셔서."
 "그래야 되지 않겠소? 서로가 주거니 받거니 해야 씨줄과

날줄이 제대로 만나는 것 아니겠소? 하하하."
 비록 작은 일이라 할지라도 주고 받고 하면서 상대를 항상 인식하며 하는 행동, 이 속에서 덕도 복도 생겨나는 것이다.
 "그러면 시작하겠사옵니다.
 '피눈물을 흘리면서 앞으로 나아가지 못하고 있으니 어찌 가히 오래 가리요?'
 이 뜻은 이렇사옵니다. 어려운 둔난(屯難)이 궁극에까지 와서 어찌할 바를 모르며 눈물과 함께 허둥대니 만사가 잘 되지를 않사옵니다. 이는 딱한 일이 아닐 수 없사옵니다."
 "그렇군요. 참으로 딱하군요. 그러나 거기서 심기일전을 하였다가 어떤 계기가 되면 모든 둔난함이 봄눈 녹듯이 사르르 풀리게 되는 것이 또 인생사라 할 수 있지요."
 "옳으신 말씀이옵니다, 폐하! 둔난함은 장진(壯進)하기 위한 힘의 응축이며 축적이요, 그리고 온축이라 하겠사옵니다."
 "이 정도로 이 괘와 효를 마칩시다. 말이 너무 길고 많아도 진리와는 거리가 점점 멀어지는 것이지요. 장시간 수고했소이다, 기자공! 그럼 이만 물러가 편히 쉬도록 하시지요."
 기자는 공손히 인사를 올리고 자리를 떴다. 문왕도 일어나 밖을 나와 짙푸른 녹음의 싱그러움을 감상하였다. 아들 무왕 발(發)이 저쪽에서 문안인사를 하러 오고 있었다. 아침에 배알을 하는 것이 왕궁에서의 부자지간 법도이지만 일찍부터 괘를 건지고 또 그 풀이가 시작되다 보니 인사를 올릴 기회가 마땅찮았던 것이다.
 문왕은 아들 무왕이 인사하러 걸어오는 광경을 대견스러운 듯 흐뭇한 표정으로 굽어보았다. 무왕의 곤룡포에 수놓아진 아홉 마리의 구룡이 꿈틀거리며 날아오르는 듯하였다.
 아버님께 인사차 오는 길이라 수행원이라 해봤자 본디 문왕의 경호책임자였던 동생 강후가 다시 형님을 보필하는 직책을 맡아 따라오고 있었다.
"아바마마, 옥체무고하옵신지요?"
"그렇다. 너희는 어떠한고?"
"소자들도 아무 탈이 없사옵니다."
두 아들이 머리를 조아리며 대답했다.
"아바마마, 방으로 드시옵소서."
"오전 내내 역을 푼다고 앉아 있다 보니 무릎이 뻐근해 산보를 좀 해야겠다."
"아바마마! 부자유친이라 했사온데 소자는 국사에 바쁘고 또 아바마마께옵서는 역리풀이에 바쁘시니 유친이 잘 되지 않는 것 같아 마음이 아프옵니다."
"그렇구나. 정도의 차이는 있겠지만 인생살이는 누구나 다 그렇게 바쁜 법이지."
"아바마마, 그럼 이 소자가 아바마마를 회랑으로 모시겠사옵니다."
"그곳은 일전에 다녀왔다. 잠시 후 점심이나 맛있게 먹자꾸나."
이렇게 대화를 주고 받으며 가볍게 뜰 앞의 산책을 마치고 입실하여 점심상을 맞았다.
왕실의 규범인지라 문왕과 무왕, 그리고 강후는 각각 따로 상을 받았다. 삼부자가 점심을 맛있게 먹는 것은 참으로 보기도 좋아 화기가 절정에 이르렀다. 부자지간이란 혈육이 나누어진 사이인지라 그 어떤 관계보다도 소중하고 지중한 관계임을 느끼기에 족한 분위기였다.
점심 식사가 끝나자 죽향이 무왕의 시녀인 문청과 함께 차를 준비했다. 아름다운 최고의 두 미녀가 차와 과실을 내어오는 모습은 마치 두 마리의 공작이 몸매와 색채를 다투어 과시하는 것과도 같았다. 미인과 권력, 이 관계는 어쩔 수 없는 숙명적 관계임에 틀림없으리라.

"무왕! 그래, 요즈음 중요한 국사가 뭔가? 궁금하구나."

"조상을 잘 모시고자 종묘 지을 준비를 하고 있사옵니다."

"그 생각이 참으로 위대하구나. 여태까지 종묘가 시원찮아서 늘 조상들 뵙기가 민망터니 잘 생각했도다."

"아바마마께옵서는 우리 주나라 번영과 왕실을 이처럼 튼튼히 해 놓으셨사온데 불초소자도 뭔가 큰 일을 한번 해 봐야겠다는 생각 끝에 착수한 일이옵니다."

효(孝)의 개념이란 바로 이런 것이다. 조상이 한 일을 계승 발전시키고 또 아버지가 못다 이룬 부족한 부분을 보충시키는 것이다. 이런 차원에서 본다면 문왕과 무왕은 큰 효도를 몸소 실천한 사람들임에 틀림없었다. 인간 만사 중에 가장 아름다운 것이 효도일진대 이 두 부자지간은 천하만대에 가장 아름다운 미덕의 좌표와 인간적 진면목을 보여 준 것이다.

주 왕가의 종묘를 짓는 데 있어 도목수는 석광중(石光中)이며 부목수는 우길문(于吉文)이었다. 이 두 대목(大木)은 중국 천하에서 제일 가는 명공(名工)이자 대장(大匠)이었다. 은나라의 녹대(鹿臺)를 지었던 장본인들로서 그 명성과 명예가 천하에 가득한 자들이었다. 석광중은 나무를 다듬는 데 거장이었으며, 우길문은 돌을 다듬는 데 거봉이었다. 훌륭한 궁궐을 짓는 데는 목조와 석조가 제대로 조화를 이루어야 한다. 이로 볼 때 이들 두 거장의 발탁은 참으로 다행스런 일이 아닐 수 없었다.

뜰의 오른쪽에서는 나무를 손질하고, 왼쪽에서는 돌을 조각하고 있었다. 이렇게 좌우 둘로 나누어져 망치 소리와 연장질

하는 소리가 끊이질 않고 작열하고 있었다.
 또 종묘를 앉힐 곳에서는 터를 고르기 전에 반드시 지내야 하는 개토제(開土祭)를 지내기 위해 문왕과 무왕이 함께 나와 머리를 조아리고 있었다. 축문을 외는 전의(典儀)의 독축 소리가 낭랑하게 퍼지자 양쪽에서 연장질하는 소리가 잠시 멎었다.
 "유세차 계유년 구월 이일, 본 주왕가 종묘 건립을 위해 지신(地神)께 삼가 고합니다."
 개토제가 시행되는 중의 분위기는 근엄하고 엄숙하였다.
 식이 끝나자 무왕은 가래로 흙을 팠다. 이는 공사의 시작을 알리는 의식이었다. 그리고 도목수 석광중과 부목수 우길문을 불러 이들에게 먼저 음복(飮福)주를 권하였다.
 "자, 두 거장들이 먼저 음복하시오. 이 음복주를 마시고 공사가 잘 성취될 수 있도록 힘써 주시오."
 "황공하옵니다, 폐하!"
 두 거장이 이구동성으로 답했다. 그리고는 공손하게 음복주를 받아 고개를 돌리고 마셨다.
 "불초신들은 훌륭한 종묘 건립을 위해 신명을 바쳐 진력하겠사옵니다."
 "부디 부탁하오. 그러는 의미에서 두 공에게 정삼품의 벼슬을 내리겠소."
 "황공하옵고 성은이 하해와 같사옵니다, 폐하!"
 이렇게 당부하면서 무왕은 두 거장의 손을 꼭 잡아 주며 어깨를 두드려 주었다. 그러자 두 공의 얼굴에는 희색이 만면하고 동시에 영광과 송구스러움이 교차함을 감추지 못하는 표정이었다. 예로부터 궁궐 공사에 참여한 대목들에게는 이처럼 벼슬을 하사하는 관례가 있었다.
 식이 모두 끝나자 두 거장이 현장으로 걸어오면서 얘기를 나누었다.
"여보, 우길문 형. 우리가 은나라 궁궐 공사에 참여했을 때와는 대해 주는 것이 너무 다르군요."
"그렇군요. 참으로 주나라의 문왕과 무왕은 인간적 냄새가 물씬 풍기는 분들이오."
우길문이 석광중의 말에 흡족한 표정으로 답하였다.
녹대를 지을 때 은나라 주왕은 그들에게 쥐꼬리만한 벼슬도 주지 않고 혹독하게만 부려 먹었었다. 그래서 너무나 대조적이기에 두 사람은 감탄을 하고 있는 중이었다.
"석광중 형, 우리가 이제 벼슬도 얻었고 또 역사에 길이 남을 일도 하게 되었으니 참으로 영광스럽기만 하군요."
"암, 그렇고말구요. 주나라의 임금께서 우리를 알아준다는 것이 얼마나 기쁜 일이오?"
이렇게 두 대목들이 서로 흥겨운 대화를 나누며 현장으로 가는 모습에서 훌륭한 종묘가 세워질 수 있음을 족히 예견할 수 있었다.
석광중은 돌아와 역공(役工)들을 불러 도열시켜 놓고 훈시를 하였다.
"모두가 맡은 바 기술을 최대한 발휘토록 하시오. 그야말로 이 공사는 대작 공사이며 성전(聖殿) 공사이기 때문이오. 그대들의 노고에 대해선 폐하께옵서 충분히 보상해 주실 것이오. 내 말 알아듣겠소?"
"예 알았습니다." 하는 힘찬 응대와 함께 그들의 눈빛에는 충성심과 열의가 가득해 보였다.
동시에 우길문이 지시하는 석조각장에서도 간단한 훈시가 있었다.
"돌을 다스리는 석공의 기술이란 게 그 어느 일보다도 까다

수뢰둔괘(水雷屯卦)

롭고 힘든 일이 아니겠소? 따라서 정밀하게 돌을 다듬고 조각하여 만고에 빛날 걸작품을 한번 만들어 봅시다."

이러한 지시가 우길문의 입에서 떨어지자 역시 석공들의 힘찬 대답과 함께 충성심에 가득 찬 눈빛이 반짝거렸다.

이리하여 창사에 길이 남을 주왕가의 종묘 건립 공사는 진행의 초반으로 힘차게 돌입하게 되었다. 부역에 임하는 장정들은 울룩불룩한 근육질의 팔들을 걷어올리고 공사에 착수하였다. 반면, 늙은 기술자들은 허리를 구부린 채 노련한 자세로 먹줄을 퉁기며 가늠하느라 몸과 마음이 바빴다.

그러나 어느 정도의 시일이 지나자 장정들에게 고민이 하나 생겼다. 그것은 다름이 아닌 혈기왕성한 풀주머니 때문이었다. 일단 왕가에 들어와 부역에 임한 자들에게는 마음대로 바깥출입을 할 수 없도록 엄한 통제가 뒤따랐기 때문이었다. 낮에는 죽자살자 일하더라도 밤이 되면 그래도 마누라를 품에 안고 풀주머니 터는 재미라도 있어야 소인들에겐 낙이 있을 것인데 그것까지 통제받게 되었으니 어찌 괴로운 일이 아닐 수 있으랴! 그렇다고 마누라나 계집을 왕가로 불러들일 수도 없고 정말 고민이 아닐 수 없었다.

그러던 어느 날 평소에 농담을 잘 하던 일갑(逸甲)이라는 자가 피로도 풀 겸 심심풀이로 한 마디 말을 내뱉었다.

"그러나저러나 털요강이 없으니 밤만 되면 괴로워 죽을 지경이오. 당신들은 그렇지 않소?"

이때 옆에 있던 준도(準道)라는 짓궂은 자가 능청을 떨며 되물었다.

"아아니 성님, 그 털요강이란 게 뭐요? 어디에 쓰는 겁니까?"

그러자 일을 하고 있던 장정들이 박장폭소를 하며 웃어

댔다.
이때 또 한 장정이 빨리 웃음을 거두며 말했다.
"입장을 바꿔 놓고 한번 생각해 봅시다. 밤에 근육질 맛을 좀 보고 싶어 남편 따라와 사는 마누라들은 어떻겠소?"
"하긴 그렇군요."
"여자란 건 지극히 단순한 철학으로 되어 있는 동물인데 요즘엔 남편이 없어 그 맛마져 볼 수 없으니 그 화풀이를 어디에다 할는지 은근히 고민이 되는구랴!"
"왕실 공사도 중요하지만 우리의 개인적 수신제가도 못지않게 중요한 일인데 큰일이오, 큰일!"
"여자란 게 어디 그 맛만 보기 위해 사는가! 자식 기르고 남편 생각하며 사는 거지."
이렇게 한쪽에서는 실의와 자위의 탄성을 주고 받기도 하였다.
그렇다. 남녀간의 일이란 어느 한쪽만의 일이 아니다. 양자 쌍방간의 일인지라 서로의 고민이며 걱정인 것이다. 젊음을 유지하는 데는 앞앞에 말 못 할 고민거리가 많이 쌓여 있지만 역사는 그런 젊은이들이 있기에 굴러 가는 것이 아니겠는가.

고요하고 화량찬 달밤이었다. 짜구 소리, 망치 소리, 함마 소리, 모든 동작이 멎은 어느 날 밤이었다. 석공 중 젓대를 잘 부는 하귀(何鬼)라는 자가 있었다. 그는 두고 온 처자식 생각을 제어해 보기 위해 자기가 다듬다 만 석주(石柱) 위에 올라앉아 한 곡 뽑고 있었다. 왼쪽 어깨 위로 빗겨진 젓대의 몸통에 휘황한 월색이 부딪치고, 소리 또한 더욱 쾌랑하게 퍼져 가고 있었다. 달빛살을 후벼 파며 율동하는 물고기의 지느러미처럼 퍼져 나가는 음률이 어찌나 청랑하고 시원한지 장정들의 잠을 설치게 하였다.
 단장(斷腸)의 젓대 소리에 잠 못 이루고 일어나 앉은 장정들이 말을 주고 받았다.
 "저 사람이 왜 저런담? 그렇잖아도 불면증이 심해지던 차에 저 소리를 들으니 마누라 생각이 더욱 간절하구려!"
 "무슨 소리요? 저 소리 듣고 그 털요강 생각일랑 잊어버리라고 저렇게 저이가 수고해 주는 거요. 음악이란 듣는 이에 따라서 음탕한 색정이 돋아나기도 하고, 반면에 잠재워지기도 하는 것이 아니겠소? 그래서 예로부터 '낙이불음(樂而不淫)'이라는 말이 있어 왔지 않소?"
 "그 낙이불음이란 게 무슨 뜻인가요?"
 "어허, 참! 그것도 모르고 왕가의 대역사에 참여하고 있단 말이오? 정말 멋진 말이지요. '즐거워도 음탕한 생각이 일어나지 않는다'란 뜻이오."
 "고상한 척하지 마소. 그래도 내 같은 소인이사 즐거우면 음기가 더 발동합디다. 사람이란 게 뭐요? 특히나 일반 동물과 다른 게 우리네 인간들이 아니겠소? 시간과 곳을 가리지 않고 하고픈 게 그것 아니겠소?"
 "하긴 그래요. 그러나 지금 당장 무슨 신통한 수가 없지 않소? 저 젓대 소리나 듣고 그 생각을 희석시키는 도리밖에."
 이런 목멘 소리가 흐르는 동안에도 그 하귀가 불어 대는 음률은 단장의 애조를 띠고 이어져 흐르고 있었다. 그 소리는 저쪽 높은 담장 너머 궁실에서 잠들고 있는 문왕과 무왕의 침전에까지도 아련히 퍼져 갔다. 뿐만 아니라 궁녀들이 잠들고 있는 후원에까지도 이어졌다.
 하귀가 불어 대는 음악을 따라 왕가의 달밤은 더욱 황홀해져만 갔다. 문왕은 죽향과의 깊은 교감이 빨래를 삶는 것처럼 엉켜 있었고, 무왕 또한 그 소리에 잠 못 이루며 문청과의 밀교(蜜交)를 가져 볼까 말까 하는 불면의 밤이었다.
고, 무왕 또한 그 소리에 잠 못 이루며 문청과의 밀교(蜜交)를 가져 볼까 말까 하는 불면의 밤이었다.

많은 궁녀들은 어디다 대고 일을 볼 곳이 없어 모두가 일어나 사내 생각하느라 낑낑거리며 몸을 뒤척이고 있었다.

젓대 소리 하나가 같은 밤 같은 시간에 듣는 사람에 따라 희극과 비극의 운명을 달리해 주고 있었으니 이것이 바로 세상이고 인생이며, 그리고 주역이 주는 이치가 아닐는지……

산수몽괘(山水蒙卦)
―― 어린 생각을 일구어 주는 뜻을 담음

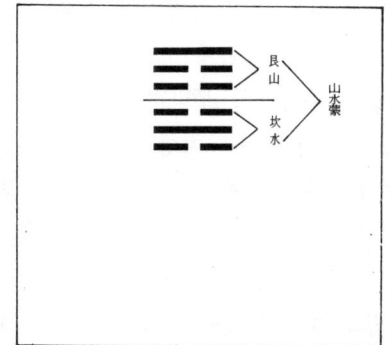

 석공과 목공들의 나무 깎고 돌 쪼는 소리가 궁실의 원장 저쪽에서 희미하게 들려 오고 있었다. 마치 서리가 무겁게 내린 차가운 달밤에 아낙네들이 명주베를 두드리는 다듬잇소리처럼 여운을 남기며 들려 오고 있었다. 문왕이 명덕전의 침묵 속에 앉아서 주왕가의 종묘 건립 공사가 순조롭게 진행되어 가고 있음을 느끼기에 족하였다.
 흐뭇한 마음을 화선지에 퍼지는 발묵의 여운처럼 감흥하면서 문왕은 주통에 꽂혀 있는 줏가락들을 서궤 위에 쏟아부었다. 오늘도 하나의 괘를 분만시키기 위해서였다. 그는 생각하였다. 종묘를 다 지으려면 아무래도 족히 삼 년의 세월은 걸리리라. 그리고 자신이 뽑아 풀어내는 주역의 육십사 괘 작업도 그와 때를 같이하여 모두 마칠 수 있을 것 같았다. 때문에 문왕은 부지런히 뽑아 보는 것이었다.

서민이나 국왕이나간에 모두에게 할 일이 많다는 것은 참으로 위대한 성사(盛事)가 아닐 수 없다. 문왕은 서궤 위에 가지런히 쏟아져 있는 산책(算策)들을 조용히 응시하며 무슨 괘가 떠오를지 궁금해 하였다.

죽향은 차를 내기 위해 다청(茶廳)에서 조용한 몸놀림으로 인어(人魚)처럼 싱그럽게 노닐고 있었다.

문왕은 부싯돌을 부딪쳐 향을 피웠다. 향연이 일기 시작하였다. 죽향이 달이는 차향도 함께 묻어 왔다. 두 가지의 향내음이 함께 어우러지며 문왕의 덕향을 주축으로 하여 모여들었다.

"폐하, 차를 한 잔 드시옵고 주책을 부리시옵소서."

"그래 한 잔 들고 해야겠다."

이렇게 죽향은 문왕의 건강을 생각해서 무슨 일이 있을 적마다 먼저 차를 올리는 것이 습관처럼 몸에 배어 있었다.

차가 나오기까지 잠시 문왕은 단좌하여 단전호흡을 하였다. 단전호흡은 양성존심(養性存心)의 최고 방편이었다. 다시 말해 본성을 기르고 마음을 흐트러지지 않게 하는 최상의 방법이 바로 이것이었던 것이다. 더불어 죽향을 즐겁게 해 주는 원심력과 정력도 모두 거기에서 나오는 것이었다. 사타구니 속의 근육을 수축시키고 펴는 반복운동, 이것이 바로 밀애와 깊은 관계가 있기 때문이었다.

괘를 얻으려는 문왕은 마음이 음탕한 데로 흘러가지 않게 하기 위해 양성존심에다 더 많은 비중을 두면서 단전호흡을 하는 것임에 틀림없었다.

"폐하, 이젠 기(氣)를 푸시옵소서. 차 준비가 다 되었사옵니다."

죽향이 백옥쟁반에 찻잔을 담아 들고 나와 문왕에게 바쳤다. 비리한 젊음의 체취와 함께 차향까지 묻어 있는 죽향은 더욱 싱그럽게 보였다. 문왕은 언제나 끼고 자지만 이불 밖에서 보는 느낌 또한 무시로 흡족함을 주는 죽향을 바라보며 흐뭇해 하였다.
 "죽향이, 자네를 대하고 차를 대하니 괘를 얻으려는 이 순간에 색정이 동하는데 자네는 어떻게 생각하는가?"
 "폐하, 세상사에는 선과 악이 있고 인간사에는 불행과 행운이 있으며, 마음속에는 번민과 평정이 있고 인체에는 백혈구와 적혈구가 있어서 이것들이 같이 존재하며 서로를 이기려 하지 않사옵니까? 다시 말씀드리옵자면, 색정과 본심이 항시 다투고 있사옵지요. 여기에서 대인은 본심이 색정을 눌러 이기고 평정함으로써 세상을 다스린다고 보옵니다. 반면에 소인들은 오로지 색정에만 빠져서 큰 일을 못 하옵지요. 따라서 폐하께옵서도 인간이라는 공개념에서 볼 때 언제나 색정이 일어날 수 있는 것 아니겠사옵니까? 하오나 잠시 일어나는 그 정은 살아 있다는 생의 기가 아니오리까? 바로 그 기 때문에 폐하께옵서는 큰 일도 하시고 또 주역도 풀어 나가신다고 보옵니다. 잘은 모르옵지만……"
 죽향은 오랜만에 입을 열어 인생철학을 광장설로 늘어놓았다. 그 동안 문왕과 더불어 살아오면서 많은 것을 직·간접적으로 듣고 배운 덕택이라고 봐야 하리라! '서당개 삼 년에 풍월을 읊는다'라는 속담이 죽향에게도 적용되지 않을 리 없었다. 그리고 '왕대밭에 왕대 난다'는 말도 있듯이 문왕의 그늘에서 십여 년을 지내온 죽향 역시 이 말이 입증하고 있었다.
 "죽향이 자네도 드디어 도가 터지는 것 같구먼. 논리의 전개가 제법이야. 그 동안 이 짐과 함께 지내온 효과가 이제야 나타나는 것 같아 기분이 나쁘지 않네그려. 도라는 것이 반드시 남자 쪽에만 있는 것도 아니지! 도는 두두물물(頭頭物物) 어디라도 있는 것이지. 나이에 국한되어 있는 것은 더욱 아니지. 남녀노소를 초월하고 무관하게 얻어지는 것이 바로 이 도이지."
 문왕도 차를 들어 가며 죽향의 도담을 넌지시 인가해 주었다.
 아들 무왕에게 대권을 이양시키고 나서 오랜만에 두 부부지간의 인생담이 흐르고 있었다.
 죽향은 찻잔을 치우고 저쪽 다청에 가서 조용히 앉아 그간 자식 키우느라 자주 잡아 보지 못했던 비파를 뜯어 보았다. 문왕도 본심으로 돌아가 대상괘를 탄생시키느라 정성스레 십팔번의 변화를 일으키고 있었다.
 줏가락 부딪치는 소리가 슬의 음악 소리에 간간이 섞여서 더욱 아조(雅調)를 고조시키고 있었다. 향연의 가녀린 줄기도 슬의 소리에 맞추어 저쪽 열려진 쪽문을 따라 한없이 게으르게 떠 가고 있었다.
 서궤의 견사 위에 한 효 한 효가 찍히면서 그 수를 더해 가고 있었다. 두 시간 가량이나 흘렀을까? 정오가 다 될 무렵에야 대상괘가 탄생하였다.
 '산수몽괘로구나! 아랫괘가 육감수(六坎水)요 윗괘가 칠간산(七艮山)이라. 상하가 합해져서 산수몽이로구나!'
 문왕은 괘상의 됨됨이를 혼자서 중얼거렸다.
 "폐하, 괘가 나왔사옵니까?"
 "그렇다네. 산수몽괘일세."
 "그러하옵시면 기자공을 불러서 함께 풀어 보셔야지요."
 "점심을 먹고 난 후에 부르도록 하지."
 죽향이가 괘의 탄생을 기뻐하며 풀어 나갈 것을 제안하였다.
 "폐하, 땀이 나지 않으시옵니까? 너무 정성을 쏟으시니 곁에서 뵙기에 신경이 많이 쓰이옵니다."

"점이란 게 본디 그런 것이 아니겠는가? 그리고 모든 것이 정성 속에서 탄생되는 것이고 땀 속에서 이루어지는 것이 아니겠는가?"

"폐하, 일어나 밖으로 나가셔서 행보를 하시며 다리를 좀 펴시옵소서. 밖에 나가 산책을 하시는 것이 좋겠사옵니다. 그간 신첩은 점심 수라상을 준비해 놓겠사옵니다."

"그게 좋겠군그려. 그럼 잠시 다리를 펼 겸 산책이나 하고 오겠네."

문왕이 자리에서 일어나 궁전의 뜰을 한 바퀴 돌아보았다. 뒤켠 침전 쪽으로 걸어가고 있을 때 죽향이 낳은 아들들이 글공부를 마치고 점심을 먹기 위해 달려오다가 문왕을 발견하고는 공손히 허리를 굽혀 인사를 했다.

"아바마마, 납시옵니까?"

"오냐, 오늘 공부가 잘 되더냐?"

"예, 그렇사옵니다."

그리고 나서 공손히 공수를 한 채 뒤로 몇 발짝 물러서서 가던 길을 계속하여 걸어갔다. 이제는 제법 컸다고 아버지에게 보채지도 않고 큰어머니 태임비가 있는 쪽으로 총총히 걸어가고 있었다. 문왕은 늦게 얻은 자식들이라 귀엽고 대견해서 흐뭇한 웃음을 머금고 한동안 그들의 뒷모습을 물끄러미 쳐다보았다.

문왕은 발길을 돌려 다시 명덕전으로 돌아왔다. 김이 모락모락 나는 점심 수라상이 문왕을 기다리고 있었다.

문왕을 보자 죽향이 찬청에서 걸어나오며 말했다.

"좀 늦으셨사옵니다."

"마침 그녀석들이 글공부를 마치고 점심 먹으려고 지나가기에 잠시 서서 대화를 나누며 부자유친의 정담을 좀 나누었소."

"그래, 보시기가 어떠하셨사옵니까? 이 신첩이 낳은 자식들이지만……."

죽향은 약간 쑥스러운 듯 고개를 수그리며 말했다.

"보기가 좋더군. 정말 대견스러웠어. 앞으로 큰 재목들이 될 것 같았어."

"누구의 아들들이옵니까, 호호호……. 어서 점심 수라를 드시옵소서, 폐하!"

문왕은 식도락으로 성찬을 음미하며 천천히 들었다.

오후 두 시 가량이 되었을 때 문왕은 약간 노곤한 기가 밀려오는지 눈을 감고 순간적으로 코를 골기 시작했다. 그러자 죽향은 목이 불편해서 그렇다고 여겨 살며시 고개를 돌려 드렸다.

오수가 맛있는 한잠으로 이어졌다. 밤이면 죽향을 즐겁게 해주랴, 낮이면 괘를 뽑아내랴 잠을 제대로 못 잤으니 그럴 만도 했었으리라. 그것이 바로 인간적 냄새이며 일면인 것이다.

해가 늬엿늬엿하는 석양 무렵에야 문왕은 기동을 했다. 상당히 긴 낮잠이었다.

"그 낮잠, 참으로 맛있게 잤구나. 근래에 느껴 보지 못했던 맛이로다. 혹시 코를 골지는 않던가?"

"호호호……."

죽향이 웃음을 감추지 못했다.

"지붕이 내려앉을까봐 겁났사옵니다."

"그렇게 심하게 골더란 말이지?"

"그래서 이 신첩이 폐하의 고개를 약간 돌려놔 드렸사옵지요. 그래도 굉장하셨사옵니다. 그러나 신첩은 즐겁기만 하였사옵니다."

"즐겁다니, 그게 무슨 소린가?"

"호호호, 다름이 아니오라 간밤에 이 신첩을 즐겁게 해 주시느라 무던히도 애를 쓰시던 것을 생각하니 말씀이옵니다."
"허허허, 죽향도 이젠 불여우가 다 되어가는구먼! 꼬리가 열 개 달리면 불여우라던데, 이제 예닐곱 개는 되는 것 같네그려."
"죄송하옵니다. 불여우가 되려 해서 말씀이옵니다."
"괜찮아요, 괜찮아. 여자란 자고로 불여우끼가 조금은 있어야 맛이 나는 게지. 그런 맛이 없고서야 어찌 여자라 하겠나?"
"그래도 이 신첩은 폐하와의 이불 속 친구로서 부담이 가지 않는 불여우가 아니겠사옵니까?"
"그렇지, 그렇고말구, 허허허."
문왕은 죽향의 쫑알거리는 말을 따라 대꾸도 해 주며 흐뭇한 감정을 감추지 못하였다. 그러나 한편으로는 체력의 한계를 느껴 젊은 마누라를 매번 즐겁게 해 주기엔 어렵다고 생각하니 걱정이 없지 않았다.
"죽향이, 이 괘풀이는 내일 오전에 해야겠네. 오늘은 해도 다 되고 또한 기분도 썩 내키지 않네그려."
"그렇게 하옵소서. 쉬어 가시면서 하셔야지요."
죽향은 영리한 여자인지라, 물의를 하여서 문왕의 신체에 이상이 오면 이불 속의 일에 차질이 나지 않을까 하는 걱정이 앞섰던 것이다. 남녀간에 있어서 그 일 빼고 나면 솔직히 무슨 일이 있겠는가? 만일 그 일이 없다면 세상 남녀 모두가 떨어져서 가정이 이루어지지도 않았을 것이고, 따라서 백성도 태어나지 않아서 세상은 금수초목들로만 가득 차고 말았을 것이다.

서서히 어둠이 걷히면서 주왕가의 금빛 찬란한 기왓골이 나타나고 드디어 웅장한 궁궐들이 부상(浮上)되었다. 숲 속에는 갖가지 새들이 재잘거리고 있었다. 아침햇살이 황금빛 기왓골에 쏘아 대자 찬란한 반조가 하늘을 향해 대각선으로 파열되며 흩어졌다.

뜨락에는 백관들이 줄을 지어 집무실로 가느라 분주히 움직이고 있었다. 이른아침부터 종묘 공사의 현장에서 빚어지는 망치 소리들이 들려 왔다.

문왕도 이미 잠자리에서 일어나 세수를 마치고 독좌하여 대상괘의 됨됨이를 파악하고 있었다.

'몽이란 어리다는 뜻이다. 어떤 사물이든 태어날 적에는 반드시 어린 법이지. 어리다고 보는 이유는 이 때문이지. 〈간(艮)은 산이 되어 멈추어 있고, 감(坎)은 물이 되어 험하다. 산 아래에 험한 계곡이 있고, 또 산은 계곡을 만나 머무르고 있어서 갈 곳을 알지 못하니 어린 형상이라 하겠다. 물이란 반드시 흘러가는 것, 사물이 비로소 출발할 적에는 가는 바가 정해져 있지 않으니 어린 상태이고, 그러나 크게 나아간즉 형통할 것임인저!(艮 爲山爲止, 坎 爲水爲險, 遇險而止 莫知所之 蒙之象也, 水必行之 物始出 未有所之故 爲蒙 及其進則爲亨義)〉'

이렇게 문왕이 혼자서 그 서론을 흥얼거리고 있는 중에도 죽향은 아침 수라상을 차리느라 분주하였다.

죽향은 아침 수라상을 올리기 전에 먼저 해장 술상을 봐 올렸다.

"폐하, 심신을 전환할 겸 해장주를 한 잔 드시옵소서. 곧바로 수라상을 올리도록 하겠사옵니다."

죽향은 바쁘게 찬청을 들락거렸다. 그녀의 모습은 마치 꾀꼬리가 둥지를 드나드는 것과도 같았다.

아침 수라상을 물리고 문왕은 일어서서 뒷짐을 지고 실내를 배회하였다. 언제나 아끼는 그의 애석(愛石)과 애란(愛蘭)들을 어루만지며 아침의 평단지기를 호흡하였다.
 잠시 행보를 마친 뒤 문왕은 서궤 앞으로 돌아와 단좌하였다. 그리고는 죽향이가 미리 갖다 놓은 찻잔을 기울이며 호흡정화를 하였다.
 "죽향이, 기자공을 불러 모시게나."
 "예, 곧바로 연락을 취하겠사옵니다!"
 죽향은 기자공의 방으로 연결된 줄을 잡아당겨 호출 신호를 보냈다.
 괘를 풀 때마다 문왕의 마음속엔 언제나 사편공이 생각나곤 했다. 지금쯤 그는 동남부 지방을 순회하느라 고생이 많으리라, 간간이 보내 오는 소식에 의하면 건강하게 직무를 잘 수행해 내고 있다고는 하지만. 또 한편, 사편공의 생각이 더욱 나는 것은 대선생 기자공을 너무 많이 부려먹는 것 같아서 내심으로 미안함을 느끼고 있었기 때문이었다. 사편공이 있으면 더 재미있고 또 수월할 텐데…….
 문왕이 이런저런 생각을 하고 있는데 이미 문 밖에는 기자공이 대기하고 있었다.
 "어서 드십시오, 기자공!"
 "예, 폐하! 작야(昨夜)에 용체(龍體) 무고하셨사온지요?"
 "그렇습니다."
 기자공이 공수 후 머리를 조아려 배알을 하였다.
 "이리 가까이 오십시오. 오늘도 공을 모시고 괘 하나를 풀어 볼까 합니다."
 "무슨 괘가 나왔사옵니까?"
 "한번 보십시오. 산수몽괘입니다."
 기자는 서궤와 조금 거리를 두고 앉았다가 괘상을 들여다보

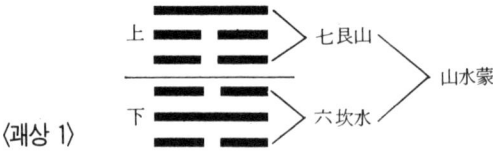

〈괘상 1〉

기 위해 엉덩이걸음으로 친근히 다가와 앉았다.

"예, 상괘(上卦)가 칠간산(七艮山)이고 하괘가 육감수(六坎水)로군요. 그래서 산수몽이 되었사옵군요. 좋은 괘상이옵니다."

"어째서 그렇게 좋다고 보십니까?"

"예, 그 이유는 몽괘가 되려면 먼저 둔괘부터 되어야 함이 순서 아니옵니까? 둔이란 역시 모든 생물이 삶을 영위하기 위해 얼마 동안 잠복해 있는 것을 뜻하옵지요. 그리고 나서 얼마

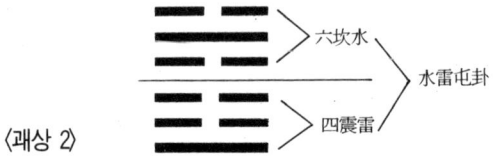

〈괘상 2〉

후가 되면 그것이 형체화되어서 한동안 어리게 지내는 과도기 내지 성장기가 되는데 이를 몽이라 하지 않사옵니까? 그러니까 둔에서 몽을 거쳐 결국에는 형통함을 이루게 되는 것이 진화와 발전의 원리가 아니겠는지요? 〈괘상 2〉가 되기 위해서 먼저 〈괘상 3〉을 거쳐 왔사옵니다."

"그렇소이다, 출현의 동기 부여가 아주 멋드러지군요."

괘풀이가 벽두부터 진지하고 심도있게 진행되었다.

"그러면 먼저 이 짐이 이 산수몽을 요약해서 핵심을 말해 보겠습니다. '몽이 결국에는 형통할 것이니 내 자신 구이가 육오의 동몽(童蒙;어린아이)에게 구하는 것이 아니라 육오인 동몽이 구이인 나에게 와서 구하니 단 한 번의 점으로 물으면 길흉을

일러주고 두 번 세 번 장난 삼아 물어보면 신성한 점을 모독하는 행위인지라 일러줘서는 아니 되니 주관을 굳게 지킴으로 이롭다'하겠습니다."

"폐하, 그 배경을 환히 들여다 볼 수 있도록 구체적인 설명이 따라야겠사옵니다. 그래야만 후세에 이르러 일반 서민들이나 민초들도 납득할 수 있을 것이옵니다."

"아주 훌륭한 제안입니다. 이 짐이 미처 거기까지는 생각하지 못했구려. 그렇게 해 두면 기자공의 말씀처럼 이 주역이 특수한 지식층에서만 회자되는 것이 아니라 천하만방의 백성에게 읽혀지고 회자돼 인생경영의 훌륭한 지침서가 될 것 같군요."

"그렇사옵니다. 그렇게 되면 세상에는 문덕(文德)이 충만하고 문민화(文民化) 내지 철민화(哲民化)되어 멋있는 이상세계가 현실로 도래할 것이옵니다."

그렇다. 겉으로 보기엔 세상을 몇 명의 군주가 이끄는 것 같지만 기실은 만백성이 지혜롭지 못하면 천하는 혼란에 빠지게 되어 있는 것이다. 때문에 요와 순 같은 임금도 가장 먼저 전악(典樂)과 사도(司徒)라는 부서를 두어 예악사어서수(禮樂射御書數)라는 육례를 가르쳤고, 또 인의예지신(仁義禮智信)과 삼강오륜 등의 인성 계발, 그리고 천륜 및 인륜을 가르쳤던 것이다. 그것은 곧 세상을 밝은 문명(文明)의 세계로 만들어 치자(治者)의 뜻이 백성들의 피부 깊숙이 파고들어 건강히 흐르게 하기 위함이었던 것이다. 비유컨대, 건강한 체질에 좋은 약발이 잘 받는 것과 같은 것이다. 고로 성군(聖君)과 덕군(德君)은 백성들을 잘 가르치는 교육과 편달의 장책(杖策) 내지 촉등(燭燈)을 들어 보였던 것이다.

어두운 곳에는 기생충이나 곰팡이 같은 것이 서식하듯이 세상도 마찬가지다. 세상이 밝지 못하면 소란·난동·부정·비리·부도덕·비합리·불공정 등이 제 세상을 만난 듯이 판을 치게 된다. 때문에 성군과 덕군이 있었던 시대에는 공명정대한 촉광이 넓고 심도있게 비쳐져서 정의와 대의, 윤리와 도덕, 청렴과 결백이 보편적인 상식으로 일관되어 있었다. 이런 세상을 흔히 상식과 규범이 통하는 세상, 언로(言路)와 충간(忠諫)이 통하는 세상, 상하와 평횡(平橫)이 손을 잡는 세상이라 하고, 이를 다시 요약해서 '이상세계'라고 지칭하였던 것이다.

목이 말라 오는지 문왕이 컬컬한 목소리로 죽향을 불렀다.
"죽향이 어디 있나, 차를 좀 내오게나."
"예, 신첩 여기 있사옵니다."

죽향도 인간인지라 두 어른이 강담을 하는 사이에 그만 오전 졸음이 엄습해 왔던 것이다. 밤이 되면 태사비가 있는 곳에 가서 다섯이나 되는 자식들을 잠시라도 좀 돌봐 주랴, 또 돌아와서는 이불 속에서 문왕을 즐겁게 해 드리기 위해서 성과 열을 다하랴, 이래저래 바쁘다 보니 아침식사를 마친 후 졸음이 오는 것은 어쩌면 당연한 일이었다. 죽향의 입장에서는 이불 속의 점수가 떨어지면 언제 찬밥 신세가 될지 모를 일이라서 어찌되었건 밤 점수가 높이 채점되어야 함은 가히 숙명적인 것이었다. 잘난 여자가 널려 있는 것이 권문(權門)과 주문(朱門)의 주위인데 하물며 천하의 대주왕가에서 그까짓 여자 하나 갈아치우는 것은 극미한 먼지 하나 날리는 것보다 쉬운 일이었기 때문이었다.

"졸고 있었나?"
"예, 황공하옵니다. 그만 잠시······."

죽향은 아찔하듯이 정신을 가다듬고 일어서서 차를 준비하기에 바빴다.

"기자공, 목을 좀 적시시지요, 이 차로."

"예, 폐하! 이게 무슨 차이옵니까?"
"이게 아마 대홍포일 것입니다. 맞는가, 죽향이?"
"예, 폐하! 바로 이 차가 그 무이산 이슬을 맞고 자랐다는 천하의 명차 대홍포이옵니다."
"어쩐지 맛과 향기가 좋사옵니다, 폐하!"
찻심부름을 마친 죽향은 황금비단을 수(繡)틀에 끼우고 그 위에 용을 수놓고 있었다. 섬섬옥수의 고운 손에 의해 한 올 한 올로 더하여지더니 마침내 용의 형체가 마치 어둠 속에서 태양이 솟아오르듯 나타나고 있었다.
"좀 늦은 감이 있습니다마는 기자공께서는 가족 사항이 어떻게 되시는지요? 궁금하군요."
"예, 저는 은나라 조정에서 내려 준 두 첩과 정실 사이에서 난 열두 명의 아들 딸이 있사옵니다. 그 중 열 명은 짝을 맺어 살림을 차렸사옵고 이젠 나머지 둘만 해결하면 애비의 도리는 끝나는 셈이옵니다."
"다복하시군요, 두 첩까지 두셔서. 하하하……."
"폐하, '본실은 법으로 살고 첩은 정으로 산다'고 하지 않았사옵니까? 그래서 옛 속담에 '본처와 정으로 사는 사람 봤는가? 마지못해 남의 눈 때문에 살지.' 라고 하는 말이 있사옵지요. 죄송하옵니다, 괜히 쓸데없는 소리를 해서."
기자공은 웃음을 머금고 약간 겸연쩍어하며 뒷머리를 긁적거렸다.
"아이구, 명인이시라 역시 농담도 잘 하시는구려. 본실과 첩이란 일장일단이 있지요. 본실은 등기는 되어 있지만 사랑을 받지 못하고, 첩은 미등기 상태지만 사랑을 독차지하니 한 여자가 양자의 조건을 다 소유하기란 거의 불가능한 것이지요."
"옳으신 말씀이옵니다. 사람은 누구나 한쪽만 선택하게 되어 있는 것 아니옵니까? 그런데 요즈음에는 세상의 풍조가 많이 바뀌어서 여자들이 샛서방을 두서너 명씩 소유하고 있다고 하옵니다."

"그 소리는 전에 사편관 청일선생에게서 잠시 들은 적이 있습니다. 그 말을 듣고 이 짐은 충격을 받았지요. 그러나 곰곰 생각해 보니 조금은 이해가 가더군요. 이유인즉 이 짐이 이렇게 먹고 살기 편한 세상을 만들어 주니 일반 백성들이 음탕해질 수밖에 없다고 보기 때문입니다. 철학이 부족한 백성들이란 등 따뜻하고 배부르면 생각하는 게 그러한 것들이 아닐까싶어요."

"역시 성군이시옵니다, 폐하! 일반 백성들의 본능까지도 그렇게 헤아려 주시니 말씀이옵니다."

"처음 그 소리를 들었을 적에는 당장 불호령을 내려 그런 여자들을 모두 잡아다가 성(城) 쌓는 공사장에다 집어넣어 평생 부역을 시키는 형벌을 줄까도 생각했었지요. 그러나 백성들의 사생활 침해로 인해 오히려 득보다는 실이 더 많을 것 같아 보류해 두고 있는 중이지요."

"깊이 생각하신 처사이시옵니다, 폐하!"

이렇게 잠시 차를 나누는 순간 이야기가 바깥세상으로 빠져나가 세상의 희한한 일면에 대해 서로 대화를 주고 받았다.

"그러면 본 강의를 시작하겠습니다. 그런 뜻에서 이 짐이 조금 전에 미진하게 하다가 둔 그 구체적인 예를 들어 보겠소이다.

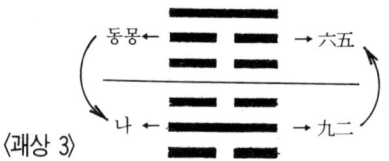

〈괘상 3〉

'몽이란, 개발의 이치와 형통의 뜻이 들어 있지요. 괘의 깜냥을 살펴보면 때에 맞게 행동하니 형통의 도를 이루고 있어요. 어린 육오가 이 몽괘의 주인공이지만 구이가 들어서 발전할 것입니다. 아까 본문에서 〈나〉라고 한 것은 바로 이 구이입니다. 구이가 비록 이 몽괘의 주인공이 아닌데도 존위에 있는 육오가 아래에 있는 구이에게 공손히 대하고 있어요. 그러니 구이는 현재 어린 육오를 크게 발전시켜 줄 것인고로 구이를 위주해서 말하게 됩니다.

구이인 내가 육오의 동몽에게 구하지 않고 거꾸로 육오가 구이인 나에게로 구하는 것은 육오가 비록 자리는 높지만 유순한 심덕을 소유하고 있어요. 따라서 자기의 뜻을 이룰 방법은 구이에게 있음을 잘 알고 있기 때문이지요. 그래서 자신의 정응인 구이와 함께 중덕(中德)을 펴는 것입니다.

능히 구이를 쓰는 도는 그 어린 육오를 발전시키기 위함입니다. 구이가 강중(剛中)의 덕을 가지고 아랫괘에 위치하고 있으면서 육오의 어린 임금을 향해 소신(所信)을 외칩니다. 마땅히 도로써 자신을 지키고 지극정성으로 임금을 보필하면서 자신을 구하고 있어요. 서로 상대성을 살피는 그 도의 사용 원리가 여기에 있습니다.

구이인 내가 육오의 어린 임금에게 구하지 않고 어린 임금 육오가 구이인 나에게 찾아와 구하고 있습니다. 그리고 첫 점으로 길흉을 얻으려 함은 지극정성이 한결같음을 뜻함이니 그렇게 구하면 일러주는 것은 당연하지요. 그러나 두 번 세 번 장난처럼 물어 오는 것은 점치는 행위를 우습게 여기는 것인고로 그런 경우에 답을 해 주지 않는 것은 당연지사입니다.

어린 군주가 잘 되는 도는 정정(貞正;곧고 바름)으로써 이로움을 삼아야 합니다. 또 구이가 비록 강중하지만 어쨌건 아래

위치인 음에 처해 있기에 마땅히 자신을 크게 경계해야 하는 것은 당연한 도리라고 하겠어요.'

　다시 요약해서 말하자면, 어린 군주와 섭정을 맡은 대신간의 일이라고 보겠어요. 현재 군주가 아직 어려서 나이 많은 아랫사람 신하에게 묻는 태도를 두고 하는 말입니다. 그러니까 아무리 나이 어린 군주지만 늙은 신하에게 물을 적에는 정성을 다해 단 일회로 끝내야 하는 것이지요. 실없이 물어 대면 곤란하다는 뜻이에요. 그러니 이런 경우에는 서로가 법도를 지키며 주관을 지키라는 것입니다. 그래야 서로가 이로울 것이 아니겠소?"

　"옳으신 말씀이옵니다, 폐하! 우리 주나라 왕실에도 만약 그러한 경우가 생긴다면 지금 폐하께옵서 말씀하신 대로 꼭 그렇게 되어야 할 터인데요. 폐하, 그러면 이 신이 괘상을 구체적으로 한번 풀어 보겠사오니 폐하께옵서는 잠시 쉬시옵소서."

　"그렇게 합시다. 아는 것도 서로 교환해 가면서 하면 훨씬 더 넓고 깊어질 테니까 말이오."

　"그러면 시작하겠사옵니다. 간(艮;☶)은 한 개의 양이 두 개의 음 위에 얹혀 있는고로 그 덕이 자기 위치에 멈추어 있사옵니다. 따라서 형상학적으로 산(山)이 되옵니다.

＊사실 주나라 왕가에도 바로 그런 일이 있어서 잘 되어 나갔던 것이다. 문왕의 아들 무왕이 죽자 나이 어린 손자 성왕이 즉위하였다. 이때 삼촌인 주공이 섭정을 하면서 어린 성왕을 도와 주나라 왕맥을 이어 갔던 것이다. 이 공으로 성왕은 후일에 주공이 세상을 떠나자 노나라의 종실(宗室)에서 그에게 임금 이상으로 대우하여 제향(祭享)을 지내 주었다. 이 관례가 후일에 폐단이 될 줄이야. 노나라의 대신들인 계손(季孫)씨, 숙손(叔孫)씨, 맹손(孟孫)씨, 이 삼가자들이 참람하게도 군주의 권한을 자신들에게로 돌려 놓음으로써 노나라는 혼란을 거듭하게 되었던 것이다.

산수몽괘(山水蒙卦) *181*

〈괘상 4〉

몽(蒙)이란 어둡다는 뜻도 되옵지요. 사물이 처음 태어날 적에는 몽매미명(蒙昧未明)하지 않사옵니까? 상하의 만남을 살펴보면 감(坎 ; ☵)이 간을 만나서 산 아래에 험한 구덩이 감(坎)이 있으므로 몽의 입장이옵니다. 감은 아래위로 음이 있고 중간에 양이 있어서 이런 형상이옵니다.

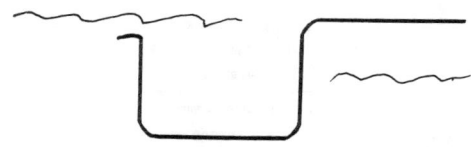

또 내외 관계로 보면, 아래에 있는 내괘는 위험하고 위에 있는 외괘는 중지되어 있으니 어리다고 보는 것이옵니다. 그래서 산수몽괘이옵지요. 본문의 '형통'이라는 말 중에 아래의 것들 점에 대한 얘기를 해석한 것으로 봐야겠사옵니다."

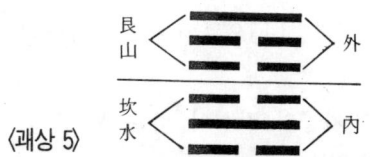

〈괘상 5〉

"그건 그렇소. 명확히 짚고 넘어가시는군요. 문리(文理)가 대단하십니다."

"황공하옵니다. 그럼 계속 이어 가겠사옵니다. '구이는 내괘의 주인으로서 강한 양이옵니다. 이러한 구이가 상중하의 중앙에 있으면서 어린 육오를 계발시켜 주고 있사옵니다. 그러니

182 소설 주역

육오와 더불어 음양의 조화가 잘 이루어지고 있사옵니다. 따라서 이러한 괘를 만나는 자는 반드시 형통할 것이옵니다. 내 자신은 구이며 육오는 동몽으로서 유치하고 몽매하다는 뜻이오니 육오를 지칭해야 하옵지요. 점을 치는 자, 즉 내가 명철한즉 남들이 마땅히 명철한 나에게 물어보러 올 것이옵니다. 그러나 그 형통함은 내가 아니라 바로 그 나에게 점보러 온 사람에게 돌아가게 되지 않사옵니까? 반대로 점치는 자인 내가 잘 모르겠으면 나는 다른 사람을 찾아가 묻게 되므로 그 형통함이 바로 나에게 돌아오는 것이옵지요. 남이 나에게 구하러 왔을 때

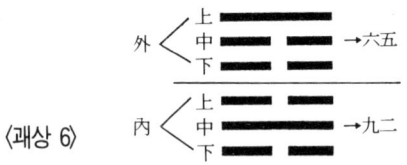

〈괘상 6〉

에 나는 마땅히 가부(可否)를 살펴보고 나서 그에게 응해 줄 것이고, 내가 남에게 구하려 할 경우엔 마땅히 나의 마음을 정일(精一)하게 이루어 가지고 두드려야 하옵지요. 그럼으로써 밝은 자가 동몽한 자를 길러 주게 되며, 또 동몽한 자가 스스로 길러지게 되니 이는 모두 바름〔正〕으로써 이로워지는 것이라'하겠사옵니다."

"수고했습니다. 기자공의 강설이 맑은 물 속을 들여다보는 것처럼 아주 명쾌합니다."

"죄송하옵니다, 폐하! 이 신이 잘난 척해서 말씀이옵니다, 하하하……."

"겸손의 말씀입니다."

이렇게 두 사람이 마주앉아서 주고 받는 강담의 줄거리는 가히 초인적이었다.

"자아, 이제 본론으로 들어갑시다."
"그렇게 하시옵지요, 폐하!"
"너무 서론이 길면 본론의 의미가 약해지는 법이지요.
'몽이란, 산 아래에 험한 물이 있고, 따라서 험함이 중지되어 있으므로 산수몽이지요. 몽이 형통할 것이라고 본 것은 형통할 일을 적기에 실행으로 옮겼기 때문이지요. 내가 동몽에게 가서 구하는 것이 아니라 동몽이 나에게로 와서 구하는 것은 뜻을 대응시키기 위함이지요. 처음 점을 쳐서 일러주는 것은 강중해서이고, 두 번 세 번 장난 삼아 물어 오는 것에 대해 답해 주지 않는 것은 어린 것이 자꾸 번거롭게 굴기 때문이에요. 몽이 바름을 기르는 것〔養正〕은 성인(聖人)의 공(功)이라'하겠어요."
"앞에서 말씀하신 것을 다시 한 번 더 풀어 주시니 이해가 잘 되옵니다."
"그래야 먼 훗날 만백성이 읽어 보고 빨리 이해할 수 있지 않겠소이까? 만약 이렇게 쉽게 풀지 않고 어렵게 해 두면 '아따 그 문왕인지 뭔지 하는 그 양반, 자기만 알 수 있는 헛소리 작작 하고 갔구먼' 하고 이 짐을 원망해 댈 게 아니겠소?"
"예, 폐하! 그렇게 안 한다는 보장도 없겠사옵지요. 그러하시오면 좀더 쉽게 풀어 주심이 어떠할까 사료되옵니다, 폐하! 너무 고차원적이면 운상고봉(雲上高峯)처럼 외롭게 존재하게 되옵지요. 반대로 너무 격이 낮아도 '그게 학문인가 철학인가' 하면서 우습게 여길 것이옵니다. 그러니 상하를 잘 조정하셔서 좀 어려운 듯싶으면 다시 쉽게 쪼개서 하나하나 분석해 주면 후세 사람들이 쉽게 이해할 수 있을 것이옵니다, 폐하!"
"자, 그러면 기자공의 말씀마따나 좀더 쪼개어 풀어 놓겠습니다.
산 아래에 험함이 있음은 시퍼런 강물이 흐르고 있음을 뜻함이니 가히 거기를 건너갈 수도 없고, 되돌아서 올라가자니 산이 높아서 어찌할 바를 모른다는 혼몽(昏蒙)의 뜻이지요.

어린 것이 궁극에 가서는 형통할 것이라고 보는 것은 그가 성심성의로 물어 오기 때문에 그렇게 희망적으로 본 것이지요.

이른바 형도(亨道)란 때[時]에 맞게 행한다는 것이지요. 바로 이 '때'란 임금에게 대응하는 것이고 중(中)은 그 적기에 처하는 것이니 덕중(德中)한즉 바로 그 때라 하겠어요.

내가 동몽에게 가서 묻지 않고 몽동이 나에게 와서 묻는 것은 뜻에 대응하는 것, 즉 지응(志應)이라 하겠어요.

하괘에 있는 구이가 강명지현(剛明之賢)으로 거기에 있고 육오가 어린 입장에서 위의 상괘에 있어요. 구이가 육오에게 가서 구하는 것이 아니고 육오가 구이에게로 와서 응함이라 하겠어요. 현자(賢者)가 아래에 있으니 비록 임금이지만 구하지 않고 되겠는가? 그런데 먼저 임금에게 구한다면 깨우쳐 줌의 이치가 없음이라 하겠어요.

반드시 임금 자신이 찾아오기를 기다렸다가 치경진례(致敬盡禮 ; 극진히 공경하여 예를 다함)로써 나아가 맞이함은 자신이 존대(尊大)하게 하여 있을 수 없기 때문이라 하겠어요. 자신이 존대(尊大)한 척하고 있을 수 없기에 그렇게 하는 것이지요. 예컨대, 존덕낙도(尊德樂道), 즉 덕 있는 자를 높이고 도 있는 자를 즐거워하고 가까이 함이 이와 같지 않다면 서로 함께 할 수 없는 것 아닐까요?

첫 점을 칠 적에는 성일(誠一)한 자세로 오게 마련이므로 강중(剛中)의 도로써 그를 계발해 주어야 해요. 두 번 세 번 자꾸 물어 대는 것은 번삭(煩數 ; 번거롭고 잦음)하니 묻는 뜻이 돼먹지 않아서 일러주고 싶어도 일러줄 수가 없지요. 그러나 이때 만일 일러준다 해도 이를 믿으려 하지 않으니 자꾸만 장난이 되고 말지요. 따라서 어린 것이 어른을 모독적으로 대한다고 하겠어요. 이런 경우, 구하려는 자나 일러주려는 자나 다같이 번독(煩瀆 ; 개운하지 못하고 번거로움)해지는 것이라 하겠소이다."

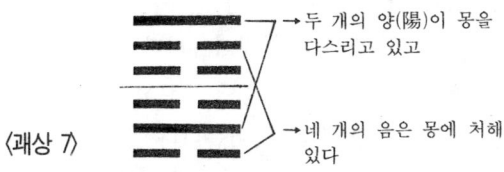

〈괘상 7〉

"폐하, 강설이 마치 실에 구슬을 꿴 듯 일목요연하옵니다."
그렇다. 점이란 답답해서 묻거나 치는 것인데 그것을 장난삼아 대한다면 그 점에 대한 모독인 것이다. 어떤 것이든 몰라서 물을 때에는 간절해야 한다. 그래야 가르쳐 주는 자가 정성껏 가르쳐 주는 것이다. 묻는 자의 정성 투여 여부에 따라 대답하는 자의 태도도 달라지는 것이다. 개중에는 점을 절실히 필요로 하면서도 이를 우습게 여기는 사람들이 많다. 이런 경우를 흔히 사특(邪慝)하다고 한다. 대개의 사람들은 무엇이든 필요하면 찾고 그렇지 않으면 잊어버리거나 무관심하다. 그리고 오히려 비방까지 하게 되는데, 이 경우가 바로 사특이라 하겠다.
"자, 이번에는 기자공께서 이 괘상의 총체적 분위기에 대해 도상학적으로 한번 말씀해 주시지요. 간단하면서도 명료하게 말이오."
문왕은 차순을 바꾸어 먼저 기자의 집약된 견해를 듣고 싶어하였다.
"예, 폐하! 그러하겠사옵니다.
'산 아래 깊은 냇물이 솟아 흘러가는 것이 몽이니 군자는 이 점을 본받아서 행동을 과단성있게 하고 덕을 길러야 하옵니다

(山下出泉이 蒙이니 君子―以하야 果行하며 育德하니라).'

 풀어서 말씀드리옵자면, 산 밑에 샘이 솟아 흐른다는 것은 그 샘물이 흘러가면서 험한 낭떠러지와 구덩이, 바위, 벼랑 등을 만날 수 있는데도 그냥 간다는 뜻이옵지요. 이 형상이 바로 어린애와 같이 혼몽한 것이옵니다. 이와 같이 사람이 몽치(蒙稚 ; 어림)한즉 어떻게 될지도 모르고, 또 갈 바를 모르면서 우왕좌왕하는 것과 같은 뜻이옵니다.

 그러므로 '군자는 그 어린 형상을 관찰하고 과행육덕(果行育德)을 하옵니다. 그 흘러감을 관찰해서도 통행되지 않은즉 과단성있게 그 행할 바를 터 주어야 하고, 그 비로소 솟아나는 바를 관찰하였지만 향하는 바가 있지 않은즉 뻗어나게 도와주어야 하니 그것은 곧 명덕(明德)을 길러야 된다'는 뜻이옵니다. 그러니까 군자란 행동은 과단성있게 하면서도 덕을 기르고 닦아야 한다는 뜻이 되겠사옵니다. 너무 말이 길어서 지리멸렬하게 느껴지지 않으셨는지요?"

 "아닙니다. 기자공의 말에는 맛이 들어 있어 참으로 듣기 편하고 좋습니다."

 "다음은 이 짐이 초육효부터 설명을 할 터이니 들어 보시고 미진하거나 빈 데가 있으면 거들어 주십시오. 에―, 초육효는 이렇습니다.

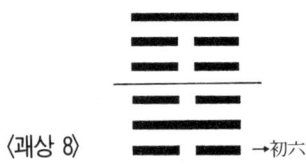

〈괘상 8〉　　　　→初六

 '어린 것을 발전시켜 주되 법으로 다스려서 질곡으로부터 벗어나게 해 주어야 하니, 만약 계속 형벌로만 다스리겠다면 큰

허물을 뒤집어 쓰게 됩니다.'
　그럼 좀더 구체적으로 설명하지요."
　"그렇게 하시옵소서, 폐하! 강담(講談)의 힘을 얻으신 듯하옵니다."
　"그렇소이까? 매사는 자꾸 연습하면 느는 것이 아닐까요? 그러면 설명을 하겠어요.
　'초육의 음암(陰暗)한 것이 맨 아래에 있으니 이것은 하민(下民)의 몽이라 하겠습니다. 발전시켜 준다는 것은 아래에 있는 백성들의 어린 사고를 발전시켜 준다는 것이니 형벌과 금기사항을 밝혀서 보여 준다는 얘깁니다. 형벌과 금기사항이 두렵다는 것을 알려준 연후에 그를 좇아서 교도해 주는 것이 윗사람의 할 일입니다. 옛날 성왕(聖王) 때로부터 천하를 다스리는 데에는 형벌을 정해 놓고 대중의 질서를 바로잡고 교화를 밝혀서 풍속을 선(善)하게 했어요.
　형벌이 선 후에야 교화가 행해질 수 있습니다. 비록 성인이라 할지라도 덕을 숭상하고 형벌을 숭상치 아니 해야 편착된 폐단이 일어나지 않을 것입니다.
　정치의 시작에는 반드시 법을 세워서 백성들로 하여금 먼저 그 법에 맞는 행동을 하게 해야 하는 것이지요. 세상을 다스리기에 앞서 형벌로써 위엄을 보여 주는 것은 그 혼몽의 질곡을 제거하기 위함입니다. 만일 혼몽의 질곡을 제거해 주지 아니하면 선교(善敎)가 들어올 수 없어요.
　형금(刑禁)으로써 몽을 다스리게 되면 마땅히 외위(畏威; 두려움과 위엄)하여서 그 혼몽의 욕심을 갖지 않게 되지요. 그런 연후에 몽은 점점 선도(善道)에 관해 깨달음을 얻고 그 비심(非心; 못된 마음)을 개혁한즉 가히 이풍역속(移風易俗; 바람을 옮기고 풍속을 바꿈)을 가져오게 될 것입니다.

그러나 반대로 오로지 형벌로써만 다스리게 되면 몽이 비록 두렵게 여길지라도 끝내는 아무런 발전을 기대할 수 없지요. 몽들이 교화되었을 때 진실로 형벌을 면하고 법망에 걸려드는 부끄러움이 없게 될 것이니 굳이 치화(治化 ; 다스려 감화를 줌)하려 하지 않아도 저절로 치화되게 마련이지요. 때문에 계속 형벌을 쓰게 되면 허물을 벗어날 길이 없다'고 하겠습니다, 기자공."*
"상당한 시간을 할애하셨사옵니다. 참으로 심오하고 심미했사옵니다, 폐하!"
"혹시 좀 지루하다는 생각이 들지 않습니까?"
"아니옵니다, 폐하! 참 좋사옵니다. 명강설이란 본래 아무리 길어도 지루하지 않는 법이지 않사옵니까? 바로 폐하의 강설이 그렇사옵니다."
"사편이 있으면 음담패설을 섞어 가면서 재미있게 엮어 갈 텐데 아쉽군요."

───────

*공자는「논어」에서 이 몽괘의 뜻을 따라 이렇게 말했다.
'정치로써 인도하고 형벌로써 간추리면 국민들이 법망에 걸려드는 일이 없게 되고 아울러 수치스러움을 당하지 않게 되느니라(道之以政하고 齊之以刑이면 民免而無恥).'
이 얘기는 과도기에 국가를 형벌로써 다스릴 때 얻을 수 있는 효과에 대해 말한 것이다. 그러나 형벌 때문에 죄를 짓지 않는 것이지 도덕적 양심에 의해서 죄를 짓지 않는 것은 아니다.
다음은 형벌을 가하지 않고서도 국가를 잘 다스릴 수 있는 가르침이다.
'덕으로써 인도하고 예로써 간추리면 부끄러워할 줄도 알고 또한 바르게도 되느니라(道之以德하고 齊之以禮면 有恥且格이니라).'
그렇다. 형벌이란 순간적인 통치수단이 될지는 몰라도 영원한 통치수단은 못 되는 것이다. 그러기에「논어」에서 공자는 전술한 후자의 것처럼 되어야 문덕과 도덕, 그리고 예절이 있는 나라가 된다고 본 것이다.
조선조의 율곡선생은 이 산수몽괘의 뜻을 따라「격몽요결」을 지었다.

"물론이옵니다만, 속담에 '이가 없으면 잇몸으로 산다'고 하지 않았사옵니까?"
"그렇긴 합니다만······."
 문왕은 자기 강설에 대해 재미를 못 느껴 기자공이 지루해 하지나 않을까 그것이 걱정이었던 것이다.
"폐하, 간단히 말씀드리옵자면 이런 뜻이라 하겠사옵니다.
 '초육이 음의 입장으로 맨 밑에 살고 있음은 몽이 매우 심함이라 하겠사옵니다. 점을 치는 자가 이런 효를 만나게 되면 당연 그 몽을 계발시켜 주어야 하옵지요. 계발시켜 주는 도가 통징(痛懲 ; 아프게 징계함)을 당하여도 잠시 그것을 참고 그 인간됨됨이를 살펴보아야 하옵니다. 만약 질곡과 형벌로만 다스리려 한다면 수인(羞吝 ; 부끄러움)이 있게 될 것이옵니다.'"
"기자공의 설명은 참으로 군더더기가 필요없군요. 대단하십니다."
"송구스럽사옵니다. 제가 감히······."
 기자공은 문왕의 찬사에 약간 쑥스러운 듯한 표정을 짓다가 다시 자세를 가다듬고 계속하여 자신의 소신을 피력하였다.
"이것을 다시 형상학적으로 말씀드리옵자면 이렇사옵니다.
 '형벌로써 사람을 다스림에 있어서는 반드시 정법(正法)이어야 하옵니다(利用刑人은 以正法也라).'
 그러니까 사법(邪法)과 사형(私刑)으로 천하를 통치하게 되면 천하대란이 일어나게 되옵지요. 그래서 만인의 공감대를 갖는 정법과 공형(公刑)으로 다스려야 백성에게 희망과 꿈과 현실의 안락을 제공할 수 있사옵니다.
 '처음 몽을 다스림에 있어서 막으려는 것에 대해 분명한 한계를 세워 두고 나서 죄와 벌을 밝혀 두는 것이 그 법을 바르게 집행하는 것이옵니다. 그리하여 그들로 하여금 그 법에 대해

점점 깨달음에 이르게 해 줘야 하옵니다. 혹자가 의심하길 몽을 깨우쳐 주는 처음에 갑자기 법을 사용하면 이것은 가르치지 않고 죽이는 것이 아닌가? 법을 세우고 형벌의 정함을 모르게끔 하는 것이 교화(敎化)이니 대개 훗날 형벌을 논하는 자가 교화의 그 가운데 형벌이 있는 줄을 알지 못하게 해 주어야 하옵니다.'"

"정밀한 분석입니다, 기자공! 이 초육을 다른 측면에서 한 번만 더 설명하고 넘어가도록 하십시다."

"예, 폐하! 초육이란 양의 집에 음이 들어와서 자리를 잡고 있다고 보겠사옵니다. 그러니까 반은 양이고 반은 음인 셈이옵지요. 이 반양반음의 인격체가 아주 어리기 때문에 그의 개성이 노출되지 않고 있사옵니다. 그러나 이 음은 양의 집에 있으면서 큰 일을 해낼 것임에 틀림없사옵니다. 세상사와 인생사 모두가 그렇듯이 자기의 힘이 부족할 적에는 다 음이 되어 힘 있는 양을 찾아가서 자신의 힘을 기르게 되옵지요.

다시 말씀드리옵자면, '호랑이를 잡으려거든 호랑이 굴로 들어가야 한다'라는 속담이 바로 그런 경우이옵니다. 호랑이를 잡으려는 자는 사람이기에 자기보다 강한 호랑이에게 물리면 죽을 수밖에 없으니 사람은 호랑이에 비해 힘이 약한 음이라 할 수 있지 않겠사옵니까? 반대로 호랑이는 강자이옵지요. 예컨대, 부자인 양의 집에 가서 머슴살이를 하던 사람이 나중에는 그 주인보다 더 큰 부자가 되어 나오는 경우라든지, 처음엔 낮은 직급으로 조정에 들어왔다가 나중에는 실세로 부각되는 경우가 이에 해당한다 하겠사옵니다."*

"좋은 강설이며 또 훌륭한 비유입니다, 기자공!"

---

*한나라를 통일천하로 만든 한신(韓信)대장군 같은 이가 바로 저 음의 입장에서 양의 세계로 들어간 인물이라 하겠다.

"자, 그러면 구이효의 설명은 이 짐이 하겠소이다.

이 구이는 '무지몽매한 실세인 육오효를 품에 안아 주면 길(吉)하고, 뿐만 아니라 여자의 얘기지만 수용하면 길하지요. 또 입장을 바꾸어 육오의 아버지가 구이의 아들을 장가들이면 길할 것이니, 그 아들이 가정을 잘 다스려 가고 있다'고 하겠어요.

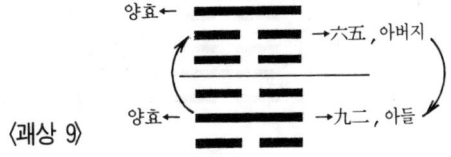

〈괘상 9〉

무슨 얘기냐 하면, 구이는 강명(剛明)의 재질을 가지고 저 육오(六五)의 실세자와 서로 좋은 반응을 보이고 있으면서 또 중덕(中德)도 같이 가지고 있어요. 그러니 서로 적임자이지요. 반드시 넓게 머금고 포용해서 육오의 혼우(昏愚 ; 아주 어리석음)한 입장을 불쌍하게 여길 때 능히 천하의 몽들이 다 계발될 것입니다. 그렇게 될 때 그 몽들을 다스리는 공도 이룩될 수 있을 것이고 그 도가 넓고 그 베풀음이 넓게 되어 길할 것으로 보는 것이지요.

이 산수몽괘에는 두 개의 양효가 있어요. 하나는 맨 위의 상구효인데 이는 강함이 지나쳐 있고, 또 하나는 구이효인데 이는 강중(剛中)의 덕을 가지고 육오의 군주에 응하고 있어요. 그래서 이 구이는 때가 되면 등용될 것입니다. 이 구이는 자기 혼자서도 밝은 생각을 가지고 있습니다. 그러나 너무 자신의 그 밝음만 믿고 마음대로 자임(自任)한즉 그 덕이 넓어지지 않아요. 고로 여인들의 부드러운 얘기도 좋은 것을 받아들이면 그 밝음이 광대해질 것입니다."

"폐하, 이렇게 보면 어떨까 하옵니다.

'구이가 이 산수몽괘의 주장이옵지요. 상구는 이미 실세에서 밀려났기에 생각할 것도 없고 말씀이옵니다. 그래서 사실은 이 구이가 상하 네 개의 음들을 통치하고 있다 하겠사옵니다. 그런데 다스릴 곳은 광활하고 물성(物性 ; 사물들의 본성)은 고르지

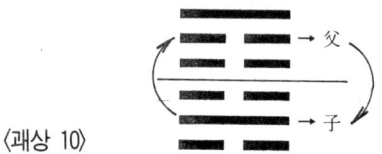

〈괘상 10〉

않사옵니다. 이런 조건 속에서 모든 것을 기필코 취하려 하지 않사옵지요. 이 구이의 덕은 강하면서도 넘어나지 않아서 포용하는 큰 국량을 가지고 있사옵니다.

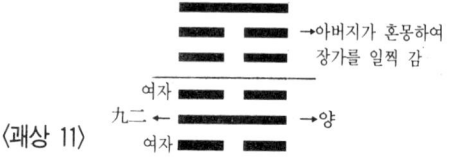

〈괘상 11〉

또 자신이 구(九)의 양으로서 이(二)의 음에 왔으니 유순한 인품을 가지고 있지요. 또 서둘러 초육이나 육삼의 여자에게 장가들면 길하옵지요. 아래 자식의 입장에 있으면서 위의 아버지가 할 일을 도맡아 하니 집안을 잘 다스리는 극가(克家)라'하겠사옵니다."

"측면과 견해를 약간 달리하니 또다시 새로운 맛이 아주 톡톡합니다. 기자공, 이런 맛을 보기 위해 토론과 대화가 필요한 것 아닐까요?"

"그렇사옵니다, 폐하! 때문에 토론문화가 정착된 나라나 사회일수록 민본 위주의 민주와 도덕이 충만하다고 하겠사옵

니다. 바로 이것이 문덕(文德)이옵지요."
"수고했소이다, 기자공. 그러면 이번에는 이 짐이 형상학적으로 한번 말해 보겠습니다.
'자식이 가정을 잘 다스려 나가는 것은 구이의 강(剛)과 육오의 유(柔)가 잘 접해져 있기 때문에 그렇습니다.'
다시 말하자면, 구이가 똑똑하고 능력도 있으므로 아버지인 육오가 신탁치가(信託治家)를 맡긴 셈이지요. 이것은 아버지인 육오로 보아도 잘 된 처사지요. 가사건 국사건 일은 능력가에게 맡겨야 하는 것 아니겠소? 이 짐도 우리 주나라 국사를 아들 발(發;무왕)에게 넘겨 놓으니 마음이 얼마나 편하고 홀가분한지 몰라요. 바로 이런 경우와 일치되는 것이라 하겠소이다."
"그렇사옵니다, 폐하! 세상에는 학력과 경력 그리고 능력, 이 삼력이 다 필요한 것 아니겠사옵니까? 그러나 그 중에서도 가장 우선하는 것은 역시 능력이라고 하겠사옵니다. 학력과 경력이란 능력을 갖추기 위해 거쳐 가는 하나의 과정에 불과하니 말씀이옵니다."
"그렇다고 봐야지요. 아니, 바로 그겁니다, 확실히."
"폐하! 그런데 이 구이는 아까 저 초육과는 입장이 반대로 되었사옵지요. 구(九)의 양이 이(二)의 음 자리에 찾아왔으니 말씀이옵니다."
"그렇습니다. 그래서 한 말씀 해 보고 싶으시다 이 말씀이시군요, 하하하……."
"그렇사옵니다, 폐하!"
"그러면 재미있는 강담으로 한번 꾸며 보시지요."
"예. 느닷없이 찾아온 양에게 음은 자리를 비워 주었사옵니다. 그뿐만 아니오라 몸도 주고 마음도 주고 정도 주었사옵니다. 그러니까 줄 것은 몽땅 내준 셈이옵지요. 그래 놓고 문괘까지도 구이라고 달았사옵지요. 그러고 나서 보니 우습고 같잖은 일이지만 그래도 우선 남보기에 모양새는 갖춘 편입니다. 그래서 어쩔 수 없이 이해를 하다 보니 또 과히 싫지도 않고 해서 그냥저냥 사는 중이옵니다.
 막상 그래 놓고 보니 또 여자들 천지이옵니다. 아래는 어린 영계, 위로는 연상의 여인, 이렇게 네 명이나 되옵지요. 이들을 모두 돌보려 하니 보통 신경이 쓰이거나 바쁜 것이 아니옵니다. 아마 여복이 많은 남자들은 더러 이런 경우를 당할 것이옵니다."
 "여복이 터졌군요. 그 구이가 말이오."
 "그런 셈이옵니다. 그런데도 전혀 여란이 일지 않고 조용하옵니다. 그도 그럴 것이 이 구이가 굉장한 외형적 박력과 속옷 속의 박력이 강하기 때문이옵니다."
 "허허허. 그러니 어찌 계집들이 그처럼 따라붙지 않겠소?"
 문왕이 약간 상기된 듯한 표정으로 힘이 솟구치는 얘기를 하였다.
 말이란 것은 희한하게도 색깔을 깔면 금방 이처럼 반응이 나타나는 것이다.
 "기자공, 저 구이를 두고 사업적인 얘기로 바꿔 말해 보면 어떨까요?"
 "예, 좋은 제의시옵니다. 구이가 처음 가게를 설립했을 적에는 음지라서 장사가 별로 잘 되지 않았사옵니다. 그러나 날이 갈수록 장사가 잘 되어 드디어는 양지로 바뀌었습지요. 그러다 보니 주위에 있는 네 군데의 가게에서 모두 그의 상품을 써 보겠다고 아우성이옵니다. 그러니 이 구이는 신바람이 나서 부지런히 물건을 만들어다가 그들에게 제공하며 짭짤한 재미를 보고 있는 실정이옵니다. 그러면서 동네 과부들과 재미도 좀 보

산수몽괘(山水蒙卦) 195

면서 한량하게 보내고 있는 입장이옵니다."
"재미있겠습니다그려! 하하하……."
"하하하……."
이렇게 두 사람은 우스갯소리를 해놓고 나서 껄껄 웃어 댔다.
"다음은 육삼효를 설명하겠소, 기자공. 이런 여자에게 장가 들어서는 곤란하지요.

〈괘상 12〉

'돈 많은 사람을 보면 몸 둘 바를 몰라하니 이익되는 바가 없지요(勿用取女니 見金夫하고 不有躬하니 無攸利하니라).'
이 육삼의 여자는 참으로 돈에 걸신들린 사람이지요. 돈에 환장병이 걸렸는지 돈만 준다면 속옷까지도 벗어던지니 말입니다."
"어째서 폐하께옵서 그렇게 보셨는지 자못 흥미롭고 궁금하옵니다."
"왜냐하면, 육삼의 음유한 것이 몽암(蒙闇; 어리고 어두움)한 데 처해 있으며, 위치 또한 중앙도 바름도 아닌 곳에 있으므로 그처럼 망령된 행동을 하게 되는 겁니다. 이 육삼의 정응은 저 멀리 위에 있는 상구이므로 그곳까지 쫓아가려 하지 않고 바로 밑의 가까운 곳에 있는 구이를 보고 치근대고 있는 거예요. 그러나 구이는 지금 여자 구덩이에 빠져 있을 뿐만 아니라 여러 군몽(群蒙)들을 돌보느라 여념이 없어요. 그런데도 육삼은 자기 짝을 버리고 오히려 이러한 구이에게 따라붙고 있지 않습니까? 이것이 바로 돈쟁이 남자를 보고 정신을 못 차리는 것이 아니겠어요?"

"세상 사는 일이 참으로 우습고도 재미있는 것 같사옵니다, 폐하! 여자 하나 못 구해서 장가도 못 가는 자가 있는가 하면 너무 많아서 귀찮아 죽을 지경인 자도 있으니 말씀이옵니다. 돈도 그렇지 않사옵니까? 돈 구덩이에 절어 있는 자가 있는가 하면 돈 모서리 한쪽도 구경 못 하는 가난뱅이도 있으니 말씀이옵니다.

그리고 여자라고 해서 다 똑같은 여자가 아니옵지요. 지조를 생명으로 여기는 여자가 있는가 하면 아무데나 몸뚱아리를 내맡기는 그런 여자도 있지 않사옵니까? 그래서 '인정 많은 년 속옷 속 마를 날 없다'고 하는 말이 생겨났나 보옵니다.

그런데 저 육삼의 여자는 위치와 행동이 부중부정(不中不正; 중앙도 아니고 바름도 아님)한 것도 주된 원인이 되지만 줏대가 없는 것 또한 큰 원인이라 하겠사옵니다. 세상에는 저런 여자들이 더러 있사옵지요. 그래서 사창가에서 청춘을 파는 매춘녀들이 있는 게 아니겠사옵니까? 또 심지어는 서방이 있는 여자들도 서방 몰래 애인을 정해 놓고 내통을 하는 경우도 허다하다지 않사옵니까?"

"기자공이 그 말씀을 하시니 갑자기 생각납니다. 요즈음엔 오히려 서방 있는 여자들이 애인인지 샛서방인지 첩남인지 하면서 최소한 서너 명씩은 데리고 다니며 논다 하더군요. 그 점에 대해 기자공께서는 어떻게 생각하시오?"

"그 일은 아무래도 세상의 풍조가 아니겠사옵니까? 연애도 유행이라 하겠사옵니다. 이 세상에서 제일 유행 감각에 민감한 것이 연애 거는 거라 하겠사옵니다. 예전에는 사내들이 연애 걸려고 다니는 것이 유행했지 않사옵니까? 그런데 요즈음엔 입장과 경우가 바뀌었사옵니다."
 "허허허……. 우스운 일이오, 기자공. 그렇다면 요즈음 남자들은 마누라 단속을 잘 해야겠구려!"
 "폐하, 어디 그 일이 단속한다고 해서 될 일이옵니까? '지키는 자 열 명이 도적 한 놈을 당해내지 못한다'는 속담도 있지 않사옵니까?"
 "그래요, 여자를 허리춤에 꿰차고 다니거나 팔을 끌고 다닐 수 있는 것도 아니겠지요. 그렇다고 마누라 지킨답시고 직장에 안 갈 수도 없구요. 이래저래 좌우지간 골치가 아픈 것이 인생살이가 아닌가싶소이다."
 여자란 묘한 것이라서 비싼 돈 들여 장가 한번 잘못 들면 마누라 도둑맞는 것이 예사이다. 그래서 장가를 갈 적에는 먼저 상대방의 가문과 됨됨이를 따져 보고 가는 것이 일반 상식으로 되어 있고, 딸을 키우는 부모들 또한 자기의 딸이 혹시 부중부정한 데로 빠지지 않도록 각별히 단속하는 것이다.
 "기자공, 이번에는 이 효에 대해서 형상학적으로 한번 설명해 보시지요."
 "예, 폐하! 저런 여자에게 장가들지 말라고 한 것은 행동이 불순해서 그렇다고 보입니다. 여자가 행동이 불순한데 누가 밑천 들여 장가들려고 하겠사옵니까?"
 "그렇소이다. 개 돼지는 불순하면 잡아먹기나 하지만, 여자 못된 것은 어디다 쓰겠소이까? 그런데 이 세상에는 그런 여자들이 많다 하니 국민 정서상 큰 문제가 아닐 수 없소이다!"
 "그렇사옵니다, 폐하!"
 "그러면 이번에는 경영과 기업적인 측면에서 한번 강설해 주시지요."
 "예, 폐하! 이 세상에 가장 중요한 것이 경영이며 사업 아니겠사옵니까? 때문에 폐하와 제가 풀어 가는 이 역리도 세상 사는 이치 쪽으로 중점을 두는 것이 좋겠사옵니다.

 육(六)의 음이 삼(三)의 양 자리로 쳐들어와 그 상황이 완전히 달라졌사옵니다. 형질과 명칭이 모두 달라졌지 않사옵니까? 위치상으로 보면 아랫괘의 상에 있으니 이 자리는 잘 사

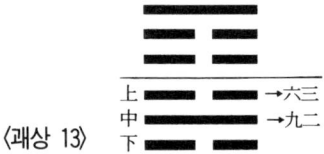
〈괘상 13〉

용하면 좋은 곳이 되지만 잘못 사용하면 후회하게 되는 곳이기도 하옵지요. 집약해서 말씀드리옵자면, 양의 강성이 많이 희석되어 부드러워졌사옵니다. 그리고 위치로는 볕 잘 들고 목이 좋은 곳이라 하겠사옵니다. 그러니 사업은 성공할 것으로 보옵니다. 주위 환경을 볼 때 바로 밑에 있는 구이의 도움도 많이 받을 수 있사옵지요. 이번에는 괘상을 완전히 달리하여 설명해 보겠사옵니다. 분위기 전환 면에서 좋을 듯하옵니다."

 "그것 참 좋은 생각입니다, 기자공. 주역 또한 수시로 변역하는 것 아니겠소?"

 "아래의 〈괘상 14〉처럼 저렇게 괘상을 지으면 진하련(震下連)이 되어 육삼이 육이로 변해 버리옵지요. 그리고 상중하 중의 중간에 있게 되옵고요. 이렇게 되면 위치도 좋고 체성(體性)도 좋지 않사옵니까? 그러니 사업의 성공이란 불문가지가 아니겠

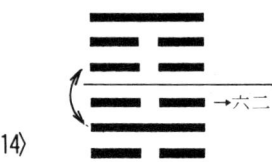
〈괘상 14〉

산수몽괘(山水蒙卦) 199

사옵니까?"
"장시간 강담하시느라 수고 많으셨소, 기자공! 이쯤 해 놓고 육사효는 점심을 들고 나서 또다시 시작합시다. 이 짐에게도 피곤기와 권태로움이 약간씩 밀려 오는군요."
"예, 폐하! 그리하시옵지요."
이리하여 오전의 강담이 모두 끝났다. 한 괘의 괘상을 분석하는 것은 그리 쉽지 않다. 서로의 견해가 다르고 의미 부여가 틀리기 때문에 자연히 시간이 소요될 수밖에 없는 것이다.
점심 시간이 되자 종묘 공사의 현장에서 들려 오는 망치 소리도 잠시 멈추어졌다. 따라서 궁중은 숙연하고 정묵하였다.

점심 시간이 끝나고 오후의 일과가 다시 시작되었다. 문무백관들은 집무실로 오가느라 분주하고, 끊어졌던 연장질 소리도 다시 살아나기 시작했다. 문왕도 오식(午食)을 빨리 끝내고 약간의 다리운동을 마친 후 다시 서궤 앞으로 다가와 앉았다. 기자공도 공손한 자세로 입궐하였다. 죽향이 식사 후의 차 준비 때문에 분주히 움직였다. 비록 기자공이 학문적으로는 한 수 위인 스승격이지만 국가권력 구조로 보면 임금과 신하 사이였기 때문에 이들 두 사람이 함께 식사를 하는 경우는 거의 없었다.
"오식은 맛있게 드셨습니까?"
"예, 폐하! 오늘 오식은 더 맛이 있었사옵니다. 오전에 말을 많이 하다 보니 시장기가 좀 더했던 것 같사옵니다."
"그럴 테지요. 이 짐도 역시 그랬소이다!"
문왕이 먼저 친근감있게 말을 붙였다.
이어서 죽향이 차를 들고 나왔다.
"자, 식사 후니까 차나 한 잔 들고 강담을 합시다."

"그렇게 하옵지요."

기자공은 공손히 찻잔을 들어 벌어진 입술 사이에다 갖다 부었다. 한번 붓고 음미하다가 또 붓곤 하였다.

"폐하, 차 맛이 참으로 좋사옵니다. 이 차가 폐하께옵서 즐겨 드시는 그 대홍포이옵지요?"

"그렇습니다. 아이구! 이제 보니 기자공도 차의 지미가십니다그려……."

"이 신은 이제 겨우 차 맛을 아는 정도이옵니다. 은나라에 있을 적에는 차인심마저 고약해서 차를 접할 기회가 별로 없었사옵지요."

"익히 짐작이 가는군요. 그러면 이제부터 오전에 풀다 남은 효들을 다시 시작해 봅시다. 육사효부터이지요?"

"예 그렇사옵니다, 폐하!"

"'어린 것이 곤(困)하게 되어 있으니 허물이 있을 것이로구나!'"

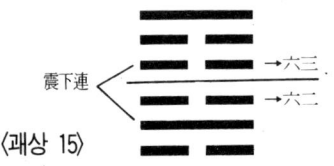

〈괘상 15〉

왜 이런 판단을 내리느냐 하면, 육의 음이 다시 사의 음 자리에 찾아와서 순음인 겹음이 되었어요. 또 자기의 정응인 상구효가 늙고 끝나는 황제인지라 별로 도움이 안 되고요. 이런 경우는 흔히 정권 말기나 황조 말기에 일어나는 현상이지요. 왕조가 바뀌게 되니 관리는 그 동안 자신의 손을 잡아 주었던 줄이 끊어진 셈입니다. 바로 그런 상황이에요."

"그러니까 폐하, 주위나 집안 사람들은 그가 크게 출세할 거라고 잔뜩 믿고 있는데 어느 날 갑자기 그를 잡아 주고 있던 튼튼한 줄이 끊어지면서 진로에 차도가 생겼으니 남보기에 부끄럽게 되었다란 뜻으로 받아들여야 되겠군요."

"바로 그겁니다. 세상을 살다 보면 이러한 경우가 더러 있지요."

"그렇사옵니다, 폐하!"

몽괘에서 육사는 어쨌거나 상당히 안 좋은 것은 사실이다. 그러나 안 좋은 상태로 오래 지속되지는 않는다. 천하의 이치가 그렇다. 겨울이 가면 봄이 오고 여름이 가면 가을이 오는 것은 누가 시켜서 인위적으로 되는 것이 아니다. 위대한 천지의 대기(大氣)로써 변전과 변환을 가져다 주는 것이다. 이와 같이 인생살이도 대천지와 대우주 속의 한 편린으로서 저 순환법칙과 절대로 무관치 않은 것이다.

"이 육사효를 다른 차원에서 한번 논해 봅시다, 기자공."

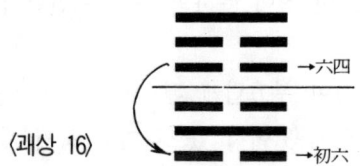

〈괘상 16〉

"그럼 소신이 한번 해 보겠사옵니다. 육사 자신이 순음인데다가 또 그의 손을 잡아 줄 인맥마저 끊어진 것이 안타깝사옵니다. 자기와의 정응은 초육인데 이 역시 어리고 힘이 부족하옵니다. 또 바로 위의 육오효도 역시 힘이 없는 음의 제왕인지라 사방팔방으로 진퇴양난이옵니다. 사업을 하는 사람도 이런 경우를 만나 실의와 좌절의 늪에서 헤어나지를 못하는 수가 많사옵니다. 이런 경우에 일을 벌리면 더 큰 재앙이 따르게 되므로 죽은 듯이 가만히 잠복해 있어야 하옵지요. 이렇게 지내는 것이 현명한 방법이옵지요.
　세상 일이란 억지로 되는 것이 거의 없사옵니다. 춘행화목(春行花木)이라는 말이 있사옵지요. 꽃나무는 역시 봄이 와야 핀다는 뜻이 아니겠사옵니까? 또 춘래초자청(春來草自靑)이라는 말도 있사옵니다. 봄이 오니 풀이 저절로 푸르게 되더라는 뜻이옵지요. 중요한 것은 난세에는 난세대로 호시절(好時節)에는 호시절대로 잘 적응하는 것이 현철(賢哲)한 자라 하겠사옵니다."
　"기자공의 강담은 역시 부드럽고 설득력이 있습니다. 마치 봄비가 동산을 촉촉히 적시는 것처럼 감미롭고요."
　"폐하께옵서 그처럼 잘 봐 주시니 그저 황공할 따름이옵니다."
　기자는 폐하의 예찬에 기분이 괜찮은 듯 화기가 만면하였다. 서민으로부터 천자에 이르기까지 칭찬 듣고 불쾌할 자 아무도 없는 것이 또 인간의 마음인 것이다.
　"그러면 이번에는 이 짐이 육사의 형상을 간단히 얘기해 보겠소이다.
　'어린 것이 곤궁하여 부끄럽게 된 것은 홀로이면서 실세인 양(陽)들이 멀리 떨어져 있어서 있으나마나 하기 때문이라' 하겠소이다.
　이런 경우를 두고 독불장군이라고 하지요. 아무리 지모가 뛰어나고 똑똑해도 따르는 군사가 없으면 큰 일을 못 하는 법이지요. 때문에 큰 일을 해서 성공했던 사람들은 모두 사람을 쓸 줄 아는 자들이었든가 덕을 베풀었던 자들이었지요."
　"옳으신 말씀이옵니다, 폐하!"
　"그럼 다음은 육오효로 넘어갑시다. 먼저 이 짐이 효의 대의를 설명하겠소이다.
　'동몽(童蒙 ; 어림)하니 길할 것이로다.'

육사의 경우는 곤몽(困蒙 ; 곤하고 어림)하니 인(吝 ; 허물)이 있다 했고, 이 육오의 경우는 간발의 차이에서 인(吝)이 길(吉)로 바뀌게 되었어요. 그 이유는 오(五)가 유순한 덕을 가지고 아래에 있는 구이와 좋은 반응을 보이고 있어서 그렇습니다. 유중(柔中 ; 부드러움으로 중앙에 있음)의 처세술로써 강명한 재목에게 책임을 지워서 천하의 어린 양들을 넉넉히 다스려 가고 있기 때문에 길한 것입니다.

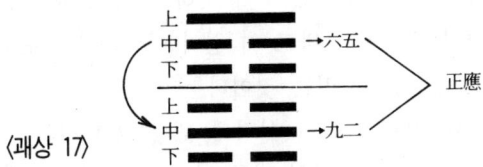

〈괘상 17〉

부드러움이란 만물을 기르는 육성의 힘이며 남과 화친하는 최고의 기준이라 할 수 있지요. 특히나 높은 자리에 있는 자가 부드러운 자세로 아랫사람들에게 대하는 것은 가장 인간적 냄새를 풍기는 것이라 하겠어요."

"황공하옵니다만 폐하께옵서 바로 그런 처세술을 겸비한 분이라고 사료되옵니다. 하옵기에 천하통일을 완수하시고 더불어 번영을 노래하고 있다고 보옵니다!"

"그렇던가요? 허허허……. 이 짐도 실은 그런 처세철학에 있어서 잘 되지 않아 때론 가슴 아파하기도 했었지요."

"겸손의 말씀이옵니다, 폐하!"

그렇다. 부드러운 것은 너그럽고 온화하고 넉넉하고 조화롭고 깊고 끈끈한 유대를 가지고 있는 것이다.

육오는 육의 음이 오의 양 집에 찾아와서 서로가 겉궁합과 속궁합이 잘 맞는 승화된 인격체이다. 강명하고 강성한 체질에다 세상을 살아온 경륜과 풍상이 곱게 물들어 난숙해진 인격체이다. 마치 초가을에 단풍빛으로 물들어 가는 아름다운 산하를 보는 것 같은 느낌이다.

　인생도 바로 그런 경지를 맛보기 위해 사는 것이다. 청춘기는 풋냄새가 풍길 따름이고 장년기의 말기와 노년기의 초기쯤이 되어야 맛도 들고 멋도 드는 완성된 작품이 되는 것이다. 이때가 지나면 쇠락과 조락이 와서 인생으로서 한물 가게 되는 것이다. 인생에 있어서 저런 육오의 시기가 짧긴 하지만, 그런 난숙의 맛과 멋을 제대로 내지 못하고 생을 마감하는 수가 세상엔 얼마나 많은가? 바로 이 점이 애석하고 아쉬워서 불철주야 삶을 소진(消盡)시키는 것이다.

　"폐하, 괘상은 이 신이 설명해 보겠사옵니다."

　"그렇게 하십시오. 마치 베를 짤 적에 씨줄과 날줄이 교차하듯이 기자공과 이 짐이 섞바꿔 가며 아름다운 철학의 비단을 짜 봅시다그려."

　"예, 폐하!

　'동몽으로써 길하다고 한 것은 순한 성격에다 겸손까지 겸하였기에 그러한 것 같사옵니다.'

　다시 말씀올리옵자면, 유중지덕(柔中之德)과 강명지재(剛明之才)에다 또 자신을 버리고 남을 좇는 순종의 미덕을 가지고 있사옵니다. 뜻을 낮추어 아랫사람에게 구하는 것이 겸손이니 이같이 하면 천하가 넉넉해질 수밖에 더 있겠사옵니까?"

　"그러니까 길(吉)을 가져오는 원동력은 바로 '자기를 버리고 남을 좇는 순종(舍己從人 順從)'과 '뜻을 낮추고 아랫사람에게 구하는 겸손(降志下求 卑巽)', 이 두 가지라 하겠습니다그려. 자, 이젠 마지막 효인 상구효로 올라갑시다."

　"그렇게 하시옵지요, 폐하!"

　"너무 세미하게 말해 놔도 후세 사람들이 '아이구 그 두 양반, 웬 잔소리가 이렇게도 많담?'하고 말할지 모르니 중요한 맥만 짚고 넘어갑시다."

"허허허, 그런 염려도 배제할 수 없겠사옵니다, 폐하!"

"상구효는 '격몽(擊蒙;어린 생각을 깨부숨)이니 도적이 되는 것은 이롭지 않고 도적을 막는 것이 이롭다'고 하겠어요.

쉬운 말로 풀면 이런 것입니다. 구(九)가 산수몽괘의 끝나는 자리에 와 있으니 무지몽매함이 극에 달했어요. 이런 경우에는 마땅히 그 몽극(蒙極)을 깨부숴 지혜의 눈이 열리도록 해야 하는 것이지요. 어린 생각으로 잘못 판단하여서 도적이나 깡패가 되지 않도록 하고 도적을 막는 치자의 입장에 서게 해야 이로운 것이지요.

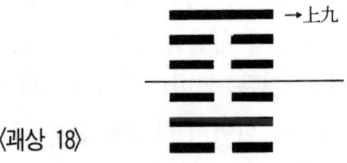

〈괘상 18〉

속담에 '환갑이 돼도 철이 들지 않는다'는 말이 있지 않던가요? 철이란 나이가 먹으면 저절로 들게 되는 것인데, 그러나 의외로 안 그런 자도 많지 않습디까? 이런 경우는 자신을 위해서나 남을 위해서나 반드시 무지몽매한 사고를 깨뜨려서 지견(知見)과 혜안(慧眼)을 열어야 하는 것입니다."*

"그렇사옵니다, 폐하! 사람이 태어나서 이세상에서 마음을 닦지 않으면 저세상에 가서도 혼침하여 닦지 못하옵지요. 때문에 반드시 환하게 닦아서 살다가 가야만이 하늘에 한 점의 부끄럼도 없을 것이옵니다."

---

*조선조의 율곡선생은 이 괘효의 명을 따서 「격몽요결」을 지었으니 이는 천추의 귀감이 되고 있다.

"자, 그러면 이어서 괘상도 한번 기자공이 논해 보십시오. 내친 김에 말입니다."

"예, 폐하!
'도적을 막는 입장이 되는 것이 이롭다고 한 것은 상괘와 하괘가 다 유순하기 때문이라' 하겠사옵니다.

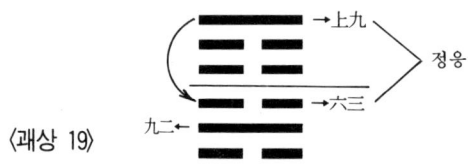

〈괘상 19〉

그러니까 구이효를 위주하여 상하 모두가 순하게 따라 주어서 그렇사옵니다. 그 덕택으로 도적이 되지 않았고 자신을 이겨냈사옵니다. 상구 자신이 자신을 낮추어 구이를 따라 주면서 나쁜 길로 가지 않는 것은 퍽이나 다행한 일이라 하겠사옵니다. 마치 직업선택관에 있어서 사람을 살상하는 화살을 만드느냐 아니면 화살을 막는 방패를 만드느냐의 차이와 같은 것이옵니다.

비슷한 예로서 사람이 죽기를 바라는 관(棺) 장사를 하느냐 질병을 물리쳐 오래 살도록 해 주는 무당이 되느냐의 차이와도 같은 것이라 하겠사옵니다. 자칫 잘못 생각하여 상구 자리에 가게 되면 망령기가 발동해서 추하게 되는 경우가 많사옵니다. 그러나 이 상구는 자신을 낮추는 데 강한 의지를 가지고 있어서 대과(大過) 없는 삶을 마무리하고 있다고 보겠사옵니다."

"장시간 수고했습니다, 기자공. 이 대상괘 하나를 분석하기 위해서 하루종일이 걸린 셈입니다. 시간이 벌써 신시(申時 ; 오후 대여섯 시)가 다 되었으니 말입니다."

"괜찮사옵니다, 폐하! 어쨌거나 폐하의 나라에서 녹봉을 먹는 몸이 아니오니까? 또 다음 괘상을 뽑으시면 불러 주옵소서. 이번 이 괘상은 폐하와 이 소신만이 강담했기 때문에 내용이 좀 단조로운 면도 없지 않아 있겠지만 길고 먼 길을 가노라면 단조로운 곳도 있고 또 중복되고 복잡한 곳도 있는 것이 아니겠사옵니까? 폐하!"

"그렇고 말구요. 이 괘상의 강담 내용은 상작(上作)이며 수준 이상작입니다. 천하의 명현달사 기자공께서 거들어 주셨는데 후세 사람들도 읽어 보면서 기분 좋아할 것임에 분명합니다."

이리하여 산수몽괘의 강론이 막을 내렸다. 해도 높은 교목(喬木)들의 여린 가지 사이로 숨고 있었다.

수천수괘 (水天需卦)

—— 운세가 돌아오길 기다려야 한다는 뜻이 담김

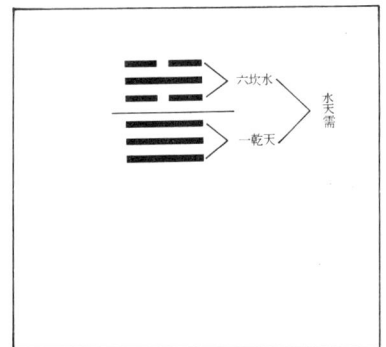

 문왕은 또 다른 괘 하나를 출현시키기 위해 정기를 모으고 정성을 집합시키느라 닷새 정도는 시일을 흘려야 했다. 대상괘를 탄생시켜 그것을 분석하는 것은 일 중의 일임에 틀림없었다. 왜냐하면, 괘를 신중하게 풀어 놓지 않는다면 그들의 분석이 후일에 아무런 가치 없는 헛소리에 불과할 것이기 때문이었다.
 문왕은 무엇보다도 역사적 가치와 또 후생가외(後生可畏 ; 후세 사람이 겁남)를 염두에 두고 하나하나를 정성 들여 풀어 나갔다. 참으로 문왕의 이런 자세는 본받을 만한 일이 아닐 수 없었다. 한 마디 한 마디가 금과옥조(金科玉條)처럼 빛나고 살아 있어야 하기에 더욱 그러했던 것이다.
 예로부터 철인·현인·성인은 신후지신(身後之身 ; 역사 속의 자신)에 대해 깊이 생각하고 그곳에 비중을 크게 두어 왔다. 왜냐

하면, 생명은 유한하여 한계가 있지만 역사는 무한하여 유유히, 도도하게 흘러가기 때문이었다.

지극히 짧은 인생을 살아가는 동안, 모든 것이 부질없는 욕심인 줄 알면서도 뭔가 무한한 것을 남기고 싶은 게 인간의 마음이다. 또한 지자(智者)의 삶이기도 하다.

문왕은 향을 피우고 단좌하여 이런 일 저런 일을 생각하다가 또 하나의 큰 일을 생각해 냈다. 그것은 다름아닌 태공 여상국사의 명강의를 아들 무왕 발에게 자주 들려 주어야겠다는 생각이었다. 왕권을 아들에게 양도해 주긴 했지만 나라의 큰 일거리와 학술적인 문제는 자기가 관여하는 것이 좋겠다는 생각이 들었던 것이다. 만물이 소생하고 성장하는 봄철에는 춘우(春雨)가 자주 내려서 그 성장을 도와주어야 하듯이 역시 사람을 기르는 데도 훌륭한 강의를 자주자주 들려 주어 인격 형성이 견고해지도록 해야 하기 때문이었다.

경연당(經演堂 ; 강론하는 곳)에는 문왕과 무왕 그리고 주공, 이렇게 삼부자지간과 기자공이 참여했다. 그러니까 천하의 최고 지성인과 달인이 모두 모인 셈이었다.

먼저 강의에 들어가기에 앞서 문왕이 간단하게 그들이 이곳에 모인 취지에 대해 설명했다.

"오늘 이 시간 우리가 경연당에 이렇게 모인 취지는 다름이 아니라 우리 주나라를 영원히 이어 가고 또 백성들에게 덕정과 선정을 베풀기 위해서는 무엇보다도 교육이 우선이기 때문이오. 왕이라 해서 배우기를 게을리한다든지 또 유기(遺棄)한다든지 하면 그 나라의 장래는 불견가지(不見可知)의 일이라 하겠소. 따라서 언제나 훌륭한 스승을 모시고 견문과 학식, 그리고 덕행을 배워 감을 잊어서는 아니 될 것이기에 이러한 자리를 마련한 것입니다."

이렇게 경안(經案 ; 강의하는 책상)을 마주하고 문왕의 의미심장한 얘기가 흐르는 동안 당내의 분위기는 숙연하기만 하였다.

문왕은 다시 입을 열었다.

"치국에 대해선 그때그때 이 짐이 물을 것이니 그대들(두 아들)은 잘 들었다가 실행에 옮기도록 하라."

"그럼 여상노사님께서 수고해 주십시오."

무왕 발도 무겁게 입을 열어 강의를 요청하였다. 일국의 왕으로서, 아니 천하의 천자로서 강의를 들으려는 눈빛과 태도는 자못 진지하기만 하였다. 이러한 분위기를 굽어보는 문왕은 참으로 기분이 흐뭇하였다. 훌륭한 두 선생, 그리고 믿음직한 두 아들, 이들은 주나라의 대들보이기 때문이었다.

오늘은 치국강의를 듣고 괘는 내일에나 건져내야겠다는 게 문왕의 생각이었다. 적어도 일주일에 한 괘 정도는 풀어야 한다는 게 그의 계획이었지만, 예기치 않은 큰 일이 발생할 것까지를 계산에 넣고 보니 괘풀이를 모두 끝내는 데는 아무래도 기년은 걸릴 것 같았다.

"옛적 성현의 치국철학에 대해서 들려 주십시오, 태공노사."

문왕이 공손히 예를 표하며 제의했다.

"그렇게 하겠사옵니다. 옛적에 제요(帝堯 ; 요임금)라는 이가 왕이 되어 천하를 다스렸사온데 이 분을 상세(上世)의 현군(賢君)이라 칭하옵지요."

문왕이 다시 물었다.

"그분의 정치적 역량은 어떠하셨는지요?"

"제요가 천하의 왕 노릇을 할 적에는 절대로 금이니 옥이니 주옥 같은 걸로 장식을 하는 법이 없었사오며, 또한 금수(錦繡 ; 수놓은 비단)니 문기(文綺 ; 무늬 좋은 비단) 같은 것으로 지은

옷을 입지 않았사옵지요.
　또 기괴(奇怪 ; 기이하고 괴상한 것)한 것과 진이(珍異 ; 진기하며 이상스러운 것)한 물건들은 보지 않았사오며, 완호(玩好 ; 구경거리)의 기명(器皿 ; 그릇)을 보배로 여기지 않았사옵니다.
　또 음일(淫逸 ; 음란한 것)한 음악을 듣지 않았사오며 궁궐의 담을 백악(白堊 ; 석회 칠한 벽)으로 하지 않았사옵니다.
　맹(甍 ; 대마루)이나 서까래 등도 깎아 다듬지 않은 채로 만들었사오며, 띠풀이 마당을 덮었어도 베지를 않았사옵니다.
　녹구(鹿裘 ; 사슴가죽)로 추위를 막고 베옷으로 몸을 가리웠으며, 거친 기장밥에다 명아주 콩잎을 먹었사옵니다.
　부역을 시킨답시고 백성들이 농사짓고 길쌈하는 시기를 뺏지 않았사오며, 마음에서 일어나는 욕망을 깎고 뜻을 간략하게 해서 무위(無爲 ; 누구의 간섭을 받지 않고 자연적으로 하게 하는 것)로 되게 해 주었사옵지요.
　아전(吏 ; 벼슬아치)으로서 충성스럽고 정직하여 법을 준수하는 자는 이를 승진시켜서 벼슬을 높여 주었으며, 청렴결백하고 백성을 사랑하는 자는 녹봉을 후하게 내렸사옵니다.
　백성으로서 효행이 있고 인자한 자는 이를 사랑하고 공경했으며, 농사일과 누에 치는 일에 힘쓰는 자는 이를 위로하고 권장했사옵니다.
　착한 것과 사특한 것을 엄격하게 가려내서 선행이 있는 자는 마을 사람들 앞에서 공개적으로 이를 표창하고 사특한 자는 이를 징계했사옵니다.
　마음을 화평하게 하고 예절을 바르게 했으며, 법률제도를 만들어서 사악한 행위와 사기 행위를 엄하게 다스렸사옵니다.
　평소에 미워해서 멀리하던 자라도 공로가 있을 때에는 반드시 은상(恩賞)을 베풀었사옵고, 평소에 아무리 친애하던 자라도 죄를 범했을 때에는 가차없이 처벌해서 상벌을 분명히 했사옵니다.

천하의 의지할 데 없는 외로운 사람들을 보호하고 길렀으며, 재난을 당해서 패망의 지경에 이른 집에 대해서는 최대한으로 지극히 후원했사옵니다.

그 외에 자신의 생활은 극히 검소하게 했으며 부세(賦稅 ; 부역과 세금)나 노역(勞役)에 관한 것은 극히 가볍게 했사옵니다.

이 같은 착한 정치를 베풀었기에 백성들의 생활은 풍요로워져 굶주리고 추위하는 기색을 찾아볼 수 없게 되었던 것이옵니다. 따라서 백성들은 요임금을 해와 달처럼 우러러보고 부모처럼 따랐던 것이옵니다."

한참 동안 이어지는 태공의 열강을 듣고 난 문왕의 용안에는 희색이 떠오르고 있었다. 평범한 얘기였지만 너무나 가슴에 와 닿았기 때문이었다.

"노고가 많았습니다, 여상노사! 어진 군주의 덕이란 참으로 위대하군요."

문왕이 태공의 노고에 답례를 하자 이어서 무왕도 답례를 하였다.

"수고가 많으셨습니다. 우리 주국의 튼튼한 발전을 위하여 해 주신 그 만고의 진리인 고전강의에 깊이 감사드립니다."

주공도 따라서 몸을 굽히며 정중히 답례를 하였다.

"태공노사님의 말씀은 일언반구라도 놓쳐서는 안 될 소중한 금언(金言)들이었습니다."

기자공도 한 마디 거들었다.

"천근(淺近 ; 얕으면서 가까움)하면서도 난행(難行 ; 행하기 어려움)한 노사님의 강의가 잠시 동안이나마 우리 주국의 왕실을 숙연케 했습니다. 여기 계신 태왕(太王 ; 문왕)과 무왕, 주공, 그리고 저, 이렇게 모두는 지금 환희에 차 있습니다."
 청강을 마친 네 대인들은 이렇게 대공노사의 강의가 좋다고들 이구동성으로 찬사를 아끼지 않았다. 다시 문왕은 폐강을 고하였다.
 "자, 그러면 다음주쯤 다시 고강(高講)을 청하여 듣도록 하고 오늘은 이만 종강을 하겠습니다."
 강의와 청강을 마친 네 대인들은 각기 자기의 집무실로 돌아갔다.

 닷새째가 되는 다음날 새벽이었다. 문왕은 일찍 잠자리를 털고 일어나 세수를 하고 머리를 빗은 다음 단정히 의상을 두르고 괘를 뽑을 준비를 했다. 궁실의 원장 너머 저쪽, 벼슬아치들이 사는 민가에서 첫닭의 울음 소리가 새벽공기를 가르며 들려왔다.
 문왕은 향낭(香囊)에 들어 있는 천향(天香) 한 개비를 꺼내어 향로에 꽂고 부싯돌로 불을 일으켜 붙였다. 잠시 후 향내음이 실내를 가득히 메웠다. 점을 칠 수 있는 분위기가 최상으로 무르익자 문왕은 주책(籌策)을 꺼내어 양손으로 나누어 쥐고 네 개씩 들어내는 십팔변의 법을 사용하였다.
 동이 틀 무렵이 되어서야 완전한 육효의 대상괘인 수천수괘가 탄생하였다. 문왕은 기지개를 켜면서 즐거운 기분을 감흥으로 떠올렸다. 하나의 괘상이 탄생함과 동시에 하나의 세계가 떠오르는 것이기에 그러했다.
 문왕은 이 괘상을 누구와 어떻게 풀어 볼까를 생각해 보았다. 휘장을 걷고 창문을 열어 새벽공기를 실내로 들여보냈다. 순간, 향내음이 소멸되면서 실내에는 맑은 공기로 가득해졌다.

죽향도 일어나 아침 해장 술상을 보느라 분주하였다. 항시 조반을 들기 전에 해장술을 드는 것이 문왕에겐 습관처럼 되어 있었다.
"폐하! 해장주를 드시옵소서!"
"그래, 따끈한 국이라도 준비되었는가?"
"그러하옵니다. 연근탕을 만들었사옵니다."
"연뿌리로 끓인 거란 말이지?"
"예, 폐하!"
"그 연근엔 깊은 진리가 담겨 있지. 그 연근을 자르면 구멍이 아홉 개가 뚫려 있지. 그것이 곧 이 주역에서 말하는 노양(老陽)수야. 또 숫자로서는 마지막 끝나는 수이기도 하고 말일세. 그 아홉 수를 삼등분하면 세 개씩 세 개로 나누어지지. 그것이 곧 상중하가 되지 않는가? 상중하가 세 번 모이면 바로 구품(九品)의 품계가 정해지지. 또 상중하는 소상괘의 작괘(作卦)가 되며 이것을 천인지(天人地)로 나누어 각각 하늘과 사람과 땅을 상징하기도 하지."
"폐하, 그 연근 속에 그런 진리가 들어 있는 줄은 미처 몰랐사옵니다."
"연근탕을 드시오면 이 세상의 모든 진리를 드시는 것이 되겠사옵니다, 폐하!"
"그런 셈이지."
문왕은 아침 해장술국인 연근탕에 이런 의미를 부여하며 얼큰히 해장술을 들었다. 기분이 좋아진 용안에는 서광(曙光)까지 날아와 반조되고 있었다.
"아따, 오늘 아침 해장국 맛 한번 좋구나! 속이 시원한 게 그야말로 해장(解腸)술이로구나!"
"맛이 있으시다니 이 신첩의 마음도 기쁘옵니다."

죽향은 자신이 문왕의 마음을 기쁘게 하려고 정성을 다한 뒤 효과가 나타나면 이처럼 덩달아 좋아하곤 하였다. 죽향의 얼굴에도 희색이 만면하여 아름다운 얼굴이 더욱 예뻐 보였다. 밤 사이에 문왕의 품 속에서 극진한 사랑을 받고 아침에 또 칭찬까지 들었으니 죽향의 기분이야 최상이 아닐 수 없었다.

잠시 후 아침 식사로 이어지면서 아침 일이 모두 끝났다. 따라서 문왕은 오늘도 어김없이 차를 마시며 서궤 앞에 단좌하고 괘풀이를 구상하고 있다. 문왕은 상아로 된 이쑤시개를 가지고 치아 사이를 쑤셔 대다가 가끔씩 차도 후루루 숭늉처럼 들여마시곤 하였다.

"죽향이, 오늘은 괘상풀이를 누구와 함께 하면 좋겠는고?"

"호흡이 잘 맞기는 본디 사편관 청일공이 최고 아니었사옵니까? 하오나 그분은 이곳에 안 계시오니 부득이 여상노사와 기자공, 그리고 주공, 이 세 분들과 같이 하옵시는 수밖에 더 있겠사옵니까? 실은 그런 풀이에는 약간의 음담패설이 군데군데 섞여야 덜 지루하지 않겠사옵니까? 그런데 그런 농담을 잘 하시는 분이 드물지 않사옵니까? 또 잘 하신다 해도 체면 때문에 자제하실 것이옵니다."

"그러면 오늘은 모두 다 음담패설을 약간씩 섞어 가며 하라고 주문을 하면 어떨까? 허허허······."

"그렇게 한번 주문해 보옵소서, 폐하! 그분들도 잘 하실 것이옵니다."

"그럼 그렇게 한번 해 봐야 되겠구나."

이렇게 문왕은 하나의 괘상풀이를 두고 재미있으면서 유익하고, 또 학문적이면서 철학적이어야 함을 깊이 생각하였다.

"조금 있다가 그이들을 다 초청하도록 하게. 나는 그간 이 괘에 대한 개념을 정리해 봐야겠네."

문왕은 그들이 오기에 앞서 혼자서 이 괘의 개념을 중얼거렸다.

'수(需)란 음식의 도이다. 괘의 형상을 보면 구름(水)이 하늘 위에 있으니 증윤(蒸潤 ; 수증기의 감윤함)함이 있도다. 음식이란 사물을 윤익(潤益)하게 하므로 수(需)가 음식의 도이다. 괘의 대의상으로 보면 수대(須待 ; 기다림)의 뜻이 들어 있다. 건(乾)

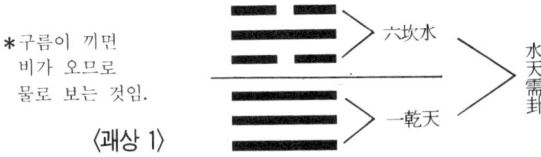

〈괘상 1〉

은 건전하고 건강한 본성을 가지고 있으니 장진(壯進)해 감이 있도다. 그러나 험한 감수(坎水)의 아래에 건천(乾天)이 처해 있어서 방해를 받고 있으므로 모름지기 기다린 후에 나아가야 함이 마땅하다. 쉽게 얘기하면 이런 것임인저! 수(需)란 음식의 뜻도 되며 아울러 기다린다는 뜻도 된다.

세상에 큰 일을 하기 위해서는 음식을 먹으며 때가 올 때까지 기다려야 한다. 그 이유를 괘상으로 풀어 보면, 윗괘가 험한 감수이기에 하괘인 건천이 아무리 강한 힘으로 밀고 나가려 하지만 아직은 역부족이다. 때문에 반드시 다른 변수가 올 때까지 기다렸다가 나아가야 한다는 뜻임인저.'

이렇게 문왕이 혼자서 중얼거리고 있을 때 밖에는 괘풀이에 동참할 세 사람이 당도해 있었다.

"폐하! 문안드리옵니다. 작야 동안 대안(大安)하셨사옵니까?"

밖에서 세 사람이 이구동성으로 문안인사를 올리는 소리가 들려 왔다.

"그렇소이다. 어서들 들어오시오."

주공이 먼저 들어와 자리를 마련해 각자의 앉을 위치를 잡아 주었다.

"오늘은 우리가 괘를 맛있고 멋있게 한번 풀어 봅시다. 그러기 위해서는 상당한 음담패설이 섞여도 무관하겠소이다, 하하하······."

이렇게 먼저 문왕은 강담에 들어가기에 앞서 규칙을 약간 변경함으로써 분위기를 돌려 놓았다.

"자, 그러면 먼저 이 짐이 말의 물꼬를 트겠소이다.

'수(需)는 믿음이 있어서 빛나며 형통할 것이고 또 정조를 지키고 길할 것이니 대천(大川)을 건넘으로써 이롭느니라 (需는 有孚하여 光亨코 貞吉하니 利涉大川하니라).'

쉬운 얘기로 다시 풀면 이렇소이다. 기다림이란 믿음에서 오는 것이지요. 믿음 뒤에는 반드시 광형(光亨; 빛나고 형통함)함이 있게 되어 있고, 또 그것은 주관과 길함으로 이어지지요. 그러기 위해서는 험난한 대천의 역경을 지혜롭게 극복하고 건너야만 되지요. 그런 연후에는 반드시 이로움이란 게 오게 되지요."

"폐하의 분위기 설명이 좋사옵니다."

여상노사가 한 마디 거들었다.

"그렇습니까? 그러면 다시 세부적인 상황까지를 설명해 마치겠소이다.

상괘와 하괘를 나누어 놓고 보면, '하괘의 강건한 것이 위로

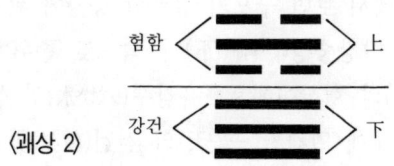

〈괘상 2〉

치달으려고 하지만 상괘의 험함을 만나서 제대로 나아가지 못하고 있어요. 때문에 부득이 기다릴 수밖에 없어요. 괘의 바탕을 얘기하자면, 구오효가 임금 자리에 앉아 있으면서 이 수괘의 주인으로서 강건하고 중정의 덕도 가지고 있습니다. 그리고 성신(誠信)도 보여 주고 있지요. 그러면서 중심이 충실하니 그 중실(中實;중심이 실함)함이 바로 유부(有孚;믿으성) 이지요. 유부한즉 광명하고 또 능히 형통하여 정정(貞正;곧고 바름)을 얻어 길할 것이지요.

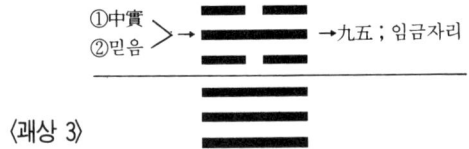

〈괘상 3〉

이런 정신으로 기다리니 그 어떤 것인들 풀리지 않으리요. 비록 금방은 험난하나 결국에는 어려움이 없을 것입니다. 때문에 대천을 건너가므로 이롭지요. 정길한 자가 바름[正]을 얻음이 있은즉 길함이야 당연한 일이지요.

또 이렇게도 볼 수 있어요. 비슷한 얘기이긴 하지만 조금 다른 맛이 있지요. 건괘(☰)가 수괘(☵)를 만나서 건(乾;☰)은 건강하고 감(坎;☵)은 험하므로 강한 것이 험함을 앞에 두고 갑자기 나아가지 못해요. 이 경우가 바로 험함에 빠져 기다리고 있는 중입니다. 부(孚;믿음)란 신(信;믿음)이 중심에 있는 것이지요.

이 대상괘 전체에서 보면 구오가 상괘의 중앙에 위치하여 중실(中實)하고, 또 양강중정(陽剛中正)의 덕으로 존위에 있으니 유부득정(有孚得正)의 형상이에요. 육감수(六坎水)인 물이 앞을 가로막고 있기 때문에 일건천(一乾天)의 건건(乾健)함이 그곳을 건너고 싶어도 경솔하게 나아가지 못하고 있는 입장이에요. 이런 경우 점을 치는 자는 반드시 기다리면서 믿음을 가진즉 광형을 기대할 수 있지요. 바른 생각을 가진즉 길하고 대천을 건넘으로써 이로움이 정고(正固 ; 바르고 견고함)하여 이롭지 아니한 바가 없지요.

더욱이 대천을 건넘에 있어서 기다림을 귀하게 여기지 아니하고 빨리 건너려다가 어려움을 범해서는 아니 되는 것이지요. 그러니까 큰 냇물이 있으면 물이 빠지기를 기다렸다가 건너든지, 아니면 배나 뗏목을 이용해서 건너든지 해야지 무모한 도전이나 무지한 행동은 절대 금해야 되는 것입니다. 이 문제가 인생을 향유해 가는 데 절대로 소홀히 해서는 안 될 일이라 하겠어요."

"훌륭하신 판단이며 명석한 강의시옵니다, 폐하!"

기자공의 찬사였다.

그렇다. 인생은 정확하게 기다림의 연속이다. 기다릴 줄 모르는 인생은 제풀에 꺾이어 실패한다. 능히 기다릴 줄 아는 자는 유유자적하며 한가하며 번거롭지 않다. 기다릴 줄 모르는 자의 성질은 마르고 급하다. 마르고 급한 자가 성공한 예는 없다. 겨울은 봄을 기다리고 봄은 여름을 기다리고 여름은 가을을 기다리고 가을은 겨울을 기다리듯이 인생도 유년기·청소년기·장년기·노년기를 기다려야 한다. 배우며 익히고 그것을 활용하고 거기에로부터 결실이 있기를 기다려야 한다. 농부는 씨앗을 제 철에 뿌려 제 철에 거두기 위해 기다리면서 손질하고 관리한다.

한 집안에 큰 사람이 태어나는 것도 그렇다. 조상이 은덕을 심어 두면 자손은 저절로 좋은 복덕을 받게 되어 있다. 그런데도 대부분의 사람들은 자기 집안에 사람이 안 난다고 개탄

한다. 이처럼 어리석은 생각이 또 어디 있겠는가? 심지 않고 무엇을 기대한단 말인가. 때문에 씨를 뿌려 놓고 기다리면서 관리해야 한다. 또 어려움이 닥쳐도 피하며 기다려야 한다. 바로 이런 정신을 수천수괘가 제시하고자 하는 것이다.

"자, 이번에는 여상노사께서 이 수천수괘의 대의를 한번 설명해 주십시오."

문왕이 제의하였다. 아무래도 최고의 연장자이며 국사이기에 순차를 먼저 주는 것이었다.

"그렇게 하겠사옵니다, 폐하! 실은 폐하께옵서 너무나 투명하고 극명하게 강의를 해 주셔서 별로 드릴 말씀이 없사옵니다마는 거기에 이 여상이 몇 마디를 덧붙이겠사옵니다.

'수(需)란 기다린다는 것이온데 험한 것이 그 앞에 가로놓여 있사옵니다. 그렇지만 강건하여 그곳에 빠지지 않음은 그 뜻이 곤궁하지 않아서이옵니다(需는 須也니 險이 在前也니 剛健而 不陷하니 其義 不困窮矣라).'

그러니까 이 수(需) 자가 바로 기다릴 수(須) 자와 상통하는 글자이옵니다. 험준한 상괘인 감수(坎水)가 앞을 가로막고 있지만 건강한 하괘인 건천(乾天)이 거기에 빠지지 않사옵니다. 그 이유는 이 건천이 지혜와 꾀가 넉넉하기 때문이옵니다."

"수 자를 기다릴 수 자로 바꾸어 설명하니 좀더 쉬운 느낌이 들며, 또 그 지혜와 꾀가 곤궁치 않고 넉넉하다고 하는 말이 이해를 돕는군요."

문왕의 응답이었다.

"자, 더 이어서 쭉 내려가 주세요, 여상노사님!"

문왕이 다시 제의했다.

"예, 폐하!

'이 수(需)가 믿음과 광형 그리고 정길이 있을 것이라고 한 것은 구오가 천위(天位 ; 하늘의 위치, 즉 군주의 자리)에 있으면서 정중지덕(正中之德 ; 바른 중용의 덕)을 가지고 있어서이오며, 대천을 건너감으로써 이롭다고 함은 가게 되면 반드시 거기에는 공(功)이 있기 때문이라 하겠사옵니다.'

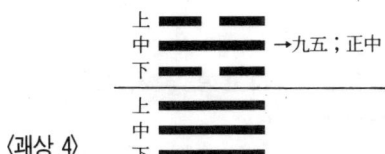

〈괘상 4〉

 정중지덕이란 바로 이런 것이옵지요. 구오를 보면 구가 양이면서 오의 양 자리에 옴이 정(正)이며, 거기다가 상중하 중의 중앙에 온 것이 중(中)이옵지요. 해서 두 장점을 합하여 정중(正中)이라고 하는 것 아니겠사옵니까?"
 "설명이 푸근하게 와서 닿습니다그려! 자, 이번에는 기자공께서 이 수천수괘에 관해 형상학적으로 한번 설명해 주십시오."
 역시 문왕의 제의였다.
 "그러하겠사옵니다, 폐하! 도상학적으로 보면 이렇사옵니다.
 '구름이 하늘 위에 있는 것이 수(需)이니 군자는 이 점을 본받아서 음식을 먹으며 연락(宴樂 ; 한가로움)으로 지내는 것이 마땅하다'고 보옵니다.
 다시 말씀드리오면, 감수(坎水)가 곧 구름이 아니겠사옵니까? 구름은 곧 물인 비입고요. 여름의 가뭄 때에 농부들의 간절한 소망은 오직 대지를 흠뻑 적셔 줄 빗방울이옵지요. 그러나 그것은 구름이 끼고 난 뒤에나 가능한 일이옵지요. 맑고 마른 하늘에서는 비가 내릴 수 없는 것이니 구름이 끼고 비가 오기를 기다리는 농부의 마음, 이 마음이 바로 기다리는 마음이 아니옵니까?

또 구름이 끼었다 해서 반드시 비가 오는 것은 아니지 않사옵니까? 그러니 비가 오지 않는다고 오도방정을 떨거나 발광을 해 봐야 소용없는 일이옵지요. 이럴 적엔 그저 하늘의 뜻에 따라 기다리는 것이옵니다. 군자 즉 지도자라면 어려운 일에 부딪혔을 적에 은인자중하고 좋은 시기가 오기를 기다려야 하지 않겠사옵니까?"

"자연의 원소를 대두시켜 설명하니 훨씬 더 이해가 빨리 오는군요, 기자선생님!"

주공이 한 마디 거들었다.

그렇다. 물이 생기려면, 마른 하늘에 구름이 끼고 그 구름이 다시 비를 내려야 하는 것이다. 그것이 순서이다. 모든 일이 즉흥적으로 이루어지는 것은 아니다. 먼저 분위기가 무르익어야 하는 것이다.

다음엔 주공이 이에 대해 더욱 세부적으로 설명을 가하였다.

"구름의 기운이란 수증기가 하늘로 올라가서 반드시 음양이 합해진 연후에 생기는 것이옵지요. 이 구름이 하늘에 떠 있다 해서 꼭 비가 오는 것은 아닌고로 기다리게 되옵지요. 음양의 기운이 교감하지만 반드시 비가 오는 것은 아니옵지요.

이런 경우가 바로 군자가 재덕(才德 ; 재주와 덕)을 길렀지만 그것이 곧바로 베풀어지지 않는 것과 같사옵니다. 군자는 하늘에 낀 구름들이 비로 변할 수 있는 그 시간적 여유를 기다리옵지요. 도덕을 생각하며 편안히 때를 기다리옵니다. 또 음식으로 그 기체(氣體)를 기르고 연락으로 그 심지(心志)를 화화롭게 가지는 것이 평이(平易)한 데 살면서 천명을 기다리는 것(居易以俟命)과 같사옵니다."

"훌륭한 설명이구나, 주공!"
문왕이 칭찬을 했다.
"그렇사옵니다, 폐하!"
여상노사와 기자공도 문왕에 따라 칭찬을 보냈다.
역시 주공은 예리한 지성인이며 물리학자였다. 그래서 그는 주나라를 과학국가로 만드는 데 여러 가지로 도움을 주고 있었던 것이다.
기자공이 다시 입을 열어 간단한 철학을 얘기하였다.
"폐하, '어느 구름에 비가 있는 줄 모른다'는 말이 있지 않사옵니까? 이 얘기가 바로 기다림을 뜻하며 또 상대를 무시하지 않는다는 뜻이라 하겠사옵니다. 구름이란 대체적으로 비를 동반하지만 모든 구름이 다 비구름은 아니지 않사옵니까? 때문에 하늘에 구름이 떠 있다 해도 그것이 비를 동반한 것이 아니라면 당장 내리는 것이 아니니 비구름이 떠오를 때까지 기다려야 한다는 말이오며, 또 어느 누가 나를 도울지 모를 일이기에 만나는 상대를 소홀히 대해서는 아니 된다는 뜻이 담겨 있는 말인 줄 아옵니다."
"좋은 비유입니다, 기자공!"
문왕의 찬사였다.
이어서 여상노사도 간단한 글구 하나를 읊조렸다.

"시린유죽산창하(始憐幽竹山窓下)
불개청음대아귀(不改淸陰待我歸)
(어여쁜 유죽이 산창 아래에서
맑은 그림자를 고치지 않고 내가 돌아오길 기다리고 있더라!)

이 신이 젊어서 바람깨나 피우고 다닐 때의 일이옵니다. 돈

떨어져 님 떨어져 하는 수 없이 집으로 돌아와 보니 식구들은 별로 소신을 반기지 않고 창 밖의 대나무들만이 전에처럼 그 모습 그대로를 유지하며 이 주인을 기다리며 반기고 있었사옵니다.

기다림이란, 사람이 비를 기다리고 시운이 오길 기다리는 그런 기다림도 있겠지만, 반대로 집 주변에 있는 초목들이 주인을 기다리는 그런 기다림도 있사옵니다. 이 신은 거기에서, 사람들은 교활하여 이해관계에 따라 변해지지만 저런 초목들은 늘 그대로 묵묵히 제자리를 지키며 주인을 기다리고 있다는 것을 체득했사옵니다."

"좋은 말씀이시군요, 여상노사님! 그런데 여자란 대체로 주머니에 돈 떨어지면 따라서 떨어지는 것이 아니던가요, 하하하……."

기자가 우스갯소리를 하며 웃어 대었다. 그러자 좌중의 대인들도 동시에 웃음을 감추지 못하였다.

"허허허……."

늙으나 젊으나 지위 고하를 막론하고 사내들이란 여자 소리만 나오면 입이 벌어지고 장난기가 섞이게 되어 있으니 참으로 묘한 일이 아닐 수 없다.

잠시 후 문왕이 다시 입을 열었다.

"자, 지금부터 한 효 한 효를 풀어 갑시다. 먼저 이 짐이 초구효의 효사(爻辭)를 얘기하겠소이다.

'교외(郊外)에서 기다리고 있는지라 항상스러움을 씀이 이로

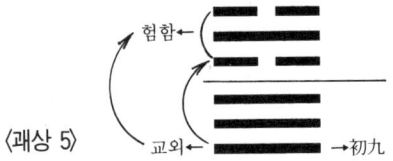

〈괘상 5〉

우니 허물이 없을 것이로다.'
 무슨 뜻인가 하면, 초구가 맨 밑에 있으면서 험한 데를 지나 가야겠다고 생각하고 있어요. 그래서 저 광원(曠遠)한 교외에서 가야 할 시기를 기다리고 있어요. 이런 경우엔 어느 누구든지 조급하거나 경거망동하면 안 되는 것이지요. 항심(恒心;떳떳한 본심)을 가지고 느긋하게 기다려야 허물이 없는 것이지요.
 그런데 대체로 양강한 기질을 가진 초구일 적에는 파닥거리며 발광을 하게 되지요. 이러다가 인생의 초년기를 좌절로 맞는 경우도 있지 않던가요? 반대로 침착하게 다가올 험난한 인생 행로를 기다리며 개척해 가는 그런 신중한 자는 허물없는 인생을 맞는 거지요."
 "훌륭하신 강설이옵니다, 폐하!"
 세 대인들이 이구동성으로 찬사하였다.
 "이번에는 이 신이 한 마디 거들겠사옵니다."
 여상노사가 운을 떼자 문왕이 다시 차순을 제의하였다.
 "그렇게 하십시오. 그러면 차순을 이렇게 합시다. 먼저 이 짐이 하고 나면 다음엔 여상노사님, 그 다음엔 기자공, 그 다음엔 주공, 이런 식으로 말이오."
 "그게 좋겠사옵니다, 폐하!"
 모두 같은 뜻을 이구동성으로 전하였다.
 "그러면 순차상 이 여상이 먼저 하겠사옵니다. 소신이 보는 초구는 이렇사옵니다. 기운과 기질이 겹쳐진 이중적 양강이옵니다. 이런 자가 자기의 목적지를 찾아서 가려면 답답하옵지요. 수양이 덜 되고 소양이 짧은 자일수록 기다리는 마음이 박약하옵지요. 이런 자가 목적지와는 너무나 먼 거리, 저 변방에서 내심(內心)으로 심기를 누르며 기다리고 있는 중이옵니다.
 세상사란 희망을 가지고 기다리는 데서부터 시작되오며, 또 그로부터 성취와 결실도 거두는 것 아니겠사옵니까? 지금 이 초구는 상당히 처신을 잘 하고 있다고 보옵니다. 자기의 분수와 자신이 처해 있는 위치 등을 감안하여 물의를 일으키지 않고 있사옵니다. 아주 진취적이고 또 야심만만한 그런 사내라고 해 두겠사옵니다."

"적절한 표현이시군요, 여상노사!"

문왕이 박자를 넣으며 말했다.

"하오면 폐하, 이번에는 이 기자가 한 말씀 거들겠사옵니다."

"그렇게 하십시오. 원래 규칙을 그렇게 정해 놓은 것 아니던가요? 하하하⋯⋯."

문왕은 긴 수염을 내려훑으며 기자의 말을 받아 주며 편하게 진행시켜 나갔다.

"초구의 인생관이란 항시 선머슴처럼 어설프고 덜렁거리며 불안한 정서를 가지고 있는 것 아니겠사옵니까? 이때가 인생에 있어서 눈을 뜨는 시기라 하겠사옵니다. 마치 이른 봄날 계

〈괘상 6〉

곡가에서 움을 트는 버들강아지 눈등처럼 말씀이옵니다. 이러한 시기에 꽃샘추위를 이겨내며 잘 참는 초구가 참으로 대견스럽사옵니다.

화제를 바꾸어 이성지간 쪽으로 돌려 놓으면 이렇사옵니다. 언제나 아랫도리에 차일(遮日)을 치고 있는 양강한 십대의 사내가 부모의 가정교육에 의한 자신의 판단 능력으로 인해 말썽을

일으키지 않고 있사옵니다. 이 초구는 자신의 짝인 육사를 두고는 자신이 훌륭한 인격자가 되어서 언젠가는 그녀를 마누라로 맞을 것이라고 기다리고 있사옵니다. 이러한 십대의 사내들이란 보고 싶고 갖고 싶고 즐기고 싶어서 생발광을 해 대며 안절부절 못하게 되옵지요. 사춘기에 그리는 이성간이란 논리적으로나 윤리적으로 제재하기가 퍽이나 어려운 것 아니옵니까? 그런데도 겉으로 표시내지 않고 묵묵히 참고 기다리는 이 초구의 대견스러움이 놀랍다고 하겠사옵니다."

"수고하셨습니다, 기자공. 그러니까 일이 양인데 거기에다 또 구의 양이 만나져서 겹양이 되었기에 차일을 치는 사내라고 표현하셨군요. 그리고 저 육사는 또 육의 음에다 사의 음이 찾아왔으므로 겹음이라 하겠지요. 그러니까 겹양과 겹음이 서로의 짝이 된 셈이로군요. 이런 경우에 밤일을 시작하면 너무나 신이 날 것으로 생각됩니다, 기자공. 하하하······.."

여상노사가 받아서 다시 한 번 설명을 가해 주었다.

"자, 이번에는 주공이 할 차례인데 강설 방법을 형상학적으로 한번 해 보거라!"

"그러겠나이다, 아바마마!

'먼 교외에서 기다리고 있는 것은 어려운 일을 저지르지 않고 순리대로 나아가기 위함이라 하겠사옵니다. 항심을 가진 것이 이롭고 허물이 없는 것은 떳떳함을 잃지 않기 때문에 그렇다고 봐야겠사옵니다.'

다시 말씀드리오면, 모험을 하지 않고 적절한 시기와 분위기를 봐서 목적지를 향해 가겠다는 그러한 경우이옵니다. 무엇보다 중요한 것은 항심과 떳떳한 행동을 갖는 것이라 하겠사옵니다. 군자의 기다림이란 안정자수(安靜自守), 즉 편안하고 고요함 속에서 자신을 지킴이라 하겠사옵니다."

"안정자수라! 그 말이 참 좋습니다, 주공이시여! 대체로 사람들은 그 점이 잘 안 되어 마음이 들뜨고 흥분하며 발광하는 것 아니겠습니까?"

기자공의 찬조강설이었다.

듣고 있던 세 대인들도 군자의 안정자수란 말이 가슴에 와 닿는 듯 모두들 고개를 끄덕거렸다.

"자, 다음은 구이효를 분석해 들어갑시다."

문왕이 제의하자 좌중의 대인들이 이구동성으로 입을 모았다.

"폐하, 그렇게 하시옵소서!"

"자, 그러면 이 짐이 먼저 시작하겠소.

'구이는 모래톱에까지 와서 기다리고 있는지라, 조금은 말썽이 없지 않으나 마침내는 길할 것이로다.'

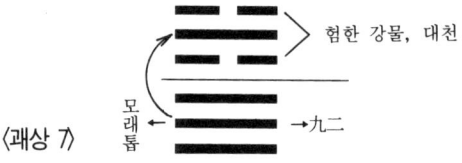

〈괘상 7〉

쉽게 풀어 얘기하자면 이렇소이다. 이 구이는 점점 감수(坎水)의 험한 물 가까이까지 다가왔어요. 물이 가까운즉 모래톱이 있지요. 이 구이가 험한 강물과 점점 거리가 가까워지는고로 '모래톱에서 기다리고 있다'고 한 것입니다. 비록 환해(患害)에 까지는 이르지 않았지만 이미 약간의 말썽이 일고 있어요.

그러니까 구이가 험한 대천을 건너기 위해 물 가까이에 온 것입니다. 거기가 바로 권력과 세력이 꿈틀거리고 있는 바람 지대지요. 이 권력의 바람 지대란 항시 남을 음해하고 시기하고 질투하여 약점 잡기를 일삼고 있는 곳입니다. 그렇지만 이 구이는 잘 참고 대처하며 바람이 자고 물이 맑아질 때까지를 기다리고 있는 중이지요. 멀지않아 분위기가 가라앉아 뜻을 얻게 되면 길할 것임을 보장받게 된다고 하겠소이다."

"폐하의 비유가 참으로 좋사옵니다. 초구는 저 먼 곳 광원한 데서 기다린다고 하셨사옵고, 구이는 또 모래톱에까지 와서 기다리고 있다는 그 점진적 표현이 참으로 멋있고 설득력까지 있사옵니다."

여상노사의 찬사였다.

문왕이 다시 입을 열었다.

"다음은 여상노사께서 한 말씀 해 보시구려. 좀 재미있게 해 주십시오, 하하하……."

"그렇게 하도록 하겠사옵니다. 이(二)의 음이 있는 곳에 구의 양이 어느 날 갑자기 찾아와서 삶의 외형을 바꾸어 놓았사옵니다. 때문에 그 이름도 구이가 된 것이옵니다. 그러니까 삶이 바뀌면 이름도 바뀌는 것입지요. 처녀가 시집을 가서 양이 되면 그 본디 이름을 부르지 않고 택호(宅號)를 부르거나 아니면 아무개 엄마라 부르는 것과 같은 원리이옵니다. 또 남자도 조정의 조직에 등용되어 벼슬을 하게 되면 직함이 붙는 것과 같은 뜻이 되겠사옵니다.

음과 양의 만남이란 반음반양으로서 이중성을 가지고 있기도 하면서 또 이성(異性)의 합(合)으로 인해 남녀간의 상호 신비와 비밀을 다 알게 된 것과 같사옵니다. 이러한 인격체가 자신의 정응을 맞기 위해 그가 살고 있는 동네 어귀까지 왔사옵지요.

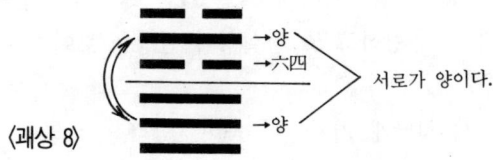

올 때는 큰 기대감을 가지고 왔는데 막상 그 동네에 당도하여 소문을 듣자 하니 그녀는 성질이 강해서 꼭 사내와 같다고 하옵니다. 그래서 그는 실망하고 돌아가야 할 입장에 있사옵지요.

그러니 부득이 바로 한 칸 건너에 있는 육사를 좀 어떻게 해봐야겠다고 마음을 고쳐먹사옵니다. 저 육사는 유순하고 여성스러워 한번 해 볼 만한 상대라 하겠사옵니다. 본디 이 육사는 물이 풍부하고 따라서 이불 속에서 색성(色聲)도 잘 질러 대는 그런 여자인지라 사내라면 이런 여자에게 침을 안 흘릴 수가 없게 되어 있사옵니다."

"아아니, 여상노사! 그 색성이란 게 뭡니까?"

기자공이 알면서도 능청을 떨며 물었다.

"그 소리가 바로 사람 잡는 소리 아니던가요? 그것은 여자가 성적으로 흥분했을 때 내질러 대는 소리가 아니겠소? 상대적으로 또 악기를 다루는 연주자도 그만큼 훌륭한 솜씨를 보여 주어야 되지요. 그러나 악기가 좋으면 다소 연주자의 기술이 덜 세련되어도 훌륭한 색성을 내게 되는 것이 또 그 소립니다."

여상노사의 음탕한 외설이었다. 옆에서 이런 소리를 듣고 있던 문왕과 주공, 이 두 부자지간은 약간 쑥스럽고 부자연스럽기만 하였다. 하지만 처음에 판을 짤 때 그렇게 짰고 또 서로의 규칙을 정해 놓은 것이 그러하니 어쩔 수 없는 일이었다. 또 한편으로 생각해 보면 인생의 모든 것을 달관한 부자지간인지라 이 정도 가지고는 별로였을 것이리라.

"여상노사님, 여자의 색깔있는 소리 중에서 어떤 색깔의 소리가 더 음탕하고 또 성실성과 열정을 보이는 소리라 하겠습니까?"

다시 짓궂게 기자공이 물어보았다.

"어허 그것 참, 좀더 구체적으로 대답을 해야겠소이다."
 여상은 싱겁게 웃음을 지으면서 말을 계속 이어 갔다.
 "색깔이 빨강·노랑·파랑·검정·흰색, 이렇게 오색이 있다면 빨강에다 노랑을 약간 섞은 주황에다 다시 검정을 약간 섞은 그런 소리가 좋더군요. 물론 사람마다 차이는 있겠소이다만 제 경우는 그렇습디다."
 "그러니까 주황색은 너무 황홀하니까 거기에 검은 색이 약간 가미된, 다시 말해서 음탕함이 융화된 그런 소리 말이시군요."
 "그런 여자라면 준걸한 명기라 하겠습니다. 여상노사님, 그런데 여상노사님께서도 청춘시절에는 바람깨나 피우고 다니셨던 것 같습니다."
 "그거야…… 한때는 역전의 용사였지요. 이제는 노병(老兵)이 되어 한물 갔지만 말이오, 하하하……."
 "하하하……."
 그의 말에 모두는 한바탕 웃어 댔다.
 외설 소리 듣고 웃지 않는 사람도 또한 큰 문제가 있는 것이다. 감성과 지각이 있는 사람이라면 누구나 외설을 들으면 입이 벌어지게 되어 있기 때문이다. 마치 소금물에 담가 둔 조개의 입이 벌어지듯이 말이다.
 "자, 그 얘긴 그 정도로 해 두고 기자공의 강담이나 한번 들어 봅시다, 무슨 내용이 준비되어 있는지."
 문왕의 제의였다.
 "예, 폐하! 이 신은 이 육이를 이렇게 보겠사옵니다. 폐일언하자면 쥐구멍에 볕이 들어온 경우이옵니다. 왜냐하면, 이(二)의 음지에 구의 양이 비춰 주고 있기 때문이옵니다. 그러니 얼마나 좋사옵니까? 그러나 사실은 쥐구멍에 볕이 들면 쥐 자신은 별로 좋지 않사옵니다. 다시 말씀드리옵자면 아늑한 분위기가 다 깨진 것이옵지요. 그러니 어두운 곳은 어두운 대로, 또 밝은 곳은 밝은 대로 놔두는 것이 좋지 않겠사옵니까? 그래서 세상살이는 절대 좋고 절대 나쁜 것이란 있을 수 없다라고 하겠사옵니다.

화제를 바꾸어 말씀드리오면 이렇기도 하옵니다. 주변 환경을 둘러보면, 아랫괘의 상중하 중 중앙에 있어서 든든하기도 하옵니다. 강경한 두 사내를 곁에 두고 있으니 위험을 느끼지 않사옵니다. 뿐만 아니라 자신과의 짝인 구오도 강력한 실세에 있으므로 끄떡없는 현재의 입장이옵니다."

"재미있군요, 기자공의 강설이."

문왕의 찬사가 이어졌다.

"그렇사옵니다, 폐하!"

여상노사와 주공도 문왕의 찬사에 동조하였다.

"자, 그러면 마지막 주자인 우리 주공이 형상학적으로 이 구이효의 후미를 장식해 보거라."

"그러하겠사옵니다, 아바마마. 저는 어디까지나 아바마마께옵서 하신 강설에 준해서 도상학적으로 견해를 밝히겠사옵니다.

'모래톱에까지 와서 기다리고 있다고 보신 데 대해서 말씀드리옵자면, 너그러운 심기에다 하괘의 중앙에 위치하고 있어서 그렇사옵니다. 약간의 말썽이 일고 있으나 길(吉)로써 마칠 것으로 확신하옵니다.'

그 이유를 설명드리옵자면, 구이는 현재의 입장이 하괘의 상중하 중 중앙에 위치하고 있으면서 또 중용지도를 지키고 있사옵니다. 고로 급진적으로 나아가려는 마음이 없사옵니다. 이러한 자에게 약간의 음해공작이나 시기질투가 뒤따른다 해도 그건 별로 문제가 되지 않을 것이옵니다. 때문에 길을 가져오는 것이옵니다."
 "인생이란 게 성장하는 과정에서 말썽도 따르고 또 음모도 뒤따르는 것이 아니겠느냐? 그러나 그것은 맑은 하늘에 구름 한 점이 머물다 가는 정도인 것이지. 안 그런가?"
 문왕의 찬조해석이었다.
 이렇게 하여 구이 효의 분해가 모두 끝난 셈이다. 이때 죽향이 차를 담아 가지고 나왔다.
 "말씀들을 많이 나누시느라 갈증이 심하셨을 터인데 차 한 잔씩들 드시고 갈증을 푸시지요."
 죽향이 차를 내며 그들에게 노고를 위로해 주었다.
 "자, 차 한 잔씩 들고 합시다. 사람이 역을 풀건 일을 하건 다 먹고 살자고 하는 행위 아니겠소?"
 문왕이 차를 권하며 농기 섞인 말을 꺼내어 분위기를 부드럽게 풀어 주었다.
 문왕이 수염을 내려 훑자 여상노사도 수염을 대각선으로 훑어내렸다. 모두가 잠시 휴식을 취하면서 수석, 향란, 향혜(香蕙), 서화, 청동기, 도검(刀劍)류 등을 향하여 눈빛을 보내었다. 이것들은 주나라 왕실의 진보(珍寶)이자 또 애완품들인지라 차 마시는 시간이나 심심할 적에 한 번씩 보고 즐기는 것들이었다.
 여상노사가 입을 열었다.
 "폐하! 여기에 있는 이 진보들을 보고 있노라니 우리 주국 문화의 진면목을 보는 것 같아서 마음이 한결 여유롭고 푸근하옵니다. 난혜나 수석류를 자연의 생산품이라 한다면 종정(鍾鼎)이나 도금류 같은 것들은 사람의 지혜에서 창출된 지산품(智産品)들이 아니옵니까. 자산품(自産品)과 지산품이 한데 어우러져서 총화를 이루고 있는 모습을 보니 참으로 보기가 좋사옵니다. 바로 이를 취합해서 문화라고 하지 않겠사옵니까?"
 "그렇지요, 여상노사! 문화란 꾸며서 감화를 준다는 뜻이지요. 문화에도 자연문화와 인위적 문화가 있지 않습니까? 전자의 것은 아름다운 산하대지 즉 명산대천, 그리고 수석·난혜·화훼류들이고, 후자는 이런 궁실이나 회화와 문자, 그리고 사람이 만들어서 보고 즐기는 온갖 것들을 통칭하는 것이지요."
 문왕의 응답해설이었다.
 이어서 기자공도 빠질세라 한 수 더했다.
 "폐하! 사람이 문화를 떠나서 산다는 건 물고기가 물을 떠나 살려고 하는 것과 같은 것이 아니겠사옵니까? 다시 말씀드리오면, 문화가 없는 삶이란 바로 물고기가 물을 잃은 것과 같은 것이옵지요. 태초에는 사람이 공혈(孔穴; 구멍)에서 살다가 점점 지모를 모아 움막집을 짓고 살았으며, 또 식생활도 초근목피나 산과(山果) 또는 사냥으로 취득한 금수들을 날것으로 먹고 살다가 불을 발견하여 익혀 먹거나 구워 먹는 자취(自炊; 스스로 불을 땜)법을 쓰게 되었사옵지요.
 이때 기구를 만드는 지모가 모아져서 우리 주나라에서 생산하는 저런 청동기들이 나온 것이옵지요. 이는 바로 그 불의 사용에서 나온 결정체이자 극치품이 아니겠사옵니까? 그러니까 식생활이건 기구 사용이건 인간이 불을 사용하기 시작한 뒤로부터 훨씬 질좋은 문화생활을 누리게 되었습지요."
 "수고했소, 기자공. 말을 많이 했으니 차나 한 잔씩 더 들고 합시다. 그리고 좀 섭섭하지만 주공은 이 대화 중에서 한번 빠지도록 해라."
 "예, 아바마마! 알겠사옵니다."
 문왕은 아들 주공에게 양해를 구하고 나서 죽향을 불렀다.
 "죽향이, 차 한 잔씩 더 돌리도록 하지. 나이를 먹은 데다가 말까지 많이 해서 그런지 목이 자주 말라 오는구나."
 죽향이 장터의 국밥장사처럼 차 주방을 부지런히 들락거렸다.
 문왕은 강담의 열기가 식지 않게 하기 위해서 약간 서두르며 분위기를 조성하였다.
 "자, 본론으로 들어 갑시다. 육이효는 해결했으니 이어서 구삼효를 만나러 갑시다. 그럼 이 짐이 먼저 이 효가 갖는 대의를 설명하겠소.

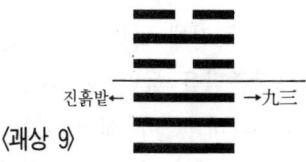
〈괘상 9〉

 '진흙밭에서 기다리고 있으니 험한 사람이 찾아 올 것이로다.'"
 "그게 왜 그렇사옵니까?"
 기자공이 의아한 표정을 지으며 물었다.
 "이어서 설명하겠으니 들어 보십시오. 아까번의 구이효는 모래밭에서 기다린다고 했고 이번의 구삼효는 진흙밭에서 기다린다고 본 이유는 이렇소이다. 대체로 강변을 살펴보면 언덕이 있고 언덕 밑에는 모래밭이 있고 그 모래밭을 지나 물가로 가면 진흙밭이 널려 있는 경우가 많지요. 그래서 그 부분을 모래밭, 진흙밭, 물줄기, 이렇게 셋으로 나누어 비유하고 또 해석해 보는 것이오."
 "비유가 좋사옵니다, 폐하!"
 다시 기자공이 찬사를 드렸다.
 "그럼 좀더 쉽게 풀어 보겠소이다. 진흙밭이란 물줄기에 가까운 곳이 아니오? 그러니 거기에서 경신(敬愼 ; 조심함)하지 아니하면 미끄러져서 상패(喪敗 ; 상하거나 다침)함이 오게 되어 있지요. 이 상패함을 바로 가상적인 도적으로 비유해서 설명한 것입니다. 이렇게 진행되는 이유는 구삼의 위치가 강경하면서 중앙에 있지 않고 거기다가 건천(乾天 ; ☰)인 건체(健體)의 맨 윗자리에 있으면서 진동(進動)하려고 하지요. 이 자체, 이 시점이 바로 상패를 당할 수 있는 도적인 것입니다. 알겠소이까?"

"폐하! 이제야 그 뜻을 알겠사옵니다. 높으면서도 쉽고 쉬우면서도 깊은 진리가 들어 있사옵니다."

"이 짐이 주책없이 너무 길게 하면 지리멸렬할 터이니 이번에는 여상노사께서 고강준담을 들려 주시지요."

"그러하겠사옵니다, 폐하! 이 신이 보는 바는 이렇사옵니다. 구삼이란 저 자리는 항시 불안하고 또 어설프옵니다. 그런 반면에 진취적이고 희망적인 곳이기도 하옵지요. 양쪽이 절대 다 나쁘다거나 양쪽 다 좋을 수 없는 것이 인생의 진행 과정이 아니옵니까? 그런 차원에서 이 신은 진취적이고 희망적인 후자의 입장에서 잠시 언급할까 하옵니다.

구삼이란, 삼의 양이 있는 곳에 구의 양이 찾아와 만난 것이니 그 기운이 얼마나 양강하겠사옵니까? 거기다가 자리까지도 아래 건천의 최상에 와 있고 보니 그만 우쭐하고 따라서 교만 기도 동반하고 있사옵니다. 우쭐댐과 교만함이 어우러져 문제를 야기시키는 반면에 일을 추진해 나가려는 그런 능동적이고 적극적인 태세, 이것이 바로 세상을 움직이는 중추적 기능이 아니겠사옵니까? 모두가 다 조심하고 경신한다면 세상이 움직여지겠사옵니까? 인생은 다소의 문제가 있음으로써 다소의 점진적 향진도 있는 것으로 보옵니다. 죄송하옵니다, 폐하! 반대적인 견해를 밝혀서 말씀이옵니다."

수천수괘(水天需卦) 237

"아—아니오. 그러기에 토론이며 강담인 것이지요. 어떤 문제를 두고 획일성보다는 다양성이 훨씬 더 좋지 않겠습니까?"
"지당하신 말씀이옵니다, 폐하!"
기자공이 문왕의 얘기에 동조의 뜻을 보내었다.
"자, 다음은 기자공이 계속해서 견해를 밝혀 보십시오."
문왕의 제의가 이어졌다.
"예, 폐하! 이 신이 보는 견해는 이렇사옵니다. 구삼은 양강한 기질과 정력으로써 자기의 짝인 상육을 사랑하고 관리해야 한다는 상당한 의무감을 가지고 있사옵니다. 그러나 상육의 여

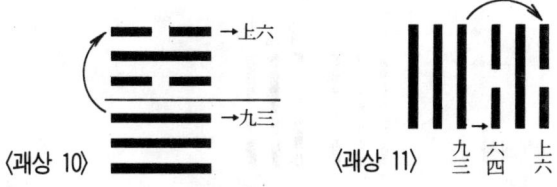

자는 늙고 병들어 가는 황혼의 지경에 이르렀으므로 아무래도 관심이 덜하옵니다. 그래서 구삼은 바로 곁에 있는 육사의 여자에게로 눈을 돌려 관심을 보이며 적극 신경을 쓰고 있사옵니다. 이런 구삼의 적극적이고 직선적인 표현을 누가 탓할 수 있겠사옵니까? 어떤 사내가 풋풋한 젊은 여인을 거부하고 늙고 병든 여인을 취택하겠사옵니까? 특히 여자에게 있어서 젊음이란 생명과 같은 것이 아니겠사옵니까? 젊음은 물과 불이 풍부하고 아울러 감정도 예리하며 신선하옵지요. 그런 여자와 사랑을 나누는 것이 인생에 있어서 쾌락의 극치가 아니겠사옵니까?
인생이란 대체로 이중고에 시달리게 마련이옵지요. 사랑이 없는 사람과 살면서 사랑이 있는 자와는 사랑할 수 없는 그런 고통 말씀이옵니다. 이러한 고통을 잘 활용하면 발전을 가져올

수 있사오나 반면에 이를 잘못 사용하면 고통의 늪에서 헤어나지 못하고 자멸하게 되는 경우도 많이 있사옵니다.

　이 구삼이 사업을 할 경우에 그 양강하고 넘치는 박력으로써 기술개발과 상품개발에 몰두하게 되면 최상의 상품을 만들어서 명재(名財 ; 명성과 재물)가 병창(並昌 ; 아울러 창성함)할 것임에 분명하옵니다. 사람이란 지모를 어디에다 얼마만큼 쏟느냐에 따라 성패가 달려 있는 것 아니옵니까? 대체로 성공하지 못하는 사람들을 보면, 하늘로부터 물려받은 그 훌륭한 지모를 다 활용치도 못하고 그냥 방치시켜 놓는 수가 허다하옵지요.

〈괘상 12〉

　이 구삼은 자기가 가진 능력만큼이나 주위의 환경도 좋사옵니다. 앞에 있는 초구와 구이는 양의 기질들을 가지고 있기 때문에 가슴이 따뜻하옵니다. 따라서 적극성으로 도울 수 있는 자들이라 하겠사옵니다. 그리고 뒤에 있는 육사와 구오, 그리고 상육들도 이 구삼에게 다 도움이 되는 자들이옵니다. 육사는 우선 약한 음이라서 구삼이 도움도 줄 수 있는 반면, 또 구삼의 상품을 많이 팔아 줄 수 있는 허(虛)한 부분도 많이 있어서 좋사옵니다.

　그 다음에 구오효는 양강한 실세자이옵니다. 아무래도 앞에 있는 사람보다는 윗사람이고 실권자라서 말하기도 편하고 더불어 큰 도움도 받을 수 있사옵니다.

　다음의 상육에게 기대할 수 있는 것은 이렇사옵니다. 끝나는 인생이지만 구삼에게는 정응이옵니다. 때문에 우선 믿진다 생각하고 상육에게 도움만 주면 나중에는 틀림없이 그 자손들이나 친지들이 과거의 은공을 잊지 않고 좋은 고객으로 다가설 수 있을 것이옵니다.

　인생이란 금방 써먹을 것과 나중에 두고두고 써먹을 것을 생각하며 살아야 하옵지요. 다시 말해, 현재의 충족성에다 미래지향적 소득원을 배제해서는 성공을 보장할 수 없다는 말이 되겠사옵니다. 무엇보다 중요한 것은 주위에 모두 강경한 양들만 있으면 구삼이 아무리 위력을 발휘해 주어도 고마움을 모르고 또 빛도 나지 않사옵니다."

　기자공의 일대 장광설이었다.

　"수고했습니다, 기자공. 강설이 간단명료하며 그 비유법이 아주 좋습니다그려! 다음은 주공의 차례가 되었군그래. 기다리느라 지루했을 텐데 주공이 한번 특기를 살려 형상과 도상학적으로 설명해 보도록 해라. 듣는 이로 하여금 한 점의 예술품이나 도안을 대하는 느낌이 들도록 말이야."

　지루하게 기다리고 있던 주공은 아버지 문왕의 제의가 있자 장시간 굽혀져 있던 허리와 가슴을 쭉 펴며 손가락으로 도상을 그리며 말문을 열었다.

　"아바마마, 이 구삼의 모양새는 이렇사옵니다. 아바마마의 말씀을 따라 그려 보자면, '이 진흙밭에서 기다리고 있다 하심은 재앙될 일이 밖이자 상괘인 감수(坎水)에 있으므로' 그렇사옵니다. 무슨 뜻을 담고 있느냐 하오면, 저 감수괘가 험한 대천이므로 무모하게 함부로 건너지 않고 수단을 강구하느라 지금 망설이고 있는 중이옵니다. 이 시간이 바로 기다리는 중 아니옵니까?

　또 '내 자신으로부터 도적을 이룰 것이니 경신하면 실패하지 아니하리라.' 이는 현재 구삼 자신의 입장이 잘못하면 도적도 되고 재앙도 불러 올 수 있으므로 모든 것이 자신에게 달려 있다는 말이 되겠사옵니다. 때문에 공경하고 삼가하면 실패가 없이 대천을 건널 수 있다는 뜻이 되겠사옵니다."

"아이구! 주공의 설명이 이 짐의 설명보다 훨씬 깊게 들어간 것 같구나! 그래서 해설가가 필요하고 평론가가 있어야 하는 것 아니겠나! 애썼다, 주공."

문왕은 주공의 형상학적 설명에 흠락(欽樂;기쁘고 즐거움)해 하는 표정이 역력하였다.

"이제 육사효로 들어갑시다. 먼저 이 짐이 그 대의를 설명하겠소이다.

'크게 험한 곳, 다시 말해서 피가 나는 곳에서 기다리고 있으니 그 구멍으로부터 벗어나야 할 것이로다(需于血이니 出自穴이로다).'

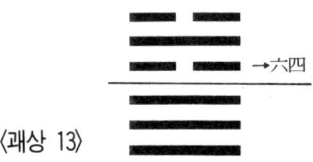

〈괘상 13〉

풀어서 쉽게 설명하겠소이다. 육사는 음유(陰柔;음이면서 부드러움)한 본질로서 이미 감수(坎水;☵)의 험한 데에 진입하여 처해 있고, 또 아래에 있는 세 양들로부터 공격을 받는 입장에 있으므로 험난한 입장에 있어요. 때문에 피가 나는 데서 기다리고 있다고 한 것입니다.

이미 험난한 데서 상하여 있은즉 안처(安處)할 수도 없어요. 따라서 반드시 그 거처도 버려야 하는고로 그 구멍(穴)에서 벗어나야 한다고 한 것이에요. 이 경우는 음유한 음이기에 피만 조금 흘리고 나오는 것이지, 만약에 양강한 양이라면 한 판 붙어서 사생결단을 내야 할 것이지요. 때문에 목숨이 왔다갔다 하는 큰 피해는 면한 것입니다."

여상노사가 받아서 입을 열었다.

"폐하! 그러니까 그 말씀은 이런 것 같사옵니다. 음유한 자가 순간적 착오로 험한 데 진입하였다가 더 이상 머물다가는 큰일 나겠다 싶어서 금방 빠져나오는 바람에 큰 위험을 모면한 것이 되겠군요. 만약 양강한 양이 그러한 처지에 있었다면 큰 낭패를 보고 나올 것임에 분명하다 이 말씀이시옵지요? 그러니 세상에는 부드러워서 이익볼 때가 있고, 반면에 강해서 손해볼 때도 있사옵지요. 세상에는 강한 것만이 능사가 아니옵지요. 강자는 부러지지만 유자는 능히 면피를 가져옵니다. 또 속담에 '모난 돌이 정 맞기 쉽다'란 것도 다 이에 해당하는 것 아니겠사옵니까?"

"옳으신 말씀이오, 여상노사!"

문왕의 찬사였다.

"다음엔 우리 기자공께 순차를 돌리겠습니다. 아마도 입이 심심하실 텐데 재미나게 한 소릴 엮어 보시지요."

문왕의 제의였다.

"그러하겠사옵니다, 폐하! 심심할 리야 있겠사옵니까? 폐하와 여상노사 그리고 주공의 명강을 듣는 것이 얼마나 큰 영광이며 복이옵니까? 그러면 서론은 이만 하고 본론으로 들어가겠사옵니다.

이 육사는 사(四)의 음 자리에 다시 육의 음이 찾아와서 겹음

〈괘상 14〉 初九 九三 六四 九五

내지 이중음이 되었사옵니다. 이것이 캄캄한 음의 동굴입니다. 또 겹음이 바로 순음이 아니겠사옵니까? 순음 중에서 나이가 사십대인 중년의 순음이옵니다. 때문에 음수(陰水)가 풍양(豊洋)하여 남자가 스쳐만 가도 물이 줄줄 흘러 신발에 고일 정도이옵니다. 그런 데다가 자기의 정응인 초구도 있고 또 바로 양쪽 좌우에 구삼과 구오가 있지 않사옵니까? 그러니 한 마디로 말해 남자 복이 많은 여자이옵지요. 따라서 항시 남란(男亂)이 일어나고 있사옵니다.

다시 말씀드리옵자면, 한 여자에게 세 남자가 붙어서 신경을 써 주고 있사옵지요. 그러니 한편으론 기분이 좋으면서도 또 한편으론 어지럽기도 하옵니다. 순음에다 잘난 여자라서 정말 남자복이 터진 셈이옵니다. 이런 경우, 인정이 많으면 아무에게나 퍼 주게 되옵지요. 그래서 속담에 '인정 많은 년 털요강 마를 날 없다'는 말이 나온 것 같사옵니다."

"그럴 테지요. 어허 참, 우리 기자공의 강의가 역시 명강의입니다. 털요강이란 그 비유가 괜찮군요, 허허허……."

문왕의 찬사였다.

"여자의 거기를 털요강이라 한다면 남자의 그것은 그럼 뭐라고 해야지요?"

여상노사가 짓궂게 질문하였다.

"에…… 부끄럽고 죄송하옵니다마는 그것은 털총이라 하옵지요. 털이 나 있는 총이란 뜻이옵지요."

"말 되는군요. 쏘는 것이니까 그렇다 이것이지요? 하하하."

여상노사가 보충설명을 가하자 좌중의 세 대인들이 박장대소를 해 대었다. 오랜만에 맘껏 웃어 보는 군신간의 화기애애한 순간이었다.

"폐하! 화제를 바꾸어 경영의 입장에서 한번 육사를 말씀드리겠사옵니다. 음지에서 음의 성분이 많은 상품을 진열해 놓고 팔고 있다고 보겠사옵니다. 쉽게 말씀드리옵자면, 그늘 쪽에서는 채소장사나 꽃장사도 괜찮지요. 그런가 하면 그늘진 곳이나 뒷골목에서 냉수장사나 얼음장사를 하는 것은 별로 재미가 없사옵지요.

 음지인 뒷골목 같은 데서는 여관업이나 술장사 같은 음성적인 장사를 하는 것이 좋지 않겠사옵니까? 음이라 할 수 있는 시골에서는 음에 해당하는 여자장사 같은 것은 잘 아니 되옵니다. 그러므로 때와 장소를 골라서 거기에 맞는 상품을 가지고 장사하면 성공하게 되어 있사옵니다. 이런 것이 지혜가 아니겠사옵니까?"

 "수고했소, 기자공. 공은 모르시는 게 없습니다. 만약에 장사를 했더라면 큰 부호가 되었을 것 같소이다, 하하하……."

 문왕이 수염을 쓰다듬으며 웃어 대니 하얀 치아가 백옥처럼 빛났다.

 "자, 다음은 우리 주공이 도상을 그려 가며 간단히 소견을 밝혀 보도록 하여라."

 문왕의 제의였다.

 "예, 아바마마! 소자는 이렇게 설명하겠사옵니다. '피가 나면서 기다린다'고 하신 그 부분에 대해서 말씀드리옵자면, 음유한 자신을 누구보다도 잘 알고 있는 육사가 순한 기질로 물러나와 여론에 경청하고 있사옵니다. 자신을 잘 알고 행동을 민감하게 대처함으로써 대란을 피하고 약간의 피만 흘리고 만 셈이옵니다. 퍽이나 다행스런 일이라 하겠사옵니다. 세상엔 쥐뿔이나 힘도 없으면서 게거품을 내놓으며 달려들다가 얻어터지거나 맞아 죽는 수가 있지 않사옵니까? 그러니 무엇보다 중요한 내 자신을 잘 알고, 또 세상의 여론에 귀가 밝아야 하는 것이라 하겠사옵니다."

"잘 보는구나, 우리 주공이. 그렇기 때문에 음악 연주에 있어서 관현악의 협연이 필요한 것이지 않겠느냐? 이렇게 우리 네 사람이 모여 앉아 자기 뜻을 밝히면서 각기 흩어지지 않고 정연하게 역을 엮어 가는 것 또한 가히 철학의 교향곡이라 하겠소이다."

문왕의 비유 설명이었다.

그렇다. 네 사람이건 세 사람이건, 몇 사람이 모여 앉아 각기 다른 견해를 밝히는 것이 악사들이 각기 다른 악기로 연주하는 것과 조금도 다를 바가 없는 것이다.

"자, 다음은 구오효를 정밀분석해 봅시다. 먼저 이 짐이 구오효가 갖는 상황을 직관적으로 판단해 보겠소이다.

'주식(酒食) 즉 술과 밥을 먹으며 기다리고 있으니 주관이 뚜렷하고 길할 것이니라(需于酒食이니 貞코 吉하니라).'

왜 이런 판단이 나오는가 하면, 이 구오는 양강한 체질과 기질로서 윗괘의 상중하 중 중앙에 위치하고 있어서 중정(中正)과 천위(天位 ; 임금 자리)를 얻었지요. 따라서 능히 그 행할 도를 다하고 있습니다. 이러한 자세로 기다리고 있으니 무엇인들 얻지 못하겠소?

때문에 술과 밥을 먹으며 편안히 즐기면서 기다리고 있어요. 그러니까 이 수천수괘에 있어서 기다리다가 가장 좋은 만남을 얻은 행운아인 셈입니다. 누구나 희망과 이상을 가지고 기다리다가 저런 호시절과 영화를 만나야 되는데 그게 어디 마음대로 되는 것이 아니잖소이까?"

"존위의 자리에 와 있는 이 구오가 바로 과거의 문왕폐하시오며 현재의 무왕폐하가 아니겠사옵니까?"

여상노사의 칭찬 섞인 발언이었다.

수천수괘(水天需卦) 245

그렇다. 구오란 바로 실세이며 존위이며 대권자인 것이기 때문이다. 일국이나 천하의 왕이 되는 것도 그냥 되는 것이 아니라 기다리며 또 험난한 대천을 건너야 되는 것이다. 옛말에 '지방 현감을 하려면 황토밭 귀신이라도 도와야 된다'고 하였다.

"자, 다음엔 여상노사의 차례이지요. 멋있고 맛있게 한 말씀 해 보시지요."

문왕의 제의였다.

"예, 그러하겠사옵니다, 폐하! 현재 이 구오는 대단한 실력자이옵니다. 기질로 봐도 겸양이고 또 자리를 봐도 임금의 자리가 아니옵니까? 이런 임금이 자기의 신하인 구이도 잘 만났사옵니다. 양강한 기질에 중덕(中德)을 가진 충신이자 현신(賢臣)이며 또 철신(哲臣)이 아닐 수 없사옵니다. 이런 신하를 만났다

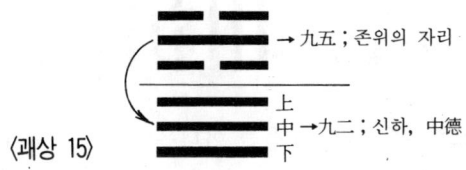

〈괘상 15〉

는 것은 참으로 대단한 덕군(德君)이옵니다. 결국 사람이란 사람 만나는 작업을 하느라 사는 것 아니겠사옵니까? 처녀는 서방을, 사내는 계집을, 신하는 임금을, 임금은 신하를, 스승은 제자를, 제자는 스승을 말씀이옵니다. 이 관계를 맺기 위해 온갖 짓을 다 해 대며 또 전문적인 행위를 하게 되옵지요. 만남은 거룩하고 성스러워야 하며 실질적이고 영속적이어야 하는 것이라 하겠사옵니다."

여상노사는 만남의 중요성에 대해 강조를 하였다.

그렇다. 높으면 높을수록 사람이 필요한 것이다. 더 현명하고 분명한 사람이.

"그러면 이번에는 기자공의 재담(才談)을 들어 봅시다."

문왕이 재촉하듯 제의하자 순서를 기다리고 있던 기자공은 썩 그렇게 할말이 많지 않은 듯한 표정을 지으며 강설에 임하였다.

"구오, 이 친구는 양강한 정력가라 하겠사옵니다. 겹양의 체질에다 좌우상하에서 자신을 에워싸고 있는 여자들에게 정력을 발휘하느라 바쁜 사람이옵니다. 웬만한 정력 가지고는 그녀들을 당해낼 재간이 없을 것인데 이 구오가 워낙 겹양과 이중적 강양 체질이다 보니 주위의 여자들이 모두 흡족해 하고 있사옵니다.

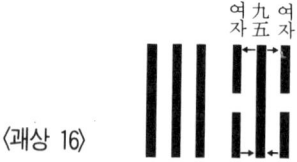

〈괘상 16〉

상대적으로 여자들도 순음들 아니옵니까? 육사가 그렇고 상육이 그렇사옵니다. 이 두 쪽의 여자들이 겹음이자 순음이므로 풍양한 물과 괴성, 그리고 부드러움을 천부적으로 타고난 그런 여자들이옵니다. 순양이 순음을 만났으니 한번 상상을 해 보옵소서. 이불 속이 촉촉하며 애현(愛顯 ; 사랑을 나타냄)의 소리가 침실의 적막을 뒤흔들 것이옵니다.

남자들이란 뭐니뭐니 해도 애현 소리를 최고 순위로 즐기고, 그 다음으로 쏟아지듯이 솟아나는 수원(水源)을 즐기는 것이 아니겠사옵니까? 부드러운 밀건(密巾 ; 음수를 닦는 수건)을 몇 개씩 버려내는 그런 질펀한 여자를 두 번째로 꼽겠사옵니다.

만약에 이런 양강한 겹양의 남자가 물이 별로 없는 반음이나 양의 성분이 많은 여자를 만나서 일을 치룬다고 한번 상상해 보옵소서. 그때는 바로 불이 나게 되옵지요. 서로가 즐기려다가 오히려 고통 참아내기에 바빠서 애발(愛發 ; 사랑을 나타냄) 소리가 아니라 숨넘어가는 소리가 숨가쁘게 날 것이옵니다. 요즈음 자궁암이니 뭐니 하면서 의원에 치료받으러 오는 부인들은 대체로 물이 적은 체질에 양강한 남자를 만나서 살다가 보니 얻어진 질병이옵니다. 이런 질병에 걸린 여자들의 얼굴색은 노오랗고 핏기가 없어서 마치 채독(菜毒)에 걸린 사람의 모습과도 흡사하옵니다. 이런 질병에 걸려 놓으면 쉽사리 어디다 대고 하소연할 데도 없어 참으로 벙어리 냉가슴 앓듯이 끙끙 앓기만 하옵지요."

"아아니, 그러면 물의 양이 적은 여자는 어찌해야 되나요, 기자공?"

여상노사가 짓궂게 물었다.

"예, 여상노사님. 그래서 그런 여자는 소박을 맞는다거나 아니면 혼자 살거나 하지 않습니까? 여자란 원리가 간단합니다. 음이기 때문에 물이 많아야 하고 애발성이 풍부해야 사랑을 받는 것이지요. 그리고 반대로 남자는 양이니 양강해야지요. 그렇지 못하면 계집 구경도 못 하고 매일 혼자 살거나 아니면 걷어차이게 되지요."

"허허허……. 기자공 얘기를 들어 보니 음과 양, 그리고 남과 여의 문제가 다 물이냐 불이냐 그 속에 들어 있군요."

문왕이 재미있다는 듯이 한 마디 거들었다.

"그렇습지요. 바로 물과 불, 음과 양, 이것이 세상을 움직이는 원동력이며 조화의 핵심이옵니다. 이 얘기는 이 정도로 해두고 이젠 화제를 전환해서 인생의 경영 문제를 놓고 한번 풀어 보겠사옵니다."

"그렇게 해 보시오, 기자공."

문왕이 말을 받았다.

"구오, 이 친구는 사업도 잘 되옵니다. 왜냐하면, 자기의 역량있고 뛰어난 기술로 만든 제품들을 양 옆에 있는 음들이 잘 받아서 팔아 주고 있사옵니다. 육사와 상육들은 음이기에 자기들이 제품을 만들 정도로 능력과 기술이 없어서 어차피 남이 만들어 놓은 질좋은 물건을 떼어다 파는 수밖에 없사옵니다. 그러니까 신탁판매와 의탁판매의 한계를 벗어나지 못하고 있사옵지요.

반면 구오는 얼마나 신나겠사옵니까? 주위의 상대가 모두들 허(虛)한 음들인지라 현금을 선불로 안 주거나 말을 잘 안 들으면 제품 출하를 중단하는 것이옵지요. 그러니 큰소리 땅땅 치면서 돈 받고 권위까지 누리며 배짱 장사하는 것이옵지요. 세상 이치란 약자 속에 강자 있는 것이지 강자 속에 강자가 있는 것 아니지 않사옵니까? 그래서 약육강식이니 하는 힘의 지배 논리가 나오는 것이라 하겠사옵니다.

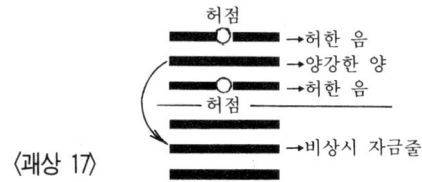

〈괘상 17〉

세상에는 헛점이 있는 곳에 상대적으로 먹이가 있는 것 아니옵니까? 어느 한 구석에도 헛점이 없다면 세상은 멸망하게 되옵지요. 모두가 상대의 그 헛점을 뜯어먹고 사는 것 아니옵니까? 지모가 밝은 자일수록 자신의 헛점은 줄이고 상대의 헛점을 많이 크게 발견하여 두었다가 그곳을 집중 공략하여 먹고 살게 되어 있사옵지요. 없는 자는 있는 자 쪽에서 보면 없는 것이 헛점이고, 있는 자는 없는 자 쪽에서 보면 있는 것이 헛점이옵지요. 예컨대, 있는 자는 노동력과 관리 능력이 부족하므로 없는 자를 데려다 써야 되고, 없는 자는 돈이 부족하므로 있는 자에게 노동을 제공해 주고 그 대가로 돈을 가져다 쓰게 되지 않사옵니까?

 음양학적으로 보면, 여자는 구멍이 있는 것이 헛점이고 남자는 가지가 나온 것이 헛점이옵지요. 이 헛점을 이용해 서로 뜯어먹으려고 연애니 결혼이니 해서 붙어 사는 것이 아니겠사옵니까? 남자에겐 정력과 노동력 그리고 벌이하는 능력이 있기 때문에 여자가 붙어 살고, 여자에겐 순종의 미덕과 잔정 그리고 잔일 때문에 남자가 데리고 사는 것이 아니옵니까? 여자가 능력도 있고 잔정도 없고 잔일도 안 한다면 무엇 때문에 여자를 데리고 살겠사옵니까?

 반대로 남자가 힘도 없고 벌이도 시원찮고 큰 일도 해내지 못한다면 여자가 따라 살 리 없을 것이옵니다. 힘겨루기를 하는 씨름 경기만 봐도 그렇사옵니다. 상대의 헛점이 바로 명예와 돈으로 연결되어 있지 않사옵니까? 요약하자면, 상대의 헛점 교환이 시장으로 나가면 곧 물물교환이 되옵지요, 폐하!"

 "아주 기자공의 강설이 보편적이며 또 타당합니다. 그리고 쉽구요. 인생이란 따지고 보면 모두 상대의 허를 치며 사는 것이지요. 이것이 모략과 지략과 계략으로 변전되어 군사를 부리고 전쟁을 치는 병법(兵法)에도 무수히 적용되는 것 아니겠소?"

 문왕의 보충설명이 간단히 이어졌다.

 "자, 그러면 항시 마지막 주자인 우리 주공이 이 구오의 얼굴을 그리며 한번 얘기해 보거라."

 "예, 아바마마! 아까번에 아바마마께옵서 '술과 밥을 먹고 즐기며 기다리니 주관이 뚜렷하고 길할 것이라'고 하신 그 부분에 대해서 언급하겠사옵니다. 그에 대한 간단한 대답은 이 도상에서 보는 바와 같이 '구오, 이 자가 무엇보다도 현재 좋은 중정(中正)의 자리를 얻었기에 그렇다'고 하겠사옵니다.

〈괘상 18〉

 이렇게 이중 삼중으로 조화가 좋게 이루어져 있으니 너무나 감탄할 일이라 하겠사옵니다. 상중하 중 중앙에 왔으며 또 오(五)의 양에 구의 양이 찾아온 정(正), 이렇게 만났으니 주관도 뚜렷하고 길할 것이야 불문가지의 일이 아니겠사옵니까? 그러니 술과 밥을 먹으며 자신의 태평성대나 전성기가 무궁하게 이어지길 바라며 기다리는 것이라 하겠사옵니다. 때문에 부귀장락(富貴長樂)이니 수복무극(壽福無極)이니 하는 말이 나오지 않았나 사료되옵니다."
 "수고하였다, 주공. 그렇게 보충설명을 곁들여 주니 이 짐의 강의가 한결 돋보이는 것 같구나."
 이렇게 하여 구오의 강설이 일단 모두 끝났다.
 "자, 그러면 이 조직의 마지막 황제인 상육효, 이 친구를 만나서 그가 무슨 생각을 어떻게 하고 있는지에 대해 한번 들추어내 보십시다. 그럼 짐이 이 효가 갖는 대의에 대해 먼저 설명하겠소이다.

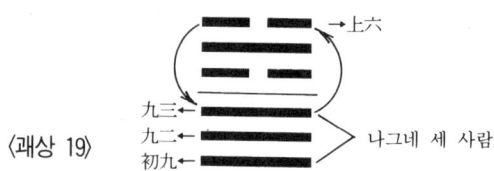
〈괘상 19〉

'상육은 편안한 곳인 구멍(穴)으로 들어가 있다. 따라서 나그네 세 사람이 천천히 자신에게로 다가올 것이니 그들을 공경히 대접하면 마침내 길할 것이라.'

이게 무슨 소리냐 하면, 상육 이 친구는 이미 수천수괘의 마지막 자리에 와 있고 또 감수(坎水)의 마지막을 지나왔으니 험함이 종결된 셈이지요. 그래서 안식처인 구멍에서 쉬고 있다고 보는 겁니다. 천사만사가 궁극에 가서는 변해야 하는고로 이때 자신의 정응인 구삼을 생각하게 된 것입니다.

이를 눈치챈 구삼은 자신의 두 친구를 데리고 그 상육을 만나러 간 것이지요. 상육은 자기 지인(知人)이 그냥 오지 않고 자신에게 힘이 되어 줄 수 있는 사람을 두 명이나 데리고 왔으니 뜻밖에도 '천군만마를 얻은 셈이 됩니다. 따라서 그들에게 대접을 잘 해 주고 공경해 주니 그들이 적극적으로 그를 도와주어 결국은 좋은 일이 생기게 되었다는 뜻이 들어 있어요.

다시 요약해서 설명하자면, 어떤 사람이 만고풍상과 험한 인생 행로를 다 넘기고 나서 안식을 취하고 있다고 칩시다. 그때 그는 자신에게 또 다른 무슨 어려움이나 닥치지 않을까 하며 장고(長考)를 거듭하게 되겠지요. 그러던 중에 마침 평소에 자기의 사정을 잘 이해해 주었던 직장 후배인 구삼에게 한번 다녀갔으면 좋겠다는 기별을 보냈어요. 그러자 그 친구는 한 술 더 떠서 자신뿐만이 아니라 자신의 좋은 친구들까지 데리고 와서는 적극적으로 그를 도와주겠다고 나서는 것입니다. 그러니 길할 수밖에 더 있겠소? 추리해 보면 이런 대화들이 오고갔겠지요.

상육 : 여보게, 구삼 친구. 내 요즈음 하는 일 없이 놀고 있으려니 답답하고 심심한데 언제 자네가 시간을 내어 한번 다녀가 주게.

구삼 : 아이구 선배님, 그간 소식이 끊겨서 걱정되고 적조했었는데 이렇게 소식을 주시니 반갑고 감사합니다.
상육 : 그래 구삼, 그 동안 잘 지냈는가? 하는 일도 잘 되고?
구삼 : 예, 상육 선배님. 일이 잘 되어가고 있습니다. 일간에 한번 찾아 뵙고 술이나 한잔 대접하며 그간의 회포를 풀고 싶습니다.
상육 : 그러면 불원간에 한번 다녀가 주겠나?
그런 통신이 있은 후 며칠이 지났어요. 구삼은 옛 선배를 만나러 가려고 궁리하던 차에 혼자 가는 것보다는 선배에게 힘이 돼 드리고 싶은 마음에서 자신의 친구인 구이와 초구까지 데리고 갔어요.
상육 : 아이구 구삼, 어서 오게나. 험하고 먼 길을 이렇게 찾아오느라 고생이 많았겠군그래. 우선 자네 손이나 한번 잡아보세그려.
구삼 : 선배님의 얼굴 모습이 평온해 보입니다. 그간 퇴임 후 푹 쉬셔서 그런 것 같습니다. 참, 제 친구도 두 명 데리고 왔는데 소개해 드리겠습니다. 이 친구는 구이라 부르고 저 친구는 초구라 부르지요. 괜찮은 친구들입니다.
상육 : 누추한 이곳까지 오시느라 정말 수고 많으셨습니다.
구이 : 별 말씀을 다 하십니다. 오는 도중의 경관이 수려하여 그 선경들을 보느라 오히려 기분이 좋았습니다.
구삼 : 하긴 그래요. 자, 피곤하실 텐데 안으로 듭시다.
이리하여 상육은 세 친구를 대접하기 위해 별미인 기장밥을 짓고 닭도 잡고 담아 둔 술도 내놓았어요. 그러한 만남이니 그들간에 서로 천하지사가 논해지고, 또 삼공(三公)과도 바꾸지 않을 세상 밖 얘기도 많이 오갔을 것이 아니겠소?

이 짐은 상육이 구삼, 구이, 초구를 만남으로써 길하게 된 점에 대해서 이 정도로 설명을 마치도록 하겠소이다."
"수고 많으셨사옵니다, 폐하! 그들의 만남까지 추리해서 엮어 내시느라 말씀이옵니다."
여상노사의 찬사였다.
"이번에는 이 신 여상의 차례이옵니다. 입장을 다시 정리해서 폐하와 약간 견해를 달리하겠사옵니다. 이 상육은 험한 감수의 마지막 음으로서 진퇴양난인 그런 입장에 처해 있다고 보옵니다. 그도 그럴 것이 그가 처해 있는 곳이 바로 구멍이옵니다. 그 구멍에 처해 있다 보니 외롭고 쓸쓸하며 답답하기만 하옵니다. 구멍이란 작은 초당 같은 곳이기도 하옵니다.
그러던 중 마침 저 아랫마을에 사는 친구이자 지인인 구삼이라는 자가 위문차 오면서 괜찮은 친구인 구이와 초구를 데리고 왔사옵지요. 그래서 상육이 그들에게 잘 대접해 주었더니 좋은 사업안을 내놓았사옵니다. 그들이 내놓은 사업안대로 상육이 그 일에 착수했더니 길한 일이 생겨나게 되었다고 보겠사옵니다."
"그러니까 그 구멍(穴)을 여상께서는 험한 진퇴양난의 장소로 보시는군요. 이 짐은 거기를 안식처로 봤는데 말입니다."
"예, 폐하! 바로 그 점에 있어서 폐하의 견해와 다르다 하겠사옵니다."
"이렇게 보나 저렇게 보나 결국 구삼이 세 사람에게로부터 도움을 받아 길해진다는 것은 같은 입장이군요."
"그렇사옵니다, 폐하! 단지, 꼼짝 못할 험한 입장에 처해 있으면서 남의 도움을 받는 것과 편히 쉬고 있는데 일거리를 제공해 주는 것과의 차이라 하겠사옵니다."
"역시 토론은 이처럼 다양화된 견해를 교환할 수 있어서 좋습니다. 이처럼 서로의 의견이 오가지 않으면 획일적이고 단조로워서 금방 지루할 것입니다."

그렇다. 어떤 문제를 두고 어느 쪽에서 보느냐에 따라 다른 대답이 나올 수 있는 것이 역의 이치며 삶의 다원화인 것이다. 그래서 시각 차이라는 말도 나온 것이다.

"자, 다음은 기자공의 차례가 되었습니다. 이번의 강담이 이 수천수괘에 대한 마지막 강담이니 좀더 재미있게 엮어 보시오."

"잘 될지 모르겠사옵니다만 열심히 해 보겠사옵니다. 육의 음의 자리에 다시 육의 음이 찾아와서 육육이 되었사옵니다.

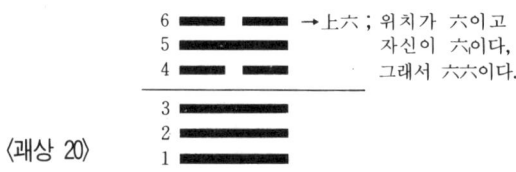

〈괘상 20〉

그러니까 겹음과 순음이긴 하지만 노음의 순음이옵지요. 노음이란 음의 기운이 노쇠되어 남자를 사랑하거나 만물을 기를 수 있는 힘이 박약해진 것이 아니옵니까? 팔은 소음인데 남자에게 사랑받을 수 있는 여건을 풍성히 갖추고 있으며, 또 남을 사랑할 수 있는 적극성도 있사옵지요. 그러나 현재의 이 상육은 노음으로서 기력이 거의 소진되었사옵니다.

이런 경우에는 여생을 조용히 보내는 수밖에 없사옵지요. 마른 음기와 음수로서는 사랑을 받을 수도 줄 수도 없는 것이 아니겠사옵니까? 여자에게 음수 떨어지는 거나 논에 물 마르는 거나 똑같은 이치이옵지요. 논에는 물이 있어야 벼를 심어 수확을 할 수 있습지요. 반대로 남자의 경우에 있어서도 양기가 떨어지면 불 꺼진 아궁이나 화로처럼 금방 식어 버리는 것이 아니옵니까? 그래서 '양기 떨어진 남자와 같고 불 꺼진 화로와 같다'는 말이 있사옵지요.

어쨌든 이 상육 자신은 황혼의 석양과 같은 존재로서 멀지않아 저 산너머로 매몰될 것이옵니다. 이 〈괘상 21, 22, 23〉에서 볼 수 있듯이 더 이상 여유가 없사옵니다. 이럴 적에는 천리에

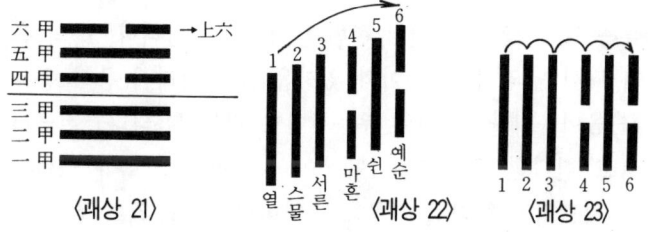

순응하고 자연에 순종하는 것이 최상의 도리이옵지요. 이세상의 인연과 영결(永訣)한 뒤에 저세상에 가서나 이세상에서 못다 이룬 잔업을 성취시켜야 할 따름이옵지요.

이렇게 천하만사에는 시작과 끝이 있고 근본과 지엽이 있는 것 아니겠사옵니까? 따라서 생(生)은 사(死)를 약속하고 오는 것이옵지요. 사(死)는 다시 생(生)을 전제하고 가는 것이지만, 고통의 바다가 아니라 환희의 바다로 가는 것을 전제로 하는 것이옵니다. 이것이 바로 자연으로 돌아가는 법칙이며 영양가 있고 질좋은 삶으로 한 계단 승진해 가는 상생(上生)의 철칙이옵니다.

또 약간 각도를 달리하여 이렇게도 생각해 볼 수 있겠사옵

니다. 육의 노음 자리에 다시 육의 음이 부합되어 나이는 환갑이 되었지만 월경의 양도 많고 뿐더러 음수까지 많아서 아직은 끄떡없는 그런 노익장을 과시하는 노음이기도 하옵니다. 그리하여 바로 곁에 있는 구오와 관계를 맺으면서 저기 있는 자기의 짝 구삼도 놓치지 않고 있사옵니다. 〈괘상 24〉를 잘 살펴보옵시면 상육의 노익장을 손바닥 보듯이 볼 수 있사옵니다.

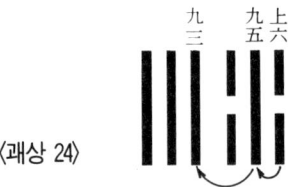

〈괘상 24〉

다음은 사업적인 방향에서 한번 뜯어 보겠사옵니다. 육의 음 자리에 다시 육의 음이 찾아와 있사옵니다. 따라서 음이 음을 만나 순음이옵니다. 음이란 부동산에도 비유되옵니다. 현금이 양이라고 한다면 말씀이옵니다. 이 상육이 음으로서 전답에 농사를 지으려고 한다면 아무래도 양이라 할 수 있는 민가 근처보다는 저 멀리 떨어진 음의 변방에 있는 것이 좋지 않겠사옵니까? 그래야만 토지 보존도 잘 되고 아울러 농사도 잘 되기 때문이옵지요.

이 얘기는 무슨 뜻을 담고 있느냐 하면, 반드시 음은 음인

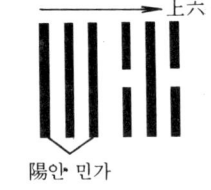

〈괘상 25〉

곳에 있어야 좋다는 뜻이옵니다. 또 약간 상황을 달리하여 음이 양의 자리에 간다든지 양이 음의 자리에 가는 것은 좋은 것

과 좋지 않은 것의 양면성이 있사옵니다. 따라서 〈괘상 25〉에서 보듯이 양이 음의 자리로 옮겨 와도 좋은 수가 있사옵니다."

"수고 많았소이다, 기자공. 다양한 논법과 비유로써 설명해 주시니 보다 이해가 빨리 되는군요."

문왕의 찬사였다.

"다음은 우리 주공, 네가 한번 해 보거라. 형상을 그림으로 그리면서 말이야."

"예, 아바마마. 그렇게 하겠사옵니다. '천천히 찾아온 객(客)들 세 사람을 공경히 대접하면 길할 것이라'고 하신 그 부분에 대해서 언급하겠사옵니다.

'그것은 비록 위치가 음으로서 맨 윗자리에 가지 않아야 할 것인데 거기에 간 것은 약간의 실수라고 간주할 수 있사옵니다. 그러나 크게 실수한 것은 아니며 또 경신(敬愼)을 잘 하면서 지내고 있으니 양(陽)들이 능멸히 여기지도 않사옵니다.'

상육에게 나그네 세 사람이 찾아와 도움을 준다는 것은 인생 최후의 만찬이오며 고난 끝에 즉 천 길 벼랑 끝에 핀 한 줄기의 난혜(蘭蕙)와 같은 것이라 하겠사옵니다. 초구에서 출발하여 구이, 구삼, 육사, 구오를 지나 상육에 왔지 않사옵니까? 기다리며 맞이하고, 기다리며 건너고, 기다리며 넘어서 말씀이옵니다.

이처럼 천신만고와 만고풍상을 겪으면서 기구한 역정을 지내왔사옵니다. 그 결과 그에게 도움을 줄 의인(義人)들이 찾아왔사옵지요. 그렇기 때문에 '늦복 터질까 봐 못 죽겠다'는 말이 생겨났나 보옵니다."

"수고했다, 주공. 그러고 보니 그 속담이 의미가 있는 것 같구나. 대체로 인생이란, 초년에는 고생을 하고 중년에는 그를 가다듬으며 노년에는 누리는 것이라 하지 않던가? 늦복이란 게 별것인가, 자식들이 잘 되어서 자신이 노년에 편히 쉴 수 있게 되면 그게 늦복인 것이지. 그러니 저 상육의 경우에 있어서 의인 세 사람이 바로 성공한 자식도 되는 거지!"

"그렇사옵니다, 아바마마. 어떤 논리나 상황에 맞추어 해석해도 되는 것이 역리가 아니겠사옵니까?"

"자, 모두들 수고 많이 했습니다. 이것으로서 이 수천수괘에 대한 강담을 모두 마치도록 하겠습니다. 그럼 이제 돌아가 편히들 쉬도록 하십시오. 며칠 후 다른 괘 시작할 때 다시 만나기로 기약합시다."

문왕의 고별사를 끝으로 네 대인들은 모두들 자리에서 일어났다.

천수송괘(天水訟卦)

―― 시시비비를 가려야 한다는 뜻이 담김

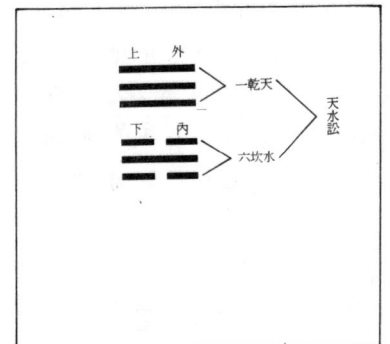

하늘이 높고 맑으며 인심이 돈후(敦厚)해지는 중추가절이었다. 이산 저산 원근각산에는 이미 단풍이 물들기 시작하고 있었다. 주왕실 원장 안의 넓은 자연 동산의 숲들도 자연이 뿌리는 단풍물에 젖어 가고 있었다. 계절의 변화에 민감한 오동나무는 벌써 잎새를 떨구기 시작했고 군데군데 섞여 서 있는 단풍나무 잎들은 유난히 붉은 홍조를 띠며 가을 바람에 겨워하고 있었다.

호경 시내를 벗어난 사방 교외의 들녘에는 추곡들이 익어서 풍양한 가을의 절정을 연출하고 있었다. 저 멀리 위수(渭水)에서 일어난 강바람은 평원을 스쳐 오면서 황금파도를 뒤집어 댔다.

문왕은 가을의 정취와 농사의 작황을 둘러보면서 또 위수의 동쪽에 있는 낙양(洛陽)으로 가서 괘 하나를 얻어야겠다고 생각했다. 낙양은 주나라의 현재 수도인 호경 다음 가는 큰 도시이다. 거기에는 치자(治者)인 성장(省長)과 여러 개의 관아가 있는 화려한 도시이다.

문왕은 경호 책임자인 강후를 위시한 측근 몇 사람과 꽃 같은 죽향을 대동하고 준마 네 마리가 끄는 사두마차에 올랐다. 오랜만에 외출하는 문왕의 행차가 신이 나는지 준마들은 경쾌한 단축구보를 찍으며 힘차게 너른 들판 길을 달려갔다. 추풍이 불어 와 말갈기를 흩날려 세우며 어거에 달려 있는 패옥들을 건드린다. 경쾌한 소리가 구보의 율동에 따라 화음을 이룬다.

황금의 바다 지평선 저 끝에는 파아란 하늘이 내려앉아 바다와 화간되어 있었고, 그 밑애의 장면을 가리워나 주려는 듯 흰 구름 몇 타래가 그곳에 정류되어 있었다.

문왕은 천하대권을 아들 무왕에게 위임하고 떠나는 여행인지라 더욱 마음이 가볍기만 했다. 자신의 경쾌한 심기만큼이나 애첩 죽향의 마음도 가을 자외선을 받고 익어 가는 석류처럼 터질 듯 부풀어 있었다. 자식 새끼 키우랴 늙은 서방님 섬기랴, 몸은 하나이고 자신의 손길을 필요로 하는 곳은 많고, 이리저리 현실에 찌들다가 이렇게 오랜만에 외출을 맞고 보니 그 기분은 마치 진공 상태와 홍모(鴻毛 ; 기러기 털)처럼 가볍기만 하였다.

일찍이 가을을 두고 말(馬)의 계절이라 하지 않았던가! 말들은 제 철을 맞아 비윤(肥潤 ; 살찌고 윤기남)함을 과시하며 힘차게 달렸다.

석양의 노을이 황금들녘을 물들이며 그 상충된 빛은 부딪친다기보다 황홀의 극치로 젖어들고 있었다.

성도의 성장인 돈(敦)은 문왕이 그곳으로 오고 있다는 전령을 받고 이미 관아 밖에까지 나와 머리를 조아리며 기다리고 있었다.
 먼 길을 달려왔건만 준마들은 아직도 따가닥 따가닥 말굽 소리를 요란하게 울리며 낙양의 시가를 달렸다.
 문왕 일행이 성장 돈이 기다리고 있는 곳에 이르자 강후가 먼저 말에서 내려 그의 안내를 받았다.
 "폐하를 저쪽 지당(池塘 ; 연못) 속에 있는 연화각(蓮花閣)으로 모시고자 합니다."
 "그렇게 하시오. 폐하께옵서는 먼 길을 오시느라 지금 몹시 피로해 계실 것이오. 편히 머무르실 수 있도록 최선을 다해 주시면 고맙겠소이다."
 "물론입니다. 염려 놓으십시오."
 연화각으로 입각한 문왕은 여장을 풀고 사창(紗窓 ; 비단을 친 창)을 열어 뒤늦게 핀 수련과 연화들을 바라보았다.
 "아아, 역시 이곳 낙양은 호경 땅보다 기후가 높고 가을이 늦게 오는구나! 아직도 연화가 피어 있는 걸 보니 말일세. 월색을 받으니 한결 더 아름답도다!"
 문왕이 이처럼 연화를 감상하며 잠시 휴식을 취하고 있는데 저녁 수라상이 들어왔다. 낙양의 미인들인 관기(官妓) 네 명이 수라상을 들고 조심조심 들어왔다.
 "폐하! 시장하옵실 텐데 석찬을 드시옵소서."
 죽향이의 애조띤 말이 조용한 밤공기를 갈랐다.
 죽향은 문왕의 앞쪽으로 진귀한 반찬들을 옮겨 놓고는 들기에 편하도록 음식들을 잘게 찢어 놓아 주고 있었다.
 "죽향이도 피곤하고 시장할 터이니 이제 그만 하고 그쪽 상에 마주앉아 얼른 들게나."
 "예, 폐하! 소첩은 염려하지 마옵시고 폐하부터 먼저 드시옵소서."
 이때 네 명의 관기들이 큰절을 올리고 나서 자기 소개를 하였다.
 "소녀는 강월(江月)이온데, 특기는 비파 연주이옵니다."
 "소녀는 오월(梧月)이옵니다. 특기는 금(琴)의 연주이옵니다."
 "소녀는 지월(枝月)이온데, 특기는 젓대 연주이옵니다."
 "소녀는 심월(心月)이옵니다. 술 따르는 일을 맡고 있사옵니다."
 강월·오월·지월이 다소곳이 앉아 주악을 울리고 있는 동안 심월이가 술병을 들고 문왕의 곁으로 다가왔다.
 "폐하, 이 만수주(萬壽酒) 한 잔 받으시옵고 만수무강하시옵소서."
 "오냐, 그래. 한 잔 따라 보거라. 그런데 너희들은 모두 월(月) 자가 붙은 천하의 미인들이로구나!"
 "황공하옵니다, 폐하!"
 심월이의 살포시 치켜 뜨는 눈빛이 촛불의 광촉을 받아 유난히도 빛났다. 문왕은 술잔을 기울이며 심월이의 눈빛에 감전이 되는 듯한 전율을 느꼈다.
 명월의 월색이 포말되어 흐르는 지당 속의 연화각은 이처럼 낭만과 풍류가 피어나고 있었다.
 세 관기가 연주하는 음악의 향연, 만수주의 깊은 향기, 그리고 심월이의 미모, 또 죽향의 완숙한 관능미, 이런 연출 속에 앉아 있던 문왕은 잠시 피로를 잊은 채 황홀경에 매몰되어 가고 있었다.
 석찬의 향연이 끝나고 밤이 깊어지자 문왕은 침전으로 옮겨 가서 곤한 옥체를 누이고 편히 잠들었다. 먼 길을 오다 보니 피곤하였는지라 코고는 소리가 풀무를 부치듯 심하게 울렸다.
 죽향은 잠을 이루지 못하고 외로움과 동시에 괴로워하고 있었다. 여자는 음물인지라 밤이 되면 제세상이 아닌가! 먼 길을 온 것과는 별무관계로 젊은 죽향은 색정이 닳아오르고 있었다. 그러나 피로에 지친 문왕은 천하의 죽향이가 곁에서 잠 못 이루고 눈을 초롱거리며 색을 쓰고 있건만 오불관언(吾不關焉)이다. 죽향의 입장에서는 문왕과 함께 객정을 풀어 보고 싶은 게 사실이었다. 그러나 문왕은 자신이 만일 피곤하지만 않았다면 아까 그 심월이와 일야동침을 하고팠던 것이다. 다행인지 불행인지는 모르지만 좌우지간 이 밤은 특별한 한 판의 경기도 없이 지나가고 있었다.
 새벽녘이 되었다. 곤히 한잠을 자고 난 문왕은 자리에서 일어나 침상 곁에 놓인 요강에다 한 줄기 소변을 소나기처럼 시원하게 쏟아냈다. 초저녁잠을 설치고 늦게서야 잠자리에 들어서인지 죽향은 곁에서 곤히 잠에 취해 쌔액거리고 있었다. 그러나 문왕은 잠이 깨어서 죽향과는 대조를 이루고 있었다.
 새벽달빛이 연화각 사창을 파고들어와 잠자는 죽향의 얼굴에 반조되고 있었다. 새벽달빛을 받는 죽향의 얼굴에는 너무나도 아름다운 색의 윤기가 흐르고 있었다. 문왕은 그 아름다운 죽향의 얼굴을 바라보면서도 어제저녁 석찬상 머리에 앉아 만수주를 따라 주던 그 심월이의 미모를 떠올려 보았다. 이처럼 항시 현재 이불 속의 여자와 멀리 마음속의 여자를 동시에 생각하며 이중고(二重苦)와 이중락(二重樂)을 치르는 게 남자가 아니던가! 그러나 문왕은 뇌리 속에 떠올린 그 심월이의 영상을 얼른 지워 버리고 죽향을 보듬어 주어야겠다는 의무감에 새끈히 잠든 그녀의 입술에 자기의 입술을 덮어 씌웠다.
 순간, 잠에서 깨어난 죽향은 자못 기다리기라도 했다는 듯

정열적으로 이를 반기며 부드러운 두 팔로 문왕의 목을 감쌌다. 달빛의 희롱을 받으며 두 사람은 빨래가 얽혀 있듯 서로가 뜨겁게 엉키어서 타지에서의 객정을 마음껏 풀어내고 있었다. 창 밖 지당에서 바람살을 맞은 연잎들의 사각사각 부딪치는 소리가 죽향의 색성을 도와 진묘한 협연을 이루고 있었다.

밝아 오는 낙양의 새벽빛이 지당의 연화각 속으로 파고들며 천지가 여명되려고 하였다. 밤이 짧은 것이 죽향에게는 한이었다. 죽향의 심정은 마냥 이대로 시간이 정지되어 버렸으면 싶었던 것이다.

"폐하! 먼 이곳까지 와서 성은을 입어 보니 한결 더 신선감이 충만하옵니다."

"초저녁에 한번 안아 주려고 했는데 피곤기에 술까지 먹은 탓에 그만 이 짐이 금방 꿈나라로 갔었지 뭔가. 미안하네, 미리 객정을 풀어 주지 못해서."

"아니옵니다, 폐하! 폐하께옵서 잊지 않으시고 새벽에 이렇게 망극한 성은을 내리시오니 간밤의 섭섭함이 봄눈 녹듯 일시에 소멸되었사옵니다."

이처럼 두 사람은 이런저런 밀어를 속삭이며 아침을 맞았다.

아침 수라상을 물리고 난 문왕은 오전에 낙양의 민정시찰을 마치고 나서 오후엔 꽤 뽑는 일을 해야겠다고 생각했다.

앞뒤에서 여섯 사람이 밀고 끄는 연(輦; 천자가 타는 수레)에 올라앉은 문왕은 낙양 시가의 이곳저곳을 둘러보았다. 연두에는 많은 백성들이 몰려나와 머리를 조아리거나 땅바닥에 엎드려 태황천자의 행차를 환영하고 있었다.

연 속에 근엄히 앉아 있는 문왕의 모습은 백성들이 반기는 그 성의에 감동이나 하듯 희색이 만면하였다. 연에 장식한 수술들의 찰랑거림과 함께 그 속에서 폭포수처럼 드리워진 긴 수염을 쓰다듬고 있는 문왕의 그 근엄함과 웅장함, 그리고 화려함은 낙양에서는 정말 보기 드문 일이었다.

정오가 되었을 때 문왕 일행은 다시 연화각으로 돌아와 오찬을 시작하였다. 어제저녁의 그 네 관기들이 다시 문왕을 시중들었다.

정오의 가을햇살이 연잎들 위에서 따갑게 작열하고 있었다. 한 줄기 소슬한 가을바람이 수면을 스치며 파문을 그려 보이다가 졸고 있는 먹잠자리를 띄워 날려 보냈다.

성장인 돈이 저쪽 말석에 앉아 입을 떼었다.

"폐하! 이 지역 낙양의 풍광과 백성들의 생활 모습은 어떠하셨사온지요?"

"이처럼 아름다운 자연의 풍광 속에서 살아가는 백성들의 얼굴에는 생기와 활기가 넘쳐흐르고 있었소이다. 이는 바로 그대의 치적(治績)이 훌륭하였기에 그런 것이 아닌가싶소!"

"황공하옵니다, 폐하!"

성장 돈은 문왕의 이 한 마디가 듣고 싶었던 것이다. 일선을 맡아 다스리는 자의 입장에서는 용기도 살아나고 또 다음 진급과도 깊은 관계가 있기 때문이었다.

어찌된 셈인지 문왕은 심월이가 곁에 올 적마다 가슴 속에서 방아를 찧어 대고 있었다. 그것은 그만큼 심월이가 발산하는 애력(愛力)의 강도가 높았기 때문이었다. 그런 심기 속에도 문왕은 '아이구, 내가 이러다가는 마구니(魔)에게 걸려서 괘를 뽑아내는 데 혼란이 오겠구나.' 하는 생각이 병발(並發 ; 같이 피어남)되고 있었다. 문왕은 생각을 꾹 눌러 참으면서 진선진미로 가득한 수라상을 거의 다 비웠다.

한 가지 희한한 것은 도고마강(道高魔强) 바로 그것이다. 즉 도가 높을수록 강한 마귀가 나타나는 원리, 이 때문에 고통받는 도인들이 많다. 세상만사에는 그 어떤 것이든 천적이 있는 법이다. 그 천적으로 인해 절대 강자와 절대 독주가 오래 가지 않는 것이다. 생명에는 질병이 마귀요, 도인에게는 색욕이 마귀다. 마찬가지로 유덕(有德)한 군자에게도 역시 색마(色魔)가 문제다. 그러나 이 천적의 원리 때문에 서로가 먹히지 않기 위해 양정배기(養精培氣)를 하게 된다.

따라서 문왕 역시도 거기에 빠지지 않기 위해 거기에 온 목적과 자신의 체면 문제를 생각하며 고개를 좌우로 저으며 본연의 자세를 가다듬었다. 일개의 계집에게 엎어지거나 빠진다는 것이 얼마나 우스운 일이라는 것을 문왕 자신이 잘 알고 있었기 때문이었다.

오찬이 끝나자 연화각에는 조용한 침묵만이 흐르고 있었다. 지당 저쪽 언덕 위에 심겨진 대나무들이 무성하게 드리워져 마치 소상강(瀟湘江)의 호반을 그대로 옮겨다 놓은 듯한 착각을 일으키게 했다. 휘늘어진 대나무 끝가지가 수면에 곤두박질한 채로 바람살을 따라 수면을 희롱하고 있었다. 한 파도가 움직임에 따라서 만파도가 일어났다. 그 파상이 일으키는 원들이 넓어짐에 따라 비단고기들이 여기저기서 솟구쳐오르고 있었다.

문왕은 그것을 바라보면서 잠시 이런 생각에 젖었다. '마음 한구석에 미세한 번뇌망상 한 점이 일면 정신이 혼몽해지고 중심을 잃게 되는 법, 그래서 한 생각도 일어나지 않는 바로 그 자리가 도의 본원이요, 마음의 본지풍광(本旨風光)이리라.'

잠시 동안의 일이었지만 그 심월이란 관기로 인해 마음이 산란하고 정서가 흐트러졌음을 문왕은 내심으로 부끄러워하며 자신의 왜소함을 느꼈다. 사람의 국량과 도량의 크고 작음이란 바로 그 소유욕, 그 탐욕으로 인해 커지고 작아지는 것이라는 걸 문왕은 몸소 체험함으로써 느꼈던 것이다.
　문왕은 자기 인생의 마지막일지도 모르는 이번 여행에서 실질적 좋은 소득이 있기를 기대하였다.
　수면이 자고 싶어도 바람 때문에 되질 않고 나뭇가지가 쉬고 싶어도 역시 바람으로 인해 마음대로 쉴 수가 없다. 마찬가지로 도인의 마음이 청정하고 정묵하고 싶어도 가끔씩 부딪히는 미색 때문에 번뇌가 일게 된다. 그러나 이때 훼방하는 상대를 없애려 하거나 거부하려 할 것이 아니라 그대로 수용하고 환대하면서 오히려 그들의 소행을 즐거워하고 또 더 적극적으로 즐기는 것이 살아 있는 생도(生道)가 아닐는지! 문왕은 이런 상반된 생각도 해 보았다.
　그러자 또 이런 생각으로 가지가 벌어졌다.
　'만약 세상에 악이 없다면 상대인 선이 무슨 가치가 있을까? 또 추함이 없다면 어찌 아름다움이 돋보일 수 있을까? 바람이 일지 않는다면 바다에 투영되는 커다란 해인(海印; 바다에 영인된 그림자)이 무슨 의미가 있을까? 인생의 고통과 사유 속에 번뇌망상이 없다면 어찌 적정(寂靜)이 좋게 느껴질까? 이러한 상반된 상대가 서로 천적이면서도 반드시 공존공영해야 하는 것이 세상의 이치이자 주역의 원리인 것을 어찌하랴! 바람이 완전히 자기를 기다리는 것도 부질없는 생각, 번뇌가 모두 제거되도록 하겠다는 것도 한낱 부질없는 일, 모든 것을 있는 그대로 여여히 보고 느낄 때 드디어 인생은 달관의 눈을 뜨는 것임인저! 누가 자연에 항거하여 바람을 멸할 것이며 누가 물욕을 거부하여 번뇌를 끊을 것인가! 불가능한 일이다. 바람은 자연이 살아 있다는 위력의 과시며 번뇌도 사람이기 때문에 부딪혀야 하는 거센 마귀다.'

이런저런 명상을 하는 동안 문왕은 다시 머리가 맑아졌다.

문왕이 명상에 젖어 있는 동안 미리 피워 둔 향불의 절반 가량이 타내려 가고 있었다. 문왕은 주통에 들어 있는 주책을 주르르 쏟아 부었다. 언제나 신중을 기하는 십팔변의 책동(策動;주책을 움직임)을 시작했다. 타지에 와서 하는 작괘인지라 더욱 마음이 돈독해졌다. 문을 굳게 닫고 병풍을 쳐서 시선과 정신이 분산되지 않도록 했다.

죽향도 이 시간만큼은 출입을 삼가하고 지당가를 하염없이 거닐며 물고기들이 노닐고 있는 풍광을 보다가 대나무잎을 따서 수면에 띄워 보기도 하였다. 바람의 여운을 받아 빙글거리며 날아내린 죽엽은 파르르 떨면서 수면을 깨웠다. 그러자 물고기들은 먹이인 양 착각하고 모여들어 주둥이를 벌리고 아우성을 쳤다.

죽향이 물고기와의 말없는 대화에 젖고 있는 동안 문왕은 드디어 하나의 대상괘를 분만시켰다.

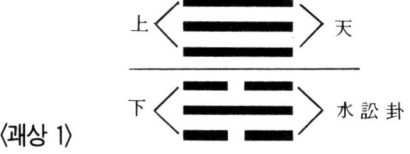

〈괘상 1〉

'위에 있는 것이 건천괘(乾天卦)이고 아랫것이 감수괘(坎水卦)이니 천수송괘로구나. 하늘과 물의 만남이렷다? 이것들을 분석해 보자, 왜 송(訟;시비 붙는 것)이 되는지. 위에 있는 천양(天陽;하늘도 되고 양도 됨)은 하늘에서 행하고 아래에 있는 수성(水性;물의 본성, 즉 하괘)은 아래로 내려가니 그 행하는 바가 서로 같지 않을새, 때문에 송사가 생기게 되는구나!

상하 양자의 기질을 분석해 보면, 상 즉 외(外)의 건천은 강경하고 아래 즉 안의 감수는 험하니 강함과 험함이 서로 접하면 시비가 없을까보냐. 사람도 분석해 보면, 속마음이 험하고 밖으로의 기질이 강한 자와 만나면 어디를 가나 송사를 일으키게 되어 있음인저!'

이런 애기를 혼자서 중얼거리다가 다시 좀더 큰 소리로 스스로 해석을 가해 나갔다.

'어허 참, 묘한 것이 역리로구나. 하늘과 물, 양강과 험함, 이들의 조우(遭遇)가 시비를 일으킨단 말이야! 그러니까 하늘과 물은 못 만나서 시비고 양강과 험함은 만나면 송사라! 이런 상황이 세상의 도처와 삶의 굽이굽이에서 일어나고 있으니 이 원리를 어떻게 해결해야 할지. 호경으로 돌아가 여상노사와 기자공, 그리고 주공과 함께 풀어 봐야겠구나!'

이렇게 자평에 자답을 하면서 주책을 주통에 집어넣고 출현된 괘상도 소중히 강보에 싸 두었다. 오늘밤은 낙양에서 묶고 내일은 호경으로 돌아가야겠다는 생각이 한 줄기 바람처럼 스쳐갔다.

이젠 하나의 대상괘도 만났으니 다리도 펼 겸 밖으로 나와 산책을 하였다. 성장 돈이 국궁을 하고 허리를 굽힌 채 종종걸음으로 문왕에게 다가와 인사를 하였다.

"폐하! 불편하시지는 않으셨사온지요? 중요한 괘상을 뽑으시는 일이라 곁에 가서 보살펴 드릴 수도 없고 해서 의문이 만중(萬重)이옵니다."

"괜찮았소. 하도 호젓하고 아늑한 곳이라서 작괘도 잘 되고 아울러 불편치도 않았소이다."

그리고 나서 문왕은 수염을 훑어내리며 천천히 걸었다.

호반 저쪽 바위 위에 앉아 물고기의 노니는 모습을 즐기던 죽향이 폐하가 그곳을 향해 걸어오고 있는 것을 보고 바삐 달려오고 있었다. 가을바람에 흩날리는 옷자락이 주력(走力)의 과속을 받아 더욱 팔랑거렸다. 멋진 각선미와 팡팡한 엉덩이의 원형이 바람을 맞는 쪽에는 유난히도 강도높게 돋보였다.

문왕은 언제 보아도 예쁘고 아름다운 죽향의 신선미을 보며 다시 한 번 가슴이 설레었다. 한 송이의 부용꽃이 물살에 밀려오듯 다가서는 예쁜 죽향, 문왕에게는 노년의 더없는 동반자요 벗이었다.

"폐하! 작패가 다 되었사옵니까?"

숨을 할딱거리며 문왕에게로 달려온 죽향은 그간의 상황을 물어보았다.

"그래, 오늘은 쉽게 하나를 얻었다네. 패를 뽑고 나니 자네가 어디에 있는지 궁금하더군그래. 혹시 누가 물고 가지나 않았는지 해서 말일세, 하하하."

"폐하께옵서는 별말씀을 다 하시옵니다. 누가 감히 폐하의 애첩을 노리겠사옵니까? 호호호……."

"그냥 해 본 소리잖는가? 그래, 무료하지는 않았는가?"

죽향은 약간 그랬다는 듯이 말없이 가볍게 고개를 끄덕였다.

문왕은 고개를 끄덕이는 죽향의 모습이 너무 앙징스럽고 깜찍해서 덥석 안아 주었다. 멀리 뒤쳐져서 이들을 지켜보고 있던 성장 돈과 아들 강후는 얼른 고개를 뒤로 돌리며 체면을 세워 주었다.

강후는 혼자서 생각하였다.

'아이구, 아바마마도. 저렇게도 죽향이 좋으신지! 참으로 정력가이시며 기력가이심엔 틀림없으셔. 하기야 노인네가 저런 낙도 없다면 무슨 재미로 사시겠는가? 어쨌거나 건강한 몸으로 여자를 가까이 하시는 것은 참으로 좋은 일이나 저러시다가 만일 옥체에 무리라도 가신다면 큰일일 텐데.'

강후는 아버지 문왕의 행위에 대해 이런저런 의미를 부여하며 한편으로 흐뭇해 하면서도 또 한편으론 이처럼 걱정이 되기도 하였다.
"폐하! 바람이 차지고 있사옵니다. 이제 그만 안으로 드시옵소서."
죽향이 얼굴을 문왕의 긴 수염 속에 묻고서 까만 눈동자를 깜박깜박 치켜뜨며 어린애처럼 애교를 부렸다.
"그래, 돌아가세. 이러다가 자네가 감기에 걸리겠구먼."
문왕은 죽향을 품으로부터 풀어내고 나란히 돌아오고 있었다.
미인과 권력의 만남, 늙음과 젊음의 만남, 지는 해와 솟는 달의 만남, 이런 경우와 같은 것이 바로 문왕과 죽향의 조우였다.
호반을 나란히 걸어오는 그들의 모습은 마치 한 자웅의 봉황처럼 황홀할 정도로 우아해 보였다.
해가 늬엿거리며 서쪽으로 기울고 있었다. 문왕은 연화각 침전으로 돌아와 잠시 침궤에 몸을 기댄 채 휴면(休眠)에 들었다. 석양빛을 받은 나뭇가지와 대나무 그림자가 창호문에 곱게 투영되어 어른거리고 있었다. 마치 사랑하는 사람이 애인의 가슴을 애무하듯이 죽영(竹影)이 창문의 가슴을 주무르고 있었다. 방 안의 문갑 위에는 가을을 알리는 전령인 추란들이 벙글어 향기를 토해 내고 있었다. 문왕은 그러한 선경 속에서 스르르 잠이 들었다.

해가 완전히 넘어가서야 문왕은 잠에서 깨어났다. 잠시 실내 공기도 바꿀 겸 문을 밀어붙였다. 창호문에서 새어나오는 난향을 맡느라 정신이 없었던 가을나비 한 쌍이 실내로 날아들어 난꽃에 가서 앉았다. 문왕은 그제서야 실내에 난향이 그윽히 흐르고 있음을 실감했다.
 '어허, 저 녀석들 좀 보게. 해가 졌는데도 저렇게 돌아가지 않고, 정말 멋쟁이 들일세! 나는 잠이 들어 향기 짙은 줄도 몰랐는데……'
 그리고 나서 문왕은 시 한 수를 읊조렸다.

  '와구부지향재실(臥久不知香在室)터니
  추창시유접비래(推窓時有蝶飛來)라
  (오랫동안 누워 있다 보니
  향기가 방에 스며 있는 줄 몰랐는데
  창문을 밀어붙이니
  마침 나비가 날아들도다.)'

 이렇게 스스로 흥취되어 있는데 저녁 수라상이 들어왔다. 이미 중간문 저쪽 방에는 연주를 맡은 세 관기들이 와서 조용히 협연을 하고 있었다. 성장 돈이 들어와 중간문을 열어젖히니 그들의 연주 장면이 그대로 보였다.
 강월과 오월의 금슬 뜯는 섬섬옥수는 마치 나비가 꿀을 빨기 위해 이꽃저꽃으로 옮겨 붙어 앉는 모습과도 같이 사뿐거렸다. 그리고 젓대를 불고 있는 지월의 오목하게 모아진 입술은 붉게 익은 앵두 하나가 튀는 듯, 또 금붕어가 물을 마시는 듯 예쁘게 움직이고 있었다. 게다가 젓대의 구멍을 짚어 대는 여린 손가락은 왕거미가 먹이를 감아 씌우듯하였다.
 문왕은 가끔 죽향의 연주 소리만을 듣다가 이곳에 와서 저 관기들의 연주를 듣고 보니, 음악이란 연주자의 솜씨에 따라 그 맛이 다름을 새삼 느끼게 되었다. 아무래도 죽향의 솜씨는 비직업인의 것이고 저것들은 그걸 가지고 명재(名財 ; 명성과 재물)를 취하는 전문인들인지라 훨씬 소리들이 카랑카랑하고 경쾌하며 또 은은하였다.
 죽향도 상머리에 앉아서 한 수 배우는 심정으로 그들의 연주 솜씨를 지켜 보고 있었다. 그리고 연주(演奏)란 '베풀어 주상폐하께 아뢴다'는 그 원뜻도 되새기고 있었다. 베풀 연 자에 아뢸 주 자이기에 그러했던 것이다.
 그들은 흥겹게 병창(並唱 ; 연주를 하며 동시에 노래도 부름)도 하였다. 곡명은 〈죽영영창(竹影暎窓 ; 대나무 그림자가 창문에 어리네!)〉이었다. 연화각의 정경과 참으로 잘 부합되는 곡이었다.
 문왕은 그들의 연주 솜씨를 보면서 희한하고 기상천외한 생각을 떠올리며 그려 보았다.
 '저애들이 저렇게 손을 잘 놀리는 걸 보니 사랑하는 남자와 이불 속에 들면 그 몸가지를 만지는 솜씨 또한 기가 막히겠구나! 그리고 젓대 부는 저 녀석의 예쁘게 모아진 입술 좀 봐라. 가히 그 하문(下門)의 수축력이 상상되는구나!'
 문왕도 인간인지라, 본질적으로 다양하게 구사하는 유희의 동작들을 연상해 보면서 약간 체면에 걸린 듯 수저를 놓고 망연자실해 있었다.
 사람이 표현하는 많은 동작들 중 유독 성감을 일으키는 것들이 더러 있다. 바로 연주자의 저런 솜씨와 그 일의 솜씨와는 별다를 것이 없는 것이다. 다만 대하는 기구가 다를 뿐이다.
 또 사물을 보고 성감을 일으키기에 족한 것들도 더러 있다. 홍합이라는 조개와 전복 같은 것들이 그렇다. 여자 쪽에서 남자와의 성감을 일으키기에 족한 것들로는 파초 열매인 바나나라든지 나물 해 먹는 가지라든지가 있다.
 사람들이 구사하는 말 중에도 성감을 바로 느끼게 하는 것들이 있다. 곡식을 담으면서 '자루 입을 벌려라'라든지 '말뚝을 박는다'라든지 하는 말들이 그러하다. 또 이상하게 느끼게 하는 것은 '밤송이가 벌어졌네'라든지 '대머리가 까졌다'라든지 하는 등의 어휘가 바로 그런 것들이다.

문왕은 정신을 돌려잡아 석찬을 맛있게 들고 수라상을 물리었다. 주위가 조용한 가운데 세 관기가 빚어내는 음악 연주 소리만이 방 안 가득히 흐르고 있었다.

명월이 솟아 창호문을 은색으로 물들이고 있었다. 음악 연주가 멎고 문왕은 침전으로 들었다. 실내에는 휘황한 촉광이 아롱거리고 창 밖엔 월색이 창호에 쏟아져 내리고 있었다.

죽향은 입바람으로 촉광을 불어 끄고 가녀린 홑옷만 걸친 채 이불 속으로 파고들었다.

문왕이 자신의 두터운 입술을 죽향의 귓밥에 갖다 대고 속삭였다.

"아까 그애들이 뜯던 그 연주 솜씨처럼 이 짐의 옥근(玉根)을 희롱하려무나."

"폐하께옵선 저에게 뭣을 해 주옵실는지요?"

"으음, 나는 감 홍시를 빨 듯 자네의 거기를 빨아 줄게."

이렇게 신성불가침에 푹 파묻힌 연화각의 밤은 깊어 갔다.

날이 밝아 오기 시작하자 문왕은 일찍 일어나 호경의 왕실로 돌아갈 채비를 하고 있었다.

강후도 마차를 대령하기 위해, 말에게 먹이는 제대로 주었는지 또 마차는 이상이 없는지를 세밀하게 검사하고 있었다.

동쪽 하늘에서 해가 얼굴을 내밀었을 때 아침 수라상이 들어왔다. 연근에 아욱을 넣어 끓인 따끈한 해장국과 간단한 반찬 몇 가지인 조찬이었다. 아침밥이란 그렇게 간단히 먹는 것이 좋다고 문왕으로부터 명령이 내려졌기 때문이었다.

먼 길을 가려면 아무래도 서둘지 않을 수 없는 것이 여행자의 마음인 것이다. 사두마차엔 비윤한 준마들이 채워져 있었다.

문왕은 모든 채비를 끝내고 성장인 돈으로부터 작별인사를 받고 사두마차에 올랐다. 뒷자리에는 죽향이 동승했다.

마차가 출발하기에 앞서 강후가 마부에게 엄격한 주의를 주었다.

"신중히 잘 모셔야 하느니라."

"예, 최선을 다하겠사옵니다."

마부의 입가에는 힘이 모아졌고 눈에는 빛이 났다.

"자, 이제 떠나세, 강후."

문왕의 출발 어명을 받은 마차가 낙양성의 시가지를 빠져 나가고 있었다. 찬란한 아침햇살을 등에 엎고 마차는 서쪽 호경 땅을 향하여 주력을 붙이기 시작했다. 황금들녘을 통과하는 대로변의 연이은 가로수에는 단풍이 짙게 물들어 있었다. 올 때와 며칠 상간이었지만 단풍은 그때보다 더 곱고 짙게 물들어 있었다. 아스라히 보이는 산에서부터 눈앞에 보이는 산에 이르기까지 홍홍작작(紅紅灼灼)으로 단풍의 진경이 펼쳐져 있었다. 문왕은 자연이 연출해 내는 염색(染色)의 신비에 감탄해 하며 상쾌한 기분을 만끽하였다. 그리고 잘 익은 벼이삭들이 풍요롭게 고개 숙인 모습을 보면서 마음 흐뭇해 하고 있었다.

말없이 가는 것이 좀 지루했던지 죽향이 먼저 문왕에게 말을 붙였다.

"폐하! 이렇게 풍작인 걸 보시니 기분이 어떠하옵신지요?"

"그 흐뭇한 기분이야 말해 무엇하겠는가? 옛 속담에 '삼촌 잘 살기를 바라지 말고 풍년 들기를 바라라'라고 하지 않았는가!"

"그러하옵니다, 폐하!"

"천하의 실세자인 군왕도 풍년이 들어야 기분좋은 것은 보통 사람들과 매일반이 아니겠는가? 옛말에 '식(食)은 천야(天也)라'하지 않았나. 먹는 것이 곧 하느님이라는 뜻이지. 더 구체적으로 말한다면, '국민의 하늘은 천자이며, 천자의 하늘은 백성이지! 또다시 국민의 하느님은 곧 먹고 사는 식(食)'이고 말일세."

"옳으신 말씀이옵니다. 그래서 예로부터 '수염이 석 자라도 먹어야 산다'란 말이 나온 것이 아니겠사온지요?"

"풍년이 들면 없는 사람들에게도 많은 이득이 돌아오는 것이지."

"폐하! 폐하의 성업(聖業)을 이어 무왕이 등극하여 천하를 통치하는데 이렇게 풍년이 연달아 들어 주는 걸 보니 하늘이 우리 주나라를 은총으로 도와주고 있는 것이 분명하옵니다."

"그래, 이 짐도 그래왔지만 무왕 또한 워낙 백성을 위한 정사를 베풀다 보니 천심이 민심을 버리지 않으심은 당연한 일이 아니겠는가?"

문왕과 죽향이 이런 얘기를 나누는 동안 마부는 말의 속도를 좀 늦추어서 그들로 하여금 들녘의 작황을 구경할 수 있도록 하였다. 이처럼 풍류도 즐기고 작황의 감평(鑑評)도 하다 보니 어느 새 사두마차는 호경의 궁궐 안으로 들어서고 있었다.

무왕과 삼공육경(三公六卿), 그리고 여상노사와 기자공, 이렇게 여러 사람이 궁문 앞까지 나와 여행에서 돌아오는 문왕 일행을 맞았다. 환영인사를 받으며 마차에서 내린 문왕은 자기의 거처인 명덕전으로 입실했다. 그곳에서 저녁 수라를 들고 난 문왕은 며칠간 보지 못했던 본부인 태사비가 있는 내전으로 찾아들어갔다.

"여보, 임자. 이 짐이 돌아왔소."

"무고히 다녀오셨습니까?"
"그렇소이다."
이렇게 서로의 안부를 묻고 있을 때 죽향이 낳은 어린 아들 다섯이 축대 밑으로 달려 내려와 일렬로 도열하여 인사를 올렸다.
"아바마마! 먼 길을 무사히 다녀오셨사온지요? 그리고 어마마마께옵서도 같이 오셨사옵고요?"
"오냐, 그렇다. 지금쯤 너희들의 어마마마는 명덕전 옆 찬청에 있을 것이다. 가서 인사를 드리도록 하여라."
문왕은 태사비의 방으로 들어가 침궤에 기대어 부인과 함께 오랜만에 다담(茶談)과 정화(情話)를 나누었다. 워낙 어진 성군의 정실(正室)인지라 태사비는 죽향에 대한 문왕의 사랑을 보면서도 전혀 질투하는 기색이 보이지 않았다. 오히려 더 오손도손하게 깊어 가는 밤의 적막을 잘 활용토록 해 주었다.
"여보, 임자. 저 어린 녀석들을 돌보고 키우느라 고생이 말이 아닐 텐데 그래도 임자는 투정하는 기색이 전혀 보이지 않으니 오히려 내가 더 미안하고 송구스럽기까지 하구려."
"어디 이 신첩이 키웁니까? 저 유모가 키웁지요. 워낙 그 유모도 잔정이 많고 자상한지라 친에미나 다를 바 없지요."
이런저런 정화를 나누다가 이 밤은 문왕이 정실인 태사비와 만리장성을 쌓았다.
죽향은 모처럼 자기의 분신인 어린 녀석들과 모자유친으로 혈육의 정을 나누며 명덕전 옆 침실에서 하룻밤을 보냈다.

날이 밝았다. 단풍잎이 한 잎 두 잎 나부끼며 떨어지기 시작하였다. 이는 세월의 무상함과 계절의 변화를 예리하게 감지케 하였다. 찬란한 햇빛을 받으며 지상으로 떨어져 내리는 낙엽을 보며 문왕은 인생의 허무함을 짜릿하게 느끼고 있었다.
　해는 또다시 동에서 솟아나 그 빛을 찬란하게 발산하건만 나무에 달려 있는 풍엽들은 한 잎 두 잎 무기력하게 떨어지고 있었다. 문왕은 여기에서 인생의 세대교체와도 같은 자연의 순환을 순간적으로 느꼈다. 잘나도 가야 하고 못나도 가야 하는 인생의 한계, 이를 누가 거부하고 거절할 수 있단 말인가!
　가을이 주는 변화를 바라보며 문왕은 깊은 사색에 빠졌다.
　이튿날 아침에 조찬을 마친 문왕은 자기의 집무실인 명덕전으로 출근을 했다. 죽향은 정실인 태사비와의 회포를 풀고 들어서는 문왕을 보고 방긋방긋 웃으며 정중히 대하였다. 그 동안 거룩한 문왕폐하를 너무 독차지하고 있어서 태사비에게 미안한 감이 없지 않아 있었기 때문이었다.
　그렇다. 인간이 어떤 의미에서든 상대에게 미안함을 느낄 수 있다는 것은 아름다운 마음이다.
　"간밤에 아이들과 모자유친의 정은 마음껏 나누었는가?"
　"예, 참으로 좋았사옵니다. 인간 냄새를 진하게 느꼈사옵니다. 그 아이들에게서 피보다 진한 혈육의 정을 맛보았사옵니다."
　"그런 것이라네. 세상에 뭐가 좋고 뭐가 귀하다 해도 자기의 분신인 자식들보다 더 귀한 것은 없지. 또 그래야만 인간으로 돌아가는 것이고!"
　"자, 그건 그렇고 차 한 잔 내야지? 차를 내고 나서 여상노사와 기자공을 들라 이르게. 그분들과 함께 낙양에서 건져온 천수송괘 풀이를 해야겠네."
　"그리하겠사옵니다, 폐하!"
　문왕은 죽향이 내온 차를 음미하며 괘풀이에 대한 구상을 하고 있었다.

얼마 후 두 대인이 입전하였다.
"폐하! 먼 낙양까지 다녀오시느라 고단하셨을 텐데 연달아 괘상을 풀겠다 하시오니 우려 반 즐거움 반이옵니다."
"그렇사옵니다, 폐하! 우려되옵는 것은 피곤기가 축적될까 봐서이오며, 즐거운 것은 폐하께옵서 노익장임을 과시하시기 때문이옵니다."
여상노사와 기자공이 차례로 인사를 드리고 나자 문왕이 그들에게 차를 권했다.
"자, 차나 한 잔씩들 드시지요. '식후불음다(食後不飮茶)면 소화불량이라' 하지 않았습니까?"
문왕은 이렇게 차를 마시며 화기애애하게 분위기를 끌고 갔다.
"이번에 낙양에 가서 건져 온 괘상은 천수송괘입니다. 한번 보십시오, 두 대인!"
문왕이 강보에 싸인 괘상을 펴 보이자 두 대인은 엉덩이걸음으로 서궤 앞으로 바짝 다가앉았다.
먼저 여상노사가 입을 열었다.
"천수송이군요. 윗괘가 일건천(☰)이옵고 아랫괘가 육감수(☵)이옵군요. 하늘과 물은 잘 부합되지 않으므로 시비 송(訟) 자를 붙이셨사옵군요."
"그렇소이다."
이어서 기자공이 말했다.
"먼저 푼 괘상은 수천수괘였사온데 이번 괘상은 천수송괘이오니 그 소상괘의 위치가 서로 바뀌앉게 되었사옵니다, 폐하!"
"그렇지요. 수천수괘와는 정반대된 입장이지요."
"그러면 폐하께옵서 먼저 저희가 이 괘상을 파악할 수 있도록 서론을 말씀해 주옵소서."
　기자공의 제안이었다.
　"그럽시다, 기자공. 오늘 주공을 불참시킨 것은 아들 앞에서 음담패설을 하기가 좀 곤란해서 그랬습니다. 그러니 우리끼리 재미있게 한번 이야기를 엮어 가도록 하십시다."
　"예, 폐하!"
　기자공의 답이었다.
　여상노사도 동감이었기에 한 마디 거들었다.
　"실은 저번 괘를 풀 때 좀 재미있게 엮어 가려고 했는데 주공 때문에 분위기를 살리지 못해 좀 아쉬웠사옵니다."
　"자, 그러면 먼저 이 짐이 모두(冒頭 ; 말이나 문장의 첫머리)를 꺼내겠소이다. 괘상을 한번 잘 살펴보십시오.

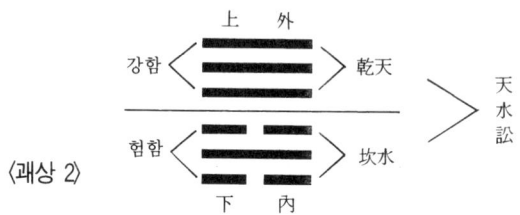

　'이 송(訟)은 믿음이 있으나 막혀서 두려우니 중정을 지키면 길할 것이고 끝까지 내려가면 흉할 것이니 대인을 봄이 이롭고 대천을 건너가면 불리하도다(訟은 有孚나 窒하여 惕하니 中은 吉코 終은 凶하니 利見大人이오 不利涉大川하니라).'
　무슨 소리냐 하면 이런 것입니다. 송사의 도란 반드시 그 믿음과 실지가 있어야 하니, 만약 그 실지가 없다면 이것은 속임과 망령인 것이니 흉하다 이거지요.
　이 괘 됨됨이를 보게 되면, 구이와 구오가 다 중실(中實 ; 중심이 실함)하니 믿음이 있는 상이지요. 송사란 것은 남과 함께 말로써 다투어 그 결정 또한 남에게로부터 내려지길 기다리는 것이지요. 그러니 비록 믿음이 있을지라도 또한 모름지기 막혀서 통하지 않는 것이 아니겠소? 막히지 아니한즉 이미 밝아서 송사가 없게 되지 않겠습니까?

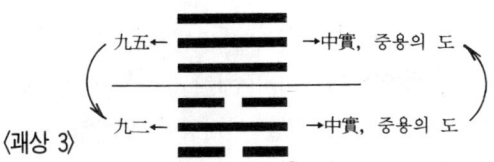

〈괘상 3〉

 송사의 일이 판가름나지 않은 입장에서는 길흉(吉凶) 문제에 있어서 반드시 어떻다고 못 하는고로 두려움이 따르게 마련이지요. 중길(中吉)은 중심을 잡게 되면 길하다는 것이고, 종흉(終凶)은 그 일을 종극에까지 끌고 가려 하면 흉하다는 것이지요.
 압축해서 말하자면, 송사란 남과 다투는 것이 아니겠어요? 그 결정 또한 남에게로부터 받습니다. 그것은 서로의 주장이 강해 꽉 막혀 있어 그런 것이지요. 서로의 입장을 바꾸어 생각하고 밝게 가지면 시비는 없는 것 아니겠소? 그리고 중요한 것은, 무슨 시비든 종극에까지 끌고 감은 이기고 지는 것을 떠나 상호간에 있어서 흉한 일이라 하겠습니다. 그러니까 중심을 실하게 가지고 중용지도를 얻은즉 길하지요."
 "그러니까, 폐하! 송사란 모름지기 처음부터 일어나지 않도록 하는 것이 현명한 방법이옵지요. 이는 마치 전쟁과도 같은 것이옵지요. 전쟁이란 본디부터 안 일어나게 하는 것이 유능한 장수가 아니옵니까? 건강도 그렇사옵니다. 질병에 애시당초 걸리지 않도록 하는 자가 건강관리를 잘 하는 자 아니옵니까?"

여상노사의 말이었다.

다시 문왕은 말의 끊어진 부분을 이어 갔다.

"시비란 것은 곡직(曲直 ; 굽고 바름)을 분별하는 것인고로 대인을 찾아가 물어보는 것이 옳지요. 대인은 능히 그 강명중정(剛明中正)한 대경대법을 가지고 있으므로 송사의 판결을 잘 내리지요. 송사란 화평의 일과는 반대되는 일이니 당택안지(當擇安地 ; 선택을 마땅히 하고 입지(立地)를 함)하여 위험한 데 빠지지 않게 해야 하는고로 대천을 건너감이 불리한 것이지요."

"훌륭하신 해설이시옵니다, 폐하! 이 여상이 폐하의 말씀에 준해서 약간의 보충설명을 가하겠사옵니다.

'송사란 쟁변(爭辯 ; 다투어 분별하는 것)하는 것이 아니옵니까? 이 괘상을 주시해 보면, 위의 것은 건(乾)이고 아랫것은 감(坎)이옵니다. 따라서 건은 강하고 감은 험하니 위의 강한 것이 아래의 험한 것을 제압하므로 아래의 험한 것이 그 위의 것을 살피고 있사옵니다. 또 성분학적으로 보면, 아래의 내괘는 험하고 위의 외괘는 강건하지 않사옵니까? 또 자기 즉 아래의 감은 험한데 저기 저 건은 강건하니 송사가 일어나는 것이옵니다.

구이가 중실한 양인데 위의 구오도 양이기에 더불어 응할 수가 없사옵니다. 때문에 걱정이 첨가되옵니다.

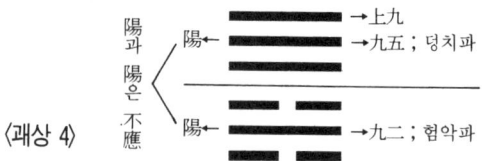

〈괘상 4〉

〈괘상 4〉에서 볼 수 있듯이 상구는 강함이 지나쳐서 송괘의 마지막 극에 와서 있으니 이 송괘의 종극이옵니다. 구오는 강건중정(剛健中正)하여 존위(尊位 ; 실세 자리)에 있으므로 이것이 바로 대인의 형상이옵니다. 강한 자가 험함을 타고 있어서 실지로는 거기에 빠져 있는 입장이니 대천을 건너가면 안 되는 것이옵지요. 때문에 점을 쳐서 경계하는 자들은 쟁변의 송사가 있을 적에는 그 입장에 따라서 길흉을 취해야 하옵니다.'
 이 여상은 이 정도로 해 두겠사옵니다."
 "수고했습니다, 여상노사! 노사의 정밀한 강담이 이어지니 훨씬 이해가 잘 됩니다. 이런 경우를 두고 중지(衆智)를 모은다고 하는 것 아니겠습니까?"
 문왕의 찬사였다.
 다시 문왕은 기자공에게 권하였다.
 "이 천수송괘에 대한 간단한 판단을 한번 내려 보십시오."
 "그러하겠사옵니다, 폐하!
 '송사를 나타내는 이 괘는 윗괘가 강직한 반면 아랫괘는 험악하옵니다. 따라서 험함과 건장함이 대결하고 있으므로 송괘라 하겠사옵니다.'
 다시 말씀드리옵자면, 험악한 사나이와 힘세고 건장한 사내끼리란 언제 어디서 어떻게 서로 부딪혀 시비가 일어날지 모르는 일이옵지요. 따라서 송사가 붙는고로 폐하께옵서 천수송(天水訟)이라 명명하지 않으셨나싶사옵니다."
 "기자공이 의표를 잘 찌르시는군요. 그리고 간단명료하구요."
 문왕의 찬사였다.
 "이번에는 여상노사께서 한 마디만 더 해 주십시오. 혹시나 일반 서민들이 알아듣지 못할까 걱정되니 노파심을 발휘해 주십시오."
 역시 문왕의 제의였다.

"예, 폐하! 너무 말이 길면 또 지루함을 느낄 수 있는 단점도 있으므로 간단히 하겠사옵니다. 송괘란 윗것이 강하고 아랫것이 험악하옵지요. 험악함과 건장한 덩치파가 상접해 있으니 송사가 붙는 것이 아니겠사옵니까? 만약 건장한 덩치파와의 상대가 험하지 않고 나긋나긋한 자라면 시비가 안 일어날 것이오며, 또 험악한 자의 상대가 건장한 덩치파가 아니면 송사가 없을 것이옵니다. 언제나 험악한 자와 어깨파는 시비의 소지가 있는 것이옵니다."

기자공이 따라서 미진한 설명을 해 내려갔다.

"폐하! 이 괘가 시비를 대표하는 송괘이다 보니 처음부터 다른 괘보다는 말이 좀 많아지는 듯하옵니다, 하하하……."

"그런 것 같소이다, 기자공. 송이 바로 시비고 시비가 또 말이 많은 것 아니겠소이까?"

문왕의 웃음기 섞인 말이었다.

"어서 이어서 해 보시지요, 기자공."

"예, 폐하! 이 송괘에 있어서 '믿음은 있지만 막혀서 두려우니 중심을 지키면 길할 것이라'고 하신 폐하의 말씀 중 그 구절을 보충설명하옵자면 이렇사옵니다. 강한 것이 와서 중앙에 위치하여 중도를 지키고 있어서 그렇사옵니다. 〈괘상 5〉를 참고해 보옵시면 되겠사옵니다.

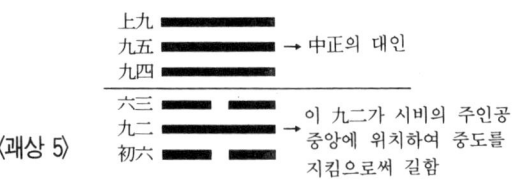

그리고 다음, '종극에 가서 흉할 것이라'고 하심은 송사란 대체로 꼭 성취시키려고 종극에까지 가지 말아야 함을 뜻하신 말

쏨이라 사료되옵니다. 시비란 것은 본래 부득이하여 붙게 되는 것인지라 그 일을 종극에까지 끌고 갈 것이 못되옵지요. 극에까지 가게 되면 무슨 일이든 흉하게 변하옵지요. 그래서 송(訟)은 불가성(不可成)이라 하지 않으셨나 싶사옵니다.
'대인을 만나서 결판내는 것이 이롭다' 하심은 숭상하는 바가 중정이기에 그러하셨다고 사료되옵니다. 송사란 그 시비를 구하는 것이 아니겠사옵니까? 이를 분별해 줌에 있어서 판사는 감정이나 사정(私情)에 치우치지 않는 중정의 덕을 가지고 있어야 하옵니다. 때문에 '대인을 봄이 이롭다'고 하심은 숭상함이 중정이라 그렇사옵니다. 들어 주는 판사가 중정의 덕을 가지고 있지 않으면 안 되옵지요. 여기서 대인은 구오이고 이 자가 바로 판사이옵니다. 이 정도로 말씀드리면 되겠사옵니까, 폐하?"
"그렇소이다, 기자공. 그런데 강설을 하심에 있어서 이 짐의 수준에 맞출 것이 아니라 우리보다 훨씬 더 지식 수준이 낮은 저 서민들이 알아듣기 쉽도록 거기에 강담의 초점을 맞춰야 하겠습니다. 그러면 기자공, '대천을 건너면 이롭지 않다'고 한 그 부분에 대해서 한번 더 논강을 펼쳐 보십시오."
"예, 폐하! 그 구절은 이렇게 보옵니다. '깊은 못에 빠질 수 있기 때문에' 그렇사옵니다. 다시 말씀드리옵자면, 위험한 데를 가면 몸이 빠지거나 낭패를 당하는 것이니 이는 '깊은 못에 빠질 것이라' 경고하신 것이고, 그것을 달리 표현하셔서 '대천을 건너가는 것이 불리하다'고 하셨다고 보옵니다."
"잘 보시었소, 기자공. 지혜있는 자는 어지러운 나라에 들어가지 않으며 위태로운 담장 밑에 서지 않으며 무모하게 강을 건너거나 맨주먹으로 호랑이와 싸우지 않는 것이지요."
문왕의 찬사였다.

"자, 그러면 여상노사께서는 이 괘상의 분위기와 나아갈 바를 제시해 주십시오."

역시 문왕의 제의였다.

"그러하겠사옵니다, 폐하!

'건천(☰)과 물(☵)은 서로가 가는 길이 달라 송사가 붙는 것이니, 군자는 이런 점을 간파하여 일을 짓고 처음을 도모하옵지요. 이를 두고 작사모시(作事謀始)라고 하옵지요.'

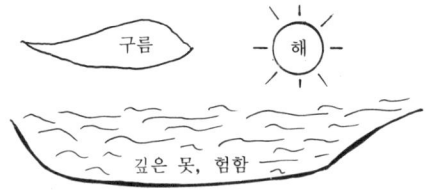

그러니까 그림에서 보시는 바와 같이 하늘은 위에 있고 물은 아래에 있어서 가는 길이 서로 다르지만, 그러나 숙명적으로 만나 있는 입장이옵니다. 만약에 상하 즉 천과 수가 서로 순응할 것 같으면 무엇 때문에 시비가 일어나겠사옵니까? 국가의 지도자인 군자는 이런 입장과 경우, 그리고 판국을 살펴서 인정(人情)을 알아야 하옵니다. 무릇 매사를 시작할 때에는 반드시 거기에 따르는 문제점이 무엇인가를 도모하고, 송사의 첫 시작을 이 일의 첫머리에서 끊어야만 발생하지 않는 것이 아니겠사옵니까?"

"잘 설명하셨습니다, 여상노사. 워낙 이 괘가 갖는 뜻이 깊고 또 송괘이다 보니 어쨌거나 말을 많이 하게 되는군요."

문왕의 찬사였다.

"그래서 송은 역시 송인가 보옵니다, 폐하! 하하하……."

기자공의 말이었다.

"그렇습니다그려. 자, 다음은 초육이란 자를 한번 만나 봅시다. 먼저 이 짐이 만나 보겠소.
'일삼는 바를 길게 끌지 아니하면 약간은 말썽이 있으나 마침내 길할 것이라.'

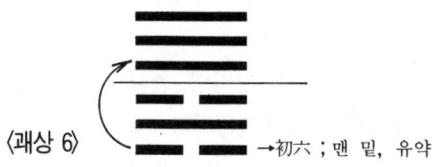

〈괘상 6〉 →初六 ; 맨 밑, 유약

 무슨 뜻이냐 하면, 현재 이 초육은 유약한 음으로서 맨 밑에 살고 있지 않소? 따라서 그 송사를 종극으로 끌고 가지 말아야 해요. 때문에 이 짐이 천수송괘의 처음 출발점에서 경계하여 말하길, '그 일삼는 바를 길게 끌지 아니하면 비록 약간의 말썽은 있겠으나 마침내 길할 것이라' 한 것입니다.
 대체로 송사란 길게 끌면 곤란하지요. 음유한 체질과 유약한 성격을 가진 자가 힘도 없이 맨밑에서 송사를 감행하는 건 길을 얻기가 어렵지요. 그러니 위에 있는 정응인 구사를 보고 도와 달라고 부탁해야 되지요. 그러면서도 간단히 일심(一審)에서 끝내야 해요. 그래야만 약간은 말썽이 있으나 길을 얻게 되는 것입니다. 송사는 절대로 오래 끌지 말아야 흉한 데、이르지 않게 되지요. 이는 곧 길함을 얻는 것이지요. 그래서 '재판과 인사말은 짧을수록 좋다'고 하지 않습니까?"
 여상노사가 문왕의 말을 받아서 자기 견해를 덧붙였다.
 "그렇사옵니다, 폐하! 재판을 길게 해서 좋은 결과를 얻었다고 하는 사람 보지 못했사옵니다. 재판이란 이겨도 손해 져도 손해, 이래저래 손해이옵지요. 그래서 '한때의 분노를 참으면 백날의 근심을 면한다(忍一時之憤이면 免百日之憂라)'는 말이 생겨났나 보옵니다.

"자, 다음은 기자공이 이 초육의 고민을 풀어 주고 동시에 희망도 제시해 보시지요. 항시 무슨 문제든지 푸는 방법을 제시해 주는 자가 지도자이며 군자가 아니겠소이까?"

문왕의 제의이자 건의였다.

"예, 폐하! 폐하께옵서 이 초육을 보시옵고 말씀하신 것 가운데 '송사는 길게 끌지 말아야 한다'란 부분에 대해 한 말씀 드리고자 하옵니다. 그렇사옵니다. 송사란 오래 끌어서는 흉함만 가중될 뿐이니 도마뱀의 꼬리를 끊듯이 용단을 내려 끊어야 하는 것이옵지요. 초육은 음유하고 유약한데, 거기다가 맨 밑에 깔려 있으니 그 뜻이 오래 갈 수가 없사옵지요. 설령 그 일을 오래 유지시킨다 하더라도 이기지도 못할뿐더러 도리어 화란(禍難)만 가져오게 되옵니다. 그래서 인생 경험이 풍부한 선

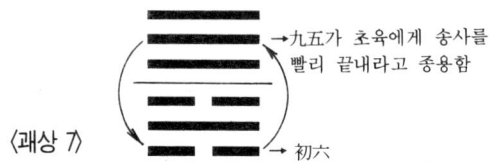

배들은 이를 빨리 끝내라고 종용하는 것이옵지요. 그 말을 들은 결과 약간의 말썽은 있었으나 그 판단이 현명하여 그에 대

＊공자는 시비에 대해서 이런 말씀을 남겼다.
'송사를 듣고 판단함이 내가 남들 정도 하지만, 반드시 송사 자체가 없도록 할 것임인저!(聽訟이 吾猶人他나 必也使無訟乎저)."

이 말을 두고 그의 손자 자사(子思)는 다시 이렇게 해석하였다. '실정이 없는 자가 그 속에 있는 뜻을 허심탄회하게 털어내놓지 아니함은 국민의 여론이 두려워서 그런 것이니 이 얘기는 근본을 알아야 할 것이라(無情者 不得盡其辭는 大畏民志니 此謂知本이니라)

한 모든 것을 빨리 마무리짓고 밝은 세상을 살게 되옵니다. 폐하, 송사 이야기를 바꾸어 인생 경영지사로 옮겨 보고 싶사옵니다."

"그렇게 해 보시오, 기자공. 그렇잖아도 그 제의를 해 보려고 생각하던 참이었소이다."

"폐하! 이 〈괘상 8〉과 〈괘상 9〉를 한번 자세히 보시옵소서. 초육은 자기의 짝인 구사와 그런 대로 궁합이 좋사옵니다. 초육이 맨 밑에 있는 음인 데다가 구사는 윗괘의 맨 밑에 있어

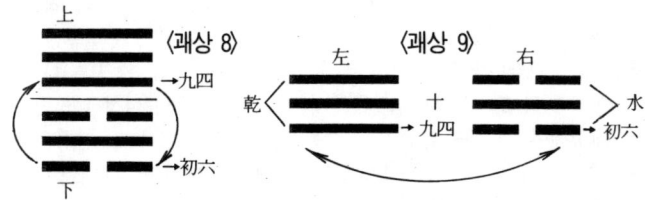

서 서로의 입장이 비슷하면서도 다른 점이 있사옵니다. 무슨 얘기냐 하오면, 초육은 일의 양에 육의 음이 찾아와 있고, 구사는 사의 음에 구의 양이 찾아와 있지 않사옵니까? 그러니까 서로가 형질을 바꾼 셈이옵지요. 용도를 변경하여 개점을 하고 있으니 그 점이 다르면서도 같고 같으면서도 다른 점이 비슷하다 하겠사옵니다.

우리 속담에 '과부 사정 과부가 알고 홀아비 사정 홀아비가 안다'는 말이 있지 않사옵니까? 초육과 구사는 역지사지(易之思之)를 잘하옵니다. 따라서 서로를 이해하여 궁합이 잘 맞사옵니다. 양이 음이 되고 음이 양이 된즉 그 명의가 바뀐 심정을 잘 알아주옵니다. 그렇게 서로 바뀌어 초육은 음이 되고 구사는 양이 되어——〈괘상 9〉에서 보면 금방 알 수 있듯이——이쪽저쪽 좌우를 맞추면 음과 양의 조화가 딱 들어맞사옵니다.

이 얘기는 무엇을 뜻하느냐 하오면, 과거의 전신이야 어찌되었든간에 현재의 입장은 음양관계로 나누어졌으니 서로가 좋아지고 있는 셈이옵지요. 이러한 원리는 예컨대, 갑이라는 조직과 을이라는 조직이 서로 다른 길을 걷다가 대승적 차원에서 합종연횡(合縱連橫)*을 하여 큰 일을 도모할 적에 흔히 적용되는 상황이며 변수라 하겠사옵니다."

"기자공 수고했소. 자, 그러면 구이를 만나 봅시다. 이 친구

---

*역사적으로 보면, 춘추전국시대에 이런 합종연횡이 동서간의 첨예한 이해관계로부터 일어났다.
 합종은 소진(蘇秦)이라는 사람의 주장인데, 서쪽의 강대한 진(秦)나라에 대하여 한(韓)·위(魏)·조(趙)·연(燕)·제(齊)·초(楚) 등의 여섯 나라가 동맹하여 대항해야 한다는 일종의 공수동맹설(攻守同盟說)이고, 연횡은 진(秦)의 동쪽 저 여섯 나라가 횡(橫)으로 연합하여 진나라를 섬기도록 해야한다는 장의(張儀)라는 사람의 주장이다.
 이와는 반대로 서로 끝내 버티는 경우도 있었는데, 오나라의 임금 부차(夫差)와 월나라의 임금 구천(句踐)이는 항상 서로 적대감을 가지고 싸웠다. 적의를 품고 싸우려는 마음이 같다고 하여 오월동주(吳越同舟)라는 말도 생겨났다.
 이 외에도 신라와 당나라의 연횡(나당연합)이 그렇고, 근래 우리나라에 있었던 일로서 삼당합당을 하여 정권 재창출과 기득권 불포기가 이어진 경우도 이 괘의 초육과 구사지간의 입장이 비슷하다 하겠다.
 이러한 변수, 즉 과거의 합종연횡은 오늘날 산업사회에서 흔히 이루어지는 주식회사 설립이라든지 사단과 재단법인체 설립이라든지 또 개인병원끼리 합쳐서 종합병원을 짓는다든지 하는 것과 같다 하겠다. 세계적으로 볼 때, 유럽공동체(EC)의 태동 조짐이라든지 동북아 국가들끼리 이념 갈등 완화와 해소의 현실이 바로 그런 것들이라 할 수 있다. 다시 말해서 동질성 회복과 공동체 성립, 더 나아가 실질적 이익을 획득하려는 원리이다.
 오늘날의 예술 분야에 있어서도 마찬가지이다. 동양화와 서양화가 갖는 기법 및 소재들이 과거에는 서로 달랐지만 오늘날에는 서로 조화를 이루어 입체와 평면으로만 이원화된 것도 초육과 구사지간의 입장과 일치한다 하겠다.

천수송괘(天水訟卦) 291

는 무슨 생각을 어떻게 가지고 있는지 말입니다. 이 짐이 먼저 타진해 보겠소.

'구이는 구오에게 맞서 보고 싶지만 붙어 봐야 이기지 못할 것이 뻔하니 약 삼백 호쯤이 모여 살고 있는 고을로 도망와서 은인자중하고 지내면 허물이 없을 것이라' 하겠소이다.

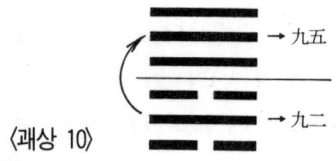

〈괘상 10〉

좀더 쉽게 풀면 이렇소이다. 현재 이 구이는 밖으로부터 구(九)가 이사를 와서 음의 이(二)한테 얹혀 살면서 명색이 구이가 된 것 아닌가요? 그러니까 아직 접목이 잘 안 되어 큰 힘을 발휘하지 못하고 있어요. 그런데도 저 위에 있는 이 마을의 터줏대감인 구오와 붙어 보려고 하나 안 될 것은 불견가지가 아니겠소? 어느 동네이건간에 반드시 기득권을 보유하고 있는 터줏대감이 있게 마련 아닙니까? 그 터줏대감을 이사온 지 얼마 안 되는 저 구이가 우습게 알고 달려 들려고 했다가 금방 혼이 나게 된 셈이지요.

그래서 도망을 가게 되었습니다. 그 도망간 곳이 삼백 호가 모여 사는 작은 고을입니다. 여기에서 '삼백 호'라는 것은 가구수가 삼백 호라는 뜻이 아니고 그처럼 작다는 것을 의미하는 것이지요. 다시 말해, 자신을 최소한 낮추고 겸손히 지낸다는 뜻으로 비유한 것이에요. 그렇게 분수를 알고 처신하니 허물이 없는 것은 당연하지 않겠소이까?"

"아이구, 폐하의 강담이 참으로 명강담이시옵니다. 이 신은 처음에 '삼백 호가 사는 고을로 도망왔다'고 하는 그 구절이 얼른 납득이 가지 않았는데 폐하의 강담을 듣고 보오니 이제야 알아듣겠사옵니다, 폐하!"

"그렇습니까, 여상노사? 그러면 노사께서 다른 각도에서 이 구이를 한번 건드려 보시지요, 무슨 반응이 나오는지 말입니다."

문왕의 제의였다.

"예, 폐하! 이 신은 이렇게 분석해 볼까 하옵니다. 이(二)의 음이 사는 동네에 양의 구(九)가 슬그머니 찾아와서 서로 합방을 하였다고 보옵니다. 어찌 보면 개인적으로는 잘 된 셈이옵지요. 물론 자존심이 상할 수도 있고, 또 반면 자존심이 돋아날 수도 있사옵니다. 어쨌거나 음지가 양지로 바뀐 그런 상황 아니옵니까? 그러면서도 저 위에 있는 강한 양기의 소유자이자 실세인 구오를 보고 도와 달라고 이렇게 청원을 하고 있사옵니다.

구이 : 구오님, 이 사람은 아직 완전한 힘을 가지고 있지 못합니다. 그 이유는 반음반양이라서 그렇습니다.

구오 : 그래, 가만 있어 봐라, 도와줄 테니. 그 대신 배신하면 아니 된다.

구이 : 그 점에 대해서는 염려하지 마십시오. 구오님, 백골난망이옵니다.

그래서 결국 도움을 받았건만, 이 구이의 맹세처럼 그렇게 은혜를 입고도 이를 잊지 않는 사람이 세상에 얼마나 되겠사옵니까, 폐하!"

"그렇소이다, 여상노사! 그래서 예로부터 '은혜는 시간이 갈수록 잊기 쉽고 원망은 갈수록 살아난다'는 말이 생겨났다고 봅니다. 여상노사께서는 구이의 입장을 그렇게 보시는군요. 좋습니다, 그 가상적 상황이 말입니다."

"세상에는 하도 배신과 배은을 밥 먹듯이 해 대어 그런 쪽에서 한번 조명해 보았사옵니다."

"여상노사, 그래서 속담에 '똥 누러 갈 때의 마음과 나올 때의 마음이 다르다'고 하는 말이 있지 않습니까? 어쨌든 결론적으로 얘기하면, 구이는 구오와의 관계에서 묘한 교감을 하고 있는 중이라 하겠습니다."

"폐하, 저는 이 정도로 하고 다음엔 기자공에게로 그 순차를 넘기시옵지요."

여상노사의 건의였다.

"그렇게 하지요. 그러면 우리 기자공께서 진행해 보시지요. 언제나 부탁이지만, 재미있고 유익하면서 또 희망을 제시해 주는 입장에서 하십시오."

"폐하의 말씀에 각별히 신경을 쓰겠사옵니다. 이 기자는 그저 폐하께옵서 엮어 가옵시는 역리 강담에 없어서는 안 될 재담꾼으로 족하게 생각하겠사옵니다, 하하하……."

"꼭 그런 것은 아니지만, 무슨 일이든 역할 분담이 확립될 때 훌륭한 작품이 안 되겠습니까, 기자공?"

문왕은 긴 수염을 쓰다듬으며 맑은 미소를 머금었다.

"폐하, 그럼 이 신이 시작하겠사옵니다. 이 구이의 형상부터 먼저 설명하고 그후에 화제를 바꾸겠사옵니다. 저 구오와 송사를 치룸으로써 승산이 없자 도망쳐 나온 것은, 힘도 없이 밑바닥에서 맴도는 녀석이 위의 세도가와 싸워 이긴다는 것은 도저히 불가능한 일이라 생각하여 취한 조치이옵니다. 그러니 환란이 그치고 더 이상의 손해는 안 본 셈이옵니다. 역시 구이는 현명한 판단력을 소유한 젊은이입지요."

"기자공, 누구든지 젊은 시절에는 저 구이처럼 한 번쯤 저런 호기(豪氣)도 부려 보는 것이 아닐까요?"

"그렇사옵니다, 폐하! 젊은이가 그런 기질이 없다면 어찌 젊은이라 할 수 있겠사옵니까?"

"옳으신 말씀이오. 그럼 기자공께서 이어서 하십시오."

"예, 폐하! 〈괘상 11〉을 보옵시면 조금 전에 이 신이 말씀드린 것에 대해 얼른 납득이 가실 것이옵니다. 그럼 논제를 약간 바꾸어서 음양조화의 관계로 넘어가 보겠사옵니다.

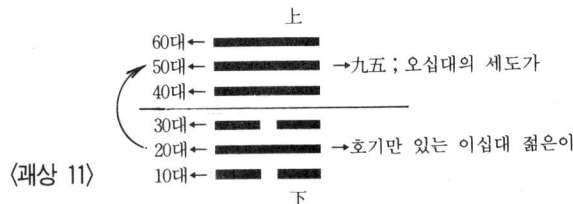

〈괘상 11〉

아래에 있는 구이만의 입장을 압축시켜 정리해 보면 〈괘상 12〉와 같사옵니다. 괘상에서 보는 바와 같이 구이의 양인 남자를 중심하여 좌우에 음인 두 여자가 있사옵니다. 그야말로 이리 봐도 내 사랑 저리 봐도 내 사랑이옵지요.

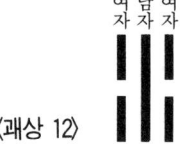

〈괘상 12〉

그러니 이 구이는 여복에 푹 싸여서 정신이 없을 정도이옵니다. 그가 젊고 힘이 있어서 다행이지 그렇지 않다면 저 양쪽 여자 때문에 코피를 질질 흘릴 지경이옵니다.

구이는 천부적인 호색가이옵지요. 본디 이(二)의 음에 구(九)의 양이 더해진 남자이기에 음도 세고 양도 센 그런 신체 기능을 소유하고 있사옵니다. 그 맛을 본 여자들은 사족을 못 쓰고 달려드옵지요. 마치 꿀 맛을 본 벌 나비가 그 꽃 속을 파고들 듯이 말씀이옵니다. 한때 젊어서 힘 좋을 때는 왕왕 이런 일이 벌어지옵지요."
 "그러면 기자공께서도 젊었을 적에 많은 여자가 붙던가요? 하하하……."
 여상노사가 짓궂게 물었다.
 "아이 참, 제 꼴을 한번 보십시오, 여자가 붙었겠는지."
 "왜요? 한창때는 풍골이 준걸하셨을 것 같은데."
 "빛 좋은 개살구라는 말이 있지 않던가요? 소문난 잔치에 먹을 것 없다고 하는 그런 속담도 있듯이 저는 천부적으로 여복이 없었던 것 같아요. 보기보다는 말씀입니다."
 여상과 기자공과의 농이 섞인 대화였다.
 두 대인의 대화가 재미있어지자 문왕도 한 마디 거들었다.
 "젊었을 때 여자 두서너 명씩 소유 안 해 본 남자가 어디 있겠습니까? 하하하……. 그래서 '과거를 묻지 마세요'라는 말도 생겨났을 겁니다."
 그렇다. 점잖은 사람일수록 밑구멍을 뒤집어 보면 숨겨진 얘기가 많은 것이다. 이러한 것이 또 인생이며 이 역이 갖는 이치와 부합되는 것이다.
 다시 기자공이 말을 이었다.
 "여상노사님, 세간에서 하는 말에 의하면, 연애나 오입 같은 것은 젊었을 때 많이 해야 한다고들 하던데 그 말이 맞는 것 같아요. 늙고 시들어 가니 용기도 없어지고 정력도 부실하고, 거기다가 도덕적 겉치레까지 붙어 가지고 사람을 곤란하게 만들지 않습니까? 하하하……."
 "그래도 준다면 마다하지 않으시겠다는 여운을 남기시는군요, 하하하……."

여상노사의 대꾸였다.
"그렇지요, 폐하전에서 황공한 말씀이옵니다마는 누가 준다고만 하면 한쪽 바짓가랑이에 두 다리 끼고 달려들겠습니다, 하하하……."
"그래요. 인생이란 바로 그 마음이 중요한 것입니다. 좋은 음식이 있어서 주게 되면 먹고 싶은 것이 인간의 본능이지요. 음식이란 입으로 먹고 만족을 취하는 것이고, 여자란 몸가지를 몸 틈새로 먹고 만족을 취하는 것 아닌가요? 사람이란 발달한 신체기능을 가지고 필요한 본능을 해결하며 사는 것이지요."
문왕도 노골적으로 맞장구를 쳤다. 그렇다. 눈으로 먹는 색깔, 입으로 먹는 맛깔, 귀로 먹는 소리깔, 피부나 손으로 만져 보는 촉깔, 몸가지로 취하는 짜릿깔, 이런 맛 좀 보려고 인생을 사는 게 아닐까싶다.
"자, 그러면 육삼을 찾아가 보도록 합시다. 순차에 입각해서 이 짐이 먼저 만나 보겠습니다.
이 육삼은 '구덕(舊德 ; 평소의 분수에 처하는 것)을 먹고서 주관을 곧게 가지면, 즉 정(貞)하면 근심걱정이 있으나 마침내 길할 것이라.'
무슨 소리냐 하면, 구덕을 먹는다는 것은 평소의 분복(分福)대로 살아간다는 뜻이지요. 그런 가운데 마음을 곧게 먹노라면 걱정이 없을 수야 없지만, 그 분수를 지킨 공덕으로 좋은 날이 온다는 뜻이지요.
상황논리를 적용시켜 한번 더 설명하겠소이다. 이 육삼이 삼

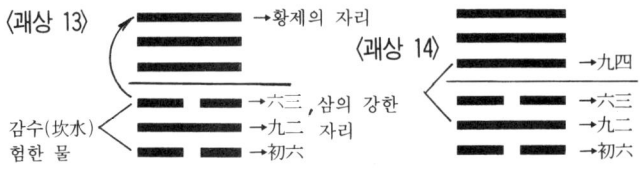

(三)이라는 양성의 강한 자리에 있으면서 마음 같아서는 위에 있는 상구와 한 판 붙어 보고 싶어요. 그러나 육이라는 음이 붙어 있는 질적으로 음유한 기질을 소유한 자이기에 시비를 중단하고 있습니다. 〈괘상 13〉에서 보는 바와 같이 현재 본디 자기 자리인 험한 물의 맨 윗자리에 있지요. 그러니 시비를 걸고 싶어서 속이 벅벅 끓어오르고 있지만 어떡합니까, 참아야지요.

또 변수상으로 보면 〈괘상 14〉에서처럼 두 개의 양인 구이와 구사 즉 강한 남자들 틈에 끼여 있어서 이 남자들이 말리고 있어요.

'야, 이 육삼 여자야! 힘도 없는 연약한 여자가 저 센 상구의 황제와 붙어 가지고 게임이나 되겠니? 괜히 붙어 가지고 코피 터지지 말고 네 분수를 지켜.'

이렇게 눌러 주고 있어요. 그러니 기갈이 좀 있는 여자지만 어떻게 하겠소이까, 참아야지. 참다 보니 좋아진 것이지요."

"폐하, 그러니까 육삼이 상당히 잘 한 것이옵니다. 만약에 주위에서 하는 말을 듣지 않고 까불거렸다가는 흉함을 만나는 거야 뻔한 일이라 보겠사옵니다."

"그렇소, 기자공. 기자공의 얘기대로 까불거렸다가는 죽는 거지요. 예컨대, 이 짐의 지금 입장이 저 상구와 같은데, 만약에 혹자가 시비를 걸어 왔다 칩시다. 그러면 이 짐이 가만히 두고 보겠습니까? 우리 주나라 왕실의 체면 문제도 있고 자존심 문제도 있고 한데 말입니다. 그러니 황제는 늙어도 황제인 것이 만고불변의 진리가 아니겠소? 조금 지나친 표현일지 모르지만."

"지당하신 말씀이옵니다, 폐하!"

기자공의 응대였다.

"폐하, 속담에 '누울 자리 봐서 발 뻗으라'는 말이 이런 경우에 적용된다 하겠사옵니다, 하하하……."

여상노사의 도움말이었다.

"자, 그러면 우리 여상노사께서 육삼에 대한 견해를 한번 말씀해 주십시오."

문왕이 제의하였다.

"그러하겠사옵니다, 폐하! 이 육삼은 음유한 여자도 되지만 또 아직 완전한 힘을 얻지 못한 삼십대의 남자도 되옵니다. 다시 말씀드리옵자면, 남의 지휘 아래에서 부림을 받는 자는 남자건 여자건 다 음에 해당하지 않겠사옵니까? 이렇게 음에 해당하는 자는 현재의 자기 직장과 직분에 맞게 행동해야 하옵지요. 다시 말씀드려, 조직의 윗사람이 시키는 대로 해야지 목을 곧추세우고 뻣뻣하게 하면 금방 흉함과 손해가 돌아오는 것이옵지요.

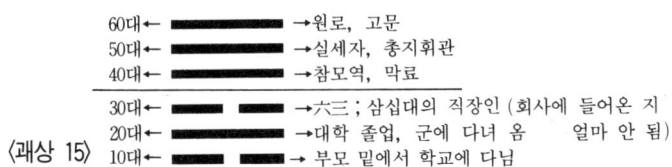

〈괘상 15〉

그러니 육삼에 해당하는 자들은 저항하거나 달려들지 말고 고분고분하는 데 익숙해야 하옵니다. 거기로부터 신분과 생활을 보장받고 더 나아가 이상과 꿈을 실현시킬 수도 있는 것이라 하겠사옵니다. 누구나 육삼에 해당하는 자들은 〈괘상 15〉를 참고하여 자기 분수를 지켜야 할 것이옵니다."

"수고했습니다, 여상노사. 젊은 직장인들에게 있어서 좋은 본보기와 귀감이 되겠습니다. 여상노사의 그 〈괘상 15〉의 제시가 더욱 도움이 될 것을 확신합니다."

문왕의 찬사였다.

"자, 그러면 이번에는 우리 기자공께서 결론지어 말미를 장식해 주십시오."

"예, 폐하!

'혹 왕사(王事 ; 임금 섬기는 일)를 좇아도 별로 성공할 것이 없다'고 하겠사옵니다.

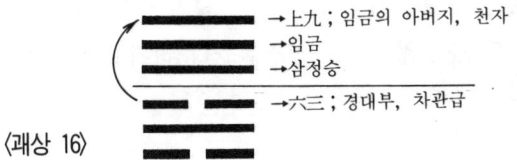

〈괘상 16〉

이 얘기는 이렇사옵니다. 〈괘상 16〉에서처럼 이 육삼은 자신의 후견인인 저 위의 상구를 따르고 있사옵니다. 이 상구는 이미 실세에서 한 걸음 물러선 도덕만 높고 실권은 없는 국정자문위원 같은 그런 입장에 있는 자이옵니다. 그러니 그 상구를 좇아 봐야 출세에 별로 도움이 안 된다는 뜻이옵지요. 만약에 줄을 타려면 튼튼한 동아줄격인 실세인 구오의 임금줄을 타야 하옵지요. 이런 상황논리를 결론부터 말씀드리옵자면, 이 육삼은 수구거정(守舊居正 ; 옛것을 지키고 바르게 살아감)으로 조용하게 보내야 별탈이 없사옵니다."

"그러면 그 문제는 이 정도로 하고 경영 문제와 음양 관계를 한번 얘기해 보십시오."

"예 폐하! 이 송괘의 형국을 저렇게 〈괘상 17〉처럼 횡으로

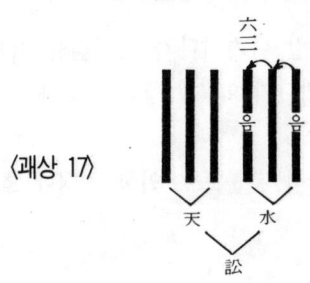

〈괘상 17〉

병렬해 놓고 풀어 보겠사옵니다. 육삼, 이 친구는 현재 깊숙한 음지에 빠져 있사옵니다. 그러니 현재로서는 꾹 참으면서 실력을 배양하거나 아니면 좋은 제품을 만들거나 하면서 때가 오길 기다려야 하옵니다. 괜히 빨리 성취하기 위해 서둘러 봐야 체력과 정신만 소모되옵지요. 그러니 체력과 정신을 좋은 작품과 상품을 만드는 데 쏟아야 하옵니다. 그렇지 않고 저 상구나 바라보면서 도와주지 않는다고 신경질을 부리거나 시비를 걸어 보았자 흉함만 가중되옵니다.

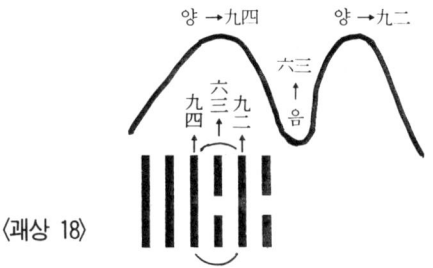

〈괘상 18〉

사람이 살다 보면 저렇게 곤궁한 음지에 빠지는 경우가 더러 있사옵지요. 이 신 기자 역시도 은나라가 망할 적에 저런 곤궁한 음지에 빠져서 맥을 추지 못했던 적이 있사옵지요. 그런데 마침 폐하께옵서 이 신을 잘 거두어 주셔서 이렇게 지존하신 폐하 앞에서 주역을 강담하며 영광을 누리고 있지 않사옵니까? 그런 의미에서 다시 한 번 성총과 성은에 감사드리옵니다, 폐하!"

"아이구, 기자공께서 잘 나가시다가 말머리를 갑자기 이 짐 쪽으로 돌리시는군요. 게다가 이렇게 칭찬까지 해 주시고요, 하하하……."

문왕은 기자공의 순간적 흥분으로 인한 격찬에 흐뭇해 하며 수염을 훑어내렸다.

"그러면 이어서 음양 관계로 한번 해 보십시오, 기자공."
"음양 문제에 있어서 매번 좋은 비유가 될지 모르겠사옵니다만 한번 해 보겠사옵니다. 삼의 양한테 육의 음이 찾아왔사옵니다. 이때 양이 지고 음이 이겨서 그 이름이 육삼이 되었사옵지요. 그러니 항시 약자는 강자에게 잡아먹히는 것이 아니겠사옵니까? 역사의 논리가 곧 힘의 논리이오며, 이 힘이 곧 역사를 지배하고 세상을 지배하는 것이옵지요. 거기에서 남은 찌꺼기가 다시 역사가 되는 것 아니겠사옵니까? 군사의 혁명이 바로 저런 경우이옵지요. 군대가 임금 밑에 있는 음이지만 반역하여 성공하면 삼의 양이 밑으로 깔리고 육의 음이 득세하게 되옵지요. 이 경우가 바로 모반이며 혁명이옵지요. 그리고 찬탈이고 말이옵니다.
또 왕실이나 가정이나 거센 여자가 들어와 왕이나 남편을 꼼짝 못하게 하고 움켜쥐면 이런 경우가 되지 않겠사옵니까? 또 이불 밑에서도 음의 여자가 색골이고 남자가 보통이면 이렇게 되옵니다. 남자가 직장의 책상머리나 호젓한 데 앉아서 닭병 걸린 것처럼 비실비실 졸고 있는 자들은 거의가 색골 마누라를 만나서 그런 것이옵지요."
"그리고 보니 그 육삼이 곤란한 인격체로군요, 하하하……."
여상노사의 뜸직한 표현이었다.
"수고했소, 기자공. 이 효에서 재미난 얘기 다 하고 나면 다음 효에서 써 먹을 것이 없을 것이니 이 정도로 하여 안배의 원칙을 세웁시다. 그리고 마지막으로 형상학적 얘기로 이 짐이 후미를 거두겠소이다."
"그렇게 하시옵지요, 폐하!"
기자공의 응답이었다.
"이 육삼의 형상은 '구덕을 지키면서 생활하고 있으니 저 상구를 좇을지라도 길함이 있을 것이니라.'"

"폐하, 아까번에는 이 신이 '왕사를 좇아도 별로 성공할 것이 없다'고 보았사온데, 이번에는 폐하께옵서 '구덕을 지키고 있으므로 상구를 좇을지라도 길할 것이다'라고 하옵시니 그 차이점은 어떤 것이온지요? 갑자기 궁금증이 솟아나옵니다."

"아, 그 점은 이렇소. 기자공의 견해는 왕사, 그러니까 무작정 상구를 좇기만 하면 성공이 없다고 본 것 같아요. 그러나 이 점은 '구덕을 지키면서 상구인 황제를 좇으면 길할 것이라'고 본 것이지요. 기자공의 견해는 '출세할 거라고 생각하여 왕사만 좇으면 성공이 없다'라고 했을 뿐 재앙이 온다고는 보시지 않았지 않습니까? 그러나 이 점은 본분을 지키면서, 다시 말해 자기 본업에 열중하면서 임금과의 교감이 있으면 좋은 수가 있다고 본 거지요. 이 점이 기자공과의 차이점이라 하겠어요. 그러니까 약간의 차이에서 의미 부여가 달라지게 된 것이지요, 기자공."

"이해가 잘 되옵니다. 그러니까 항시 맡은 바 본업에 충실해야 좋은 수가 올 수 있다는 뜻으로 받아들이겠사옵니다. 혹자들은 출세할 거라고, 즉 임금하고 안다고 해서 불러 주기만을 기다리고 있다가 불러 주지 않아 허탈해 하는 경우가 많이 있사옵니다."

"하하하……."

문왕은 기자의 말 끝에 웃음을 띠웠다.

"자, 다음은 구사를 찾아가 봅시다. 먼저 이 점이 대의를 떠

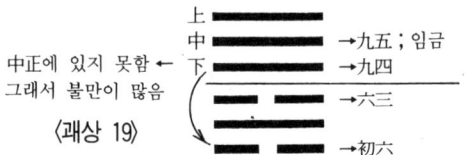

〈괘상 19〉

보겠소이다.

　이 구사는 '능히 송사를 붙을 데가 없는지라, 마음을 돌이키고 나아가 명령하여 변화시켜서 안정(安貞 ; 편안히 주관을 지킴)하면 길할 것이라' 하겠소이다.

　무슨 소리냐 하면, 이 구사는 구라고 하는 양강한 기질과 건체(健體)를 가지고 있으나 상중하 중 중정에 있지 못한 데 불만을 품고 누군가와 한 판 송사를 붙어 보고 싶은 마음이 꿀떡 같지요.

　현재 구사는 〈괘상 19〉에서 보여 주는 바와 같이, 주변을 둘러보면 위로는 구오를 떠받들고 있으면서 아래로는 육삼을 밟고 있고, 그러면서 저 아래에 있는 자기의 정응인 초육과 교감을 하고 있지요. 구오는 임금이니 의리상 시비를 걸 수 없을 뿐만 아니라 이길 수도 없고, 육삼이 바로 밑에 있지만 그가 부드러우니 더불어 시비 붙으려 하지 않고, 초육은 정응으로서 순종하고 있으니 누구와 시비 붙을 데가 없지요.

　현재 이 구사가 비록 강건하여 한 판 붙어 보고 싶으나 더불어 대적할 데가 없는고로 그 송사가 일어나지 않는군요. 때문에 불극송(不克訟 ; 능히 송사하지 않음)이라 한 것이지요.

　또 한편으로 보면, 구사는 사(四)라고 하는 음의 자리에 있지 않습니까? 구사가 음의 부드러운 위치에 있으면서 저 초육의 음과 응하고 있어서 시비가 중지되어 있어요. 그래서 구사는 이미 모든 시비심을 자제하고 있지요. 만약에 능히 그 강념(剛念 ; 강한 생각)과 시비 붙고 싶은 마음을 눌러 이겨서 다시 명(命 ; 바른 이치)하면, 즉 바른 이치를 좇아서 마음을 개혁하고 그 기(氣)를 평화롭게 변화시켜 안정을 삼으면 길하게 되지요.

　대체로 보면, 강건한 자가 중정의 자리에 있지 않으면 조동(躁動 ; 조급하고 방정맞음)한고로 편히 처하지 못하고, 중정에 있지 아니한고로 부정(不貞 ; 주관이 없음)하지요. 따라서 시비 붙 길 좋아합니다. 만약 회심(回心 ; 마음을 돌림)하여 능히 송사하 지 않고 정리(正理)를 좇아 그 불안정(不安貞)을 안정으로 변화 시킨다면 길할 것으로 보는 거지요. 그러니까 압축시키자면, 구사는 자리가 불안정하니 마음 또한 불안정스럽고, 또 그러다 보니 괜히 투정부리고 싶은 충동이 적재돼 있는 것이지요. 그 러나 현재 주위의 환경은 자기와 싸울 만한 만만한 상대자가 없어요. 그러니 제풀에 꺾였어요. 때문에 마음을 고쳐 먹고 안 정을 되찾아 살면 좋아진다는 뜻입니다."
"폐하의 구사에 대한 분석이 참으로 치밀하시옵니다. 또 깊 은 의미가 담겨 있사옵고요."
여상노사가 찬사하였다.
그렇다. 효 하나를 두고 그렇게 정밀히 분석해 낼 수 있는 것 은 천자이기 이전에 정말 진지한 학자다운 면모라 하겠다.
이와 같은 문왕의 불안정에 처한 사람의 심리 묘사는 자신이 유리옥에 갇혀 곤욕을 치룰 때 겪었던 갈등들을 그려 놓은 것 이 아닌가 싶을 정도였다.
"자, 다음은 우리 존경하는 여상노사님의 차례입니다. 구사 가 갖는 인간적 고뇌와 갈등, 그리고 앞으로 처신하고 운신해 야 할 점에 대해서 말씀해 주십시오."
문왕은 분위기를 좀더 부드럽게 하기 위해서 여상노사 앞에 '존경하는' 등의 수식어를 붙이며 제의하였다.
"폐하, 그러면 이 신의 견해로써 측면 지원해 드리겠사옵

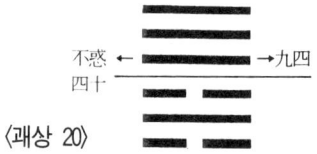

〈괘상 20〉

니다. 이제 구사는 육삼의 큰 고개를 넘어 다시 약간 하강하여 평원으로 나아가고 있는 주자(走者)이옵니다. 인생의 장년기를 맞은 셈이옵지요. 〈괘상 20〉과 함께 다음 그림을 참고 삼아 보옵시면 훨씬 이해가 빨리 될 것으로 사료되옵니다. 이런 그림

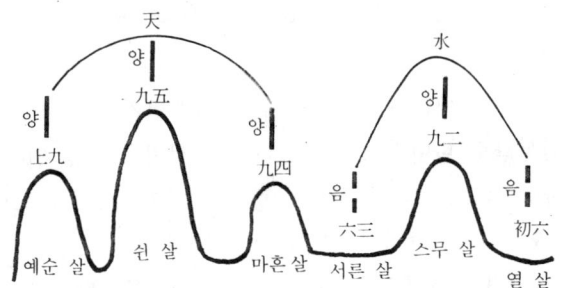

을 곁들이며 설명해 주면 일반 서인들도 '주역이 어려운 줄로만 알았더니 그렇지 않군.' 하면서 즐거워할 것이옵니다. 어차피 정치라든지 학문이라든지 이런 것이 특수층의 전용물이 아니고 일반 백성을 향해 있는 것이 아니겠사옵니까?"

"그렇습니다, 여상노사! 계속 이어서 하십시오. 강맥(講脈)이 끊어지지 않도록 말입니다."

문왕의 중간 격려말이었다.

"예, 폐하! 그럼 이어 가겠사옵니다. 이 구사라는 자가 불혹의 나이에 접어들었으나 뭔가 인생의 괘가 잘 풀리지 않고 있는 것 같사옵니다. 따라서 이 구사는 세상을 비관적 내지 부정적으로 보고 있사옵니다. 그래서 누군가를 물고 늘어지며 한판 붙어 보고 싶지만 어디 세상이 뜻대로 되는 것이옵니까? 힘 없는 자 건드려 봐야 아무런 의미도 없고, 그래서 힘 센 자를 건드리려 하니 오히려 자신에게 해가 돌아올 것은 뻔하고, 이래저래 울화통을 삭이고 있는 중이옵니다.

인생이란 이런 때가 제일 중요한 것이 아니겠사옵니까? 마

차가 잘 굴러 갈 때엔 별문제가 아니지만 고장이 났을 때엔 정비를 하고 나서 가야 하는 것이 아니겠사옵니까? 인생도 이와 같이 잘 가다가 늪에 빠지게 되면 그곳에서 빠져나와 목욕과 아울러 깨끗한 옷으로 갈아입고 다시 좋은 인상으로 남과 대화를 나누며 교감을 가질 때 비로소 고난을 벗어나게 되는 것이옵지요.

이런 차원에서 볼 때 이 구사도 다시 안정(安貞)을 되찾아 좋은 인생길로 나아갔으면 좋겠다고 느껴지옵니다. 인생에 있어서 사십대의 장년기는 참으로 중요한 시기이옵지요. 그간 많은 경험과 실력을 축적하면서 시행착오와 풍상도 많이 맞았사옵니다. 그런 과정에서 면역성이 생겨나고 보호막이 두터워져서 이제부터는 남은 인생을 꽃피우고 결실을 가져올 수 있는 중요한 시기이옵지요. 그러므로 이 육사에 해당하는 모든 자들은 심기일전하여 후회없는 인생을 살아야 할 것이옵니다."

"인생철학이 담긴 훌륭한 강담이십니다. 수고하셨습니다. 그럼 잠시 쉬시면서 기자공의 견해를 한번 들어 보도록 하십시다."

문왕의 중간 사회였다.

기자공은 자기의 차례가 올 것에 대비하여 괘상을 바라보며 뭔가 골똘히 생각에 잠겨 있다가 말문을 열었다.

"폐하께옵서 지명하시오니 그럼 진행해 보겠사옵니다. 먼저 이 육사의 모양새부터 설명드리겠사옵니다.

'마음을 돌이켜 바른 이치, 즉 정리(正理)에 나아가서 안정(安貞)을 얻어 길하다'고 하신 부분에 대해 신의 견해를 말씀드리겠사옵니다.

그것은 어디까지나 가장 중요한 '안정(安貞)을 잃지 않았다'는 데서 찾아야겠사옵니다. 역시 육사다운 현명한 처사라 하겠사옵니다. 밑천이 많이 투자된 장년기의 한 인생이 한 순간의 좌절에서 헤어나지 못하고 투정이나 부리며 지낸다면 개인적으로나 사회적으로, 더 나아가 국가적으로 손해가 막심할 것이옵니다. 예컨대, 유능한 선비 한 사람이 세상에 고개 들고 나타나게 되기까지에는 얼마나 많은 개인적 노력과 투자, 그리고 얼마나 많은 사회적 국가적 투자가 들어갔겠사옵니까? 이런 차원에서 볼 때 한 개인의 지식 축적이나 인격 도야를 소홀히 간과할 수 없는 것이옵지요."

"훌륭한 강담입니다, 기자공! 한 인재가 조성되고 조각되어 세상에 출현하게 되기까지에는 많은 돈과 피나는 노력의 합작으로 이루어진 것이지요. 그래서 옛말에 '성곽을 높이 쌓으려 말고 그 돈으로 단 한 사람의 선비라도 더 길러 내라'고 했지요."

문왕의 중간 사회였다.

"폐하! 육사효, 이 친구에 대해선 이 정도로 마치겠사옵니다. 좀더 건드려 보았으면 좋겠지만, 고뇌와 번민에 차 있는 줄 뻔히 알면서 지나치게 간섭한다는 것도 지성인의 도리가 아닐 듯하옵니다."

"허허허, 듣고 보니 그런 것 같군요, 기자공. 그러면 이어서 구오, 이 친구를 한번 찾아가 봅시다."

"그렇게 하시옵지요."

기자공의 답이었다.

"자, 그러면 고민과 투정의 사나이 구사에 대해선 그만 하고 이제 존위에 있는 구오를 만나 봅시다.

구오는 '송사를 함에 있어서 최고의 길인 원길(元吉)을 얻게 될 것이로다!'

왜 이런 표현을 발촉시키느냐 하면, 구오는 윗괘의 상중하 중 중앙에 위치해 있고 또 구의 양이 오의 양에게로 찾아와 합성되었으므로 중정의 덕을 가지고 있습니다. 그리고 그 자리가 바로 최고 실세의 자리인 임금의 자리가 아닌가요?

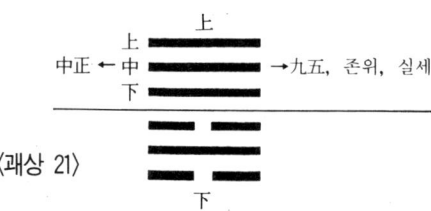

〈괘상 21〉

이렇게 좋은 조건을 다 누리고 있으니 감히 송사를 걸어 올 자가 없습니다. 오히려 구오는 남의 송사를 재판해 주는 그런 치자(治者)의 입장에 있습니다. 그러니 원길할 수밖에 더 있겠소이까?

자고로 군주(君主)란 생사여탈(生死與奪)권을 가지고 있지 않습니까? 극형에 처할 죄인도 군주가 사면을 내리면 금방 살아나는 것이지요. 이러한 군주인 구오가 이 천수송괘의 주장이며 최고통치권자로서 으르렁거리고 있으니 가히 천하무적이지요. 따라서 최고의 길인 원길을 누리고 있습니다. 이 그림을 보시면 이해가 빨리 될 것입니다."

그리고 나서 문왕은 하얀 화선지 위에 붓을 들어 그림을 그렸다.

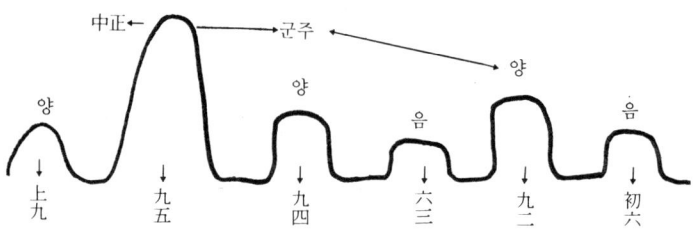

"폐하께옵서는 그림도 잘 그리시옵니다. 황공하옵니다만, 거기에 좀더 설득력을 주기 위해 음효인 초육과 육삼의 정상에 오목하게 표시해 주면 훨씬 이해하는 데 도움이 될 것 같사옵니다, 폐하!"

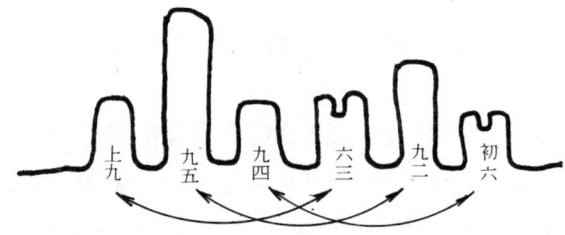

"그렇군요, 기자공. 간발의 형상 차이지만 이해가 훨씬 빠를 것 같군요. 그러면 짐의 얘기는 이 정도에서 마치고 다음엔 여상노사님의 조명을 한번 받아 봅시다."

문왕의 제의였다.

"예, 폐하! 이 구오는 바로 현재 우리 주나라의 천자이신 무왕폐하와 같은 자리가 아니옵니까? 그러니 누가 감히 함부로 달려들며 무시하겠사옵니까? 현재 무왕께옵서는 폐하의 대업을 승계하시어 훌륭히 국사를 치루어 나가고 있지 않사옵니까? 또 현명한 주공을 동생으로 두었고 주위에 저와 기자공과 같은 사람들이 보필하고 있으니 그 힘이 실로 막강하시옵지요. 더구나 무왕께옵서는 천하대란의 송사를 직접 갑주(甲冑)를 입고 다스렸던 경험이 있사옵고, 그로 인해 우리 주국이 이처럼 원길을 누리고 있지 않사옵니까? 그야말로 일노(一怒)에 정천하(定天下)이옵지요. 한번 성을 내심으로써 천하를 안정시킨 무왕보다 더 큰 재판관이 이 세상 어디에 있겠사옵니까?"

"여상노사님의 말씀을 듣고 보니 일리가 있소이다그려. 어쨌든 기분이 나쁘지는 않습니다, 하하하……."

문왕은 웃음을 머금었다. 그는 웃을 때 언제나 수염을 훑어 내리는 버릇이 있었다.

"자, 다음은 우리 기자공께서 형상학적인 차원에서 조명해 주십시오. 거기에 재담도 곁들이면 금상첨화이겠습니다."

문왕의 제의였다.

"폐하, 잘 될지 모르겠사옵니다만 최선을 다해 보겠사옵니다.

'이 구오는 송괘의 최고 주장으로서 필적할 자가 없으므로 원길을 누리고 있사옵니다. 거기에 대한 기층(基層)을 살펴보면 무엇보다도 중정의 대덕을 확보하고 있어서 그렇사옵니다.'

다시 펼쳐서 말씀드리옵자면, 어느 국가 어느 조직이든 거기에는 반드시 지도자가 있게 마련이지 않사옵니까? 그렇듯이 이 천수송괘의 조직 속에서는 구오가 최고의 실권을 장악하고 있사옵니다. 그러니 이 구오는 자리 값과 명예 값을 톡톡히 하는 셈이옵지요.

다음엔 말머리를 돌려서 서민들의 생활상으로 전개해 보겠사옵니다. 이 구오는 권력과 기질을 이용하여 아래의 그림처럼

중앙 무대, 즉 가장 돈 되는 자리에 많은 땅을 사 놓고 있사옵니다. 부동산 투기를 하기 위해서입지요. 그러니 많은 사람들로부터 도전을 받고 있사옵니다. 이 자체가 바로 시빗거리이옵니다. 그러나 구오라는 현재의 권좌에 있는 동안에는 아무도

그에게 시비를 걸 수 없사옵지요. 그러나 '권불십년(權不十年)이요 화무십일홍(花無十日紅)'이라는 고사가 있듯이 멀지않아 시빗거리로 불거져 나올 것이 확실하옵니다. 이 이치가 맞지 않는다면 주역이 맞지 않는 것이옵고 또 세상이 맞지 않는 것이옵지요. 그러니 '사람에겐 살아서 세 평, 죽어서 세 평이면 족하다'는 속담처럼 세상에 살면서 쓸데없이 과분한 욕심 부릴 필요가 없는 것이옵지요."

"기자공, 그런데 요새 우리 주국에도 권력을 이용하여 땅투기하는 자들이 있답디까? 아직은 그러한 말들이 이 짐의 귀에 들려 오고 있지 않아 파악을 못 하고 있지만, 멀지않아 사편관이 천하를 순찰하고 돌아오면 보고를 받게 될 것이오. 그 때 만일 국토를 사유화하고 이권화하는 탐관오리들이 있다면 짐은 기필코 그들의 삼족을 멸할 것이며 그 먼 친인척까지도 저 변방의 오랑캐 땅으로 물리치도록 할 것이오. 자고로 천하가 일인의 천하가 아니고 만인의 천하라 하였거늘 여기저기에 땅을 과다하게 사들여 자기 이름으로 등기해 놓고 그 땅을 내세우며 거만하게 행세한다면 마치 수캐가 자신의 연장 자랑하는 것과 뭐가 다르겠소이까. 그런 수캐 같은 자들이 우리 주국내에 있다면 이 짐은 절대 그들을 용납하지 않을 것이오."

문왕은 약간 격양된 어조로 뭔가를 생각하며 비상조치를 취할 것을 다짐하였다.

"폐하, 현재 이 기자로서는 정확한 제보를 드릴 수 없사오니 정후(情侯)로 활약하고 있는 청일공 사편관이 돌아오면 자세히 보고받으셨다가 만일 그런 자가 있다면 만백성이 영원히 함께 살아갈 땅으로써 장난치는 일이 없도록 엄벌을 가하시옵소서."

기자의 주청이자 간언이었다.

"자, 그 일은 어차피 오늘 다룰 일이 아니니 뒤로 미루고 이젠 이 구오의 음양관계에 대한 기자공의 견해를 피력해 보시지요."

문왕의 건의였다.

"예, 폐하! 이 구오는 보시다시피 제대로 된 겹양이 아니온지요? 게다가 위치도 중앙에 있사오니 이 자의 중앙에 나 있는 몸가지도 대단히 뿌리가 튼튼하고 기질이 강하옵니다. 그러

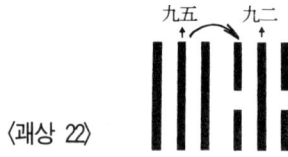

〈괘상 22〉

나 불행하게도 자기의 정응인 구이가 여자답지를 못하고 남자처럼 거칠고 우악스러워서 서로 잘 부딪치며 마찰이 심하옵니다. 심지어 이불 속에서까지도 구이가 주도권을 잡아 일을 보려고 하니 속궁합 또한 아주 맞지 않사옵니다. 그래서 구오는 이렇게 늘 싸울 수도 없고 해서 부득이 부드럽고 참한 육삼 여자와 교감을 하고 있사옵니다. 이불 속에서 구오가 육삼을 보고 이렇게 속삭이고 있사옵니다.

구오 : 저기 있는 저 우리 여편네 구이 말이야, 나와는 속궁합과 겉궁합이 도저히 맞지 않아 더 이상 못 살겠어. 그런데 당신은 이상하게도 나와 안팎의 궁합이 이처럼 잘 맞으니 좋아서 미칠 지경이야! 우리 이대로 함께 영원히 살자구.

육삼 : 그러시면 언제나 절 사랑해 주시고 버리지 않으시는 거지요?

구오 : 그럼, 그렇고 말구.

육삼 : 그런데 저 구이 본부인이 그냥 있을까요?

구오 : 그 여자도 우리가 서로 궁합이 잘 맞지 않는다는 것을

잘 알고 있으니 그런 건 걱정하지 않아도 돼.
 육삼 : 그래도 불안해요.
 구오 : 어허, 불안할 것 없다고 해도 그러네! 안 맞는 걸 어떡해. 서로 만나기만 하면 싸우는 것보다야 자신을 위해 몇 배나 좋지. 안 그래?
 육삼 : 하긴 그래요. 세상을 사는 것은 자신의 안정과 번영, 그리고 평화를 위해서 사는 거니까 말이에요.
 구오 : 어쭈, 제법인걸.
 이렇게 구오와 육삼은 서로 궁합이 잘 맞아떨어지므로 어쩔 수 없이 새로운 변칙 인생을 살게 되었사옵니다. 그러니 폐하! 이 구오와 육삼의 경우처럼 궁합이 서로 잘 맞는 남녀가 있는가 하면 구오와 구이처럼 아주 안 맞는 남녀도 있어서 세상에 이혼이니 소박이니가 생겨난 게 아니겠사옵니까? 여자란 자고로 부드러운 떡과 같아야 제 맛이 나는 게 아니겠사옵니까? 뻣뻣이 굳은 떡과 부드러운 떡이 있다고 할 때 누가 부드러운 떡을 마다하고 뻣뻣한 것을 먹겠사옵니까? 인생이란 이러한 상식을 벗어나서는 살 수 없다고 보옵니다."
 "그래서 남 보기엔 부부지만 밤이 되면 각방거처하는 자들이 의외로 많다고 하더군요."
 "그렇다고 하옵니다, 폐하! 그래서 본처하고는 예뻐서 사는 게 아니라 법 때문에 산다고 하는 말이 세상에는 유행하고 있는가 보옵니다."
 그렇다. 이들 두 대인의 말처럼 어쨌든간에 여자는 남자의 콧김을 자주 쐬어야 되는 것이 만고의 진리임에 틀림없다. 그러기 위해서라도 여자는 나긋나긋해야 하고 남자는 뻣뻣해야 하는 것이다. 이러한 것이 바로 남자는 양강해야 하고 여자는 음유해야 한다는 주역의 원리인 것이다.

"기자공, 정말 재미있고 유익한 강담입니다. 인생살이가 음양관계인 남녀관계로부터 시작되고, 또 그러한 관계로부터 가정의 화평이 생기고 국가가 조용해지는 것이 아니겠소? 그래서 음양조화의 관계를 풀어내기 위해 우리들이 이 고생을 하고 있는 것이고 말이오."

"지당하신 말씀이옵니다, 폐하! 인생이란 결국 따지고 축소해 보면 이불 속 궁합 바로 그것이옵지요."

"기자공, 이 시간에 마침 우리 죽향이가 아이들 보느라 자리를 비우고 없어서 말인데, 이 짐이 나이를 먹고 보니 젊은 죽향을 대하기가 여간 힘에 부치는 게 아니오. 해서 어떨 적에는 미안한 감이 없지 않아요, 하하하……."

"아이구 폐하, 그런 걸 가지고 뭘 왜소하게 생각하시옵니까? 그것도 여자 나름이옵지요. 평생 안 해도 되는 여자, 애기 밸 때만 밝히는 여자, 시도 때도 곳도 없이 밝히는 여자 등등, 여자도 여러 종류가 있지 않사옵니까? 이 신이 보기에 죽향마마는 꼭 필요할 때만 요구하는 그런 '욕구자제형 미인' 같사옵니다. 죄송하옵니다, 폐하!"

"죄송할 것 없어요, 하하하……. 그 얘기를 들으니 다소 안심이 됩니다그려."

문왕은 뒷머리를 긁적거리며 약간 부자연스런 표정을 지어보이며 웃어 댔다.

그렇다. 지는 해와 솟는 달의 위력과는 커다란 차이가 있는 것이다. 그래서 세상에는 이처럼 황제는 황제대로의 고민이 있는 것이다. 그래서 또 세상은 공평한 것이다.

"그러면 음양 강의는 이 정도로 하고 이젠 상구를 찾아가 봅시다."

'상구는 혹 반대(鞶帶 ; 벼슬아치의 허리띠)를 부상으로 받았을

지라도 마침내 아침조회 시간에 세 번이나 치탈(褫奪 ; 옷을 벗겨 빼앗음)을 당할 것이니라.'

　상당히 어렵게 들릴 것 같아서 이 짐이 다시 쉽게 풀겠소이다. 구가 양으로서 맨 윗자리에 살고 있음은 강건의 극에 이

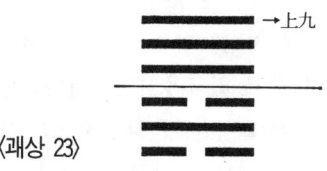

〈괘상 23〉

른 것이고, 또 이 천수송괘의 마지막 마치는 입장에 있어서 그 송사도 극에 이르렀어요. 사람이란 이 정도가 되면 강강(剛强)하고 방자하여 송사를 궁극에까지 끌고 가려고 하지요. 자연히 화(禍)를 취하고 몸을 상하게 됨(取禍喪身)은 불변의 이치이지요.

　가령, 시비를 잘 하여 능히 이길 수 있음을 자랑 삼아 궁극에까지 가는 것을 그만두지 않은 결과로 말미암아 그 어떤 부상과 임명을 받았다고 칩시다. 그러나 이것은 남과 더불어 다투어서 얻은 것이니만큼 능히 안보(安保)될 수가 있겠소이까? 때문에 마침내는 하루아침에 세 번씩이나 관직을 치탈당하는 수모를 받게 된다는 것이지요. 그러니까 이처럼 시비를 붙은 결과로써 얻은 것이거나 억지로 물의하게 얻은 것은 멀지않아 다시 빼앗기게 된다는 만고진리를 나타내 주는 것이지요."

　"폐하, 그렇다면 아까 저 구오처럼 힘과 권세로써 취득한 저런 부동산들은 반드시 화근을 불러들이겠사옵니다."

　"그렇지요, 기자공. 무지몽매한 벼슬아치들이 직권을 이용하여 못된 짓들을 골라서 하니 천벌이 내려질 것은 당연한 인과응보의 법칙이지요."

단호한 문왕의 의지가 입가에 응집되고 있었다.
"자, 그러면 여상노사님의 푸근한 강의를 한번 들어 봅시다."
문왕의 건의였다.
"예, 폐하! 이 신이 보는 상구의 각도는 이렇사옵니다. 사람이란 나이와 때에 맞게 처신해야 하는 게 무엇보다도 중요하다는 사실을 잘 나타내 주고 있사옵니다. 왜냐하면, 누구든지 내려오고 물러서며 무소유(無所有)의 대원칙으로 복귀하지 않으면 결국에 가서는 재앙과 망신을 당하고야 마는 것이옵니다. 부귀공명이 한낱 뜬구름에 불과하거늘 세상 사람들은, 더욱 지도급 인사들일수록 더 많은 땅을 확보하여 흙을 긁어 먹고 사는 토충(土虫)으로 변해 가고 있으니 누가 그들을 인간시할 것이겠사옵니까? 솔잎을 긁어 먹고 사는 것을 송충(松虫), 흙을 파먹고 사는, 즉 땅을 과다하게 보유한 자를 토충(土虫)이라 이르는 것은 예로부터 전해오는 만고의 풍자어가 아니겠사옵니까?"
"수고했습니다, 여상노사님. 이제 이 괘에 대한 노사의 강설이 모두 끝났습니다그려."
문왕이 여상노사에게 노고의 말을 건네고 있는 사이에 죽향이 돌아와서 차를 내기 위해 분주하게 움직이고 있었다.
"한 괘가 거의 마무리 단계에 접어들었으니 죽향은 차 낼 준비를 하게나."
"예, 폐하! 그렇잖아도 지금 준비하고 있는 중이옵니다."
"알았네. 자, 그러면 마지막 주자이신 우리 기자공께서 형상학적, 경영학적, 그리고 음양학적으로 나누어 설명을 해 보십시오."
"폐하, 황공하옵니다마는 이 신이 최고로 많은 양의 강담을 맡아 하게 되어 영광스러운 반면……."
 기자공은 말머리를 흐리면서 빙긋이 웃었다.
 "아아, 알았어요, 무슨 뜻인지. 쿵 하면 북소리 아니겠소이까? 이 짐이 그 점을 헤아려 다른 분보다 녹봉을 더 많이 드리겠소이다, 하하하……."
 "폐하, 그런 뜻이 아니온데……."
 "알았습니다, 기자공. 염려하지 마십시오. 공은 닦은 데로 돌아간다고 하지 않았습니까?"
 "폐하, 그럼 시작하겠사옵니다. 먼저 형상학적으로 조명해 보겠사옵니다.
 이 상구가 '송사를 해서 받은 상이나 직책은 넉넉히 공경할 일이 아니라'고 하겠사옵니다.
 그 이유는 정당하게 노력해서 얻은 것이 아니기 때문에 그렇사옵니다. 정당한 노력의 대가가 아닌 편법·불법·탈법들로 얻은 것은 아무리 높고 큰 것이라도 뜬구름과 같은 것임을 차제에 분명히 명문화(明文化)해 둘 필요가 있을 것으로 사료되옵니다.
 그 다음 경영학적 문제는 이렇사옵니다. 이 상구는 음의 육자리에 양의 구가 찾아 와서 그 이름이 상구가 되었사옵니다. 그러니까 온갖 못된 짓을 동원해 가며 악을 쓰고 수많은 재산

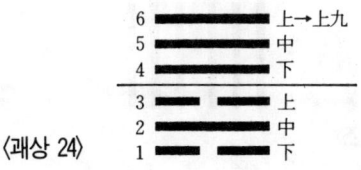
〈괘상 24〉

을 음성적으로 숨겨 둔 그런 노인네이옵니다. 육의 음은 숨겨진 음성의 재산을 뜻하며, 구의 양은 숫자상으로 볼 때 노양(老陽)이 아니옵니까? 그러니 불로소득으로 취득한 음성 부자이옵지

요. 따라서 이런 자들의 재산은 몰수하고 또 엄하게 형벌로써 다스려야 하옵니다, 폐하!"

"좋은 건의입니다. 오늘 이 천수송괘는 못된 땅투기에 의한 과다소유 시비의 얘기로 결론이 내려지고 있군요. 재산 문제가 시비의 주류를 이루는 것이기에 이렇게 귀결되는 것은 또한 사필귀정이라 봅니다. 주역의 이치는 묘한 것이지요. 반드시 송괘는 시비에 대한 논제가 떠오르면서 시대상황을 반영하고 있으니 말입니다."

"그렇사옵니다, 폐하! 인위적인 의도가 아닌데도 이치가 그렇게 되니 말이옵니다. 이게 바로 역의 이치가 아니겠사옵니까?"

"그러면 마지막으로 음양 얘기로써 끝을 내도록 합시다."

"예, 폐하! 상구는 늙은 노양으로서 이쪽에 있는 육삼에게 망령을 부리고 있사옵니다. 음성 불로소득의 거부인 상구가 그걸 미끼로 하여 저 육삼의 여자를 꼬여 대니 육삼은 갑자기 머리가 어리둥절해졌사옵니다. 〈괘상 25〉를 보시면 금방 알 수 있사옵지요. 더럽게 벌어들인 돈으로써 장난치는 저런 망령든 노인네도 마땅히 응징되어야 할 것이옵니다. 돈이 있으면 계집질하

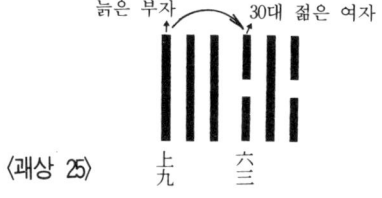

〈괘상 25〉

는 데 투자할 것이 아니라 사회 사업이나 문화 사업, 그리고 육영 사업 같은 데에 투자를 해서 세상을 아름답고 윤택하게 해야 하옵지요. 그리고 땅을 많이 가진 자도 마찬가지이옵니다. 그

천수송괘(天水訟卦) 319

땅에다 빛나는 사업을 이룩하여 국가 발전과 세상 발전에 도움을 주고, 소유권을 세상에 내놓아야 한다고 보옵니다."
"수고했습니다, 기자공. 만고의 진리담입니다. 그리고 여상노사님도 노고가 많았습니다. 그럼 이 천수송괘에 대한 강담을 모두 마치도록 하겠습니다. 차나 한 잔씩 들고 일어서도록 하시지요."
"폐하께옵서도 노고가 많으셨사옵니다. 이렇게 한 괘 한 괘를 건져내어 풀어 놓으시면 후세 사람들이 폐하를 성군으로서 추앙할 것이옵니다. 또 주역의 집대성자로서도 엄청난 평가를 내릴 것임을 확신하옵니다."
여상노사의 찬사였다.
"폐하! 차 맛이 바로 갈시일적 감로수(渴時一滴 甘露水)이옵니다."
"허어, 기자공! 목마를 때 마시는 이 한 잔의 차야말로 감로수 바로 그것이지요."
"그렇사옵니다, 폐하!"
"그러니 이 차 한 잔이 바로 감로수가 된 게로군요. 우리가 워낙 긴 시간 동안 강담하다 보니 그런 것 같습니다."
"황공하옵니다만, 중간에 차가 나오지 않을까 기대했었는데 열강을 하다 보니 순간적으로 잊어버렸지 뭐겠사옵니까."
"우리 죽향이 잠시 자리를 비우는 바람에 결례를 하고 말았군요. 이해를 바랍니다, 기자공, 여상노사님."
"괜찮사옵니다, 폐하! 그럼 이만 물러가겠사옵니다."
두 대인은 자리에서 일어났다.

수지비괘 (水地比卦)

──땅에 물이 고이듯 서로 도와준다는 괘
(비는 친히 도와준다는 뜻)

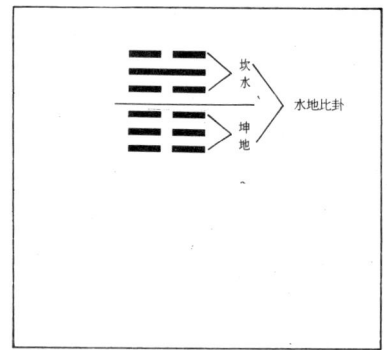

　깊어 가는 만추(晩秋)의 쓸쓸한 정취를 반추(反推)하며 문왕은 괘 하나를 만나기 위해 명덕전에서 주책을 부리기 시작했다. 성과 열을 다하여 괘를 만나려는 그의 대책(對策 ; 줏가락을 대함)은 너무나 진지하고 사려 깊었다.
　그런가 하면 명덕전이 있는 동편의 경연당(經演堂)에서는 주나라의 최고 통치자 무왕이 태공 여상노사를 모시고 인간이 살아가는 보편적 진리에 대해서 묻고 배우고 있었다.
　"태공노사님! 사람이 세상을 살아가는 데 있어서 어찌하여 사람마다 귀하고 천하고 가난하고 부자가 되는 그런 차이가 있는지 알고 싶습니다. 거기에 대해서 고견을 들려 주시면 고맙겠습니다."
　"예, 폐하! 그 점에 대해서는 이렇사옵니다. 부귀롭게 되는 것은 바로 성인의 덕과 같아서 다 천명으로 말미암는 것이옵

수지비괘(水地比卦)

니다. 부자가 될 수 있었던 자는 물자를 쓸 때도 아껴 쓸 줄 알지만, 남이 부자될 때 부자가 되지 못한 자는 스스로 자기 것을 훔쳐내는 열 가지의 도적 행위가 있었기 때문에 그렇사옵니다."

"그렇다면 그 열 가지의 도적 행위란 어떤 것들입니까?"

"예, 폐하! 그것들을 조목조목 들추자면 이렇사옵니다.

농사를 지어 놓고 곡식들이 익었는데도 이를 거두어들이지 않는 것이 첫째의 도적 행위이고

곡식을 거두어 쌓아만 놓고 타작하지 않는 것이 두 번째 도적 행위이고

아무 생산적인 일도 하지 않으면서 환히 등불을 밝히고 누워 자는 것이 세 번째 도적 행위이고

게을러 터져서 곡식밭을 갈지 않는 것이 네 번째 도적 행위이고

공과 힘을 쏟지 않는 것이 다섯 번째 도적 행위이고

오로지 교활하고 해로운 짓만 하는 것이 여섯 번째 도적 행위이고

딸을 너무 많이 낳아 기르는 것이 일곱 번째 도적 행위이고

낮잠을 즐기고 아침에 늦게 일어나는 행동이 여덟 번째 도적 행위이고

술을 즐기고 욕심대로만 하려고 하는 것이 아홉 번째 도적 행위이며

남 잘 되는 것을 심히 질투하는 것이 열 번째 도적 행위이옵니다, 폐하!"

태공 여상노사는 손가락을 하나하나 차례로 굽혀 가면서 그 조목들을 말하였다.

무왕은 여상노사의 강의가 진지해지자 숙연히 경청하면서도

약간 고개를 갸우뚱하면서 다시 질문을 던졌다.

"여상노사님, 그러면 가정 내에 그러한 열 가지의 도적 행위가 없는데도 부자가 되지 않는 경우는 왜 그럴까요? 이 점이 궁금증을 더하게 합니다."

"예, 폐하! 그 점에 대해서는 이렇게 말씀드리겠사옵니다. 사람이 사는 집에는 반드시 세 가지의 소모 요인이 있사옵니다."

"그 세 가지의 소모 요인이란 어떤 것들입니까?"

"예, 폐하! 말씀드리겠사옵니다.

창고의 지붕에서 비가 새도 이를 수리하지 않고 그대로 방치해 두어서 곡식들을 썩게 한다거나, 창고에 구멍이 나 있어서 쥐나 참새들이 들락거려도 그 구멍을 막지 않아서 그들로부터 창고의 곡식을 빼앗기는 것이 첫째의 소모가 되고

거두어들이고 씨 뿌리는 시기를 놓치는 것이 두 번째의 소모이고

곡식을 귀하게 여기지 않고 흘리고 더럽히는 것이 세 번째의 소모이옵니다."

무왕은 태공노사의 강담이 한 대목씩 끝날 때마다 고개를 끄덕였다.

무왕이 다시 물었다.

"여상노사님! 가정에 그러한 세 가지의 소모될 요인이 없는데도 부자가 안 되는 집은 어째서 그럴까요?"

"예, 폐하! 그런 집에는 반드시

첫 번째는 착(錯 ; 잘못된 판단)이 있고

두 번째는 오(誤 ; 잘못된 가치관)가 있고

세 번째는 치(痴 ; 어리석음)가 있고

네 번째는 실(失 ; 실수하는 것)이 있고

다섯 번째는 역(逆 ; 거역하는 것)이 있고
여섯 번째는 불상(不祥 ; 상서롭지 못함)이 있고
일곱 번째는 노(奴 ; 노예 근성)가 있고
여덟 번째는 천(賤 ; 천하게 구는 것)이 있고
아홉 번째는 우(愚 ; 어리석음)가 있고
열 번째는 강(强 ; 억지로 하는 것)이 있사옵니다.
그리하여 스스로 화를 불러들인 것이지 절대로 하늘이 내려 준 재앙이 아니옵니다.″

역시 여상노사는 손가락을 굽혀 가며 천천히 그 조목들을 열거해 주었다.

경청하는 무왕은 강의가 점점 조리정연해지자 여상노사에게 존경하는 눈빛을 보내며 자신의 금빛찬란한 곤룡포의 옷깃을 한번 여미었다. 몸가짐을 반듯이 하여 위의와 예모를 갖추고자 함이었다.

무왕이 다시 물었다.

″원컨대, 조금 전에 열거하신 그 조목들에 대해 다시 한 번 구체적으로 설명해 주십시오. 저 무지한 백성들도 쉽게 알아들어서 치가(治家)하는 데 도움이 될 수 있도록 말입니다.″

″예, 폐하!″

여상노사도 예모를 갖추느라 다시 한 번 조복(朝服)을 가다듬고 몸을 바로 세워 신중을 기하였다. 어디까지나 상대가 대 주국의 천자이기 때문임은 말할 나위가 없었다.

″폐하! 말씀드리겠사옵니다.

사내아이를 낳아 기르면서 교육시키지 않는 것이 첫 번째의 '착'에 해당하고

어린아이들에게 가정교육을 시키지 않는 것이 두 번째인 '오'에 해당하고

처음 마누라를 맞이하여 엄격한 가훈을 가르쳐 주지 않는 것이 세 번째의 '치'에 해당하고

할말도 하기 전에 상대에게 웃음부터 보이는 것이 네 번째인 '실'에 해당하고

부모를 봉양하지 않는 것이 다섯 번째인 '역'에 해당하고

마누라하고 자다가 벌거벗은 채로 일어나는 것이 여섯 번째 '불상(不祥)'에 해당하고

남의 활 쏘기를 좋아하는 것이 일곱 번째 '노'에 해당하고

다른 사람의 말 타기를 좋아하는 것이 여덟 번째인 '천'에 해당하고

남의 술을 얻어 마시는 주제에 남에게 술을 권하는 것이 아홉 번째인 '우'에 해당하고

남의 밥을 얻어 먹으면서 남에게 밥을 권하는 것이 열 번째인 '강'에 해당하옵니다, 폐하!"

"심히 성의롭습니다, 지금까지 하신 말씀이!"

무왕은 열심히 듣고 있다가 강의가 결론을 짓자 절로 감탄해 마지않았다.

"여상노사님! 애쓰셨습니다. 지금까지 말씀하신 내용들을 책으로 엮어 일반 백성들에게 나누어 주어야겠습니다. 그리하여 모든 백성들이 자기 분수에 맞게 살고 또 실수를 줄여서 거의 완전에 가까운 수신제가 될 수 있게 해야겠습니다."

"그렇게 하시면 좋을 듯하옵니다. 그러면 사도(司徒 ; 담당관)에게 명하시어 곧바로 실행에 옮기도록 해 보옵소서."

"그렇게 해야겠습니다. 그럼 오늘 강의는 이 정도에서 마치고 다음날 더 좋은 강의를 부탁드리겠습니다."

"예, 알겠사옵니다."

이리하여 무왕과 여상노사는 그날의 강담을 모두 마치고 자

리에서 일어섰다.

 경연당에서 강담이 벌어지고 있는 동안 문왕은 명덕전에서 괘 하나를 분만시켰다. 워낙 정성을 들이다 보니 문왕의 이마에는 엷은 땀방울이 송알송알 맺혀 있었다. 문왕은 하얀 면수건으로 이마의 식은땀을 훔쳐내며 허리를 펴고 가슴을 똑바로 세우면서 얼굴을 들었다. 그리고는 입을 열어 그 괘상의 됨됨이를 곱씹으며 중얼거렸다.
 '어허, 이 괘가 바로 수지비괘로구나! 윗것은 육감수(六坎水 ;☵)요 아랫것은 팔곤지(八坤地;☷)라! 어떤 사물이든 서로 절친하여 돕는 입장에 놓여 있으면 거기에 틈이 있을 수 없으니, 이는 물이 땅 위에 고여 있는 것보다 더 밀착된 것이 없지. 때문에 이것이 곧 비(比)인 것이다.

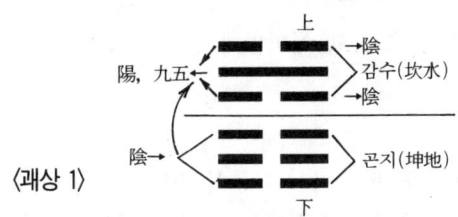

〈괘상 1〉

 이 조직의 구성원을 한번 살펴보자. 다섯 개는 다 음유한 음이고 유독 구오만이 양강한 양으로서 또 존위의 자리에 있구나. 따라서 음유한 대중들이 친히 따르면서 위로 올라오고 또 구오가 그들을 돕기 위해 친히 내려가기도 하니 비이다. 해서 비는 친보(親輔;친히 도움)하는 것이다. 사람들이란 반드시 서로 친보한 연후에 능히 편안해지는 것이기에 대중이 있은즉 서로 도와야 되는 것임인저!
 용하도다! 언뜻 보기에는 별것 아닌 막대기 여섯 개인데 그 조직이 담고 있는 뜻과 내용이 이처럼 무궁무진하다니! 그리고 각기 하나하나가 벌린 일들도 참으로 많구나! 크게는 천하의 사람들이 도와야 하고 작게는 한 가정의 식구들이 도와야 하지. 부부가 돕고, 형제가 돕고, 집안이 돕고, 이웃이 돕고, 사회가 돕고, 국가가 돕고, 천하가 돕고, 하늘이 돕고, 땅이 돕고, 신(神)이 돕고, 이 가운데 어느 하나라도 돕지 않고는 되는 일이 없지. 해서 인생을 성공으로 이끌고 천하를 잘 경영했던 자들도 결국은 이처럼 서로서로 도와서 된 일이지.

이 괘를 만나고 보니 나를 도왔던 청일공 사편관이 자꾸만 생각나는구나! 이제는 모든 업무를 마치고 돌아올 때가 되었는데 그가 오면 이 괘를 함께 풀어야겠구나.'

괘상을 혼자 풀어 가다가 문왕 자신을 보필하던 사편관이 홀연히 생각난 것은 이 괘 자체가 서로 도와야 된다는 뜻을 담고 있었기 때문이었다. 아무래도 괘상을 푸는 데는 사편관이 명수이고 전문가이며, 그리고 재미있게 끌어 가는 대가가 아니던가!

수지비를 건져내 놓고 나서 이틀이 지났다. 문왕은 사편관이 호경 땅 교외에 들어오고 있다는 소식을 전달받았다. 그래서 문왕은 사편관이 오후에 당도하면 오늘은 하루 쉬게 하고 내일에나 이 비괘를 그와 함께 풀어야겠다고 생각하였다.

문왕은 오찬을 만추의 정경이 푸근히 싸인 속에서 맛있게 들고 있었다. 그 식단에는 향긋한 맛이 나는 가을 야채와 가을 햇살을 받아 더욱 윤기가 흐르는 햅쌀밥이 올라와 있었다. 음식들이 우아하고 고전적인 황옥 그릇에 담겨져 있어서 구미가 절로 일었다. 일년 사계절 중 가을은 유독 입맛을 돋구어 밥맛이 나게 하는 계절이다. 그래서 그런지 문왕은 가일층 가을이 주는 진선진미를 즐겼다.
 그리고 나서 몇 시간이나 흘렀을까? 가을 햇살이 미미하게 엷어져 가면서 한 줄기 스산한 바람살이 단풍잎을 낙엽으로 흩뿌렸다.
 문왕은 두 눈을 지긋이 감은 채 한동안 명상에 잠기어 계절이 주는 무상을 음미하고 있었다. 그때 밖으로부터 사편관의 목소리가 들려 왔다.
 "폐하! 청일공 사편이 돌아왔사옵니다."
 사편은 이 년 가까이 떨어졌던 간격을 좁히는 인사로 문왕 앞에 엎드려 큰절을 올렸다.
 "청일공, 중차대한 임무를 띠고 지방 순시를 하느라 그 동안 노고가 많았소이다. 그래 그간 고단하여 병이라도 나지는 않았는지요?"
 "폐하의 은총이 망극하셔서 괜찮았사옵니다. 폐하께옵서는 그간 옥체만안하셨사온지요?"
 "그렇소이다. 이 짐도 청일공의 염려 덕택에 큰 문제없이 그럭저럭 잘 지냈소이다. 편히 앉으시지요. 우선 차라도 한 잔 들게 말입니다."
 죽향이 밝은 미소를 띠고 율동을 일으키며 차를 담아 내왔다. 그러고는 사편에게 간단히 인사를 보냈다.
 "사편관님, 지존하신 우리 폐하의 업무를 대행하여 지방에 특사와 밀사로 다녀오시느라 고생이 많으셨습니다. 이 차 한 잔으로 그간의 피로를 말끔히 지우십시오."
 "염려해 주시니 감사합니다."
 사편관은 자신에게 인사를 걸어 오는 죽향의 성숙한 미모를 보는 순간 약간 정신이 아찔했다.
 "사편! 차 맛이 어떻소? 그간 객지에서 차다운 차나 마셔 보셨는지 모르겠소이다."
"폐하! 아무리 객지에서 마셨던 차가 맛있었다 한들, 이렇게 지존하신 폐하를 모시고 죽향 마마께서 내어 주시는 차를 마시는 것과 어찌 비교가 되겠사옵니까."
"하하하, 그간 사편의 말솜씨가 좀더 세련된 것 같소이다."
문왕은 폭포수와 같은 길고 흰 수염을 버릇처럼 훑어내리며 너털웃음을 감추지 못했다.
"폐하! 이번에 신은 동쪽 산동성의 태산과 랑야, 태안, 그리고 곡부, 추현, 제남, 연주, 협곡, 소둔 땅을 거쳐서 또 해안선을 따라 남쪽으로 내려가면서 주로 그곳들의 민심을 살펴보았사옵니다. 그 먼 곳까지도 폐하의 성은이 흘러넘쳐서 만백성들은 태평성대를 구가하며 유족하게 살고 있었사옵니다."
"그래요? 반대로 고통을 당하는 지방은 없던가요?"
"몇 군데 그런 곳이 있기는 했었사옵니다만 그리 심하지는 않았사옵니다. 가장 문제되는 것이 있었다면 공직에 있는 벼슬아치들이 직권을 남용해서 토지를 사들이는 그런 못된 짓들을 하고 있어서 그 범법자들의 명단을 적어 왔사옵니다. 마치 천하의 토지를 자기 집의 앞마당쯤으로 생각하고 여기저기 손이 닿고 돈이 될 만하다싶은 데는 모두 사 두어 서로 사재기 경쟁이라도 벌리는 듯했사옵니다."
"고얀것들 같으니라구. 나라의 녹을 먹고 사는 공직자로서 땅을 살 돈이 있으면 백성들의 복지 시설과 후생 시설, 그리고 문화 시설 등에 투자를 해야 마땅하련만 그런 식으로 사리사욕이나 채우고 있다니! 쯧쯧, 그런 자들을 어찌 공인이라 하겠소이까?"
"그러하옵니다. 여기, 그 땅 투기에 혈안이 된 벼슬아치들의 명단이옵니다. 보옵시고 준엄한 조처를 내리시옵소서!"

사편은 강보를 풀어서 명단이 적힌 명첩(名帖)을 문왕 앞에 펴 보였다.

문왕은 사편이 펴 보인 그 명첩을 읽어 내려가다가 입가에 힘을 모으며 분노 섞인 표정을 지었다. 예상 외로 숫자가 많았고 또 신뢰했던 자들의 이름까지도 그곳에는 많이 끼여 있었기 때문이었다.

"이런 고얀지고! 내 당장 이 명단을 무왕에게 넘겨 이놈들을 혼쭐내도록 하고야 말겠소이다."

문왕은 분노에 떨면서 실권을 장악하고 있는 아들 무왕에게로 그 조처 문제를 이양하기로 하였다.

"자, 그 일은 무왕에게 넘기기로 하고 우리는 내일 오후에 다시 만나 일전에 이 짐이 건져 둔 수지비괘나 풀도록 합시다. 거기에는 기자공도 동참합니다. 내일 오전까지 집에서 가족들과 함께 푹 쉬시다가 오후에 출근토록 하십시오."

"예, 폐하! 그럼 오늘은 이만 물러가겠사옵니다."

"그렇게 하십시오."

이리하여 군신간은 그간의 쌓였던 회포를 잠시 풀고 자리를 떴다.

집으로 돌아온 사편은 자식들로부터 인사를 받고 모처럼 가족끼리의 석찬을 즐겼다. 오랜만에 만나 모두 한자리에 모인 사편의 가족들은 밤이 늦도록 분위기가 마냥 화기애애하였다.

밤이 깊어져 모두 각자의 방으로 돌아가자 사편은 그간 남편 노릇도 제대로 해 주지 못한 미안한 마음을 풀기 위해 마누라와 함께 내실로 들어가 가을의 기나긴 밤을 뜨겁게 맞았다.

"여보 영감, 오랜만에 영감의 품에 안기고 보니 새삼 젊었던 시절을 다시 맞는 듯 왠지 자꾸 부끄럽고 황홀하기만 합니다."

"그럴 거요. 이 몸이 사인이 아니고 공인의 몸이다 보니 본의 아니게 당신을 섭섭하게 한 것 같소이다. 그러나 어찌하겠소?"

"벼슬하는 사람들의 마누라는 모두 이렇게 불행한가 봅니다. 특히나 출장 자주 가는 직책에 있는 자들의 마누라들은 더욱 그럴 것이고 말입니다."

"그럴 것이오. 그렇다고 밤낮 마누라만 품에 안고 또 서방의 품에 안겨 있는다고 해서 모든 행복이 거기에 있는 것도 아니 잖겠소?"

"하긴 그래요. 그러나 출장 자주 가는 직책에 있는 남자들은 참으로 좋겠습니다. 어디를 가든지 여자들은 많을 테니까 말입니다. 더구나 당신같이 끗발깨나 있는 자들에겐 잘 보이기 위해 서로 여자를 진상하려고 경쟁을 벌일 테니 말입니다. 그래, 그간 이 여자 저 여자 드셔 본 소감이 어떻습니까?"

"어허 참, 당신도! 폐하의 어명으로 민정 시찰을 간 자가 그런 여자 대접이나 받고 다닌대서야 어찌 나쁜 관리들을 질책할 수 있겠소? 그리고 어찌 권위가 서겠소이까?"

사편의 말이 맞는가 하면 마누라의 말도 틀린 말은 아니었다. 그러기에 두 내외의 말은 모두 맞는 말이었다. 때문에 항시 그런 일이 있을 수도 또 없을 수도 있는 것이다. 그러나 대체로 끗발 피우는 자들은 출장중에 여자를 풍요롭게 만난다. 그것도 시시한 여자가 아닌 그 고을의 최고 미인들을 만난다. 그런 대접이 없게 되면 사사건건 부정을 물고 늘어지거나 들추어 내서 상부로 보고하게 되어 있다.

"여보, 마누라. 골치 아프게 추상적인 일 떠올리며 이 밤의 열기를 식힐 것이 아니라 이제 그만 우리 신나게 일이나 봅시다."

"그래요. 아아 여보, 영감! 해~앵복~해애요, 이 바암이!"
"그래, 맛이 어떤가요?"
"굶었다 한참 만에 먹으니 갑자기 체할 것 같아요. 그러면서도 이상하게 개운하고 또 시원하며 뿌듯하고 흐뭇합니다. 이런 맛이 바로 당신의 맛 아닙니까, 여보?"
"허허, 당신이 괜찮고 좋다고 하니 체면이 서는구려! 행여나 별맛이 없고 시원찮다고 할까봐 걱정이 됐었는데……."
"아닙니다, 영감! 영감도 그 동안 많이 사용을 안 해서 그런지 예전의 맛과 기운이 그대로 잠복해 있어요."
"이렇게 당신 주려고 꾹꾹 눌러 가며 저장하고 참았지 않겠소?"
"그렇다면 오늘밤 그곳에 홍수가 나겠습니다."
"그래서 지금 그걸 막기 위해 이렇게 천천히 묘용을 부리며 조절하고 있는 게 아니겠소?"
"그~으렇게 하세요, 여~엉감. 빨리 내려오지 말고 밤새도록 그렇게 계셔 주세요."
"그런데 당신 숨소리가 점점 가빠지면서 험악해지는구려! 이러다가 저 건넌방에 있는 며느리가 들으면 당신을 어떻게 생각하겠소? 그러니 이렇게 이불을 푹 덮어 쓰고 합시다."
"으음, 그렇게 해요."
오랜만에 만난 두 부부는, 깊은 밤에 이 일로 인해서 며느리에게 체면이 떨어질까봐 이불을 덮어 썼다. 그러고는 갑갑한 줄도 모르고 그 동안 꾹꾹 눌러 참았던 욕구를 풀어내고 있었다.
어느덧 만추의 새벽녘, 차가운 달빛이 창호문에 유산(流散)되어 내리고 있었다. 가끔씩 밖에서는 미리 떨어져 내린 마른 낙엽 뒹구는 소리가 들려 오곤 하였다. 귀뚜라미들도 자기 목소리를 과시하며 경쟁하듯 울어 댔다. 참으로 밤일하기 좋은 때이며 풍정이었다. 이렇게 자연이 제공하는 분위기 있는 밤에 독경을 하면서 성인의 말씀에 빠져 보는 것도 좋지만 또 이처럼 인간끼리의 짙은 인간 냄새를 맡으며 인생을 즐기는 것도 의미있는 일이 아닐 수 없다. 인간은 글을 읽든, 돈을 벌든, 벼슬을 하든, 명예를 얻든, 모두가 다 인간으로 돌아가야 하기 때문이다. 그 돌아가는 과정에서 가장 진하고 짜릿하며 감칠맛나는 것이 바로 이불 속의 일인 것이다.

 그 밤을 꼬박 지새다시피하며 일을 보았던 사편은 피로에 지쳐 점심 때가 다 되어서야 마누라가 챙겨 주는 점심을 간단히 먹고 입궐했다.

 그때 문왕은 오찬을 끝내고 침궤에 몸을 기댄 채 휴식을 취하고 있었다.

 "폐하! 사편이 왔사옵니다. 간밤에 편히 쉬셨사옵니까?"

 "그렇소이다, 사편. 사편도 푹 쉬셨는지요?"

 "예, 폐하!"

 "눈언저리와 얼굴이 약간 부은 듯한데 간밤에 마누라에게 점수를 따려고 너무 애를 쓰다 보니 그런 것 아니오? 하하하."

 문왕은 사편의 푸석푸석한 얼굴을 보며 약간 농기 섞인 어투로 말을 건네었다.

 "소신, 부끄럽사옵니다, 너무 정곡을 찔러 주셔서."

 "아니, 부끄럽다니요? 인생이 다 그런 것 아니겠소? 오히려 떳떳하지요. 가정을 위해서, 마누라를 즐겁게 해 주기 위해서 한 것이니 말이오."

 "하하하, 어쨌거나 황공하옵니다."

 이렇게 서로의 수인사가 끝나자 문왕은 이 괘를 푸는 데 있어서 여상노사보다는 기자공을 참여시켜야겠다고 생각했다. 여상노사는 아무래도 좀 손 아픈 사이였기 때문이었다. 다시 말해 만만찮은 상대였기 때문이었다. 따라서 국가의 대사에 관한 경우가 아니면 가능한 한 예우를 해 주는 것이 당연하였다.
 그래서 문왕은 죽향을 시켜 기자공을 들라 이르게 하였다.
 "죽향이, 기자공을 이리로 들으시라 하게나."
 "예, 폐하!"
 죽향이 저쪽 다청에서 차 준비를 하고 있다가 문왕의 어명을 받고 기자의 방으로 연결된 줄을 잡아당겨 신호를 보냈다. 그러자 잠시 후에 기자공이 입전했다.
 "폐하! 부르셨사옵니까? 기자 대령이옵니다."
 "그렇소이다. 어서 이리로 가까이 와서 앉으십시오, 기자공!"
 기자는 예복을 단정히 차려 입고 머리에는 관대를 방정히 쓰고서 국궁을 한 채로 몇 걸음 걸어와 조용히 자리에 앉았다.
 "사편관! 기자공에게 인사드리시지요. 전에 잠시 자리를 같이 한 적이 있었지요? 그간 떨어져 있어서 약간 서먹할 겁니다그려!"
 "기자선생님, 저 사편입니다. 얼른 인사를 드리지 못해 죄송합니다. 지존하신 어전이라 경홀(輕忽)하게 인사를 건네기가 좀 그랬습니다."
 "저 역시 마찬가지였습니다, 사편공. 그래, 그 동안 대임을 맡으셔 임무를 수행하느라 노고가 많았겠습니다."
 "격려해 주셔서 감사합니다, 기자선생님."
 간단하게 수인사가 끝나자 문왕은 하얀 견사에다 찍어서 말아 둔 괘상을 펼쳤다.
 "두 공께서 보시다시피 이 괘는 수지비괘입니다. 오늘 오후

동안 이 괘상을 우리 셋이서 한번 파헤쳐 보는 겁니다. 그간 재치있고 감각있는 우리 사편공이 없어서 섭섭했었는데 이제는 이렇게 돌아와 동참하게 되었으니 여간 복스럽고 다행스런 일이 아닐 수 없구려."

"황공하옵니다, 폐하!"

"자, 두 공은 이 괘상을 한번 눈여겨 잘 보십시오. 그래야만 그 진의를 도출해 내는 데 도움이 될 수 있을 테니까 말이오. 진행 차순은 종전과 다름없이 첫 토론자가 이 짐이고 다음이 기자공, 그 다음은 사편공으로 정하겠습니다. 이해하십시오."

"성은이 망극하옵니다, 폐하!"

두 공의 대답이 이구동성으로 나왔다.

"그러면 먼저 짐이 이 괘상의 개요를 노정시키겠습니다.

'비괘는 길할 것이니 추원(推原 ; 근원을 미룸)해서 점을 쳐 보니 원(元 ; 크고)하고 영(永 ; 오래 감)하고 정(貞 ; 주관을 지킴)해서 허물이 없으리라.'

다시 풀어서 얘기하자면, 시초점이나 거북점이 아닌 주책으로 점을 쳐 보니 큰 뜻을 가지고 영속적으로 주관을 지키면 탈이 없을 것이라는 뜻이 들어 있습니다. 일반 사람들이 알아듣기엔 좀 난해하겠지요?"

"그렇게 느껴지옵니다, 폐하! 이 강담과 토론은 서인들을 위해서 하는 것이지 않사옵니까? 하오니 무지몽매한 서인들의 수준에 맞추어 설명하셔야 폐하의 거룩하신 큰 뜻이 확대되고 오래갈 것이옵니다."

사편공의 말을 들은 문왕 역시 수긍하는 듯 머리를 끄덕였다.

"그러면 좀더 구체적으로 설명하겠습니다.

'이 비괘는 길도(吉道)이기 때문에 인상친비(人相親比 ; 사람들이 친히 서로 돕는 것)하여 스스로 길도를 만들지요. 따라서 비패는 즐거움으로 나타나고 일전에 풀었던 천수송괘는 걱정으로 대변할 수 있겠어요. 사람들이 서로 친히 돕는 데에도 반드시 그 도가 있으니 진실로 그 도로써 아니하면 후회와 허물이 따르게 되지요. 때문에 반드시 이 점을 쳐서 근원을 미루어 가지고 가히 도와줄 만한 일인지를 결정하여 도와주는 것이라 하겠소이다. 그러므로 이 비패는 원과 영, 그리고 정을 얻은즉 허물이 없습니다. 다시 이 삼자를 풀면 원은 군장(君長)의 도요, 영은 상구(常久 ; 떳떳하고 오래가는 것)한 것이고, 정은 정도(正道)를 뜻하는 것이지요. 그래서 위에서 아래로 도와줄 때에도 이 삼자가 따라야 하고 아래에서 위를 좇는 데에도 반드시 이 삼자를 구해서 한즉 허물이 없다'라고 하겠소이다."

"잘 보시고 또 명확하시옵니다, 폐하!"

기자공의 찬사에 이어 사편공의 부탁이 이어졌다.

"폐하! 다른 측면에서 이 괘의 개요를 다시 한 번 설명해 주시옵소서."

"그러하겠소이다. 현재의 상황이 이렇게 진행된다고 봐야겠습니다.

'편히 지내고 있지 않다고 보여질 때 바야흐로 도와줄 사람이 찾아 올 것이니 도움받을 시기를 놓치거나 뒤늦게 받게 되면 강한 사나이라 할지라도 흉사가 따르게 되는 거라'고 봐야겠소이다.

좀더 쉽게 풀어 구체적으로 말하자면 '사람들이란 능히 그 안녕으로 있지 아니하여야 와서 도움을 줄 자가 생기게 되어 있으니 도움을 주는 자를 얻게 되면 그 편안함을 보전하게 되지요. 불영(不寧 ; 편치 못함)의 때를 당하여 급급하게 도움을 구해야 하지요. 만약에 독립하여 자신만을 믿고 도움의 뜻을 구함에 있어서 빨리 하지 아니하고 느리게 한즉 비록 강한 사내라 할지라도 또한 흉한 일이 따르게 됩니다. 이처럼 강한 자도 흉한 일을 만나게 될진대 하물며 유약한 자야 말할 나위가 있겠습니까? 따라서 임금은 아랫사람을 어루만지고 아랫사람은 윗사람을 친히 도와야 하는 것입니다(君은 懷撫其下하고 下는 親輔於上이라).

이 원리가 친척간과 벗 사이, 그리고 고향 사람간에도 다 통하는 것이지요. 상하간에는 뜻을 모아 서로 좇아야 되는 것이니, 진실로 서로 구하는 뜻이 없게 되면 마음이 멀어지면서 흉하게 됩니다. 대저, 인정이란 서로 구하려 하면 합해지고 서로가 자만하면 어긋나게 되어 있습니다. 따라서 상지(相持;서로 자만하는 것)와 상대(相待;서로 기다리는 것)를 우선으로 삼지 말아야 하는 것이지요.

사람이 서로 친히 돕는 데도 도가 있지요. 그러므로 도움을 상대에게 바랄 때에 질질 시간을 끌어서는 아니 되는 것이지요.

다시 한 번 더 설명하겠습니다. 그러니까 이 조직의 구성적 성격을 들추어 내어서 하겠습니다. 비괘는 친보(親輔;친히 돕다)하는 뜻을 담고 있습니다. 〈괘상 2〉에서 볼 수 있듯이, 구오가 양강한 기질을 가지고 상괘의 중앙에 자리 잡고 있으면서 정당성까지 얻고 있으므로 상하의 다섯 음들이 그를 도우면서 좇고 있지요. 다시 말해, 만방을 어루만지고 있는 구오 한 사람

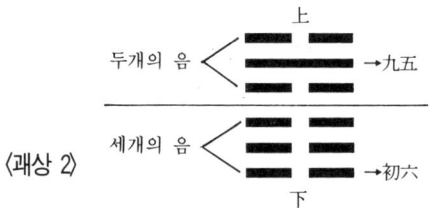

을 사해(四海 ; 천하)의 모든 사람들이 우러러 보고 있는 형상이
라 하겠습니다. 따라서 점을 치는 자가 이 비괘를 얻게 되면 당
연히 남들의 도움을 받게 되지요. 그러나 주의할 것은 반드시
두 번 점을 쳐서 스스로를 살피어 원선(元善 ; 최고의 선)과 장영
(長永 ; 오랜 지속성)과 정고(正固 ; 바르고 견고함)의 덕을 갖추어
야 한다는 점입니다. 이 삼자가 있은 연후에야 비로소 대중들
이 돌아와 도울 것입니다. 그러니 허물도 없을 것이고 말이오.
아울러 도움을 받지 못해 불안해 하는 자들에게도 장차는 모두
돌아와 붙게 되어 있어요.
 만약에 미적미적 손을 늦게 쓴다든지 하면 교감은 견고히 되
어 있는데 도우려는 자들이 뒤늦게 오게 되어 흉함을 얻게 됩
니다. 누구든 타인의 도움을 바라는 자들은 이러한 원리를 되
돌려 관찰해 봐야 할 것입니다.'
 이 얘기를 압축하여 쉽게 말하자면, 이 조직의 구오처럼 정당
성과 정통성을 확보한 실세는 원선과 장영과 정고의 덕을 모두
겸하여 갖추고 있으므로 그의 말이 먹혀 들어 천하가 따라 주지
요. 그러나 구오 같은 저런 실세자도 도움을 요청할 적에는 반
드시 그 시기를 놓쳐서는 아니 됩니다. 상대에게 도움을 청할
때에는 그 시기가 적절해야 설득력을 주고 동시에 동원력도 갖
습니다."
 옛날이나 지금이나 전환기와 변환기, 그리고 과도기에는 무
엇보다 시기를 잘 잡아 상대의 도움을 구해야 한다. 한국의 정
치사를 주도해 온 근대사 삼십여 년도 어떤 의미든 그 시기를
놓치지 않고 잘 붙들어 활용했기에 적어도 당사자들 개인적으
로는 성공했다 해야 하리라!〉
 "폐하! 장시간의 심도있는 토론으로 인해 설득력을 갖는 데
충분했사옵니다. 도움이란 주는 쪽이든 받는 쪽이든 쉬운 일이

아니라는 사실을 새삼 깨달았사옵니다."
　기자공의 찬사였다.
　그렇다. 도움은 누가 맹목적으로 주지 않는다. 어떤 기대와 장래성, 그리고 투자성이 있어야 한다. 그래서 요모조모 모든 것을 따져 보고 상대의 도움 요청에 응하게 되는 것이다.
　사편공이 입을 열었다.
　"폐하! 폐하께옵서 너무 길게 하시느라 힘들 것 같사오니 이 사편이 잠시 거들어 드리겠사옵니다."
　"그것 좋은 생각이오. 역시 빨리 도움을 요청해야겠군요. 이 비괘의 원리처럼 말이오, 하하하!"
　문왕이 웃으며 사편의 도움을 허락하였다.
　무슨 일이든 지리멸렬하게 끌면 안 된다. 간단간단하게 서로가 뜻을 교감하며, 씨줄과 날줄 즉 경위(經緯)가 섞이어 화려한 비단을 이루듯이 그렇게 토론이 진행되어야 하는 것이다.
　"그러면 이 사편이 잠시 월권을 하겠사옵니다.
　'비괘는, 아니 비(比) 자체는 보조하고 협조하는 것이니 아래에 있는 세 음과 위에 있는 두 음이 구오에게 순종하며 따라 주고 있사옵니다.'
　이것을 좀더 쉽게 말씀드리겠사옵니다. 비는 좋은 것이니 바로 길도(吉道)이옵니다. 물상친비(物相親比 ; 만물이 친히 돕다)하니 이것이 바로 길도가 아니옵니까? 이 조직의 구성을 살펴보면, 구오가 실세로서 존위의 자리에 있는데 여러 음들이 순종하며 친히 도와주니 이 원리가 바로 '비'이옵니다.
　폐하, 죄송하옵지만 이 신이 좀더 원론적인 측면과 풀이하는 측면, 이 양면에서 말씀을 드리겠사옵니다."
　"그렇게 해 보세요."
　"예, 폐하! 폐하께옵서 '추원(推原)'해서 점을 쳐 보니 원(元)

하고 영(永)하고 정(貞)해서 허물이 없다'고 하신 그 부분은 이렇사옵니다. 구오가 강중(剛中)에 있어서 그렇사옵니다. 이 괘상의 조직을 내려다 보면 구오가 양강(陽剛)으로서 중정에 살고 있으니 비도(比道)의 선(善)함을 다하고 있사옵니다. 아울러 양강으로 존위에 있으니 군덕(君德 ; 임금의 덕)의 으뜸(元)이 되옵고, 또 중앙에 있으므로 동시에 정(正)이 되어 능히 영(永)과 정(貞)을 갖게 되옵니다.

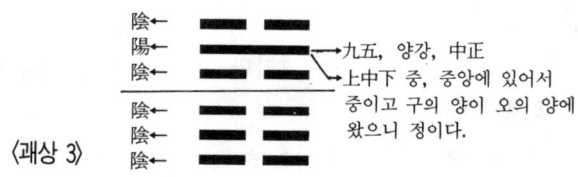

〈괘상 3〉

그리고 다음으로 말씀하신 '편히 살고 있지 않다고 보여질 때 바야흐로 도와줄 사람이 찾아 온다'고 하신 그 부분은 상하의 음들이 다 응해 주어서 그런 것이옵지요. 이것을 풀어서 말씀드리옵자면 '사람이 살아가는 데 능히 그 안녕을 보전하지 못하면 바야흐로 사람들이 와서 도와주옵니다. 국민들은 능히 스스로를 보전하지 못하는고로 임금을 받들고 안녕을 구하며, 임금은 능히 홀로 설 수 없는고로 국민을 보호하며 편하게 지내는 것이옵니다(民不能自保故로 戴君以求寧하고 君不能獨立故로 保民以爲安이라).'

반대로 말씀드리옵자면, '왕 노릇하는 분들이 하민(下民)에게 구하지 아니하면 위험과 망함이 동시에 이르게 되는고로 상하의 뜻이 반드시 상응되어야 하옵지요. 그래서 이 괘상에서도 상하에 있는 여러 음들이 구오를 도와주고 동시에 구오는 그 무리들을 도와주고 있사옵니다. 이것이 바로 상하 상응이 아니

겠는지요?'
 폐하께옵서 익히 잘 아시는 것이지만 저 무지한 하민(下民)들에게 도움을 주기 위해 이 소신이 상세히 풀어 말씀드린 것이오니 이해해 주옵소서, 폐하!"
 "이렇게 강의하는 것이 바로 비괘의 원리에 따르는 것이 아니겠습니까? 비괘에 대해 토론하면서 이 괘의 원리를 따르지 않는다면 그것은 어디까지나 말장난이고 역을 위한 역밖에 더 될까요? 고로 반드시 매사는 항시 인생살이에 접목을 시켜야 하는 것이지요."
 "황공하옵니다, 폐하! 그러면 내친 김에 이 신이 한 구절만 더 하겠사옵니다."
 "그렇게 하십시오. 이 역을 푸는 데 사편공의 논리가 많이 들어가는 것이 좋겠습니다그려!"
 "그럼 시작하겠사옵니다.
 폐하께옵서 '도움의 뜻을 구함에 있어서 빨리 하지 아니하고 미적미적 미루면 강한 사내라도 흉하게 될 것이라'고 말씀하신 그 부분은 '도(道)가 궁(窮)해서 그런 것이라' 하겠사옵니다.
 이야기를 좀더 쉽게 풀면, '대중들의 삶이란 반드시 상부상조한 연후에야 능히 삶을 완수하게 되지 않사옵니까? 그러므로 천지간에 있어 서로 친비(親比)하고 나서 능히 삶이 완수되는 것이옵니다. 따라서 상종(相從)의 뜻을 빨리 펴지 아니하고 느리게 한즉 능히 비(比)가 성립되지 않사옵니다. 그러니 비록 강한 사내라 할지라도 흉할 수밖에 더 있겠사옵니까? 친비해 주는 자들이 없다면 곤굴(困屈; 곤하고 비굴)하여서 흉을 이루게 되니 이것이 바로 궁색한 도라' 하겠사옵니다."
 "폐하, 사편공이 그 동안 순방을 다녀오시더니 견문이 넓어져서이온지 토론의 깊이와 넓이가 동시에 완숙해진 듯하옵니다."
 옆에서 묵묵히 토론의 흐름을 지켜 보던 기자공이 사편공을 치켜올려 주었다.
 "그렇잖아도 이 짐이 바로 그 얘기를 하려던 참이오, 하하하."
 문왕과 기자공의 찬사를 얻어 듣고 사편은 입이 저절로 벌어졌다. 그러나 얼른 겸손하게 표정을 바꾸고 분위기를 맞추었다.
 "황공하옵니다, 폐하! 그리고 기자공! 두 어른께서 좋게 봐 주시오니 몸 둘 바를 모르겠사옵니다."
 "아니오. 정말 그래요, 사편공. 그리고 잘 달리는 말에게도 가끔씩은 엉덩이에 편달을 해 주어야 그 속력을 그대로 유지하는 것이 아니겠소이까? 하하하."
 문왕의 이어지는 말이었다.
 "이 주역 육십사괘의 토론이 모두 끝날 때까지 더욱 열심히 잘 하겠사옵니다. 점입가경으로 말씀이옵니다, 폐하!"
 사편공의 다짐이었다.
 사편은 약간 어깨가 으쓱하는 기분이었다. 그렇다. 이 세상 누구든 칭찬 듣고 기분 안 좋은 사람은 없을 것이다. 마치 여자에게 예쁘다고 하면 듣기 싫다고 할 사람이 없듯이 말이다. 그래서 칭찬과 찬미, 그리고 감탄이란 것이 음식의 양념처럼 필요한 것이다. 중요한 것은 양념이 음식의 본질을 제압해 버리면 그 음식맛 자체는 사라져 버리는 것이다.
 "폐하! 이 신도 입에 녹이 슬 것 같사오니 한 구절만 설명했으면 하옵니다, 하하하……."
 "그렇게 하십시오, 기자공. 농담이지만 사편공이 너무 장기집권적인 토론을 일방적으로 펼쳤군요, 하하하……."

"폐하! 죄송하옵니다. 그리고 기자공께도 죄송합니다, 하하하……."

사편공이 옆머리를 긁적거리며 약간 겸연쩍은 듯한 표정을 지어 보였다.

"그러면 이 기자가 한 마디 거들겠사옵니다. 그런데 저는 보는 각도를 달리 하여서 형상학적으로 설명을 드리겠사옵니다.

'땅 위에 물이 모여서 고여 있는 것이 바로 비(比)이니 옛 어진 임금들은 이 원리를 본받아서 만국(萬國)을 세우시고, 또 제후(諸侯)들과도 친하게 지내셨사옵니다(地上有水 比니 先王이 以하여 建萬國하고 親諸侯하니라).'

그럼 쪼개어 헤쳐 보겠사옵니다. '대저 세상에 어떤 사물의 친비함이, 물이 지상에 고여 있어서 서로 밀착되어 친비하는

것만 하겠사옵니까? 그래서 옛 어진 임금들은 지상에 물이 고여 있는 것을 보고 만국을 건설하고 그 나라를 통치하는 제후들과 친밀하게 지냈사옵니다. 만국을 세우는 것은 국민과 친비하는 것이고, 친히 제후들을 어루만지는 것은 천하와 친비하는 것이라(建立萬國이 所以比民也요, 親撫諸侯가 所以比天下也라)'하겠사옵니다."

"기자공이 한 말씀 거들어 주시니 훨씬 더 돋보입니다그려!"

"황공하옵니다, 폐하!"

"아주 좋습니다, 기자공. 그러면 이 짐이 이제부터 이 비괘의 첫 대화자인 초육을 한번 만나 보겠습니다. 무슨 생각을 가지

고 있으며 또 어떻게 처신해야 할 건지 말입니다."

"그렇게 하시옵소서, 폐하! 언제나 폐하께옵서 먼저 원론적인 것을 말씀해 주셨지 않으셨사옵니까? 오늘 이 비괘는 오랫동안 자리를 비웠던 사편공이 다시 토론자로 복귀하게 되어 훨씬 재미가 있을 것으로 예상되옵니다, 폐하!"

"그럴 것 같습니다, 기자공. 가을에 입맛 나듯이 그렇게 한번 맛있게 엮어 보시오, 사편공!"

"폐하! 이 사편도 상당 기간 토론을 안 해 왔던 터라서 옛날 실력이 살아날지 모르겠사옵니다."

"아니오. 오히려 외유를 하는 동안 견문이 넓어져서 토론이 진일보해질 것으로 기대되오, 사편공."

"감사하옵니다, 폐하! 그럼 일단 한번 해 보겠사옵니다. 지켜 봐 주시옵소서, 폐하!"

"자, 그러면 규정대로 이 짐이 먼저 첫 관문에 들어섭니다. 이 초육은 '성실성을 가지고 친비해야 허물이 없을 것이라'고 하겠습니다.

〈괘상 4〉　　　　　→初六

왜 이런 논리를 펴느냐 하면, '초육은 이 비괘의 시작이 아닙니까? 친비의 기본은 성실과 신의로 되어 있지요. 따라서 중심에 불신을 품고 남과 친하려 한다면 누가 그와 더불어 하리요. 고로 비괘의 시작인 초육은 반드시 신의와 성실로써 상대를 대해야 허물이 없을 것이다' 이 말입니다.

다시 원론적인 것을 대두시켜 가겠습니다.

'곡식이 큰 항아리에 가득 담겨 있듯이 성실함이 심중에 가득 차면 누군가가 와서 도와줄 것이므로 뜻하지 않은 길(吉)함이 있을 것이라.'

무슨 뜻인고 하면, '성신(誠信)이 마음속에 충실한 것이 마치 곡식이 항아리 속에 가득 찬 것과 같습니다. 항아리란 것은 본래 질소(質素 ; 본질이 소박함)한 그릇이지요. 그 속에는 곡식으로 가득 차 있지만 밖에는 아무런 문식(文飾 ; 문양으로 꾸밈)이 없습니다. 사람도 이 항아리처럼 처신하면 마침내 뜻밖의 길함을 주는 자가 찾아 오게 되는 것입니다. 성실함이 마음에 가득하여 남들이 불신을 갖지 않는데 무엇 때문에 밖에다 화려하게 거짓 도색을 하며 도움을 구하겠소이까? 성실하고 중실(中實)하면 비록 타외(他外)의 사람이라 할지라도 이를 알아차리고 찾아와 따라 주게 되지요. 그러니 부신(孚信 ; 믿음)이 바로 비(比)의 근본이라 하겠어요(初六은 有孚比之라 아. 無咎리라. 有孚盈缶면 終에 來有他吉 하리라).'"

"폐하! 옳으신 말씀이옵니다. 도움을 받는 데는 무엇보다도 믿음과 성실이 최고로 우선하는 것이옵지요. 인생이란 게 그것 빼고 나면 그야말로 시체 아니옵니까? 꾸미고 장난치는 것은 오래 가지 못하는 법이옵지요."

"그렇소이다, 기자공. 인생에 있어서 믿음이란 수레의 멍에와 같다고 하지 않습니까? 멍에 없는 수레란 잠시도 굴러갈 수 없는 것 아닙니까? 이어서 기자공께서 형상학적인 측면에서 말씀해 주시지요. 기자공은 구상력이 뛰어나시니 말입니다."

"그렇게 하겠사옵니다, 폐하! 뛰어나지는 못하지만 말씀이옵니다.

'이 비괘의 초육은 반드시 타길(他吉 ; 뜻밖의 길함)이 있을 것

이옵니다.'

앞서 하신 폐하의 말씀에 준한 것이옵니다. 왜 이렇게 간단한 논조를 펴느냐 하면, '이 비괘의 초육은 도움의 도(道)에 있어서 첫 시작이 아니옵니까? 시작할 적에 능히 믿음이 있은즉 다른 길함이 이루어지게 되는 것이옵니다. 시작이 불성실하다면 어찌 마침내 길함을 얻을 수 있겠사옵니까?'

다시 말씀드리옵자면, 첫 단추가 잘 끼이면 그 다음 것들은 저절로 잘 된다는 뜻이옵니다. 그래서 누가 무슨 일을 하든 초발심(初發心), 즉 처음 마음을 펴 내는 것이 중요하다 하겠사옵니다."

"그렇소이다, 기자공. 잘 간파하셨습니다그려! 그러면 다음은 사편공이 이 초육의 후미를 장식해 보시지요."

"죄송하옵니다만 실은 이 신의 순서가 빨리 안 돌아와서 입이 좀 근지러웠사옵니다, 폐하. 하하하……."

"그랬을 거요. 워낙 할 말이 많은 재담가이니 말이오, 하하하……."

"폐하! 황공하옵니다만 그런 경우를 좀더 재미있게 말씀드리옵자면, '이불 속에서 흥분한 여자의 몸틈새가 꼴리듯이'라고 표현하는 게 보다 더 재미있고 합당한 표현이라 하겠사옵니다."

"하하하……."

기자공도 저절로 입이 벌어져 큰 소리로 웃지 않을 수 없었다.

"확실히 재미있군요, 그렇게 표현하니까 말입니다."

기자공의 보조사회였다.

"자, 그러면 빨리 본론으로 들어가시지요, 사편공."

문왕의 독촉이 이어졌다.

"예, 폐하! 이 초육이 겹음은 아니지만 순음에는 가깝다 하겠사옵니다. 왜냐하면, 맨 밑에 있는 음이기에 그렇사옵니다. 따라서 겹음이나 순음과 다를 바가 없사옵지요. 이런 경우, 상당히 저돌적인 여자와 같다고 하겠사옵니다. 여자는 여자인데 양성적 기질을 가지고 있는 앳된 소녀라 하겠사옵니다.

이러한 소녀는 대체로 이성에도 눈을 빨리 떠 연애를 잘 걸지요. 연애를 잘 거는 것은 자랑할 것도 못 되지만 그렇다고 잘못된 것도 아니옵니다. 연애뿐만 아니라 무엇이든 잘 한다는 것은 안전하고 온전하게 하는 것을 두고 하는 소리가 아니겠사옵니까? 그러니까 연애를 잘 거는 여자애란, 첫째는 괜찮은 상대 즉 돈 될 남자를 선택하게 되고 또 별 말썽을 부리지 않사옵니다. 두 번째는 불의의 경우를 당해 자신이 불리하게 될 적에는 멋있게 헤어져 그를 금방 잊고 또 다른 새로운 상대를 찾아 그와의 관계를 훌륭하게 설정하옵니다. 이렇게 함이 잘 하는 것이옵지요.

보통 사람들은 연애를 잘 한다 하면, 복잡하게 여러 상대를 두고 괴로워하거나, 또 아무 남자나 보면 그 자리에서 속옷을 벗으려고 헐레벌떡거리는 것으로 착각하는 경우가 많사옵니다. 그러니 연애를 잘 하기란 여간 어려운 것이 아니옵지요. 연애 잘 거는 사람은 여자건 남자건 인생에 있어서 성공의 첫 관문을 순조롭게 통과했다고 볼 수 있겠사옵니다. 특히 이 비괘의 초육은 성실을 중요시하는 인격인 동시에 음이기에 연애를 해도 음성적으로 성실히 하는 그런 괜찮은 여자이옵니다.

말머리를 돌려 자연환경적 차원과 사업적인 문제를 대두시켜 말씀드리옵자면 이렇사옵니다. 초육이란 마치 볕이 들까말까 하는 그런 음지에 가까운 곳인데, 금방 비나 눈이 내려서 완전히 음의 기운으로 덮여 버린 그런 곳이옵니다.

그리고 사업의 경우로는, 어떤 제조업체에서 하나의 상품을 개발해 놓고 그 상품이 빛을 보면서 시중의 관심이 모아지고 있는데 대기업에서 금방 그와 유사한 상품을 만들어 가지고 상권을 장악하는 경우와 같다고 하겠사옵니다. 세상에는 이런 일들이 비일비재하지 않사옵니까? 강자에게 약자가 살육당하는 경우가 바로 저런 초육이라 하겠사옵니다.

그러나 이 비괘의 초육은 성신(誠信)을 요구하는 자이기에 희망을 가지고 믿어야 하옵니다. 그렇게 하면 반드시 길함이 나타나게 되어 있사옵니다. 세상 일이 반드시 강자가 이기고 약자가 진다는 보장도 없지 않사옵니까? 강자에게도 헛점이 있고 반대로 약자에게도 강점이 있사옵니다. 또 극성은 쇠락고 퇴조를 전제하고 이루어지는 것이라 하겠사옵니다. 마치 꽃이 피는 것은 떨어지기 위함인 것처럼 말씀이옵니다.

여기에서 중요한 것은, 꽃이 피면 벌 나비가 찾아 와 꿀을 훔쳐 가고 그 대가로 열매를 맺게 하는 작업을 해 주고 간다는 점이옵니다. 그로 인해 꽃이 지고 열매가 맺혀서 익으면 사람들이 그것을 먹고 이익을 취하는 것이 아니겠사옵니까? 이 원리가 서로 잃으면서 얻고 얻으면서 잃는 이해득실(利害得失)의 관계이옵지요. 이를 선의적으로 압축하면 친비(親比)의 관계라 할 수 있겠사옵니다. 이 초육에 대해서는 이 정도로 마치겠사옵니다, 폐하!"

"아주 열강이었소이다, 사편공! 대단합니다! 그런데 염려스러운 것은 이처럼 너무 초판에 실력을 다 털어내 놓으면 나중에 곤란을 겪지 않을까 싶은데 잘 안배를 해 가십시오, 사편공. 하하하……"

"참고하겠사옵니다, 폐하! 그러나 황공하옵니다마는 수시변역을 일으키는 것이 이 역리이므로 임기응변과 상황논리, 그리고 변통수가 무궁무진하다고 봐야 되지 않겠사옵니까, 폐하?"
"하긴 그렇소. 그러나 먼 길을 가는 자는 유유히 가야지 마구 헐떡거리면서 뛰어가면 뒷힘이 달리는 원리도 생각해 볼 필요가 있지 않겠소이까?"
"참고로 숙지하겠사옵니다, 폐하!"
"그러면 다음으로 육이를 찾아가 보도록 합시다. 먼저 이 짐이 그가 가지고 있는 뜻이 뭔가를 떠보겠소이다.
'안으로부터 도움을 받기 시작하니 주관이 뚜렷해서 길할 것이니라(比之自內니 貞하여 吉하도다).'

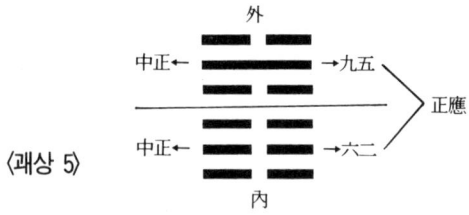

〈괘상 5〉

구체적으로 설명하겠소이다. 현재 〈괘상 5〉를 살펴보면, 육이와 구오가 서로 좋은 반응을 보이는 관계를 설정하고 있어요. 그 이유 중에서 가장 주된 것은 육이도 중정이요 구오도 중정의 도와 덕을 가지고 있으므로 서로간에 있어서 도움이 돈독합니다. 이처럼 육이가 내괘의 중앙에 자리잡고 있으므로 아까 본론에서 제시했듯이 '안으로부터 도움을 받기 시작한다'고 한 것이며, 그것은 어디까지나 자신으로 말미암아 일어나는 것임을 뜻하는 겁니다.
이 조직에서 보면, 인재를 선택해서 등용하는 것이 비록 실세자인 구오의 손에 달려 있다 치더라도 이를 허용하는 것은 바로 구오가 아닌 자신인 것이지요. 이 점을 두고 반드시 '자신으로부터 말미암아 일어나는 것'이라 한 것입니다. 자신이 임금을 만남은 도가 부합됨으로써 나아가게 되니 이를 일러 '중정을 얻어서 길한 것'이라 하겠소이다.
 그러니 위의 구오가 발굴해 쓰려는 것을 중정의 도로써 응하고 있으니 이것이 내괘인 육이 자신으로부터 일어난다고 한 것이지요. 그리고 자신을 잃지 않고 잘 지켜 나가고 있습니다.
 급급(汲汲)하게 도움을 구하는 자는 군자의 자중(自重)하는 도가 아니며 스스로를 잃는 거라 하겠습니다.
 육이는 유순한 음으로서 중정의 도를 가지고 있으므로 구오가 이 점을 잘 알아차리고 들어다 쓰려고 합니다. 이 상황을 가만히 생각해 보십시오. 이 점이 바로 '안으로부터 밖의 도움을 얻는 것이며, 그러면서도 주관 즉 정(貞)을 지키고 있으니 길도(吉道)가 되는 거라' 하겠소이다."
 "폐하의 심도 깊으신 강담을 경청하고 보오니 도움이란 무엇이며, 또 그를 얻는 데 있어서 처신해야 할 도가 무엇인지를 잘 알겠사옵니다, 폐하! 폐하께옵서 이렇게 말머리를 잘 틀어 주시오니 이 신들의 할 얘기가 훨씬 수월하겠사옵니다, 폐하!"
 "그러면 이어서 기자공께서 토론을 전개해 보시지요. 육이가 어떻게 생겼는지 그 모양새를 한번 그려 보십시오."
 "그러하겠사옵니다, 폐하!
 '도움을 받되 내부의 자신에게서 받는 것은 어디까지나 자신을 잃지 않고 은인자중하고 자중자애하기에 그렇다'고 보옵니다.

＊선비가 자신을 닦아 실세자에게 등용됨을 구하면서 뜻을 낮추고 몸을 욕되게 하면서 구하는 것은 자중지도가 아니다. 그 역사적인 예로서 은나라 탕임금을 도왔던 명신 이윤(伊尹)과 수나라의 치(置)라는 무후(武侯)가 그러한 인물들인데, 그들도 천하를 구원해 주고 싶은 마음이야 간절했지만 반드시 임금이 등용하려는 예가 지극한가를 살펴본 연후에 나아가 도왔던 것이다.

좀더 자세히 말씀드리옵자면, '자기를 중정의 도로써 지키며 위에 있는 구오에게 도움을 구하는 것은 자신을 잃지 않아서 그런 것이옵니다. 이 역의 이치상으로 볼 때 경계함은 엄밀해야 하니, 육이가 중정을 지키고 있는 것은 본질적으로 체질이 유약하고 순한고로 주관을 지키고 자신을 잃지 않기 위해 경계하는 것이라'고 말씀드리겠사옵니다."
"기자공, 수고했습니다. 육이의 됨됨이를 아주 잘 간파하셨소이다. 겹음과 중음으로서 하괘의 중앙에 위치해 있어서 그렇게 본 것이라고 생각됩니다."
문왕이 토론의 장단을 맞추었다.
"자, 다음은 사편공이 진행해 보십시오."
"예, 폐하! 이 신은 늘상 그러하였듯이 세 가지 측면에서 토론을 전개하겠사옵니다. 첫째는 경영 문제, 두 번째는 인생살이, 세 번째는 음양조화의 관계 순으로 하겠사옵니다."
"열심히 해 주십시오, 사편공."
"예, 폐하! 그러하겠사옵니다. 이 수지비라고 하는 경영업체에서 육이는 초급 직원에 해당하옵니다. 그러나 〈괘상 6〉에

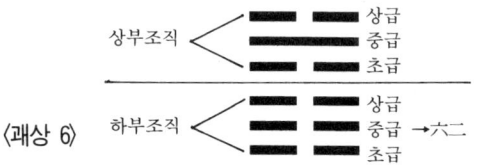

〈괘상 6〉

서 볼 수 있듯이, 전체에서 보지 말고 하부 조직에서만 보면 중간 간부에 해당하옵니다. 열심히 일해서 점진적으로 진급해 가는 그런 사원이라 하겠사옵니다. 그 이유는 하부 조직의 중견 간부로서 상중하 중의 중앙에 있고 동시에 중정의 도를 지키며 근무에 임하고 있기에 그렇사옵니다. 성격이 퍽이나 온순하고

수지비괘(水地比卦) 351

유연하여 마치 부드러운 여자와 같사옵고 또 춘풍화기(春風和氣)와 같아서 남을 포근히 감싸 주는 그런 인격체의 사원이옵니다. 그러니 이 수지비 회사로 봐서는 많은 도움을 주는 자이며 동시에 회사로부터 도움을 받기도 하옵니다. 그러니 이 회사의 명예와 부합되는 그런 직원이라 하겠사옵니다.

다음은 인생살이 문제를 대두시켜 연관지어 보겠사옵니다. 육이의 인생이란 중정의 덕을 가진 순음으로서 나이는 이십대에 해당하옵지요. 훌륭한 집안에서 부덕(婦德)을 잘 닦아 가지고 수지비라는 좋은 가문으로 시집온 그런 여자라 하겠사옵니다. 그런 여자이옵기에 이 가문에 도움을 주는 며느리라 하겠사옵니다.

다음, 음양 문제에 있어서의 육이는 순음이기에 그 부드럽기가 마치 명주고름과 같사옵니다. 게다가 자신의 짝은 양강한 구오이니 그 조화를 말하자면 찹쌀궁합이라 할 수 있사옵니다. 바로 저 〈괘상 7〉에서 볼 수 있듯이 기가 막힌 관계이옵니다.

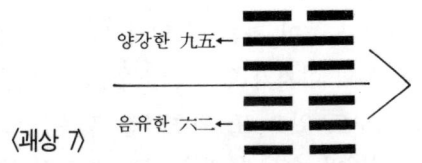

〈괘상 7〉

구오는 밤새도록 깃대를 꽂아 놓고 빼지 않는 형이고 육이 역시 아무리 오래 꽂고 있어도 싫다 하지 않고 오히려 더 휘감으면서 달려드는 동아줄 형이옵니다. 거기다가 물의 양까지 풍부하여 마치 물레방아가 물을 뿜어 대듯이 콸콸 쏟아 대는 그런 여자이옵니다. 이런 사이는 잠시라도 서로 떨어질래야 떨어질 수 없는 부창부수(夫唱婦隨)이옵지요. 좋은 여자일수록 물이 많고 좋은 남자일수록 방아를 오래 찧는 것이 아니옵니까?"

"사편공, 그런 남녀란 천부적으로 타고나는 것이지 후천적으로 연마해 가지고는 될 일이 아니지요?"

"그렇다고 봐야겠사옵니다. 계곡도 보면 물이 많은 곳이 있는가 하면 또 물기만 약간 배여 있는 습한 곳도 있고, 또 물 한 방울 없이 바싹 마른 곳도 있지 않사옵니까? 그리고 장작도 보면 오래오래 타면서 화력이 좋은 참나무 장작이 있는가 하면 그저 그런 장작도 있사옵지요. 그런가 하면 짚불이나 섶불처럼 금방 타다가 순식간에 꺼져 버리는 것도 있사옵지요. 이와 같이 남녀의 그 기운과 위력은 제각기 다르므로 천부적인 것으로 봐야겠사옵니다. 너무 아는 체해서 죄송하옵니다, 폐하!"

"아니오. 그것이 바로 인생의 진면목이 아니겠소? 사람이란 게 일차적으로는 짐승이지요. 거기다가 이차적으로 문화적인 것을 덧붙이고 또 삼차적으로 깊이있는 철학적인 것을 더한 것뿐이지요."

"폐하! 그렇다면 이불 속의 일이 우리 인간들의 진면목이라 할 수 있겠사옵니다."

"그렇소, 사편공. 우리가 풀어 가는 이 역의 원리도 보면 항시 뒤집을 수 있는 역(逆)의 이치가 있지 않소? 그러니 상황에 따라서는 결론부터 낼 수도 있고 또 원초적인 것부터 끄집어 낼 수도 있지요. 어디까지나 순서란 것은 보편 타당성 때문에 사람들이 만들어 놓은 형식일 뿐이지 그것이 절대적이거나 고정불변의 진리는 아니지요."

"옳으신 말씀이옵니다, 폐하! 그러면 저는 이 정도로 하겠사옵니다. 그럼 먼저 폐하께옵서 육삼을 만나 보시옵소서. 그런 연후에 이 신들이 뒤따르겠사옵니다."

"그렇게 합시다. 그러면 육삼이 있는 곳으로 갑니다.

'육삼은 올바르지 못한 사람인데도 도와준다(比之匪人이라).'

간단하지만 얼른 납득이 안 가는 구절이라 하겠소이다. 그러면 좀 나열해서 설명해 보겠소이다. 육삼은 보시다시피 불중정(不中正)의 자리에 있지 않소이까? 그래서 불명예스럽게도 '비

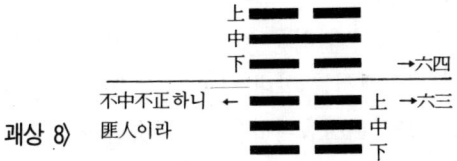

괘상 8)

인(匪人)'이라고 불려지고 있는 겁니다. 이렇게 틀려 먹은 사람이지만 수지비라는 조직 속에 있다 보니 어쨌건 도움을 받고 있는 입장이에요. 그러니 이는 그 사람의 복이라 하겠습니다. 그러나 노골적으로 표현하자면 일종의 기생충과 같은 인간이지요. 이런 자는 도움을 받고 있다가 오히려 되치기를 하여 그 조직에 해를 입히지요. 육삼이 바로 그런 자입니다.
 다시 학술적으로 분석해 보겠소이다.
 '육삼은 불중정하기 때문에 도움을 주는 자나 받는 자나 모두 쌍벌이며 쌍불중정입니다. 바로 위에 있는 육사 역시 음유한 자가 정(正)에는 왔으나 중(中)에는 오지 못했어요. 그리고 또 바로 밑에 있는 육이 역시 서로 응하면서 도움을 주고는 있지만 이 행위 역시 다 불중정이라 하겠소이다. 이런 비인을 도와주고 있으므로 그를 잃음은 가히 짐작할 수가 있지요. 뿐만 아니라 회인(悔吝 ; 후회와 허물)이 따름은 말할 필요가 없습니다. 따라서 다칠 수도 있고, 또 육이가 중정의 좋은 자리에 있지만 비인을 도와주고 있기 때문에 동시에 비인이라고 불려지게 되는 것입니다.'
 다시 말하자면, 아무리 좋은 사람이라 할지라도 나쁜 자를 도와주면 동시에 자신도 나쁜 사람으로 전락되어 그와 함께 공

범자가 되는 것입니다. 때문에 냉정할 때에는 냉정해야 한다는 교훈을 이 괘는 주고 있어요."

"폐하의 그 분석이 매우 합당하고 설득력이 있사옵니다. 사람이란 나쁜 자 옆에 있게 되면 그와 더불어 나빠지기 쉽고 좋은 자 옆에 있으면 좋아지기 쉬운 것이 아니겠사옵니까? 그래서 옛 말에 '향 싼 비단에서는 향내 나고 생선 엮은 노끈에서는 비린내가 난다'고 했지 않사옵니까? 또 비슷한 얘기로 '난혜 (蘭蕙)가 피어 있는 방에 들면 옷에 향기가 배이고 뒷간에 가 앉아 있으면 악취가 배인다'는 말도 있사옵지요. '근묵자 흑(近墨者 黑)'이라는 말도 있사옵니다. 먹을 가까이 하는 자는 검어 지기 쉽다는 뜻이옵지요. 때문에 주위의 환경이란 무서운 것이라 하겠사옵니다."

기자공의 장단이 섞인 보조설명이었다.

"그렇습니다, 기자공. 공이 이렇게 장단을 맞춰 주니 이 짐의 강담이 빛나 보여 훨씬 토론의 분위기가 살아납니다그려!"

"황공하옵니다, 폐하! 이 괘상에서 신이 맡은 바가 말을 적게 하는 역이라 심심해서 한 말씀 거들었을 뿐이옵니다."

"좋습니다, 기자공. 그러면 계속하여 형상학적 문제의 측면에서 한번 개진해 주시지요."

"그러하겠사옵니다, 폐하!

'틀려먹은 사람을 도와준 것이 도리어 상해를 입게 되었다(比之匪人이 不亦傷乎이라)'고 하겠사옵니다.

여기에다 해명을 붙이자면 이렇사옵니다. '사람들이 서로 도와주는 것은 안길(安吉; 편하고 좋은 것)을 구하는 행위가 아니겠사옵니까? 그런데 돼먹지 못한 자를 도와주었던고로 도리어 회인을 얻고 또 다치게도 되었사옵니다. 때문에 실수로 도와준 것을 깊이 경계해야 한다'고 하겠사옵니다. 그러니까 이 조직에서의 육삼은 한 마디로 골치 아픈 존재이옵지요. 어느 조직이건 이렇게 문제아 내지 배신자는 꼭 있게 마련이옵지요."
 전해지는 속담에 '짐승을 도와주면 은혜를 갚아 오고 사람을 도와주면 앙심을 품어 온다'고 했다. 이런 말들은 그냥 생겨난 것이 아니다. 이 주역에서 예로 들었듯이 세상에 흔히 있어 온 일이며 또 앞으로도 얼마든지 있을 수 있는 일이다.
 "기자공, 수고했습니다. 군더더기가 필요없는 깔끔하고 정갈한 강담이었습니다. 그러면 사편공이 한 장단 맞추시지요."
 "그러하겠사옵니다, 폐하! 이 신이 보는 이 조직 속의 한 구성원인 육삼은 이렇사옵니다. 음이 양 노릇을 하려 하니 물의가 따르고 그것이 진전되어 인격의 결함으로까지 연결되었다고 보옵니다. 그러니 이런 자는 마음을 고쳐 먹어 과분한 욕심으

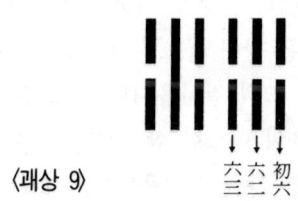

〈괘상 9〉

로 말미암아 빚어진 물의를 더 이상 짓지 말고 수기안분(守己安分)으로 돌아가야 하옵니다.
 나쁜 사람을 상대하면 그 사람도 더불어 성질을 버리게 되지 않사옵니까? 묘한 것이 은혜와 배신은 극과 극이면서도 물체와 그림자의 관계처럼 꼭 붙어 다니옵지요. 은혜가 없으면 동시에 배신도 없게 되는 원리를 알아야 할 필요가 있겠사옵니다. 쉬운 예로서 태어나지 않았으면 죽어야 할 고통이 없고 사랑하지 않았으면 이별의 쓰라림이 없는 원리와도 같은 것이옵지요.

그리고 또 희한한 것은 도움을 강조하는 이 수지비괘 속에 바로 그 도움을 배신하는 자가 끼여 있다는 점이옵니다. 이처럼 은혜와 배신은 악어와 악어새처럼 공존공생하는 관계라 볼 수 있겠사옵니다."

"그렇소, 사편공. 사편공의 강의는 역시 물 흐르듯 순조롭게 흘러 가는군요. 듣는 자로 하여금 감윤함을 느낄 수 있도록 말이오. 계속 잘 해 주십시오, 사편공."

"황공하옵니다, 폐하! 그러면 이번엔 말머리를 좀 바꾸어서 인생 경영 문제로 전개해 보겠사옵니다.

육의 음이 삼이라는 양을 만나서 빛을 보게 되는 그런 상황이라 하겠사옵니다. 음이 양으로 바뀌는 것은 갑자기 바뀌는 것이 아니라 완전 음에서 반음반양을 거쳐 완전한 양으로 되지 않사옵니까? 마치 냉방에다 군불을 지피면 처음에는 군데군데 따스해지다가 나중에는 온 방이 골고루 따뜻해지듯이 말씀이옵니다. 이 육삼 또한 바로 그와 같사옵니다. 그늘진 인생의 뒤안길이나 밑바닥에 있던 육이 따스한 삼의 양을 찾아 온 것은 일단은 잘 한 일이오며 쾌거라 하겠사옵니다. 사람이 체질을 개선하고 환경을 바꾸고 또 생활 무대를 바꾸는 것은 약간의 위험도 전제되지만 훌륭한 착상이며 발상이라고 해야겠사옵니다.

다음엔 음양 조화의 문제로 전개해 보겠사옵니다. 현재 이 육삼은 형(形)은 여자인데 질(質)은 남자 같은 그런 입장이옵니다. 그래서 이런 경우를 두고 좋게 표현하면 발랄하고 쾌활한 여자라 할 수 있겠고, 나쁘게 표현하면 거칠고 거센 여자라 할 수 있겠사옵니다. 따라서 양인 낮에는 얌전하게 있다가도 음인 밤에 이불 속에만 들어가게 되면 먼저 기선을 잡고 남편이나 사내의 혼을 빼어 녹여 버리는 그런 야행성 동물과 같은 여자라 하겠사옵니다. 흔히 이런 여자들은 낮에는 정숙한 아내

수지비괘(水地比卦) 357

요 자식에겐 현모가 되었다가도 밤만 되면 이불 속에서 요란을 떠는 요녀로 변하옵니다. 이를 미화시켜 듣기 좋은 말로 '요조숙녀'라고 하옵지요."

"재미있습니다, 사편공. 다음 효에서도 계속 그런 조로 해 주면 좋겠소이다. 그러면 육삼은 이 정도로 하고 다음엔 육사를 찾아 가도록 합시다.

'육사는 밖으로부터 도와줄 것이니 주관을 지키고 있어서 길할 것이로다.'

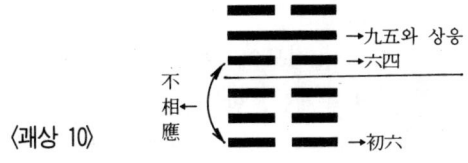

〈괘상 10〉

무슨 소리냐 하면, 〈괘상 10〉에서 볼 수 있듯이 육사는 초육과 서로 공조하는 관계지만 초육 역시 나약한 음인지라 음과 음이 만나서는 일이 되지 않지요. 때문에 부득이 밖(위)에 있는 구오와 사교하여 도움을 받고 있습니다. 따라서 밖에 있는 구오에게로부터 도움을 받기 위해 주관과 바름, 즉 정정(貞正)을 지키고 있으니 길할 것으로 본 것이지요.

예컨대, 임금과 신하의 상비(相比 ; 서로 돕는 것) 관계가 정(正)이지 않습니까? 상비 관계는 서로 마땅히 더불어 하는 관계이지요. 현재 이 조정(朝廷)에서는 구오가 현명한 의식을 가지고 존위에 있고 또 윗괘에서 버티고 있습니다. 현자와 친하고 윗사람을 따르는 것은 도움을 받는 정당한 것인고로 정길(貞吉 ; 주관을 지켜 얻어진 길)을 가져왔습니다.

또 이렇게도 볼 수 있지요. 현재 육사는 육의 음으로서 사의 음에 왔으므로 정(正)을 얻었지요. 그러나 자신은 음유하기만 하고 가운데에는 오지 못했으므로 능히 강명(剛明 ; 굳세고 현명함)하고 중정에 있는 구오에게로부터 도움을 받고 있습니다. 따라서 정길(正吉)을 갖게 되는 것입니다. 또 현자에게 도움을 받

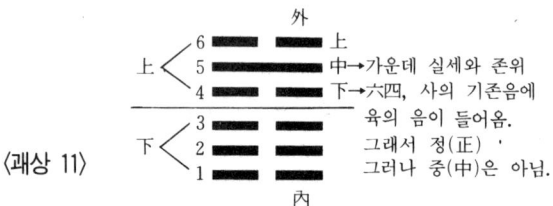

〈괘상 11〉

고 위를 좇는 것이 반드시 정도이기에 길한 것이라 하겠어요. 여기에서의 특이할 만한 문제는, 반드시 자신의 정응이 도움을 준다는 보장은 없으며 정응이 아닌 주위의 다른 자가 도움을 줄 수 있다는 점입니다. 예컨대, 분가해 나간 형제나 같이 자란 고향 친구가 와서 도움을 주는 것이 아니라 그러한 인간적 천륜적 관계 외의 힘있는 자가 와서 도움을 주는 경우가 이와 같다 하겠어요.

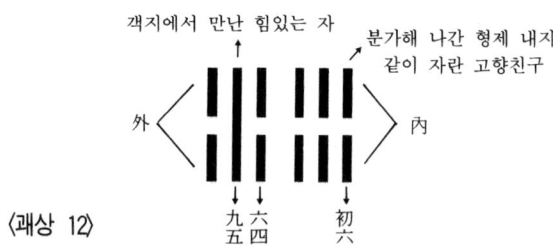

〈괘상 12〉

여기 그 현황을 이 짐이 도상으로 그려 놓은 것이 있으니 참고해 보십시오. 여기에서의 안과 밖은 이렇습니다. 안은 가까운 형제나 친구이고 밖은 객지 생활을 하다가 그곳에서 만난

주위 사람이라 하겠소이다."

기자공이 유심히 지켜 보고 있다가 상체를 똑바로 일으켜 세우며 입을 열었다.

"폐하! 정말 열강이시오며 아울러 심층분석이라 하겠사옵니다. 비유와 예가 아주 잘 부합되옵니다. 수고하셨사옵니다, 폐하!"

"그런 것 같소이까? 모든 괘괘효효마다 요리가 잘 되는 것은 아니지요. 이렇게 딱 입맛에 맞게 토론이 잘 되는 괘와 효가 따로 있어요."

"그게 바로 역의 원리가 아니겠사옵니까, 폐하! 각기 다른 괘와 다른 효를 전개해 가면서 수시변역을 하고, 거기에서도 좋은 괘와 좋은 효가 얼마 안 되듯이 우리네 인생 중에서 정말 살 맛 나는 기간은 극히 짧은 것이 아니옵니까? 마찬가지로 이런 상호 원리가 바로 주역이며 인생이라 하겠사옵니다, 폐하!"

역시 기자공의 장단맞춤이었다.

그렇다. 주역의 육십사괘와 삼백팔십사효, 그리고 인생만이 그런 것이 아니라 일 년 사계절 삼백육십오 일 가운데도 바람 불고 비 오고 눈 오고 흐린 날을 빼고 나면 정말 쾌청한 날이 몇 날이나 되겠는가? 인생을 유년기·청소년기·장년기·노년기로 볼 때 근심·걱정·질병·고통 등을 다 빼고 나면 정말 길한 날은 얼마 되지 않는다. 어찌 보면 일시적으로 좋은 날과 시간을 맛보기 위해 고전분투하고 전력투구하며 천신만고와 만고풍상을 다 겪으며 기구한 인생 역정을 아슬아슬하게 살아간다고 봐야 할 것이다.

"자, 그러면 기자공께서 형상학적으로 토론을 전개해 주시지요."

"그러하겠사옵니다, 폐하! 그런데 워낙 폐하께옵서 명강을 해 놓으셔서 이 신은 별로 아뢸 말씀이 없사옵니다. 하오나 신에게 주어진 논제와 시간을 잘 활용해 보겠사옵니다.

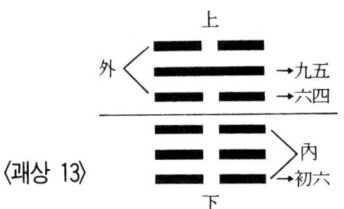

〈괘상 13〉

'밖에 있는, 즉 외괘에 있는 구오에게로부터 도움을 받는 것은 다름이 아니오라 바로 위에 있는 실세의 존위한 자를 따르고 있기 때문이라'고 말씀드릴 수 있사옵니다.

그러니까 이 육사가 구오를 보고 이렇게 부탁했었던 것 같사옵니다.

육사 : 구오님, 이 육사를 좀 도와주시면 좋겠습니다.

구오 : 뭐라고? 당신의 좋은 친구 초육이 있으면서 왜 하필이면 날 보고 그래?

육사 : 그 친구는 구오님이 아시다시피 좀 그렇고 그렇지 않습니까? 그러니 죄송하지만 구오님께서 한 번만 도와주십시오.

구오 : 생각해 보고 연락 줄 테니 기다려 보게.

이런 대화가 있은 지 얼마 후에 구오로부터 연락을 받았사옵니다.

구오 : 여보게, 육사. 나도 요즘엔 경기가 안 좋아 여유는 없지만 오랜만에 큰맘 먹고 나에게 한 부탁인데 내 어찌 거절할 수 있겠나. 해서 도와줄 터이니 이 돈으로 가서 잘 해 보게나. 그 대신 원금과 이자는 갚아야 하네.

수지비괘(水地比卦) 361

육사 : 예, 구오님! 감사합니다.
그래서 육사는 이렇게 구오에게 큰절을 올리고 나서 돌아왔었사옵니다. 이렇게 하여 육사는 구오로부터 지원을 받아 뜻한 바의 사업을 잘 이루어 가고 있다고 봐야겠사옵니다, 폐하!"
"그랬을 터이지요. '우는 아이 젖 준다'는 속담이 있듯이 말입니다. 그리고 구오 역시도 자기 측근에 그런 음유하고 막료한 사람 정도는 두는 것이 인맥 관리상 좋은 일이라 하겠어요. 닭에게 모이를 던져 주어야 닭이 가까이 따라붙듯이 사람도 베풀어 주어야 주위에 사람들이 모여들게 되는 것이지요. 반대로 따라붙지 않게 야박하게 대하면 멀어지는 것이 인지상정이라 하겠어요. 기자공, 정말 수고하셨소이다."
문왕의 장단이었다.
"자, 다음은 우리 사편공의 차례입니다. 언제나 그러했듯이 그런 종전의 방식에 준해서 재미있게 엮어 보도록 하시오."
"알겠사옵니다, 폐하! 저는 이 육사를 두고 이렇게 열어 보겠사옵니다.
'육사는 이미 성장하여 안에서 밖으로 넘어 나온 인격체이옵니다.'

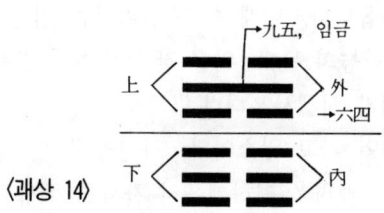

〈괘상 14〉

그러니까 구오의 임금 밑에서 공손히 말 잘 듣는 그런 유순한 충신이라 하겠사옵니다. 아니면 음유하고 유순하여 부덕을 잘 갖춘 며느리로 봐도 되겠사옵니다.

이런 며느리가 들어와 있는 집안과 시아버지는 하는 일이 잘
되어 가화만길(家和萬吉)이라 하겠사옵니다. 그 이유는 부드러
운 사의 음에 육이 부합된 순음과 겹음으로서 얌전하여 가풍을

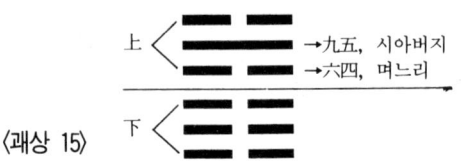

〈괘상 15〉

잘 따르는 인격체라서 그렇사옵니다. 옛 말에 '그 가문의 흥망
성쇠를 점쳐 보려면 며느리 들어온 것을 보면 안다'고 하지 않
았사옵니까? 이처럼 한 집안의 며느리란 새로운 가풍을 일으
키는 중요한 사도(司徒)라 하겠사옵니다. 며느리는 새 세대를
창출하는 연출자이옵기에 그렇사옵니다.

수평적으로는 아들과 동반자이며, 수직적으로 보면 위로는
시부모의 며느리요 아래로는 자식의 어머니가 되지 않사옵니
까? 좀더 구체적으로 설명하옵자면, 조상을 숭배하고, 시부모
를 섬기며, 남편을 도우며, 형제간의 우애를 돈독히 하며, 집안
간의 화목을 일구며, 자식을 키워 가는 그야말로 일인 만능의
역할자라 하겠사옵니다. 현재 이 수지비라는 가정에 있어서의
육사는 이러한 '만능의 광대' 역을 잘 해내며 가정을 돕고 있는
사랑받는 며느리라 하겠사옵니다."

"설명이 잘 되어 가고 있소이다, 사편공."

"그렇사옵니까, 폐하? 폐하께옵서 찬사를 주시오니 힘이 절
로 솟구치옵니다. 남은 토론을 더욱 열심히 잘 해 보겠사옵
니다."

"그래야지요, 사편공."

"그러면 이번에는 음양 조화의 문제를 도출해 내겠사옵니다.

수지비괘(水地比卦) 363

이 수지비라고 하는 조직 속을 들여다 보면 남자는 한 명뿐이고 나머지 모두가 여자들로 득실거리고 있사옵니다. 〈괘상 16〉에서 보는 바와 같이 양소음다(陽少陰多 ; 양은 적고 음이 많음)의

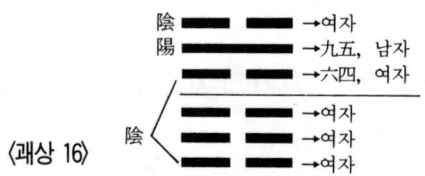

〈괘상 16〉

조직이옵니다. 대체로 이런 상황에서는 항시 시끄럽고 안정이 되지 않사옵니다. 그 이유는 음이 강하면서 많고 양이 약하면서 적으니 그럴 수밖에 없사옵지요. 이 속에서 유독 육사의 여자는 많은 여자들을 물리치고 구오의 남자와 접근해 있사옵니다. 이런 관점에서 보면 육사는 대단한 여자이옵지요. 그러니 주위가 항시 시끄러울 수밖에 없사옵지요. 육사 혼자서 구오의 사랑을 독식하고 있으니까 말씀이옵니다.

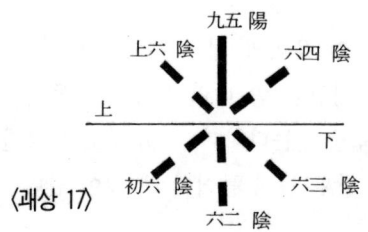

〈괘상 17〉

어쨌거나 음은 양을 찾아가 먼저 교감을 하는 것이 본능이 아니겠사옵니까? 그러면서 총애를 받고 말씀이옵니다. 그런 의미에서 볼 때 이 육사의 여자는 잘나고 용기있는 여자이옵지요. 〈괘상 17〉을 보시오면 얼른 이해가 되실 줄로 사료되옵니다, 폐하!"
"그렇군요, 사편공. 괘상을 그렇게 여섯 방향으로 빙 둘러서

표시해도 좋군요. 수직이나 수평적으로만 배열하는 것보다 훨씬 더 설득력이 있습니다그려!"

"그렇사옵니다, 폐하."

"사편공, 지금 이 기분을 살려서 그대로 계속 몰고 가십시오."

"그러하겠사옵니다, 폐하! 육사가 구오를 보고 이렇게 달려들었을 것이 뻔하옵니다.

육사 : 구오씨, 이 육사 좀 사랑해 주십시오. 저 육이가 당신의 짝이긴 하지만 아직 어리잖아요? 반면, 저는 나이도 들 만큼 들었고 동시에 부드러우면서 물도 많은 여자예요. 이런 제가 어때요?

구오 : 육사는 지금 무슨 소리를 하고 있는 거요?

육사 : 무슨 소리라니요? 그렇잖습니까? 과실도 익은 것이 더욱 맛있듯이 여자도 저처럼 익은 여자가 훨씬 감칠맛나고 좋다는 걸 몰라서 그러십니까? 그리고 그 일은 끝내 줄 자신이 있습니다.

구오 : 그래도 난 저 육이의 젊은 여자가 좋아.

육사 : 제발 그 고정관념 좀 버리세요. 남자들은 다 하나같이 나이 어린 영계백숙만 찾는다니까, 아무것도 모르면서. 김치도 푹 삭아야 맛있고, 밥도 뜸이 들어야 제 맛이 난다는 걸 모르세요?

이렇게 육사가 자꾸 눈알을 흘기며 보채 댔지만 구오는 여전히 반응이 없사옵니다.

구오 : 아니야. 그래도 난 말이야 상추쌈처럼 싱싱하고 앳된 게 더 좋더라.

육사 : 아이구 참, 상추쌈 예찬론자시구만. 상추쌈만 맛있어요? 묵나물인 피마자 잎새나 토란, 고사리 같은 그런 것은 어

떻구요. 얄미워 죽겠어, 정말.

이렇게 육사가 쫑알거리며 입을 삐죽거리자 구오의 마음이 약간씩 움직이는 듯하옵니다.

구오 : 그래, 당신은 자신을 묵나물, 뜸 든 밥, 익은 김치, 과실 등에 비유하는데, 그렇다면 좋아요. 어디 그 맛 좀 봅시다.

그러고는 얼른 육사를 껴안고 입을 맞추며 사랑을 허락했습니다. 그러니 육사는 임기응변의 화술과 은근한 내숭을 떨어 구오에게 몸 바치고 마음을 주어 깊은 교감을 취득한 여자라 하겠사옵니다."

"좋은 광경을 대신 보여 주시는군요, 사편공. 이왕 수고하시는 김에 사업상의 문제에 대해서도 다시 한 번 접근해 주시지요."

"그러하겠사옵니다, 폐하! 현재 사의 음에 육의 음이 찾아와서 합성된 순음이 아니옵니까? 순음이란 물·얼음·그늘·밤〔夜〕·여자·술과 같은 것들을 두고 하는 말이 아니옵니까? 이러한 것들을 어떻게 이용하여 소득을 올리느냐 하는 것이 문제이고 또 해결해야 할 일이라 보옵니다.

이러한 것들을 잘만 이용하면 고소득을 올릴 수 있사옵지요. 물 장사일 경우엔 온천수를 개발하여 목욕업을 한다든지 약수를 개발하여 신선한 생수를 공급하게 되면 돈이 되옵지요. 얼음 장사를 할 경우엔 얼음을 만드는 제빙 시설과 함께 이를 보관하는 창고를 만들어 여름에 내다 팔면 큰 돈을 만지게 되는 것이옵니다. 그늘 장사일 경우엔——나무 그늘도 그늘이지만——자신이 도덕을 닦아 스스로 거목과 태산이 되어 넓고 짙은 그늘을 만드는 것이옵니다. 그리고 나서 많은 사람들이 자신이 드리운 도덕의 그늘에서 쉬어 가게 하거나 들렀다 가게 하는 것이옵니다. 예컨대, 거기서 학문을 연구하게 하거나 도를 닦게 해 주는 것이 큰 그늘이며 인생의 성공이라 하겠사옵니다. 또 밤 장사일 경우, 밤이란 천지만물을 휴식과 안식으로 초대하는 것이므로 숙박업을 시설해 놓고 사람들로 하여금 그 곳에 와서 쉬었다 가게 하거나 또 풍우와 추위를 피해 가게 해 주는 것도 큰 장사가 되옵니다. 특히나 요즈음처럼 몸 바치는 행위가 기승을 부리는 시대에는 더욱 수입이 좋다고 하옵니다."

"사편, 요즈음처럼 몸 바치는 행위가 기승을 부린다니 참으로 우습기도 하고 민망하기도 하군요. 도대체 왜 그런 현상이 유행하는 것이오?"

"예, 폐하! 그 문제는 이렇사옵니다. 한 마디로 양이 약해지고 음이 득세하는 시대가 되어서 그렇사옵니다. 폐하께옵서 너무나 훌륭한 선정(善政)과 인정(仁政), 그리고 덕정(德政)을 베푸셔서 지금 우리 주국은 먹고 살기가 좋아졌사옵니다. 태평성대란 뜻이옵지요. 그러니 백성들은 깊은 철학이나 수준 높은 도덕을 행하고 연구하려 들지 않사옵니다. 등 따뜻하고 배부르니 연애나 걸고 몸이나 바치는 것이 일종의 유행병처럼 전염되어 가고 있다는 것이옵니다, 폐하!"

"어허, 그것 참으로 우습소이다. 농사 짓고 남는 여가에 학문과 예술을 하고, 효도와 공경, 충심과 정성, 이런 등에 가일층 몰두해야 할 터인데 할일없이 운동 경기나 즐기고 있다니……. 국가 기강상의 문제가 아닐 수 없구려. 이 점을 필히 살펴 다스려야 하겠구려!"

"폐하! 더욱 심각한 현상은 그 짓을 밤에만 하는 것이 아니고 낮시간을 많이 이용한다고 하옵니다. 빈관(賓舘)방들을 밤처럼 어둡게 꾸며 놓고 그런 고객들을 유혹하는 것이 더 큰 문제라고 하옵니다."

"알았소이다. 내일부터 이 호경 시가지 전역에 걸쳐 샅샅이 조사를 하게 할 것이오. 그래서 만일 빈관에 투숙하여 그 짓을 해 대는 남녀들이 있으면 지위고하를 막론하고 무조건 잡아 들이라고 하명할 것이오."

"예, 폐하! 무왕 폐하께 지시하시어 그런 자들을 그렇게 단호하게 다스리시도록 하옵시는 것이 좋을 듯하옵니다. 그리고 그런 짓들은 호경뿐만 아니라 각 지방에서도 유행을 타고 있사옵니다. 지난번 이 신이 천하를 순례할 적에 입수한 정보에 의하면, 돈깨나 있다 하는 백성의 대다수가 연애 거는 것을 인생의 도락으로 삼는다고 하옵니다."

"그렇다면 우선 잘 사는 고소득층 인사들을 먼저 조사케 하여, 발견 즉시 성곽을 쌓는 그런 고된 토목 공사에 끌어다 넣고 부역을 시켜야겠구려."

"그 방법이 상책일 것이옵니다, 폐하!"

문왕은 전부터 이런 부도덕하고 반국가적이며 반산업적인 얘기를 들으면 몹시 진노하곤 하였다. 또 반드시 이를 초록해 두었다가 정사에 반영하는 습관이 있었다.

"다음은 폐하, 여자 장사에 대해 말씀드리겠사옵니다. 여자란 자고로 남자들의 심심풀이적 가치가 높은 것 아니옵니까? 그 심심풀이를 제공하기 위해서 여자라는 상품으로 소득을 올리는 것이 이 여자 장사이옵니다. 주막에서 술 마실 때 곁에 앉아 술시중을 들게 한다든지 손님들에게 몸을 바치게 해서 그 대가로 소득을 올리는 것이 이 여자 장사이옵지요. 세상에는 이런 장사가 필요악으로서 없어서는 안 되는 것이옵지요. 만약에 그런 여자 장사가 없다면 성범죄가 극성을 부리게 될 것이기 때문이옵니다."

"그건 그럴 것 같군요, 사편공."

"다음은 술 장사를 두고 말씀드리겠사옵니다. 술이란 마시게 되면 근심걱정을 소멸시켜 주고 동시에 흥취케 하여 낭만적인 세상으로 초대하는 위력이 있지 않사옵니까? 그러니 술 장사도 꽤 괜찮은 장사이며 꼭 필요한 업종이옵니다. 술을 만드는 양조업에서부터 이를 술 손님들에게 직접 공급해 주는 주막에 이르기까지 잘만 하면 큰 소득을 올릴 수 있사옵니다."

"사편공, 그 술상에는 반드시 여자가 있어야 하고요?"

"그렇다고 봐야겠사옵니다. 술과 여자, 여자와 술, 이 관계는 아무래도 불가분의 관계로 봐야 하지 않겠사옵니까? 자고로 술이란 장모가 따라도 여자가 따라 줘야 제 맛이 난다고 하지 않았사옵니까?"

"하긴 그래요. 그리고 술 먹으면서 하는 농담도 있지 않소? '술잔은 넘쳐야 되고 여자는 품기어야 된다'라는 우스갯소리 말입니다, 하하하……."

"그렇사옵니다, 폐하! 그 얘기가 바로 주역의 이치며 인생의 이치가 아니겠사온지요? 넘치고 품 하는 그런 풍경과 맛이 삶의 곳곳에는 필요하다고 보옵니다. 예컨대, 사람과 사람 사이에 흐르는 인정이 술잔 넘치듯이 넘치고, 사람들의 행위가 도덕의 범주 속에 안겨들어야 천하가 밝아지는 것이 아니겠사옵니까?

그리고 폐하, 이 논제에다 술에 관한 주역의 이치를 하나 더 첨가해서 설명드리옵자면, 술의 주 원료는 물과 곡식이지 않사옵니까? 그런데 완전한 술이 되고 나면 그 술 속에는 물과 불 기운이 공존하게 되옵니다. 물이란 액체 그 자체이옵고, 불이란 사람이 술을 마시면 열이 나고 발광되며 흥분되니 그 자체가 바로 불기운이 아니고 무엇이겠사옵니까? 그러니까 술 속에는 음인 물과 양인 불이 동시에 들어 있으므로 가히 음양의 조화를 이루고 있는 걸작품이라 할 수 있겠사옵니다.

　결론을 내리옵자면, 이 육사의 입장에 처한 사람은 누구나 저런 장사를 하게 되면 성공해서 자신이 몸 담고 있는 곳에 도움을 주게 되옵니다."

　"좋은 강의요, 사편공! 역시 유익하고 재미있군요. 그러면 다음엔 구오를 분석하러 갑시다."

　"그렇게 하시옵소서, 폐하!"

　"그러면 먼저 이 짐이 첫 일성(一聲)을 하겠소이다.

　구오는 도움이 나타나고 있습니다. '왕이 사냥에서 삼구(三驅 ; 세 곳은 에워싸고 한 곳은 터놓음)법을 사용하는데 앞쪽에 있는 새들을 달아나게 놓아 주도다. 그래도 모리꾼들을 책망치 않으니 길할 것이로다(顯比니 王用三驅에 失前禽하며 邑人不誡니 吉토다).'

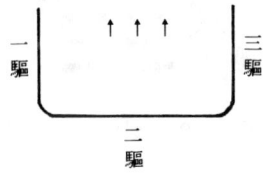

　뜻이 어렵기 때문에 우선 그 사냥하는 형국을 도표로 그려보았으니 참고하십시오.

　'구오는 실세의 임금 자리에 와 있으면서 중(中)도 얻고 정(正)도 얻어서 도움의 도(道)에 있어서 최선을 다하고 있어요. 임금이 천하를 도로써 도우니 마땅히 그 도움의 도가 나타나고 있습니다. 왕이 정치하는 것을 사냥할 때 사용하는 삼구법으로 비유하여 풀어 보았으니 참고하면 되겠습니다. 사냥을 갈 때는 반드시 모리꾼과 함께 가게 마련이지요. 사냥할 때 이 모리꾼들을 사방에 풀어서 빈틈없이 포위망을 압축해 가는 것이 아니

고 어느 쪽이든 한 곳은 터 주어 짐승들이 그리로 달아나서 살아날 수 있도록 하는 것을 뜻합니다.'

이 얘기는, 나쁜 자들이 조정이나 재야에 있다 해서 모두 잡아들일 것이 아니라 길을 터 주면서 권선징악하는 것이 덕정을 베푸는 임금이란 뜻입니다. 그러니까 임금이 재조재야(在朝在野)에 있는 나쁜 자들을 사냥한다고 선포하면 거기에 해당되는 자들은 사냥한다는 그 자체만으로도 겁에 질리게 되어 상당한 효과를 보게 되는 것이지요. 그리고 그들을 잡는 포도청 나리들, 즉 사정(司正)의 칼을 든 자들이 그들을 모두 잡아들이지 못했다 해서 직무유기로서 잡아 족치지 않는 것이 나중에는 길(吉)을 가져오게 되는 거라 하겠소이다.

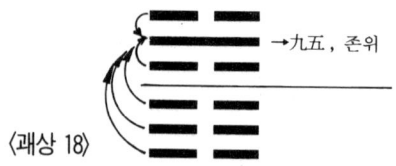

〈괘상 18〉 →九五, 존위

또 이렇게도 설명할 수 있소이다. 구오의 양 한 사람이 존위에 있는데 그 기질은 강건하고 성품은 중정을 지키고 있습니다. 그러니 다섯 사람의 음들이 다 와서 그를 도와주고 있습니다. 해서 그 도움이 나타나고, 그러면서도 사(邪)가 없으니 마치 천자가 자기 주위를 빙 둘러 막지 않고 한쪽을 열어 놓아서 '오는 자를 거절하지 않고 가는 자를 뒤쫓지 아니하는(來者不拒하고 去者不追라)' 그런 형국입니다. 고로 그 형상이 마치

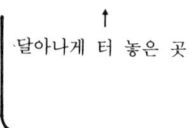

↑
달아나게 터 놓은 곳

수지비괘(水地比卦) 371

임금이 사냥에서 삼구법을 사용하면서 모리꾼이 짐승들을 놓아 주어도 그 모리꾼들을 나무라지 않는 것과 같은 상황입니다. 그러니까 저 도상을 보면 알 수 있듯이, 삼구법을 사용하여 한 곳을 터놓는 것은 가는 자만 놓아 주는 것이 아니라 오는 자도 막지 않겠다는 뜻이지요.

응축해서 말하자면, 인간의 최고 지위자인 천자로부터 일반 서인에 이르기까지 누구든 이 삼구법을 사용하게 되면 남에게도 도움을 주고 자신도 도움을 받게 되는 것이지요. 그러니 인생을 성공으로 이끌 수밖에 없지요. 이 수지비 나라의 구오 임금은 퍽이나 용인술을 잘 쓰고 있으며 만백성으로부터 숭앙을 받고 있는 입장입니다."

"폐하! 수고하셨사옵니다. 폐하께옵서 제시하신 그 삼구법이 참으로 설득력을 주옵니다. 수지비의 구오에 관한 설명을 그렇게 해 주시니 훗날 주역을 공부하는 자들이 대단히 감동할 것이옵니다, 폐하!"

기자공의 장단이었다.

그렇다. 사람 사는 공동체란 모든 것을 다 잡아들이는 것이 능사거나 최상책은 아닌 것이다. 우리 속담에 '개도 나갈 구멍을 만들어 놓고 내쫓아야지 그렇지 않으면 도리어 물리게 된다'는 말이 있듯이 문왕의 삼구법 또한 이 속담에 잘 부합된다고 하겠다.

"자, 그러면 다시 기자공께서 형상적인 문제를 가지고 토론해 주십시오."

"예, 폐하! 이 신은 아까 그 얘기로 저의 순번을 때울까 했는데 폐하께옵서 다시 하라 지명하옵시니 꼼짝없이 해야겠사옵니다, 폐하! 하하하……."

"만일 기자공이 빠지게 되면 우리가 전개해 가는 이 토론의 조율이 안 맞지요. 허니 수고해 주세요. 그리고 약방에 감초가 빠졌으면 빠졌지 기자공의 강담이 빠지면 님 없는 빈 방과 다를 게 뭐겠소이까, 하하하."
"그러면 이 신이 시작하겠사옵니다. 폐하께옵서 아까 말씀하신 '도움이 나타나서 길할 것이다' 하신 그 부분에 대해서 언급하옵자면, 이 구오가 중정의 자리를 잘 지키며 또 행사하고 있기에 그렇다고 봐야겠사옵니다. 좋은 사람이 좋은 자리에 있으면 자신뿐만 아니라 남에게도 도움이 되어 줄 수 있는 것은 기정사실이 아니겠사옵니까?
그리고 앞전에 폐하께옵서 착안해 내신 삼구법의 설명에 대해서 언급하옵자면, '역으로 도망가는 자는 내버려 두고 순리대로 들어오는 자를 맞이하는 것은 바로 비유컨대 앞의 짐승들을 놓아 준다(舍逆取順이요 失前禽也라)'는 뜻이옵니다.
이 얘기를 다시 압축시키오면, '오는 자는 어루만져 주고 가는 자는 추격하지 않는다(來者撫之하고 去者不追라)'고 하겠사옵니다.
그리고 아까 폐하께옵서 설명하신 부분, '모리꾼을 꾸짖지 않는다'고 하신 데에 대해서 언급하옵자면, '위에서 아랫사람을 부리는 법도가 중용지도를 사용해서 그렇다'고 하겠사옵니다.
묶어서 결론을 짓자면 이렇사옵니다. '훌륭한 성군이 권좌에 있으면서 만백성에게 은총을 베풀어 도움이 나타나는 상황'이옵니다. 그 방법에 있어서 바로 삼구법을 사용한 것이라 하겠사옵니다. 또 사정의 칼을 든 자들을 직무유기했다고 혼내지 않고 눈 감아 주는 너그러움, 이런 처세술과 통치철학으로 천하의 재조재야간이 혼연일체되어 도우며 살아간다고 하겠사옵니다."

"기자공의 그 형상학적인 견해가 참으로 좋습니다. 그럼 기자공은 잠시 쉬십시오. 다음은 우리 사편공에게 다각도를 부탁하겠소이다."

"예, 폐하! 신은 이 구오에 대해서도 두 가지로 나누어 설명 드리겠사옵니다. 첫째는 음양 조화의 문제에 대해 논하고 두 번째는 경영상의 문제로 일축하겠사옵니다.

첫째, 음양 문제에 대해서 논급하옵자면, 이 수지비라고 하는 마을에 —— 〈괘상 19〉에서 볼 수 있듯이 —— 남자는 한 명

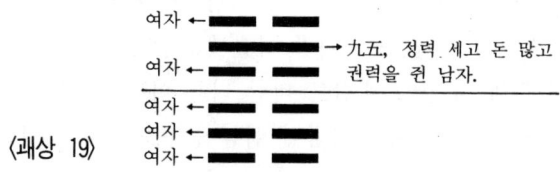

〈괘상 19〉

이 살고 있는데 여자는 많사옵니다. 그러니 여복이 많은 반면 동시에 여란이 계속 일고 있사옵니다. 남 보기에는 참으로 좋게 보이지만 당사자인 본인은 골머리가 터지려고 하는 그런 상황이옵니다. 정력·권력·금력, 이 삼력이 좋다는 소문이 온 동네에 퍼져 그 마을의 내로라 하는 여자들로부터 한 번씩 집적거림을 당하고 있는 입장이옵니다. 여자들이 남자를 좋아하는 것은 깊은 지식과 철학 따위를 보고 따르는 것보다 저 삼력 때문에 치근거리고 몸 바치는 경우가 대부분이라 하겠사옵니다. 그러니 구오가 아무리 힘이 좋다고 한들 여자관에 있어서 교통정리가 되지 않은 이 상태에서는 골머리가 아플 수밖에 없는 것이옵지요."

"사편공, 그러니까 여자가 없는 것도 골치 아프지만 많아도 골치 아프겠군요."

"그렇사옵니다, 폐하! 그렇다고 해서 남자가 한참 잘 나갈

때 여자 하나만 달랑 데리고 사는 것도 사나이의 자존심 문제가 아니겠사옵니까? 그러니 너무 많지도 적지도 않은 두세 명 정도면 적당하다고 하겠사옵니다. 그런데 구오 이 사람은 현재 공식화된 여자가 다섯 명이나 되지 않사옵니까? 거기에 또 숨겨 둔 여자는 몇 명이나 더 있을지 모를 일이옵지요. 여자 문제도 이를 잘만 활용하면 그 여자로부터 도움을 받을 수도 있사온데, 그 점에 대해서는 구오의 수완과 지모에 관계되는 것이라 하겠사옵니다. 마치 사공이 불어 오는 바람을 잘 이용하면 배가 잘 가듯이 말씀이옵니다. 바람이라 해서 무조건 피하거나 휘말릴 필요는 없는 것이라 하겠사옵니다."

"그런데 사편공, 바람도 바람 나름 아닐까요? 태풍과 강풍이 있는가 하면 또 비바람이 섞인 풍우도 있고 눈보라가 치는 풍설도 있지요. 거기다 동서남북 사방 팔방에서 휘몰아치는 폭풍 내지 회풍(回風; 회오리바람)도 있지 않소이까? 이럴 적엔 어찌 해야 하지요?"

"예, 그 점에 대해서는 간단하옵니다. 배를 포구에 매어 놓고 가만히 있으면 되옵지요. 여자도 이와 같사옵니다. 이 여자 저 여자 온갖 여자들이 달려들 때에는 안식처로 숨든지 아니면 몸가지를 무력화시켜 버리면 여자들이 떨어져 달아나옵지요. 여자들이란 뭐니뭐니 해도 몸가지의 힘, 그것 하나 보고 따라 살고 찾아 오는 것이 아니옵니까? 하하하……."

"하하하……. 웃을 수밖에 없는 명강입니다, 사편공! 어쨌건 재미있소이다. 여란에 휩싸인 남자들은 틀림없이 사편공의 강의를 참고해서 귀감으로 삼을 것입니다."

"황공하옵니다, 폐하! 이 이야기가 논리로서의 체계는 없사옵니다."

"아니, 논리로서의 체계가 안 서다니요. 괜찮습니다. 좋습니다, 사편공!"
 "논리가 꼭 사리에 맞아야 한다고는 생각지 않사옵니다. 너무 맞으면 토론이 성립되지 않는 것 아니옵니까? 누군가가 헛소리도 하고 토론 주제와 불일치하는 얘기를 하기도 해야 다른 사람이 꼬투리를 잡고 물고 늘어지며 전개해 가기 때문이옵니다. 바둑을 두는 것도 그렇지 않사옵니까? 너무 완벽하게 두면 상대자가 없어지옵지요. 그러니 어떤 일 어떤 경우든 일부러라도 헛점을 흘려 주는 것이 상호의 만남이 되고 더 나아가 친화되어지는 것이옵지요. 그래야 또 이 수지비에서 주된 핵심인 친비가 일어난다고 보옵니다."
 "그렇소이다, 사편공. 이 세상의 최고 작품도 완벽에 가까울 뿐이지 완벽한 것이 어디 있겠습니까? 그리고 사람이 사는 데 있어서 가장 이상적으로 추구하는 덕(德)도 그런 것이 아닐까 싶어요. 덕이란 슬쩍 흘려 주는 데서 생긴다 하겠어요. 너무 빗자루로 쓸어 놓은 듯이 깨끗하면 따라 주지 않는 것이지요. 알게 모르게 좋은 것을 이리저리 흘려 주는 것, 이것이 바로 덕으로 연결되는 것이지요. 우리가 닭을 키워 봐도 모이가 마당에 흘려 있어야 닭이 모이지, 마당빗자루로 말끔하게 쓸어 버리면 닭들이 오지 않잖습니까? 바로 이 원리가 사람을 붙게 하고 따르게 하는 데에 적용되며 그것이 덕으로 승화된다고 봅니다, 사편공."
 "지당하시고 훌륭하신 강담이옵니다, 폐하!"
 "토론이 재미있다 보니 주제에서 조금 벗어난 강담이었던 것 같구려, 사편공. 다시 원위치로 돌아가서 이제는 경영 문제에 대해 논의해 주세요."
 "예, 폐하! 이 수지비 회사에서 보면, 그 동안 여러 가지 상품을 만들어 팔아 봤지만 다른 것들은 별로였는데 이 구오 상품만이 불티 나듯이 팔려 나가고 있사옵니다. 그러니 이 구오 상품 하나가 이처럼 큰 조직인 수지비 회사 식구들을 다 먹여 살리고 더 나아가 산업 발전에도 기여하고 있사옵니다. 그렇사 옵니다, 폐하! 이 〈괘상 20〉에서처럼 여러 개를 연구하다가 다 실패하고 이처럼 하나만 맞아 떨어져도 그냥 끝내 주는 것이라 하겠사옵니다.

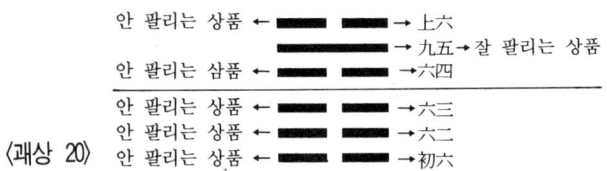

〈괘상 20〉

그리고 이런 각도에서도 볼 수 있사옵니다. 구오의 상품을 받아다 팔기 위해 다섯 개의 대리점에서 찾아 와 줄을 서서 기다리고 있는 중이옵니다. 이 수지비라는 회사는 구오 상품 하나로 인해 이만큼 많은 지점과 대리점을 확보하게 되었사옵 니다. 사업이나 인생이나 바로 이런 것 아니겠사옵니까? 한 가지만 잘 되면 그 한 가지로 인해 부와 명예를 동시에 누리는, 그야말로 재명(財名)이 병창(並昌)이라 하겠사옵니다. 부연설명 을 드리옵자면, 여기서 다섯 개의 지점이란 말 그대로 꼭 다섯 개란 뜻이 아니옵고 오십 개도 될 수 있고 오백 내지 오천 개도 될 수 있는 것이옵니다. 따라서 다섯이라는 숫자에만 국한시키 면 안 되겠사옵니다."

"강담이 잘 되어 가고 있습니다, 사편공."

"폐하, 이 구오 문제는 그만하겠사옵니다. 다음 효에서 미진 함을 첨가해서 말씀올리겠사옵니다. 그러니 폐하께옵서 이젠 상육을 찾아 가시옵소서! 신이 그 뒤를 따르겠사옵니다."

"그게 좋겠군요, 사편공. 그러면 이 짐이 외롭게 마지막으로 남아 우리가 찾아 주길 학수고대하는 저 상육에게로 가겠습니다."

"그렇게 하시옵소서, 폐하!"

묵묵히 경청하고 있는 기자공의 말이었다.

"자, 그러면 상육을 만납시다.

'상육은 그 도움을 받는 데 시작이 없으니 흉하게 될 것이니라.'

무슨 뜻인고 하면, '상육이 맨 위에 와서 이 비괘의 끝나는 지점에 와 있지요. 무릇 도움의 도란 그 시작이 좋아야 따라서 그 결과도 좋은 것이 아니겠소? 그러나 시작이 아무리 좋아도 끝에 가서 혹 안 좋을 수도 있지요.

또 기질적으로 보면, 이 상육은 음유한 음이 중앙에 있지 않고 험한 감수(☵)의 끝, 맨 꼭대기에 와 있으니 그 결과가 별

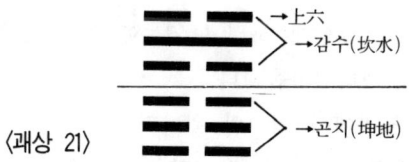

〈괘상 21〉

로입니다. 이 〈괘상 21〉을 참고하면 얼른 납득이 가게 될 것입니다. 이러한 상육이 힘도 없고 또 험한 곳에 위치해 있어서 도움을 줄래야 도움을 줄 수도 없으므로 수지비라는 이 조직에서 보면 흉한 일이라 하겠습니다."

"폐하께옵서 이 효의 마지막 상육을 두고서 천하의 순리인 흥망성쇠에 관해 잘 설명해 주셨사옵니다. 나라도 창업주가 창업을 해 놓으면 중흥주가 나와서 중흥을 하고 또 마지막으로 무도한 패망주가 나타나서 그 나라를 망치게 되옵지요. 이것은 어디에든 적용된다고 보옵니다. 성주괴공(成住壞空)이 그렇고

흥망성쇠, 생로병사, 그 어느 것 하나라도 이 원리를 벗어남이 없사옵지요. 다만 약간 길고 짧은 정도의 차이는 있겠지만 말씀이옵니다. 그리고 제행무상(諸行無常 ; 모든 것이 변해서 없어진다는 뜻)이라 하겠사옵니다."

기자공의 장단이었다.

그렇다. 수지비의 마지막 비운의 황제인 이 상육효가 깊은 사색을 느끼게 한다. 차면 기울고, 오면 가야 하고, 올랐으면 내려가야 하고, 묻었으면 닦아내야 하고, 태어났으면 죽어야 하고, 이루어졌으니 붕괴되어야 하고, 모였으니 흩어져야 하고, 있었으니 없어져야 하는 이 모든 것을 우리는 이 수지비의 마지막 효에서 느낄 수 있다. 세상은 이러한 원리가 무수히 반복되면서 움직여지고 있는 것이다.

"자, 다음은 기자공께서 형상학적으로 본인의 의무를 수행하십시오."

"그렇잖아도 그렇게 하려고 염두에 두고 있었사옵니다, 폐하! 그럼 진행하겠사옵니다.

이 비의 조직에서 최고의 윗자리인 상육은 '시작이 없으니 마칠 것도 없다'고 하겠사옵니다.

시작이 있어야 마칠 게 있는 것인데 그렇지 않으니 동시에 끝낼 일도 없다고 할 수밖에 없사옵니다. 무슨 뜻이냐 하면, 이 수지비가 초육이 음이고 상육도 음이옵니다. 따라서 음에서 출발하여 음으로 끝나므로 마무리할 게 없다고 보는 것이옵니다. 쉽게 말씀드리오면 공수래 공수거(空手來 空手去), 즉 빈 손으로 왔다가 빈 손으로 가는 입장이옵니다. 그러니 도움을 받지도 않았고 도움을 주지도 않은 그런 상육이라 하겠사옵니다."

"세상에 그런 자가 어찌 이 상육뿐이겠습니까, 기자공! 무수한 사람이 그런 식으로 이 세상을 다녀갔다고 볼 수 있지요."

"때문에 철인이나 성인들이 뭔가 이 세상에 조금이라도 도움을 주기 위해 노심초사했다고 보옵니다. 말보다는 행동으로, 그 행동도 도덕에 맞게 했사옵니다, 폐하!"

"그렇습니다, 기자공. 그러면 마지막 주자인 사편공이 마지막 효인 상육 됨됨이를 풀어 보십시오."

"그렇게 하겠사옵니다, 폐하! 이 상육은 늙고 병들고 힘이 없어서 자기가 몸 담고 있는 수지비의 가정이나 조직에 아무런 도움을 주지 못하고 있는 그런 입장이옵니다. 그러니까 남아도는 잉여 인간이라 하겠사옵니다.

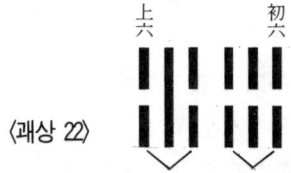

〈괘상 22〉

음양 문제에 있어서도 그렇사옵니다. 구오의 남자가 바로 곁에 있지만 늙었다는 이유 하나로 인기가 없사옵니다. 마치 시든 꽃에서 나비가 떠나듯이 이것도 어쩔 수 없는 자연의 순리라 하겠사옵니다. '늙어서 좋은 것은 호박밖에 없다'고 하지 않사옵니까? 그러니 늙은 인생, 힘없는 인생은 조용히 천의(天意)에 순명(順命)하며 지내는 수밖에 없는 것이옵니다. 젊었을 적에 어떤 예술이든 한 가지라도 익혀 놨더라면 늙어서도 대접받고 용돈 궁하지 않게 살아갈 수 있을 텐데 그런 좋은 기회도 이젠 다 지나 버렸으니 오호애재(於呼哀哉)일 따름이옵니다. 이렇게 될까 걱정되어 사람들은 미리 어리고 젊었을 때에 한 가지의 예술을 취미 삼아 익혀 둘 필요가 있다고 보옵니다. 늙은 예술가는 늙은 호박처럼 향기로워서 말년에도 대접을 받을 수 있사옵지요. 예술가가 젊었을 적에는 고통도 따르고 돈벌이도 시원찮지만, 그러나 늙어 가면 갈수록 대접받는 직업이 이 예술가라 하겠사옵니다. 훌륭한 예술품으로 세상을 아름답게 꾸미는 것도 세상을 돕는 것이옵지요. 폐하, 이 상육에 대해서는 이 정도로 할까 하옵니다."

"수고가 많았소이다, 사편공. 약간 아쉽긴 하지만 짭짤한 맛이 있었소이다, 사편공."

이렇게 하여 수지비괘의 강담을 모두 마치었다. 문왕이 일어나자 따라서 기자공과 사편공도 일어나서 실내를 행보하였다. 장시간 앉아 있느라 다리가 아팠다. 그래서 이들은 다리도 펼 겸 실내의 귀중한 진보들도 볼 겸 해서 눈을 여기저기로 옮기면서 걸었다.

"두 공들, 오늘 정말 수고가 많았소이다. 이 진보들을 보면서 쌓였던 피로를 풀도록 하십시오."

"예, 폐하! 좋은 보장품들을 보노라니 피로가 쉬이 풀리는 것 같사옵니다."

"우리도 이젠 젊은 나이가 아니니 언제나 건강을 생각합시다."

"황공하옵니다!"

"두 공들이야말로 살아 숨쉬는 우리 주국의 진보 아닙니까? 여기에 진열되어 있는 저 보장품들은 골동품에 불과한 것이지만 두 공은 바로 살아 있는, 아울러 사용하는 진보이지요!"

"성은이 망극하옵니다, 폐하!"

두 공은 이구동성으로 문왕의 찬사에 감탄하였다.

잠시 후 두 공도 떠나고 문왕만이 빈 방에 홀로 앉았다. 피로가 엄습해 와서인지 문왕은 침궤에 기대자 마자 곧바로 잠이 들었다.

풍천소축괘(風天小畜卦)

―― 하나의 약한 음이 많은 강한 양들을 누르려고 하는 괘상,
즉 문덕과 문민의 정치를 뜻하는 괘

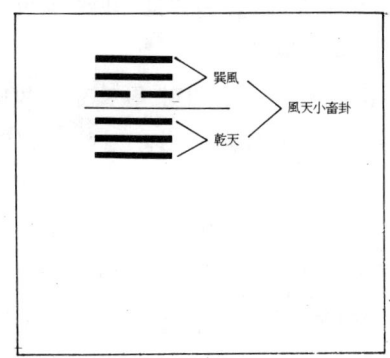

 쓸쓸한 늦가을의 비가 바람을 동반하여 하염없이 뿌려 대고 있었다. 마지막 남은 잎새가 풍우의 유혹을 받아 조용히 내려 앉고 있었다. 비가 묻었기에 멀리로 날아가지 못하고 바로 그 나무 밑으로 약간의 대각선을 그으며 지고 있었다.
 문왕은 쪽문을 열어 놓고 풍우 치고 낙엽 지는 광경을 내다보며 차를 들었다. 종묘를 짓기 위해 일하는 석공과 목수들도 포장을 쳐 놓고 비를 피해 그 속에서 부지런히 나무도 깎고 돌기둥에는 용을 조각하고 있었다.
 문왕은 빗 속에 묻어 오는 일꾼들의 망치 소리를 들으며 늦가을의 정취에 심취하였다. 그러면서 괘상을 출현시키기 위해 그에 대한 구상도 열심히 하였다. 이번에는 무슨 괘가 나올 것이며 또 어떻게 풀어야 할 것인지에 대해서 생각해 보았다.

엄습해 드는 한기를 막기 위해 문왕은 쪽문을 닫았다. 실내를 따뜻하게 하여 괘상 출현의 분위기를 만들기 위함이었다. 다실에서 죽향이 달이는 차향이 초겨울의 운치를 더해 주었다. 일찍 핀 한혜(寒蕙)들의 향기가 가세하여 명덕전의 넓은 실내를 온통 향기로 가득 채웠다. 그야말로 청향만실(淸香滿室)이었다.

낙엽 위로 토닥거리며 떨어지는 빗방울 소리가 문왕의 산책(散策)과 집책(集策)으로 인한 줏가락 부딪히는 소리와 장단을 이루어 고상한 협연으로 이어지고 있었다.

문왕은 향기와 음악 속에 묻혀서 시간 가는 줄도 모르고 괘상 분만에 몰두해 있었다. 백미(白眉)가 성성히 서 있는 이마 주름골에는 끈끈한 땀기운이 맺혀 있었다.

죽향이 갖다 놓은 차를 마셔 가며 문왕은 열기를 식혔다. 하얀 면수건으로 땀을 닦아 가며 문왕이 주책을 부리는 동안 이미 하괘인 소상괘가 떠올랐다. 그 소상괘는 건천(乾天 ; ☰)이었다. 이제 위의 소상괘만 분만되면 되는 것이다. 대상괘의 완전한 분만은 마치 사람이 쌍둥이를 낳듯이 하나를 낳고 잠시 후에 연달아 나오게 되어 있다. 열심히 분열되었다가 모아지고 분열되었다가 모아지고 하는 동안 위의 외괘도 탄생하였다. 그것은 손풍(巽風 ; ☴)이었다. 이렇게 하여 풍천소축괘가 떠올랐다. 문왕은 이마의 땀을 훔치며 상체를 일으키고 동시에 긴 수염을 쓰다듬어 내렸다. 입가엔 맑은 비소가 피어나고 눈에는 득의(得意)의 기운이 감돌고 있었다.

'아아, 풍천소축괘로구나! 아래의 내괘가 건천이요 위의 외괘가 손풍이라, 하여 풍천소축이로고! 이 소축은 하나의 음에다 다섯의 양이 포진해 있는 음소양다(陰少陽多)의 조직이로구나! 숫자상이나 세력상으로 열악한 하나의 음이 많은

숫자와 세력을 가진 양들을 제압하려 하는 그런 상황이 벌어 지고 있단 말일세!'
 이렇게 문왕은 이 풍천소축의 조직을 두고 간단한 설명을 내려 보았다.
 '내일 오전에는 여상노사님을 모시고 치국평천하의 철학강의를 듣고 이 괘는 오후에나 풀어 봐야겠구나!'
 문왕이 이런 생각을 하는 것은 아들 무왕에게 여상의 좋은 명강을 들려 줌으로써 유덕(有德)한 성군이 되게 하기 위함이었다.

 다음날 경연당에서는 문왕과 무왕 그리고 주공, 이렇게 삼부자가 모여서 여상노사가 들어오길 기다리고 있었다.
 잠시 후 여상노사가 들어와서 문왕과 무왕에게 인사를 드렸다. 주공은 여상노사에게 인사를 올려 예를 갖추고 정좌하였다.
 잠시 후에 문왕이 먼저 입을 떼었다.
 "오늘 여상노사님을 모시고 이렇게 우리 삼부자가 강의를 듣는 것은 어디까지나 우리 주국의 무궁한 발전을 기약하기 위한 것입니다. 수고스러우시겠지만 여상노사께서 만고에 귀감이 될 수 있는 몇 마디만 일러 주시면 되겠습니다."
 "예, 폐하! 언제나 폐하의 삼부자께옵서 이렇게 호학(好學 ; 배우길 좋아함)을 게을리하지 않으심에 우선 감동하옵니다. 열심히 해 드리겠사옵니다. 그럼 질문을 해 주시옵소서!"
 "그러하겠습니다, 여상노사님. 그리고 무왕은 열심히 경청토록 하고 주공은 초록할 수 있도록 지필묵을 준비하여라."
 "벌써 준비해 두었사옵니다, 아바마마!"
 "그런가? 그러면 여상노사님께 질문을 드리겠습니다. 나라를 다스리는 큰 일에 대해 듣기를 원합니다. 임금으로서 존엄성을 지키고 백성들을 편안케 하려면 어떻게 해야 합니까? 이 점에 대해서 우선 듣고 싶습니다."
 "예, 폐하! 말씀올리겠사옵니다. 한 마디로 백성을 사랑하면 되옵니다."
 그러자 무왕이 물었다.
 "여상노사님, 백성을 사랑하려면 어떻게 해야 합니까?"
 "예, 폐하! 그 점은 이렇사옵니다.
 백성들 각자가 생업에 종사하여 이익을 거둘 수 있도록 이끌어 주셔야 하옵니다.
 결코 백성들의 일을 해치셔서는 아니 되옵니다.
 백성들의 생업이 발전할 수 있도록 뒷받침해 주시고 실패하는 일이 없도록 유념하셔야 하옵니다.
 백성 한 사람 한 사람을 살리는 방향으로 인도하셔야 하오며, 절대로 백성들을 죽음으로 몰아넣는 일을 행하셔서는 아니 되옵니다.
 백성들에게 물자를 공급해 주시는 데 힘쓰시되 그들로부터 빼앗는 일을 하셔서는 아니 되옵니다.
 백성이 언제나 즐겁게 살아갈 수 있도록 머리를 쓰셔야 하오며 괴롭히는 일을 하셔서는 아니 되옵니다.
 백성을 기쁘게 해 주시되 억압해서 분노를 사게 하는 일이 없도록 하셔야 하옵니다."
 "좋습니다, 여상노사님. 그 까닭을 풀어 가며 설명해 주십시오."
 계속해서 무왕이 부탁하였다.
 "예, 폐하! 백성들이 각자의 직업을 잃지 않도록 해 주시는 것이 백성들에게 이익을 주시는 것이옵니다.

백성이 경작하는 시기를 부역(賦役)으로 착취하시지 않는 것이 백성들의 일을 성취시켜 주시는 것이옵니다.
　죄없는 자를 처벌하는 일이 없으시다면 이는 백성을 살리시는 것이오며, 조세(租稅)와 부역을 가볍게 하신다면 이는 백성들에게 재물을 주시는 것이 되옵니다.
　궁전이나 누대 등을 검소하게 해서 백성의 힘을 지치게 하지 않으시는 것이 백성들을 즐겁게 하는 것이 되오며, 벼슬아치들이 청렴결백해서 백성들을 가혹하게 대하거나 괴롭히는 일이 없다면 이는 백성을 기쁘게 하는 것이옵니다."
　"훌륭하신 강의입니다, 여상노사님! 좀더 세부적으로 설명해 주십시오."
　문왕이 부탁하였다.
　"예, 폐하! 그러하겠사옵니다.
　국민들에게 힘쓸 시기를 놓치게 하는 것은 생업을 해치는 것이 되고
　농사짓는 때를 빼앗으면 파탄과 실패를 조장하는 것이 되고
　죄없는 자를 잘못 벌한다면 그냥 죽이는 것이 되옵니다.
　조세를 무겁게 거두어들이면 국민의 재산을 빼앗는 것이 되고
　궁실과 누대를 높이거나 많이 지으면 백성의 힘을 피폐케 하는 것이 되며
　벼슬아치들이 탁해서 까다롭게 굴면 백성들의 분노를 조장하게 되는고로
　나라를 잘 다스리는 자는 국민 부리기를 부모가 자식 대하듯이 하고 형이 아우를 사랑하듯이 해야 하옵니다.
　배고프고 추위 타는 것을 본즉 이를 위해서 근심하고

백성들의 노고를 보면 이를 위하여 뼈아프게 슬퍼해야 하옵지요.

백성들에게 상이나 벌을 줬을 때는 마치 자기 몸에 더해진 것처럼 기뻐하기도 하고 슬퍼하기도 하며

조세를 거두어들일 때에는 마치 자기가 납세자의 심정이 되어야 하옵니다.

이와 같이 하는 것이 백성을 사랑하는 길인 것이옵니다, 폐하!"

"노고가 많았습니다, 여상노사님. 그러면 차 한 잔 들고 나서 계속하도록 하겠습니다."

문왕의 제의였다.

무왕의 궁실에서 근무하는 문청이가 와서 차를 내었다. 그녀는 오랜만에 공식석상에 얼굴을 드러내 놓았다. 주나라 왕실에 새로 떠오른 무왕의 권력 부상과 더불어 떠오르고 있는 미인이었다. 죽향 못지 않은 미인으로서 죽향과 서로 난형난제였다.

문청은 찻잔을 공손하고 정연하게 차탁 위에 올려놓고 나서 다시 차청으로 들어가 이내 보이지 않았다. 마치 노오란 나비가 꽃 속으로 숨어 버리듯이 아름다움의 여운만을 남기고 그들의 시야에서 사라졌다.

"자, 여상노사님, 차 한 잔 드시고 다음 강의를 이어서 해 주십시오."

문왕이 여상에게 차를 권했다.

"예, 폐하! 차 맛이 좋사옵니다. 입 안이 말라 있던 차에 마치 적기에 내린 단비와 같사옵니다."

"그렇습니까? 하하하. 여상노사님, 그러면 다음 질문을 드리겠습니다. 임금과 신하 사이에 지켜야 할 예의에 대해

한 말씀 해 주시지요."
역시 문왕의 질의였다.
"예, 폐하! 답해 드리겠사옵니다.
윗사람인 군주는 높은 지위에 있어서 신하들 위에 임해야 하오며, 아랫사람인 신하들은 군주에게 복종해야 하기 때문에 군주를 공경하고 자기를 낮추어야 하옵니다. 그러나 군주가 신하들의 존경을 받는다고 해서 교만해져 신하와 백성들로부터 경원(敬遠 ; 공경하면서도 멀리하는 것, 즉 敬而遠之)하는 처지에 놓여서는 아니 되옵니다.
또 신하가 비록 몸을 삼가하고 낮추기는 하나 군주를 속여서, 말할 것도 정직하게 말하지 않는 태도도 아니 되오며 숨김없이 솔직하게 개진해야 하옵니다.
군주는 백성에게 은혜를 골고루 베풀어야 하오며, 백성은 각기 분수에 맞는 생활로 안정에 힘써야 하옵니다.
군주가 널리 공정하게 은혜를 베푸는 일은, 오직 널리 만물을 윤택하게 하사 털끝만치도 차별을 두지 않는 하늘의 법칙과도 같은 것이오며, 백성이 그 본분을 지켜서 생활에 안정하는 것은 마치 대지(大地)가 변동하는 일이 없이 안정되어 있는 땅의 법칙에 따르는 것이옵니다. 한편은 하늘이 되고 한편은 땅이 될 때 비로소 군신간의 큰 예가 성립되는 것이옵니다, 폐하!"
"수고했습니다, 여상노사님. 마지막으로 한 가지만 더 질문드리고 오늘 질의를 마치도록 하겠습니다. 군주의 지위는 어떻게 해야 합니까?"
"예, 폐하! 말씀드리겠사옵니다.
편안히 하고 여유있게 해서 언제나 고요하여 움직임이 없으며 유화(柔和)에 힘쓰면서 절도를 잃지 않아야 하옵니다.

백성들에게 물건을 주되 공정무사하게 해서 서로 다투는 일이 생기지 않도록 힘써야 하옵니다.

그리고 물욕을 벗어나서 언제나 맑은 마음을 보전하고 뜻을 평화스럽게 하며, 사물을 접촉함에 있어서는 바른 길로써 해야 하옵니다."

"오늘 장시간 수고하셨습니다, 여상노사님. 다음 또 강의를 청해 듣기로 하겠습니다. 오늘의 명강은 우리 주나라 발전에 큰 귀감이 될 것으로 확신합니다."

문왕이 찬사와 함께 종강을 고하였다.

강의가 끝나자 모두들 자리에서 일어나 각자의 집무실로 돌아갔다.

그들을 돌려보내고 나서 문왕은 점심 시간이 되어 식사를 맛있게 들었다. 점심을 들고 나니 졸음과 피곤기가 엄습해 와 문왕은 잠시 침궤에 몸을 기댄 채 눈을 감고 휴식을 취하였다. 그윽히 흐르고 있는 난향을 맡으며 문왕은 꿀맛 같은 단잠 속으로 빠져 들어갔다. 코고는 소리가 순식간에 일어나서 명덕전은 때 아닌 요란 속에 싸여 있었다. 그러자 죽향은 얼른 차청에서 나와 문왕의 고개를 조심스럽게 돌려놓아 주었다. 이에 효험을 얻어 코고는 소리가 멎고 실내에는 정적과 난향만이 흐르고 있었다. 문왕이 잠들자 죽향은 오랜만에 비파를 뜯으며 오후의 나른한 한때를 여락으로 즐겼다.

문왕은 잠시 후가 되면 다시 일어나서 기자공과 사편공을 초치하여 풍천소축괘를 풀어야 했다. 그러니까 오후의 시간이 빠듯하게 잡혀 있는 셈이었다. 초겨울의 햇살이 창호문을 파고들어와 실내의 분위기를 따뜻하게 도와주고 있었다.

잠시 후 문왕은 순간적이었지만 꿀맛 같은 단잠을 물리치고 자리에서 일어났다. 문왕은 자리에서 일어나 눈을 부비고 또

풍천소축괘(風天小畜卦)

수염도 다듬고 옷깃도 여미었다.
 "죽향이, 차나 한 잔 내게나. 잠결에 자네의 비파 연주 소리를 듣자니 짐이 마치 신선이 된 것 같은 기분이 들더구나."
 "그러하셨사옵니까? 요즈음 연주를 하지 않았더니 손가락이 굳어져서 소리가 별로 좋지 않았을 듯싶사온데……."
 "그래도 그 솜씨가 어디로 가겠나, 그 자리에 그냥 있을 터이지!"
 "칭찬도 오랜만에 들으니 좀 어색하고 쑥스럽사옵니다, 폐하!"
 "그랬나? 앞으로는 자주 칭찬해 주어야겠구먼!"
 "이 신첩이 칭찬받을 일을 해 드려야 칭찬을 듣지 않겠사옵니까?"
 "그러니 그렇게 분위기를 연출해 보라구."
 "그러하겠사옵니다, 폐하. 차를 드시옵소서. 폐하께옵서 애음하시는 절강성 서호가에서 만든 용정차이옵니다."
 "그렇군. 향기를 맡아 보니 용정의 향기로구나! 허어, 맛도 일품이로고! 좋은 차에다 그 내는 솜씨마저 익어 가니 더욱 차 맛이 나는구나."
 "폐하! 과분한 칭찬이시옵니다."
 "아닐세. 내가 자네를 칭찬하지 않으면 누가 칭찬해 주겠나? 하하하……."
 "칭찬받기 위해서라도 앞으로 더욱 잘 모시겠사옵니다, 폐하!"
 "자, 그건 그렇고, 괘상을 토로하기 위해 기자공과 사편공을 미시(未時 ; 오후 3~4시) 이후에 들으시라 이르게."
 "예, 폐하! 분부대로 연락을 취하겠사옵니다."
 죽향은 문왕의 어명을 받고 두 공들의 집무실로 연락을 취했다.

 문왕은 두 공이 오기 전에 잠시 동안 이 소축괘의 괘상을 들여다 보며 분석에 분석을 가하여 보았다.
 '위에는 손괘, 아래에는 건괘란 말이지. 건, 즉 하늘이란 위에 있는 것인데 그러나 여기에서는 손괘의 아래에 있어. 강건한 하늘이 위에 있는 손괘에게로부터 중지당하고 있으니 손순(巽順;겸손과 순함)이 되지 않는구나. 위의 손괘가 중지시키려는 힘이 작은고로 소축괘란 말일세! 손괘는 음으로서 그 체질이 유순하다. 그런데 유순한 손괘가 강건한 건괘를 부드럽게 하려 하나 능력이 되지 않는다. 다시 말해 중지시키려는 도(道)의 힘이 약하다. 또 육사의 한 음이 자기 자리를 찾아 와서 다섯 개의 양들을 기쁘게 해 주려 하니 유손(柔巽;부드럽고 겸손함)의 도는 얻었다고 하겠다. 그래서 많은 양들의 뜻을 머무르게 하려 하나 잘 되지 않아 소축이라 부르는 것이지.'

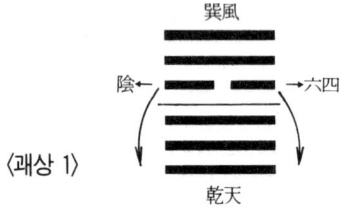

〈괘상 1〉

 우리 인생살이나 세상에는 이런 현상이 많다. 유약하고 숫자도 작은 음이 숫자가 많고 강한 힘을 가진 무리들을 제압하려 하거나 중지시키려는 무모함을 더러 보게 된다. 그러니 그 일은 손순의 도가 아니며 따라서 잘 되지도 않는다. 이럴 때에는 자기를 도와주려고 하는 숫자가 불어나고 힘이 생길 때까지 기다리는 것이 현자의 도리며 삶의 지혜라 하겠다.
 잠시 사고의 여유를 축적하고 있다가 문왕은 다시 입을 열어

풍천소축괘(風天小畜卦)

개요를 설명해 나갔다.

'〈이 소축의 미래를 보면 형통할 것은 사실이다. 그러나 현재 구름이 끼이기는 했지만 비가 오지 않는다. 그 이유는 내(문왕 자신)가 서쪽 교외에 있었을 때와 통한다(小畜은 亨하니 密雲不雨는 自我西郊일세니다)〉.

무슨 뜻이냐 하면,〈구름이란 음양의 기운이 교감하여 조화가 이루어져야만 비가 오는 것이다. 양이 인도하면 음은 화답하는 것이 순리인고로 그를 일러 조화라 한다. 만약에 음이 먼저 양을 인도하면 불순(不順)이다. 고로 그를 일러 불화(不和)라 한다. 불화가 되면 비가 오지 않는다. 구름만 모여서 있을 뿐이다. 구름이 꽉 끼여 있긴 해도 비가 오지 않는 것은 서교(西郊;陰方, 즉 서쪽은 음을 뜻함. 동북방은 양을 뜻함)에 있어서 그렇다. 그러니까 동북은 양방(陽方)이고 서남은 음방(陰方)이니 음이 먼저 양을 인도하고 부르는고로 불화로 인해 비가 오질 않는다.

괘상을 그려 놓고 설명해야 이해를 돕겠구나! 〈괘상 2〉에서 보면, 위에 있는 손괘를 〈괘상 3〉에 옮겨 놓으니 양방에 와 있고, 〈괘상 2〉의 아래에 있는 건괘가 〈괘상 3〉으로 옮겨 놓고 보

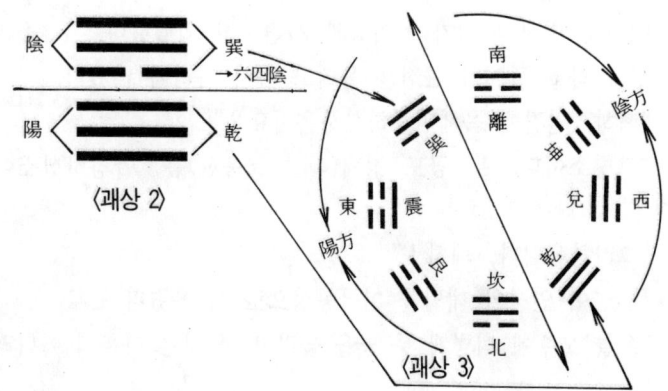

니 음방에 와 있다. 손의 음이 양방에 있으면서 서남쪽의 양들을 부르고 있는 입장이다. 하니 비가 오지 않는 것은 뻔한 일이로다.

또 이렇게도 볼 수 있겠구나. 구름도 음물이고 서교 즉 서쪽도 음이니 음이 음을 만나 음만 성해도 비가 오지 않는 것이지. 또 과거를 회상해 보면, 내가 저 서쪽 유리옥에 갇혀 있을 때가 이 소축괘의 형상과 일치되는구나! 〈괘상 4〉를 그려서 다시 그때의 입장을 설명해 봐야겠다. 내가 그때는 서쪽의 유리옥에 갇혀서 은나라의 주한테 곤욕을 당하고 있었지! 그때 나 혼자

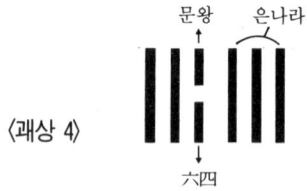

〈괘상 4〉

의 미약한 힘으로 강대한 은의 주를 억누르려 하였으니 제대로 되지 않을 수밖에……. 바로 그때의 그 상황이 이 소축과 같다 하리라!'

문왕은 과거에 자신의 불행했던 때를 회상하며 몇 가지 각도에서 소축이 갖는 의미를 분석해 보았다.

어느덧 미시가 되자 기자공과 사편공이 입궐했다. 두 공은 국궁을 하고 들어와 큰절을 올리고 나서 자리에 앉았다.

"폐하, 일간에 옥체만중하셨사온지요?"

"그렇소이다. 두 공도 정체(靜體; 조용한 몸) 안녕하셨소이까?"

"그러하옵니다, 폐하!"

두 공이 인사와 대답을 이구동성으로 해 올렸다.

"오늘 오후에 이렇게 두 공을 들라고 한 것은 다름이 아니라

우리들의 주된 임무인 괘상 토론을 갖자는 것이오. 하니 좋은 해석과 논의를 개진해 주시길 기대합니다."
"열심히 성과 열을 다하겠사옵니다, 폐하!"
두 공의 답이었다.
"그러면 먼저 이 괘상을 보십시오. 풍천소축괘입니다."
문왕이 괘상을 밀어내 보이자 두 공은 목을 쭉 뽑고 괘상을 유심히 들여다 보았다.
"그러하옵군요, 폐하! 위는 오손풍(五巽風), 아래는 일건천(一乾天), 합쳐서 풍천소축이옵군요. 소축이란, 약한 음이 많은 양들을 꼼짝못하게 하려 하는 그런 괘가 아니옵니까?"
기자공이 금방 들여다 보고 즉흥적으로 하는 말이었다.
"그렇소이다, 기자공. 금방 괘상을 간파하셨으니 이 괘의 총체적 분위기를 압축해서 일러 주십시오."
"그럼 행하겠사옵니다.
이 괘는 부드러운 육사가 자기 위치를 찾아 와서 위와 아래를 다 대응하려 하니 그래서 소축이라 하셨군요."

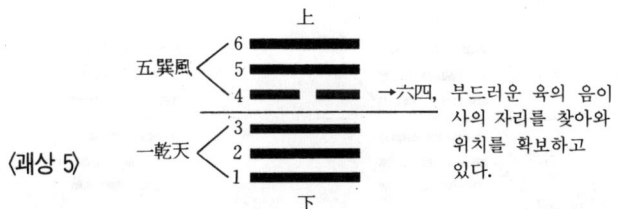

"그렇소이다. 〈괘상 5〉를 참고해 보십시오. 그래서 소축입니다, 기자공."
"잘 보시고 계십니다, 기자공께서."
사편공의 장단이었다.
"폐하! 이 사편에게도 한 마디만 거들 수 있도록 기회를 주시옵소서."

"사편공의 입에 좀이 스는 모양인데, 그렇다면 한 말씀 하시지요."

"예, 폐하! 감사하옵니다. 이렇게 서둘러서 저에게 논의할 기회를 주시니 말씀이옵니다."

"너무 순번이 늘어지면 재미가 없으니 짤막짤막하고 간단간단하게 개진하는 것이 훨씬 좋겠어요."

문왕이 맞추는 장단이었다.

"그러면 이 사편이 한 말씀 드리겠사옵니다.

'밑의 괘는 강건하고 위의 괘는 손순하오며 또 강한 구오와 구이가 중앙에 와 있어서 뜻이 잘 실행되고 있으니 형통할 것이옵니다.'

무슨 뜻인지 다시 설명을 올리겠사옵니다. 〈괘상 6〉과 〈괘상 7〉에서 보옵시는 바와 같이 내괘는 건전하옵고 외괘는 손순하옵니다. 이렇게 만났으니 건전하면서도 능히 겸손하옵니다. 육이는 내괘의 중앙에 있고 구오는 외괘의 중앙에 있사오니 강자

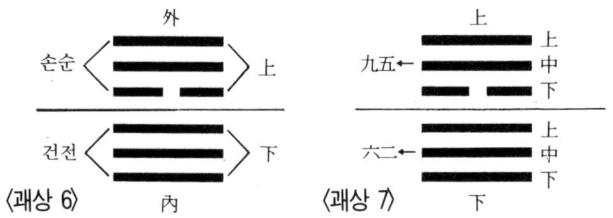

가 중앙에 온 것이옵니다. 화학적 원소인 성분학적으로 보면 양의 성분은 위로 올라가려고 하므로 아래 건천의 양들이 나아가려는 뜻을 가지고 있사옵니다. 강한 구가 양의 오에 와서 구오가 되었으며 또 동시에 상중하 중 중앙에 와 있으니 중강(中剛)이라 하겠사옵니다. 때문에 미래 지향적으로 보면 결국에는

형통할 것이옵니다."
"사편공의 설명이 좋습니다. 아주 이해가 잘 되고 투명합니다. 그러면 이 짐이 과거에 서교에 있었던 일을 회상하며 이 소축괘를 다시 한 번 설명하겠습니다. 아까 공들이 오시기 전에 이 짐이 먼저 약간 생각해 두었는데 이 초록을 한번 보십시오. 공들과 함께 다시 한 번 해 보겠습니다."
문왕이 초록해 둔 것을 두 공에게 밀어 보였다.
"아아, 그러시옵군요, 폐하!"
사편공이 초록을 보고 고개를 끄덕이며 응대하였다.
"그럼 다시 이어서 하겠소이다.
'먹구름이 끼여 있어도 비가 오지 않는 것은 아직도 그런 분위기가 되지 않았다는 뜻이고, 내가 서교에서 곤욕을 당하고 있었다고 한 것은 뜻이 시행되질 않아서 그런 것이라'고 하겠습니다.
그러니까 비가 오지 않는 것을 화학적 원리로 보면 아직 그럴 수 있는 음양의 원소가 모자라 그런 것이며, 내가 은을 정벌하지 못하고 오히려 유리옥에 갇혔던 것은 역학적 논리로 보아 내가 힘이 모자라 그랬던 것이었지요."
"훌륭하신 설명이옵니다. 화학적 논리와 역학적인 논리가 갖는 그 한계를 잘 설명해 주셨사옵니다. 또 과거를 반추하시고 반조하셔서 이 소축이 가지고 있는 상황 논리를 잘 전개해 주셨사옵니다, 폐하!"
사편공의 찬사였다.
"그러면 이번에는 기자공께서 형상학적 논리로 전개해 주십시오."
"예, 폐하!
'바람이 천상에서 불고 있는 것이 소축이니 군자는 이 점을

법 삼아서 문덕(文德)을 키워 나가는 것이옵니다(風行天上 小畜이니 君子 以하여 懿文德하느니라).'
　이것은 이런 뜻이옵니다. '손풍의 바람이 건천의 하늘 위에서 불고 있사옵지요.' 〈괘상 8〉을 보면 이해가 빨리 되실 것이

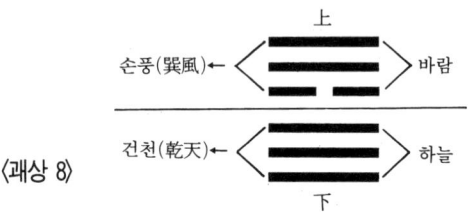
〈괘상 8〉

옵니다. '바람이란 기(氣)만 있고 질(質)이 없어서 능히 머물고 싶어도 오래가지 못하는고로 소축이라 하겠사옵니다. 따라서 문덕도 능히 후적원시(厚積遠施 ; 두텁게 쌓여져서 멀리 베풀어짐)가 되지 않사옵니다.'
　그러니 문덕이 좋은 것은 사실이지만 오래가지 못하고 또 그 힘도 멀리 퍼져 가지 못하는 단점을 가지고 있으므로 항시 아름답게 꾸미고 키워 나가야 되는 것이라고 하겠사옵니다.
　군자의 온축(蘊蓄 ; 마음속에 깊이 쌓아 둠)한 도가 크면 도덕경륜(道德經倫)이오며 작으면 문장재예(文章才藝)에 그치고 만다고도 하겠사옵니다. 이 양자를 보면 군자의 도가 작은 것인지 큰 것인지를 분별할 수 있사옵니다. 또 이 양자를 두고 문덕이라고도 하옵니다. 이처럼 이 괘에서 무엇보다 강조하는 것은 문덕인데 이를 키워 가는 정신, 이것이 바로 군자의 정신이고 또 그렇게 해나가는 것이 소축이라 하겠사옵니다."
　"수고했소, 기자공. 부드러운 자가 강한 자를 다스려 나가는 능력과 기술, 이것이 바로 문덕이란 말이지요?"
　"예, 그렇사옵니다, 폐하!"

그렇다. 약하고 작은 힘으로 강하고 많은 것을 다스리는 힘, 이것이 바로 문덕이며 또 소축의 원리인 것이다. 이런 세상이 도래함을 일러 흔히 문덕 시대 또는 문민 시대라고 한다. 그래서 군자는 이러한 문덕과 문민 시대를 지속적으로 키워 나가야 할 의무가 있는 것이다.

"자, 그러면 초구로 들어갑니다.

'이 초구는 나아감을 도로써 하니 무슨 허물이 있으리오? 따라서 길할 것이로다.'

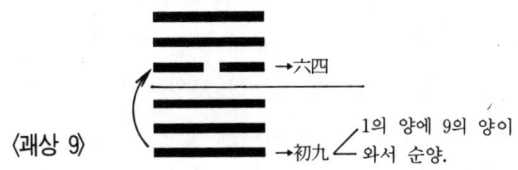

왜 이런 해석을 붙이느냐 하면, 초구는 순양으로 되어 있기에 위로 올라가려고 하는 기질이 있습니다. 그러므로 초구가 올라가든지 나아가든지 하는 자세는 조금도 하자가 없다고 봐야 합니다. 더불어 상대인 육사도 순음으로서 하나도 하자가 없어요. 그러니 초구는 완전하고 온전한 인격을 적재해 가지고 출발선에서 출발하고 있으므로 정도(正道)라고 하겠습니다. 그러니 허물이란 있을 수 없지요. 따라서 길할 것이야 뻔한 일이 아니겠소이까?"

"잘 보셨사옵니다, 폐하! 결격이나 결손이 없이 온전한 자가 시작도 좋으니 계속 지켜 볼 만한 인물이라 하겠사옵니다. 세상에는 저 초구처럼 저렇게 정도대로 걸어가는 자도 더러는 있다고 봐야 하지 않겠사옵니까? 게다가 자기의 짝인 육사 또한 조금도 결손이 없으니 정말 복받고 선택받은 자라 하겠사옵니다, 폐하!"

기자공의 보충설명이었다.

"기자공께서 그렇게 약간만 거들어 줘도 말이 훨씬 온윤해지는군요!"

문왕은 찬사와 함께 초구의 생각을 대변해 주었다.

"초구는 지금 자신의 입장을 이렇게 토로하고 있지요.

'저는 풍천소축이라는 나라에 살고 있는 초구라는 사내입니다. 저는 꽤 괜찮은 남자이지요. 좋은 가문에서 태어나 구김살없이 자란 것이 저의 복이라면 복이라고 하겠습니다. 뿐만 아니라 저의 반려자로 지목된 육사도 저와 비슷한 여건에서 자란 복된 여자이지요. 때문에 좋은 가정을 이룰 것을 믿어 의심치 않습니다. 그런데 대승적 차원에서 볼 때 육사는 비록 음유하지만 이 풍천소축의 나라에 있는 강한 부서들을 움직여 문덕화하고 문민화하려는 노력을 펼쳐 보이는 주도세력이며 동시에 실세자이기도 합니다.'

이렇게 초구는 자신의 신상명세 겸 육사의 활동상황과 그의 입장까지도 정리해서 말해 주고 있습니다."

"초구가 할 말까지 그렇게 폐하께옵서 대변해 주옵시니 초구를 들여다 봄이 투명하옵니다, 폐하!"

"그런가요? 진행 방법을 다양하게 하는 것이 좋을 것 같은 생각에 한번 변화를 주어 본 것이오. 자, 그러면 기자공이 이 초구를 형상학적 측면에서 한번 다스려 주십시오."

"예, 폐하! 간단하게 말씀드리겠사옵니다. '나아가길 스스로 도에 맞게 하고 있다'고 하신 그 부분에 대해 언급하옵자면 '그의 뜻이 길하기 때문'이라 하겠사옵니다. 그러니까 시작이 좋으니 진행이 좋고 또 결과도 좋게 나올 것으로 확신하옵니다, 폐하!"

"그렇소이다, 기자공. 순조롭고 도에 맞는 항진이지요. 자,

풍천소축괘(風天小畜卦) 399

다음은 우리 사편공이 그냥 있을 수 없잖습니까? 이 주역의
토론을 진행함에 있어서 소금이 되고 양념이 되어 맛을 내고
또 부드럽게 해 주는 사편공의 진지한 강담을 한번 들어 봅
시다."
"예, 폐하! 황공하옵니다만 폐하께옵서 사회 보시는 말씀
솜씨가 훨씬 늘으신 것 같사옵니다, 폐하!"
"그렇소이까? 벌써 이 주역 토론의 진행을 맡아 해결해 낸
괘의 수가 몇 갭니까? 이십여 개가 가까워지니 조금은 늘었을
터이지요, 하하하……"
"그렇사옵니다, 폐하! 그러면 이 사편이 진행하겠사옵니다.
초구가 겹양으로서, 또 창창하고 양강한 사내로서 문덕화와 문
민 시대를 맞아 잘 적응하고 순응하면서 적극 새로운 풍천소축
의 국가 조직에 찬동하고 있사옵니다. 그러니 좋은 가치관과

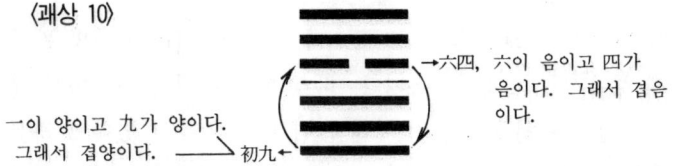

〈괘상 10〉
一이 양이고 九가 양이다.
그래서 겹양이다. → 初九←
→六四, 六이 음이고 四가
음이다. 그래서 겹음
이다.

의식을 가지고 있는 자라 하겠사옵니다. 따라서 이런 사람은
사업을 해도 잘 되게 되어 있사옵니다. 기질과 천성이 좋고, 거
기다가 수준 높은 의식을 가지고 있으며 정도를 소중히 여기는
그런 자이기 때문이옵지요. 하니 그 무엇인들 안 될 리가 있겠
사옵니까? 또 멀리 보면, 자신을 알아주는 육사가 항시 자신
에게 관심을 가지고 지켜 보고 있사옵니다.
각도를 바꾸어서 말씀드리옵자면, 초구는 양강하고 육사는
음유해서, 즉 양강 대 음유이기에 그야말로 찹쌀궁합이옵니다.
이처럼 안팎의 궁합이 잘 맞아서 풍천소축의 가정을 잘 꾸려

나가고 있사옵니다. 이 정도만 하겠사옵니다. 초구가 너무 착해서 외설로써 오염시키고 싶지 않사옵니다, 폐하!"
"잘 알겠소이다, 사편공의 그 자상함과 여유로움을."
"그러면 구이를 찾아 갑니다. 오늘은 오후에 토론을 진행했기에 좀 속히 해 나가도록 하겠습니다. 그럼 먼저 구이를 이 짐이 분석합니다.
'구이는 초구까지 데리고 나가고 있으니 길할 것이로다.'
무슨 뜻이냐 하면, 구이는 중도를 얻어서 품행이 방정한 자입니다. 풍천소축의 문덕 시대에 이미 자신과 뜻을 같이하여 동참한 재야권의 인사인 초구를 보고 다시 한 번 권유하여 직접 한번 같이 가 보자고 합니다. 그래서 초구는 구이의 권유대로 따라나섰지요. 구이는 초구를 데리고 이 조직의 수장인 육사에게로 접근해 가고 있습니다. 그 결과가 길할 것이야 불문가지라 하겠습니다."
"훌륭하신 견해의 토론이시옵니다. 새로운 시대에 희망을 제시해 주옵시는 말씀이시옵니다. 바로 이 소축괘가 지존하신 폐하께옵서 통치하옵시는 이 시대를 잘 반영해 주고 있다고 하겠사옵니다. 그러기에 이런 기자도 등용되어 폐하를 모시고 영광되게 주역을 토론해 드리는 것이 아니겠사옵니까?"
"그런가요? 우연의 일치로 현재 우리 주국의 상황과 이 소축괘의 진행이 맞아떨어지고 있군요. 참 묘한 일이라 하겠소이다, 기자공!"
"그래서 폐하의 어호를 '문왕'이라고 칭호해 드리는 것이 아니옵니까? 문덕을 펴시옵고 문민화하옵신다 하여 문왕이라고 불러 모시는 것이라 사료되옵니다."
"그래요. 그런데 이 짐의 뜻대로 되지 않았던 부분들이 있어서 약간 부끄럽기도 합니다, 하하하."

문왕은 약간 괴작(愧作;부끄러움)을 느낀 듯 쑥스러운 표정을 지어 보였다.
"아, 아니옵니다, 폐하! 위민치국(爲民治國)이 뜻대로 되지 않은 데 대해서는 요순 같으신 과거의 성군께서도 가슴 아파하시지 않았사옵니까? 하오니 그 점에 대해선 괘념치 마시옵소서, 폐하!"
"자, 그러면 본론으로 들어가 우리 기자공께서 이 구이를 두고 형상학적 측면에서 말씀해 주십시오."
"예, 폐하!
'초구까지 데리고 육사의 수장에게로 나아가는 것은 그의 마음이 너그럽고 또 정중하기에 그를 포용한 것이옵니다. 따라서 자신을 잃지 않는 확실한 자'라고 하겠사옵니다.

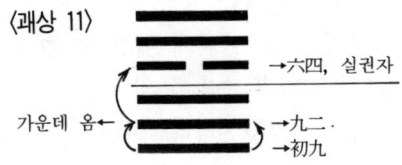

화학적 성분으로 보면, 양이란 항시 위로 치솟으려 하거나 앞으로 나서려고 하는 본성을 가지고 있지 않사옵니까? 그러니 초구와 함께 권력이 응축되어 있는 육사의 근처로 가고 있사옵니다. 그러면서도 자신을 잃지 않고 잘 처신해 가는 그런 제도권 밖의 준걸한 재야 인사라 하겠사옵니다."
"잘 보셨습니다, 기자공!"
"황공하옵니다, 폐하!"
"그러면 이번에는 이 토론에 있어서 소금과도 같은 사편공의 그 고강을 들어 봅시다."
"성의를 다하겠사옵니다, 폐하! 이 사편이 보는 구이는 이렇사옵니다.
 구의 양이 이의 음으로 찾아 왔는데 오고 보니 거기가 바로 중앙에 있는 좋은 보금자리였사옵지요. 그리하여 여기에 터를 닦고 풍천소축의 하부 조직을 관장하고 있사옵니다. 아래의 초구와 위의 구삼들이 모두 중앙에 있는 이 구이의 힘을 빌어 쓰려고 옹호하고 있사옵니다.

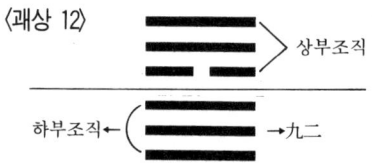

 그런가 하면 이 구이는 여복이 없사옵니다. 이 소축의 조직 속에는 불행하게도 여자라곤 육사 하나뿐이어서 자기에게까지 돌아올 몫이 없사옵니다. 때문에 어쩔 수 없이 새로운 조직으로 변혁될 때까지 기다릴 수밖에 없사옵니다.
 기질상의 문제는 이렇사옵니다. 자신을 형성하고 있는 화학 성분은 반양반음이라고 하겠사옵니다. 따라서 성질이 급하지도 않고 그렇다고 느리지도 않아서 완급(緩急)을 잘 조절하고 있사옵니다. 대체로 이런 자가 훌륭한 인격을 갖추고 있사옵지요. 이러한 정신과 인격을 가지고 이 풍천소축의 국가와 사회에 이바지하고 있다고 하겠사옵니다, 폐하!"
 "좋습니다, 사편공! 조금 짧기는 합니다만 그런 대로 수준작이라 하겠소이다."
 "다음 효에 잘 해 보겠사옵니다. 매효마다 잘 하기란 여간 어렵지가 않사옵니다, 폐하!"
 "그렇지요. 사람이 어찌 매괘 매효마다 그 토론의 진미를 도출해 낼 수 있겠소이까? 그렇다고 해서 사편공의 토론에 대해

절하평가하는 것은 절대로 아닙니다."
"황공하옵니다, 폐하!"
"자, 그러면 구삼으로 진입해 갑시다. 이 구삼은 풍천소축의 하부 조직에서 보면 맨 위에 와 있고 그러면서도 이 조직의 수장인 육사와 인접해 있습니다. 그런 그를 한번 만나 봅시다.
구삼은 '수레의 바퀴가 빠졌으며 남편과 마누라가 서로 눈을 흘기고 있도다(輿脫輻이며 夫妻反目이로다).'

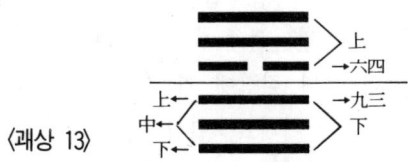
〈괘상 13〉

무슨 소리냐 하면, 현재 이 구삼은 양으로서 중앙에 오지 못하고, 그러면서도 비밀리에 육사와 근접하여 음양의 정을 희구하고 있소이다. 육사와 가까워지기는 했지만 중앙에 오지 못해서 육사의 음으로부터 제재를 당하고 있습니다. 고로 능히 전진해 가지 못하니 수레의 바퀴가 빠져서 앞으로 나가지 못하는 것과 같지요.

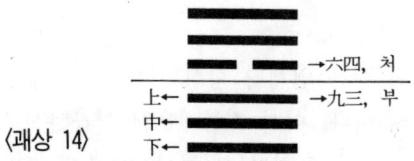
〈괘상 14〉

신랑 각시 사이에 자꾸 반목 현상이 일고 있는 것은 다름이 아니라, 음이 양을 제재하는 것이 상식인데 현재 이 풍천소축의 가정에서는 양이 음을 제재하고 있어요. 이것이 바로 부처 반목이라는 거지요. 반목이란 성난 눈빛으로 서로 보는 것이며, 게다가 남편을 불순하게 여겨 도리어 제재를 가하는 것이지 않소이까? 그러니까 이 조직에서는 여자라곤 육사 하나밖에 없으므로 구삼이 가까이 다가가 서로가 각시 신랑 사이가 된 것입니다.

　남편의 입장에서 보면 마누라가 희귀한 인격체이다 보니 다른 많은 남자들이 자기 마누라에게 눈독을 들이고 있어요. 따라서 제재를 가하고 있어요. 그러다 보니 자기의 나아갈 길도 매진하지 못하고 있는 입장입니다. 이런 현상에서는 반목이 계속되게 되지요. 간단하게 이야기하자면, 귀하고 잘난 마누라에게 신경쓰다 보니 직장에 가서 일도 제대로 못 하고 점점 좀생원이 되어 가는 거지요. 일상적인 예로, 마누라가 신랑에게 쫑알거리거나 바가지를 긁으며 반목하는 것인데 여기서는 신랑이 마누라에게 트집을 잡고 잔소리를 해 대고 있습니다. 그러니 일이 제대로 될 리가 없지요."

　"폐하! 이 풍천소축괘를 한 가정으로 가상하셔서 구삼과 육사와의 사이를 잘 표현해 주셨사옵니다. 세상에 저런 경우가 흔히 있지 않사옵니까?"

　"그렇소이다, 기자공. 그래서 이렇게 풀이를 해 본 것입니다. 그러면 이 짐의 강설은 이 정도에서 마치고 기자공의 고견을 듣고 싶소이다."

　"예, 폐하! 이 신은 언제나 형상학적인 각도에서 분석하는 걸로 전담하겠사옵니다. 아까 폐하께옵서 언급하신 '부처반목, 즉 내외간에 서로 눈을 흘긴다'고 하신 그 부분에 맞추어 말씀

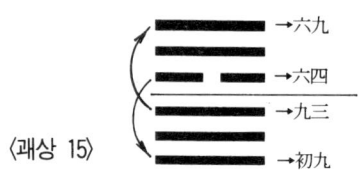

〈괘상 15〉

드리옵자면 이렇사옵니다. 구삼과 육사 사이는 서로가 정실(正室)이 아니어서 그런 것이옵니다. 이들의 만남은 어쩔 수 없어서 이루어진 것이지 정법은 아니지 않사옵니까? 그러니 반목현상이 계속 일어날 수밖에 없다고 사료되옵니다. 〈괘상 15〉에서 보시는 바와 같이 구삼은 맨 위에 있는 육구와 정실이고 육사는 초구와 정실이건만 현재 이 집안의 사정이 그렇게 순리대로 진행되고 있지 않잖사옵니까?"

"잘 보셨소이다, 기자공. 그러면 다음은 사편공의 고견을 들어 봅시다."

"예, 폐하! 제가 보는 구삼의 경우는 이렇사옵니다. 양강한 정력과 패력, 그리고 저돌력을 가지고 육사에게 무리한 도전을 한 것이라 하겠사옵니다. 넘치는 그 힘들을 써먹을 데가 없다 보니 그런 것이옵지요. 이 풍천소축이란 동네에서는 아무리 눈 씻고 봐야 여자란 한 명밖에 없사옵니다. 이 여자를 그 동네에서 가장 용기있는 사나이 구삼이 어찌 그냥 두었겠사옵니까? 어쨌건 결과적으로 보면 구삼이 그 육사를 챙겨 먹었사옵니다.

그러나 그 후 가끔씩 물의가 수반되어 마치 수레바퀴가 빠진 것처럼 두 사람의 사이가 안 좋아 보이기도 하옵니다. 여자란 자고로 산중의 과실과 같아서 먼저 따 먹는 자가 임자라고 하지 않사옵니까? 그 동네에 많은 남자들이 득실거리는데 구삼의 마음이 어찌 편안하기만 하겠사옵니까? 때문에 육사에게 제재를 가하고 구박을 하고 있는 중이옵니다.

'미인 마누라를 데리고 살면 도적맞을까 봐 불안하다'고 하는 말이 있사옵니다. 이와 같이 육사라고 하는 출중한 미인을 강제로 데려다 놓고 사는 구삼의 마음은 잔뜩 불안하기만 하옵니다. 일터에 가서도 일손이 안 잡혀 안절부절 못하고 있사옵니다. 구삼이 편할 수 있는 유일한 방법이 있다면 그런 여자는 얼굴이나 팔아서 뜯어 먹고 살도록 그런 곳으로 내보내는 수밖에 없사옵지요. 그래서 세상에는 이혼이란 게 생겨났나 보옵니다. 결혼이 있으니까 이혼이 있는 것은 사람이 태어났으니까 죽어야 하는 것과 같은 원리가 아니겠사옵니까? 자연법칙의 선상에서 보면 같은 맥락이라 하겠사옵니다. 결혼했다 해서 반드시 썩 잘 되란 법도 없고, 또 이혼했다 해서 반드시 썩 잘못되란 법도 없사옵지요. 인생은 그저 그렇게 유유히 세월의 물결에 미끄러져 가는 것이라 하겠사옵니다.

인체의학적 관계로 보게 되면 이렇게도 말씀드릴 수 있겠사옵니다. 구삼의 몸 속에는 그가 양이기 때문에 열기 내지 화기(火氣)가 있다 하겠사옵니다. 이 기가 너무 센 나머지 그에게 다혈질 내지 고혈압기가 있사옵니다. 때문에 동맥경화와 같은 것을 초래하는 경우가 더러 있사옵지요.

풍천소축이라는 자의 신체 구조를 전체적으로 살펴볼 때, 음의 기운인 냉기는 별로 없고 거의가 열기로 되어 있지 않사옵니까? 〈괘상 16〉을 보시옵소서. 풍천소축의 인체 구조를 설정

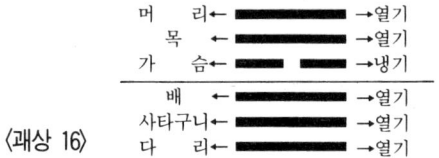

〈괘상 16〉

해 놓은 것이옵니다. 이런 상황에서는 생명에 위험이 따르옵니다. 그러니 이러한 자는 '세상 일을 급하게 성취하려 말고 느긋하게 생각하며 임해야' 하옵니다. 약물적 치료 방법으로는 녹차나 감잎차 따위를 많이 마신다든지, 아니면 옥수수 수염을 삶아서 장복하는 것이 괜찮은 방법이옵니다.

정신적 치유 방법으론 차분하게 앉아서 붓글씨를 쓴다거나

묵화를 친다든지 또는 바둑, 낚시, 명상 등을 하게 되면 좋은 효과가 있사옵지요.
  자연과학적인 측면에서 보면, 구삼 같은 기(氣)가 천지인(天地人)간에 존재하여 흐르고 있기 때문에 세상이 움직여지고 따라서 사계절이 나누어지는 것이옵니다. 이러한 분열과 흐름 속에 만물이 생성되고 또 괴공되어 간다고 하겠사옵니다. 그러니 이 '기'는 곧 '힘'이옵지요. 힘이 만물을 지배하는 것 아니옵니까?"
  "수고했소, 사편공. 좋은 강담이었소이다. 후세의 많은 사람들에게 귀감이 될 줄로 믿습니다."
  사편에게 찬사를 보내고 나서 문왕은 다시 말을 이었다.
  "자, 그러면 육사로 넘어 갑니다. 이 육사는 그가 사는 동네가 다릅니다. 건천리에서 손풍리로 넘어가게 되지요. 가는 도중에 강물도 건너고 고개도 넘게 되는 것입니다. 그렇지만 전

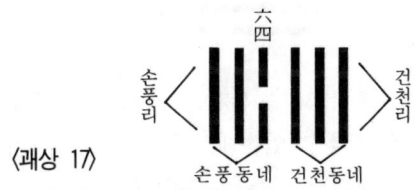

〈괘상 17〉

체적으로 보면 풍천소축의 고을 안에 있는 것이니 그렇게 먼 곳은 아니지요. 그렇지만 아무래도 육사는 홀로 가노라니 고독하기도 하고 또 힘도 들 것입니다. 그러니 우리 그 고독하고 피곤에 지쳐 있는 육사를 빨리 가서 만나 봅시다.
  '육사는 믿음을 가지고 있으면 피가 날 일은 멀어질 것이고 두려움으로부터 벗어나서 허물이 없을 것이니라.'
  이 육사는 구오 임금이 있는 근처에 진입해서는 그에게 제동을 걸고 있어요. 이런 경우에는 육사가 마음속으로 부성(孚誠 ;

믿음과 정성)을 가지고 있은즉 구오의 임금이 믿어서 그의 제재를 받아 줄 것입니다. 이 풍천소축의 조직을 보면, 유독 하나의 음인 육사가 많은 양들을 제재하고 있습니다.

　반대로 모든 양들의 뜻은 육사와 관계를 맺고 있는 실정입니다. 그렇다고 해서 육사가 힘으로써 그들을 제재하려 든다면 그것은 절대 불가능하지요. 한 사람의 부드러운 유자가 많은 강자를 대적하는 것이기에 반드시 상해를 입게 되는 것입니다. 그러니 오로지 그 양들에게 믿음으로써 대응한다면 오히려 감동을 주게 되는 것입니다. 고로 그 상해가 멀어지고 그 위구(危懼; 위험과 두려움)함도 면하게 됩니다. 이같이 하면 허물이 없고 그렇지 않으면 해를 면치 못할 것입니다.

〈괘상 18〉

　이러한 원리가 바로 유자가 강자를 제재하는 도라 하겠소이다. 임금이 위엄을 갖추고 있는데, 만일 약한 신하가 자기가 하고 싶은 대로 임금에게 제재를 가하려 한다고 쳐 봅시다. 그건 안 되지요. 다만 부신(孚信; 믿음)으로써 임금을 감동시켜서 제재할 수밖에 없다고 보는 것입니다."

　"그러니까 폐하의 말씀에 준하옵자면 '하나의 음이 많은 양들을 제재하려 하니 상해와 근심 걱정이 따른다는 뜻이옵니다. 육사라는 유순한 음이 그 정당성을 확보하고 있고, 거기다가 그의 마음까지 겸허하니 위에 있는 구오와 상구의 두 양이 도와주고 있사옵니다. 이 상황이 바로 믿음으로 인한 것이며, 그리고 피가 날 일을 버림으로써 근심 걱정으로부터 벗어나 허물

풍천소축괘(風天小畜卦) 409

이 없는 형상이라'할 수 있겠사옵니다."
　기자공의 장단이었다.
　"폐하! 다시 이어서 이 육사의 얼굴과 주변 환경을 그려 보겠사옵니다.
　'믿음성을 보여 주어 두려움으로부터 벗어났다'고 하신 부분에 대해 언급하옵자면, 그 이유는 '위의 구오와 뜻이 부합되어 그렇다'고 하겠사옵니다.
　다시 말씀드리옵자면, '육사가 먼저 믿음성을 보여 주었기에 실세인 구오가 그를 신임하옵니다. 고로 더불어 뜻이 맞으니 육사는 근심 걱정을 털어 버리게 되었고, 실세자인 구오가 밀어 주니 다른 많은 양들도 그를 따라 주고 있다'고 보겠사옵니다. 〈괘상 19〉를 참고해 보옵시면 되겠사옵니다."

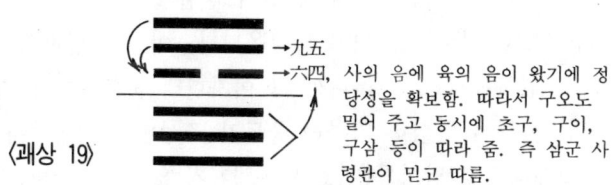

　"기자공께서 준비하신 〈괘상 19〉의 상황 설명이 아주 좋습니다. 따라서 세상을 움직이는 그 대기(大氣)란 다름 아닌 바로 그 믿음의 기운이라 하겠소이다."
　"예, 그렇사옵니다, 폐하! 다음 진행은 사편공에게로 넘기면 어떻겠사옵니까, 폐하?"
　"그렇게 합시다, 기자공. 그러면 기자공의 말씀은 이 정도에서 마치고 사편공이 토론의 맥을 이어 주시오."
　"예, 폐하! 이 사편은 세 가지 정도의 측면에서 저의 소신을 도출해 내겠사옵니다. 첫째는 경영 문제, 둘째는 의학 및 과학 문제, 셋째는 음양 문제에 각각 초점을 맞추어 해 보겠사옵니다.

 이 풍천소축의 회사를 들여다 보면 그 구성원들의 성품과 기질이 양강하여 퍽이나 활동적 내지 적극적이라고 하겠사옵니다. 그 이유 중의 중요한 기폭제는 바로 육사한테서 나오고 있사옵니다. 이 육사는 이 조직의 홍일점으로서 귀여움과 사랑을 독차지하고 있는 어여쁜 여자라 하겠사옵니다. 많은 남자 속에 하나의 여자가 갖는 위력이란 대단한 것이옵지요. 서로가

〈괘상 20〉

 이 육사에게 잘 보이기 위해 일의 능률을 극대화하고 아울러 고무적으로 적극성을 띠고 있사옵니다. 이것이 남자의 심리라 할 수 있사옵지요. 그러니까 그 여자한테 눈도장이나 한번 찍혀 볼까 해서 열심히 일하는 풍토가 조성된 것이옵니다. 그리고 상대적으로 남성들은 또 난폭해지지 않으므로 간접적 순화력도 갖는 것이옵니다.

 또 이런 각도에서도 볼 수 있사옵니다. 다른 상품들은 다 양성적으로 잘 팔리는데 유독 육사라는 상품만이 제대로 팔리지 않아 이 풍천소축 회사가 제동 걸리고 있다고도 볼 수 있겠사옵니다. 실은 이 육사란 상품이 이 회사의 주종 상품인데도 음성적으로 매기가 부진하니 회사의 분위기가 냉기류로 흐르고 있다고 하겠사옵니다.

 두 번째 사안을 토론하옵자면, 풍천소축이란 이 사람은 다혈질의 인격체이옵니다. 그 가운데서 육사의 부위는 가슴과 등에 해당한다 하겠사옵니다. 따라서 풍천소축이란 인격체는 항시

가슴과 등에 약한 음성기가 많아서 곤란을 당하고 있사옵니다. 그러니 음인 육사의 부위를, 즉 폐장을 도울 수 있는 보약을 지어 먹는 것이 좋겠사옵니다.

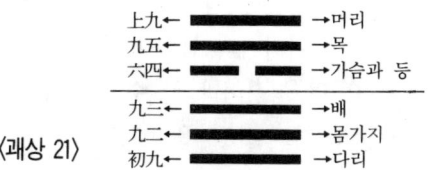

〈괘상 21〉

자연과학적인 측면에서 육사를 보게 되면, 건랭하고 황량한 넓은 사막에서의 옹달샘과 같다고 하겠사옵니다. 그리고 오랜 가뭄중에 잠깐 동안 내리는 단비와도 같은 위치에 있다 하겠사옵니다. 이렇게 세상을 감윤케 하는 육사야말로 생명의 원천이

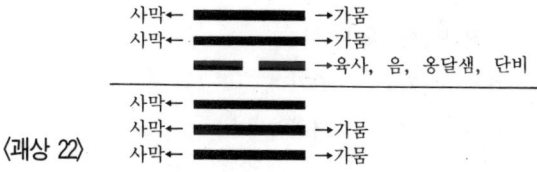

〈괘상 22〉

며 천지간의 청량제며 감로수며 화우법천(花雨法泉; 꽃비와 진리의 샘)이라 하겠사옵니다. 이 풍천소축의 세상에서 육사의 음이 갖는 비중은 비록 약하고 적지만 세상을 돕는 힘은 실로 대단한 것이라 하겠사옵니다.

음양 문제로 각도를 맞추어 말씀드리옵자면, 풍천소축의 집안에는 육사인 어머니 혼자만이 음이옵고, 그 외는 상구가 할

〈괘상 23〉

아버지, 구오가 아버지, 그리고 구삼·구이·초구가 아들이옵니다. 가족 구성원이 이러한 풍천소축의 집안은 육사인 어머니가 부덕과 모덕을 갖추고 있으므로 화목하고 우애가 있다고 하겠사옵니다. 이만큼 음이 갖는 힘이란 대단한 거라 하겠사옵니다. 한 집안에 있어서 어머니의 힘, 그 덕이야말로 수신제가 치국평천하의 원동력이며 핵심이라 할 수 있겠사옵니다. 그래서 옛사람들은 이런 노래를 불렀사옵지요.

　　의이실가(宜爾室家)는
　　의기가인(宜其家人)이라
　　화락차담(和樂且耽)하니
　　처자함락(妻子咸樂)이라.
　　(너의 집안이 좋은 것은
　　너의 집사람이 좋아서이다.
　　화락한 분위기를 또 즐기니
　　처와 자식이 함께 즐거워하네!)

　이 노래가 나타내 주고 있듯이 정말 한 가정의 어머니 역할이란 무한정으로 위대한 것이라 하겠사옵니다, 폐하!"
　"그렇지요. 수고했소, 사편공! 다양한 각도에서 육사의 위력과 분담을 언급해 주니 아주 좋습니다. 그러면 다음 순서인 구오로 넘어갑시다."
　"폐하! 이 구오는 문덕과 문민 시대를 구가하는 주역이오니 신경을 쓰셔서 개요를 설명해 주옵시면 더욱 빛나겠사옵니다."
　기자공의 건의였다.
　"그러면 그 점 참고하면서 구오를 풀겠습니다.
　'구오는 믿음성이 높은지라, 함께 엮어서 그 부자의 힘을 좌

우의 이웃에게 나누어 주고 있도다.'

무슨 뜻이냐 하면, '구오는 이 풍천소축이라는 국가에서 최고의 존위에 있으면서 백성들에게 믿음성을 주고 있으니 삼정승 육판서의 조직이 잘 따르고 있습니다. 이것을 견연상종(牽連相從; 끌어서 함께 감)이라 하지요. 구오의 임금이 그들을 끌어 당겨서 균제케 해 주니, 이 행위가 바로 풍부한 정신으로 주위를 따르게 한다는 뜻이지요. 〈괘상 24〉를 참고해 보면 금방 알 수 있을 것입니다.

다시 집약해서 얘기하면, 이 구오는 정통성과 합법성, 그리고 실세의 대권을 다 장악하고 있기에 그의 측근 신하들과 그의 조직이 잘 따라 주고 있습니다. 그러니까 구오의 임금은 믿음성·정통성·합법성이라는 자기의 힘에다 국민의 힘을 따르게 하고 있으니 현능(賢能)한 군주라 하겠소이다. 이렇게 하여 내란이나 소란 같은 동요를 제재하고 중지시켜 국가를 복되고 안락하게 합니다."

"폐하, 현재 폐하의 왕통을 이은 무왕폐하가 이 구오 임금과 똑같다고 하겠사옵니다. 국내외적으로 무왕폐하를 따라 주지 않는 나라와 군주, 그리고 사람이 없으니 그렇다고 감히 말씀 드리겠사옵니다, 폐하!"

기자공의 동조발언이었다.

"자, 그러면 기자공께서 이 구오의 상황을 그리면서 한번 토론해 주십시오."

"그렇게 하겠사옵니다, 폐하!

'믿음성으로 주위를 견연(牽連)하여 함께 참여시키는 것은 독부(獨富 ; 혼자만이 부자되는 것)를 하지 않으려고 하는 것이라' 하겠사옵니다.

그러니까 '내가 서고 싶은 곳은 남과 함께 서고, 내가 하고 싶은 것도 남과 함께 한다'는 그런 정신을 가진 군주이옵니다. 이 통치철학이 정말 괜찮은 방법이라 하겠사옵니다. 왜냐하면, 그렇게 나누어 가짐으로써 세상은 제재당하고 안정되어 복락을 누릴 수 있기 때문이옵니다."

"좋은 바탕 위에 좋은 채색을 입히는 회사후소(繪事後素 ; 그림을 그릴 때에는 먼저 바탕부터 잘 해 놓고 해야 한다는 뜻)와 같은 설명이라 하겠군요! 그러면 사편공의 고강을 경청해 봅시다."

"예, 폐하! 이 신은 구오를 이렇게 보겠사옵니다.

이 구오가 문덕과 문민 시대의 주역으로서 그 명예에 걸맞게 문덕을 활짝 꽃피우고 있다고 하겠사옵니다.

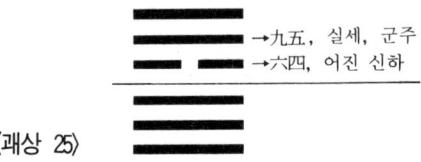

〈괘상 25〉

육사의 어진 신하가 모든 계책(計策)을 제공해 주고 있고, 따라서 구오 자신도 정당성과 정통성, 그리고 합법성으로 국정 전반에 걸쳐 잘 진행시키고 있사옵니다. 이렇게 함이 풍천소축이 아니겠사옵니까? 그리고 문덕과 문민 시대가 아니겠사옵니까? '문덕과 문민 시대란, 힘은 적게 들이고 효과는 극대화하는 것'이라 하겠사옵니다.

다음은 인체공학적인 측면에서 설명해 드리겠사옵니다. 현재

풍천소축괘(風天小畜卦) 415

이 구오는 풍천소축이라는 사람의 목에 해당하옵니다. 목이란 위로는 머리를 받쳐 주고 아래로는 몸 전체를 연결하는 중요한 요충지 역할을 하지 않사옵니까? 게다가 그 외에도 직접적인

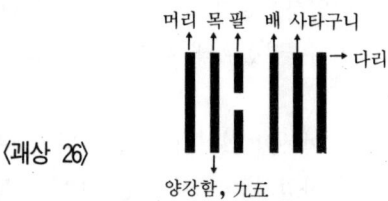

〈괘상 26〉

자신의 하는 일이란, 음식물을 넘기는 식도와 숨을 출입케 하는 기도로서 그 기능을 다하는 부분이기도 하옵지요. 현재 그 기능이 양강하여서 신체의 균형을 잘 잡아 주고 있사옵니다. 그러니 이 풍천소축은 건강하고 양강한 사람이라 하겠사옵니다.

경영 문제로 화제를 바꾸어 말씀드리옵자면, 구오는 지금 전국에 판매망을 가지고 있는 큰 상인이옵니다. 육사의 공장에서 만들어진 많은 상품이 초구, 구이, 구삼, 상구의 전국 지점과 구오 자신의 본점 등에서 잘 팔려 나가고 있사옵니다. 전부가

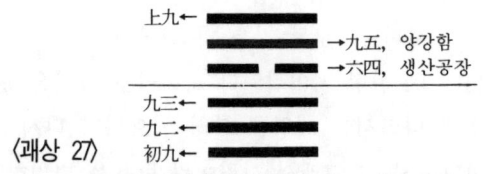

〈괘상 27〉

양의 위치에 있어서 장사가 잘 되는 곳들이라 그렇사옵니다. 지점이란 사람에 비유하면 손발에 해당하며 나무에 비유하면 뿌리에 해당하옵니다. 손발과 뿌리가 튼튼하여 제 기능을 잘 발휘하고 있으니 풍천소축의 회사는 일취월장해 가고 있사옵니다.

음양적 문제로 보면, 구오는 큰 상인으로서 돈과 명예를 가지고 있지만 여복(女福)은 별로라 하겠사옵니다. 이 조직 속에 여자란 육사 하나밖에 없는데 이는 초구와 정응이라서 체면상 그 육사를 가로챌 수도 없사옵니다. 그러니 다음의 다른 조직에 가서는 여복을 누릴 수 있겠으나 현재로서는 좀 그렇사옵니다.

남자란 뭐니뭐니 해도 여복이 있어야 제일 아니겠사옵니까? 여복이 없으면 쓸데없이 바람처럼 스쳐 가는 여자는 많아도 서로에게 덕이 되고 도움이 되는 여자는 귀하옵지요. 그러니까 양보다는 질이 중요한 것 아니겠사옵니까? 그리고 세상만사란 모든 것을 완벽하게 갖추어 놓고 살기란 어려운 거라 하겠사옵니다.

영령하신 조물주께서 사람을 만드실 때 그 어떤 유형이든간에 한두 가지씩의 부족함과 고민거리는 다 주었다고 하겠사옵니다. 만약 그렇지 아니하고 완전하고 온전하게 모든 것을 다 주셨다면 교만하고 거만하며 또 방만하여서 세상은 기고만장일 것이옵니다. 때문에 조물주께서는 잘 알아서 복과 고민의 분배를 해 놓으셨다고 하겠사옵니다, 폐하!"

"그렇소이다, 사편공. 모든 것을 다 거머쥐기란 어려운 것임에 틀림없지요. 또 설령 거머쥐었다 하더라도 그것은 오래가지 못하고, 경우에 따라서는 재앙을 불러 일으키며 다시 나가 버리는 수가 허다하지요. 그래서 사람이란 탐욕을 멀리하고 깨끗한 정신과 몸놀림으로 한세상을 살아가야 하는 것이라 하겠소이다. 독부와 독점을 하여 많은 물질과 재물을 가졌다 한들 어디 그게 그 사람 것이라고 할 수 있습니까? 때문에 아까 기자공께서 설명하신, '독부를 싫어하며, 함께 잘 살기를 희망하고, 또 행동으로 보여 주는 구오의 정신'을 한번 심사숙고해 볼 필요가 있다 하겠소이다."

"옳으신 말씀이시옵니다, 폐하! 폐하께옵서 이 기자가 말씀드린 그 '독부'에 대한 폐단을 다시 언급해 주옵시니 성은이 망극하옵니다."

"자, 그러면 이 조직의 마지막인 상구효를 분석해 봅시다.

'상구는 이미 비가 내리다가 그치게 되었으니, 그것은 덕을 숭상하여 그런 것이고 또 음덕이 가득 차 그런 것이니 음인 여자의 주관이 너무 세어 양인 남자를 계속 제재하려 들면 위태로울 것이라(上九는 旣雨旣處니 尙德하여 載니 婦가 貞이면 厲하리라).'

'현재 이 상구는 위의 손풍괘의 최상에 와 있고 또 전체적인 풍천소축괘의 끝나는 자리에 있지요. 그러면서도 또 육사의 제재를 따르고 있습니다. 그 이유는 육사가 손풍 조직의 한통속에 있고 또 음과 양의 만남이라서 서로 조화를 이루고 있기에 그런 것이지요. 때문에 음과 양의 조화로 비가 내렸으며 또 궁극의 자리에 왔으므로 그 비마저도 그치게 된 것이지요. 〈괘상 28〉에서 볼 수 있듯이, 육사의 음이 상구의 양을 제재하고 있지

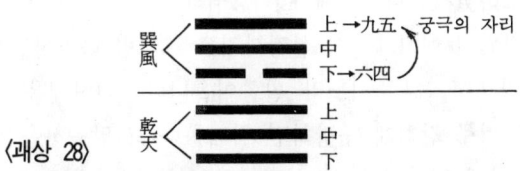

〈괘상 28〉

않소이까? 불화가 일어나면 능히 그 음양의 기운이 중지되지 아니하고, 이미 조화가 일어나서 중지되면 이 풍천소축의 괘가 요구하는 궁극적인 도가 완성된 것이라'고 하겠소이다.

또 '상덕(尙德)이란 말은 상구의 양덕이 가득 차 있다는 뜻입니다. 그리고 음인 육사의 힘이 너무 강해서 그 강함을 계속 밀

어붙이면 위태로운 것이라'고 하겠어요.

다시 집약해서 말하자면, 상구는 가까운 육사와의 조화를 이루어 자기들이 도모하는 궁극적 목표를 달성했습니다. 마치 오랜 가뭄 끝에 치성을 드려 비가 내리게 되면 완전한 소원성취를 이룬 것과 같습니다. 또 비가 적당히 오다가 그쳐서 더 이상의 피해를 주지 않으니 그야말로 단비라 하겠습니다. 이를 두고 음덕이 가득 차 있다가 내려진 결과라 할 수 있지요.

사람의 가문에 한 인물이 탄생되는 것도 그런 원리라 하겠소이다. 그 집안의 윗대 어른들이 오랜 세월을 두고 음덕을 닦고 쌓아 내려오게 되면 어느 결정적인 시기에 이르러 그 집안에는 사람이 나고 인물이 나서 영화가 꽃피는 것이지요.

천하나 국가적인 입장을 보더라도 문덕과 문민 시대가 꽃피려면 많은 재야의 선비들이 무단(武斷)정치 밑에서 민주화 투쟁을 해야 되는 것이지요. 갑자기 민본 위주의 민주주의가 꽃피는 것은 아닙니다. 봄에 피는 꽃을 예로 들어 봅시다. 그 과정이 냉혹한 겨울을 지나고 꽃샘추위를 지나 꽃이 만개하는 것이 아니겠어요? 이와 같은 원리라 하겠소이다."

"수고하셨사옵니다, 폐하! 상구의 역할과 기능이 큼과 동시에 어려워서 폐하께옵서 설명까지도 그처럼 다양하면서도 깊이 있고 자세히 해 주시느라 말씀이옵니다. 폐하께옵서 '여자가 음덕을 너무 강하게 주장하면 위태롭다'고 말씀하옵신 그 부분을 '이미 문덕과 문민화 시대가 되었는데도 자꾸 음성적인 재야의 움직임이 강하게 일면 위태롭다'는 뜻으로 해석해도 되겠사옵니까?"

"그렇소, 기자공! 유종지미(有終之美)라는 말이 있듯이 그처럼 기자공께서 후미를 잘 장식해 주시니 훨씬 문맥이 윤택하게 살아나는 것 같습니다."

풍천소축괘(風天小畜卦) 419

"황공하옵니다, 폐하!"

"아니올시다, 기자공! 짐이 느낀 그대로를 말했을 뿐입니다. 다음은 기자공께서 미진한 부분을 좀더 이어서 해 주십시오."

"예, 폐하!

'달이 거의 보름달이 되었으니 군자가 밤길을 가게 되면 흉할 것이라'고 말씀드리겠사옵니다.

무슨 뜻이냐 하오면, 달이란 음물로서 보름달이 다 되어 가면 해와 대적하게 되는 것이옵지요. 이 말은 '극성 뒤에는 반드시 적을 만난다'는 뜻이옵니다. 음이 극성을 부릴 적에 군자가 움직이면 흉함을 만나게 되므로 절대로 움직여서는 안 되는 것이옵지요.

또 이런 뜻도 들어 있사옵니다. 군자가 먼 곳을 며칠 동안에 다녀오려면 보름달이 되기 전, 즉 초육칠일경의 달이 찰 때 떠나서 보름이 약간 지난 십칠팔일경에 돌아오는 것이 좋은 것이옵니다. 그래야 밤길을 걸을 적에 고생을 안 한다는 뜻이옵니다. 보름이 다 되어 달이 꽉 찰 무렵에 떠나게 되면 돌아올 때쯤엔 그믐이 되어 어두워서 고생을 하기 때문이옵지요.

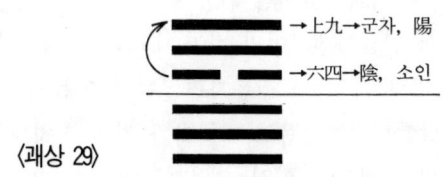

〈괘상 29〉

취합해서 말씀드리옵자면, 음이 너무 양을 제재하려 해도 위태롭고, 또 음이 극성에 이르렀는데 양인 군자가 따라서 움직이면 흉한 피해를 보게 되는 거라 하겠사옵니다, 폐하!"

"그렇습니다, 기자공. 음이란 양을 따라 움직여야 하고, 또 항시 뒤에서 보조를 맞추어야지 양을 억누르려 하거나 앞서서 설치면 상호간의 균형이 깨지고 말지요."
"그렇사옵니다, 폐하!"
"수고가 컸소이다, 기자공. 그러면 이번 이 효에서는 차순을 약간 변경하여 기자공이 늘 하던 그 형상학적 문제를 사편공이 맡아서 한번 해 주십시오."
"예, 폐하! 그런데 기자공께 실례가 되지 않을까 염려가 되옵니다."
"그런 점은 없지 않겠소이다마는 지금까지 기자공께서 수고해 주셨고 또 사회자인 이 짐의 말이 모든 걸 우선하는 것 아니겠소이까? 하하하······."
"그러하옵니다, 폐하! 이 기자도 저의 분담을 사편공에게 나누어 주었으면 하던 터이옵니다."
이런 대화가 흐르는 동안 모두가 웃음을 머금고 있어서 한동안 가라앉았던 분위기가 다시 풀리면서 화기애애해졌다.
"그러하옵시면 폐하, 이 사편이 기자공의 몫을 빼앗아 월권을 하겠사옵니다."
"그렇게 하십시오, 사편! 이 짐의 권고가 아니오?"
"예, 폐하! 시작하겠사옵니다.
폐하께옵서 언급하신 '이미 비가 내리다가 그쳤다'고 하옵신 그 부분에 대해서 말씀드리옵자면 '덕이 가득히 쌓여서 그런 것이라'고 말씀드리겠사옵고, '군자가 가면 흉하다'고 하신 부분은 '의심되는 바가 있어서 그렇다'고 말씀드리겠사옵니다.
다시 말씀드리옵자면 '비라고 하는 것은 음양 조화의 극에서 오는 것이므로 이 풍천소축이 추구한 바의 도가 적재되고 가득 차 있다가 완성되었다는 뜻이옵니다. 비유컨대, 사람이 너무 기쁘거나 슬플 때에는 눈물이 나는 것과 같은 원리라 하겠사옵니다. 그리고 음이 장차 성극(盛極)하려 하니 양인 군자가 움직이면 흉을 당하게 되지요. 음이 양을 대적한즉 반드시 양이 소멸되옵니다. 같은 차원에서 소인이 군자에게 대항하면 반드시 군자가 해를 입게 되니 어찌 의려(疑慮 ; 의심과 염려)치 않으리요? 미리 의려됨을 알고 경구(警懼 ; 경계와 두려워함)하여 그를 제재하는 방법을 구한즉 흉한 지경에까지는 이르지 아니한다' 고 하겠사옵니다."

"사편공, 수고했소이다. 잠시 쉬었다가 다시 경영과 음양 조화의 측면에서 거론해 주십시오."

"예, 폐하! 그렇게 진행하겠사옵니다."

잠시 토론이 중단되고 휴식과 안식에 들어갔다. 천하의 세 달인은 차를 음미하며 나름대로의 피로를 풀었다. 문왕은 콧수염을 여덟 팔 자로 가르다가 또 턱수염을 느긋이 훑어내리고 있고, 기자공은 가벼운 요가의 동작에 단전호흡을 하였다. 그리고 사편은 수석과 난들을 감상하며 정중일취(靜中逸趣)에 젖고 있었다.

문왕이 헛기침을 토하며 휴식과 안식의 시간이 끝남을 알리자 기자도 사편도 따라서 토론의 자세를 취하였다.

"폐하! 그러면 이 사편이 먼저 경영 문제에 관해서 거론하겠사옵니다."

"그렇게 하시오, 사편공."

"예, 폐하! 이 상구는 풍천소축이라는 회사에서의 그 역할을 보게 되면 최고 높은 자리인 회장님에 해당하옵니다. 그리

```
            회장← ▬▬▬▬  6 →上九
            사장← ▬▬  ▬▬ 5
            전무← ▬▬  ▬▬ 4
            과장← ▬▬▬▬  3
            계장← ▬▬  ▬▬ 2
  〈괘상 30〉  사원← ▬▬▬▬  1
```

고 상품상으로 보게 되면 음과 양이 배합된 주류(酒類)와 화훼류이옵니다. 왜냐하면, 술의 화학적 성분을 보면, 취하게 하는 기운은 양에 해당하고 물기운은 음에 해당하지 않사옵니까? 그리고 꽃도 보면, 잎새는 음이고 핀 꽃은 양이라 하겠사옵니다. 그러니까 상구 자신을 놓고 볼 때 육은 음이요 구는 양이기에 그렇게 접합되옵니다. 위치상으로 보게 되면, 상권이 형성된 시장 골목의 첫 관문과 입구에 해당하옵니다. 거기다가 반음반양을 향하여 앉아 있사옵니다.

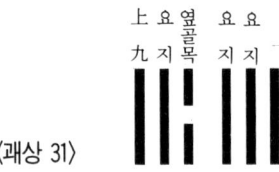

〈괘상 31〉

이렇게 몇 가지의 측면에서 볼 수 있는데, 최고의 자리는 아니지만 그 다음은 되옵니다. 회장 자리도 실은 실세가 아니오며, 주류와 화훼류도 이 지상에서 최고의 상품으로 보기에는 그렇고, 또 골목 입구는 아무래도 안으로 쑥 들어와서 북적대는 요지통보다는 못하다고 봐야겠사옵니다. 이런 경우에는 거기에 부합되고 적합한 상술을 발휘하여 그 효과를 극대화해야 한다고 보겠사옵니다.

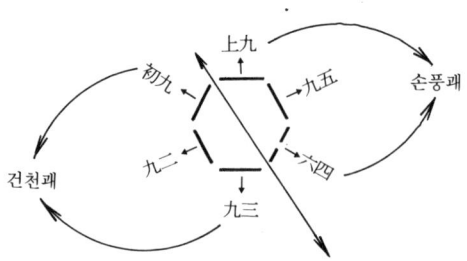

풍천소축괘(風天小畜卦) 423

　음양 조화의 문제로 보게 되면, 상구는 풍천소축의 집안에서 할아버지에 해당하옵니다. 초구, 구이, 구삼은 손자들이고 육사는 며느리며 구오는 아들이옵니다. 이런 가족 구성원 중의 최고인 상구 할아버지가 반음반양의 권한을 가지고 있사옵니다. 왜냐하면, 음의 육과 양의 구가 합일되어 있어서 그렇사옵니다. 그러니까 결론적인 얘기는 아직도 이 상구 할아버지는 재산권을 구오의 아들에게 다 넘겨 주지 않고 반 이상의 소유권을 자신이 소유하고 있다고 보겠사옵니다. 체질상으로 보게 되면 예순이 넘은 노인네지만 상당한 정력이 보유되어 있어서 노익장을 과시하고 있사옵니다. 이런 상구 같은 노인네는 여자만 젊으면 한 주일에 몇 번 정도는 여자를 즐겁게 해 줄 수 있는 체력의 보유자이옵니다. 괜찮은 노인네라 봐야겠사옵니다."
　"마지막 그 얘기가 재미있는데, 사편공도 그 정도는 되시겠지요? 하하하······."
　"폐하! 황공하옵니다만······."
　"그럴 터이지요. 알았소이다, 사편공! 좋은 현상입니다. 여기에 모인 우리 세 사람이 다 비슷한 입장인데 아직은 쓸 만들 하지요, 하하하······.."
　문왕이 일부러 웃기기 위해서 한번 슬쩍 내뱉은 외설이었다.
　"폐하! 어쨌거나 그런 외설이 가끔 한 번씩은 음식의 양념처럼 들어가야 재미가 있고 또 닫혔던 입도 벌어지지 않사옵니까? 하하하······."
　기자공도 한 마디 거들며 웃어 댔다. 이로 인해 마지막의 무거운 분위기가 가벼워지며 활기가 살아났다. 특히나 노인네들이 진행하는 토론회라서 처진 분위기가 오래 지속되면 자칫 무료해지기가 쉬운 것이다. 그래서 문왕은 이런 때 재치있게 한 번 웃겨 주는 것이다.

외설이란 불필요와 필요, 이 두 경우가 있다. 불필요한 경우는 엄숙히 거행하는 식장 같은 데서이고, 필요한 경우는 풍류를 즐기는 장소나 좌담회 같은 데서는 약간씩 곁들이는 것이 분위기 전환상 좋다고 봐야 하리라. 또한 사랑하는 남녀가 이불 속에 들었을 적에는 반드시 해야만이 그 분위기가 고조되고 황홀한 도원경으로 잠입되는 것이다.

"기자공, 그리고 사편공! 오늘은 오후에 시작했더니 벌써 해 질 시간이 다 되었소이다. 그리고 초겨울이라 일기도 많이 내려간 것 같소이다. 바깥바람 소리가 차갑게 들리고, 낙엽이 구르는 소리와 나뭇가지를 스치며 윙윙거리는 소리가 겨울이 시작되는 벽두를 알리기에 족하군요."

"그렇사옵니다, 폐하! 겨울이 시작되는 것은 자연의 행보이자 섭리지만, 이러한 때를 당하여 폐하의 옥체가 염려되오니 옥체 보전에 각별히 힘쓰시기를 앙청하옵니다."

"그러하옵니다, 폐하!"

"고맙소, 두 공! 오늘 이 풍천소축괘의 토론은 이것으로 마치도록 합시다. 그럼 그만 돌아가서 쉬도록 하십시오. 그리고 우리가 알아야 할 것은, 특별한 사정이 생기지 않는 한 닷새 만에 괘 하나씩은 풀어내기로 합시다. 이 규약에 따라서 이 짐이 괘상을 출현시킬 것입니다."

"잘 알겠사옵니다. 그럼 옥체 보전하옵소서!"

이리하여 또 하루의 토론이 모두 끝나고 두 공들은 각자 자기 처소로 돌아갔다.

3권에 계속

판 권
본 사
소 유

소설 주역 2

1993년 7월 10일 초판인쇄
1993년 7월 15일 초판발행
1998년 8월 20일 중판발행

지은이／김화수
편집인이／이선종
펴낸이／김영길
펴낸곳／도서출판 선영사
본사／부산시 중구 중앙동 4가 37-11
전화／(051)247-8806
서울사무소／서울시 마포구 서교동 485-14 영진빌딩 1층
전화／(02)338-8231,
(02)338-8232
팩시밀리／(02)338-8233
등록／1983년 6월29일 제 카1-51호

ⓒ Korea Sun-Young Publishing Co., 1993
잘못된 책은 바꾸어 드립니다.

ISBN 89-7558-083-0   04820

도서출판 서영
Sun Young Publishing Co.